Atos Sombrios

CHLOE GONG

ATOS SOMBRIOS

TRILOGIA CORPOS E FALSOS DEUSES

LIVRO 2

TRADUÇÃO DE GIOVANNA CHINELLATO

ALTA BOOKS
GRUPO EDITORIAL
Rio de Janeiro, 2025

Atos Sombrios

ALTA NOVEL é um selo da EDITORA ALTA BOOKS do Grupo Editorial Alta Books (Starlin Alta Editora e Consultoria Ltd

ISBN: 978-85-508-2540-3

Impresso no Brasil — 1ª Edição, 2025 — Edição revisada conforme o Acordo Ortográfico da Língua Portuguesa de 2009.

Dados Internacionais de Catalogação na Publicação (CIP)
(BENITEZ Catalogação Ass. Editorial, MS, Brasil)

G635a
1.ed. Gong, Chloe
Atos sombrios / Chloe Gong ; tradução Gioavanna Chinellato. - 1.ed. - Rio de Janeiro : Alta Books, 2025.
384 p.; 13,5 x 21 cm.

Título original: Vilest things.
ISBN 978-85-508-2540-3

1. Ficção de fantasia. I. Chinellato, Giovanna. II. Título.

04-2025/85 CDD 823

Índice para catálogo sistemático:
1. Ficção de fantasia : Literatura inglesa 823
Aline Graziele Benitez - Bibliotecária - CRB-1/3129

Produção Editorial: Grupo Editorial Alta Books
Diretor Editorial: Anderson Vieira
Vendas Governamentais: Cristiane Mutüs
Gerência Comercial: Claudio Lima

Coordenadora Editorial: Illysabelle Trajano
Produtora Editorial: Beatriz de Assis
Tradução: Giovanna Chinellato
Copidesque: Sara Orofino
Revisão: Ana Beatriz Omuro
Diagramação: Joyce Matos

ALTA BOOKS
GRUPO EDITORIAL

Rua Viúva Cláudio, 291 — Bairro Industrial do Jacaré
CEP: 20.970-031 — Rio de Janeiro (RJ)
Tels.: (21) 3278-8069 / 3278-8419
www.altabooks.com.br — altabooks@altabooks.com.br
Ouvidoria: ouvidoria@altabooks.com.br

Editora **afiliada à:**
ASSOCIADO

Para o d.a.c.u.,
Christina Li, Racquel Marie, Tashie Bhuiyan, Zoe Hana Mikuta.

Vocês sabem por quê.

Abalados, amigos?

Que me condenem os deuses, mas estes relatos

Fazem inundar até os olhos de soberanos.

— Shakespeare, *Antônio e Cleópatra*

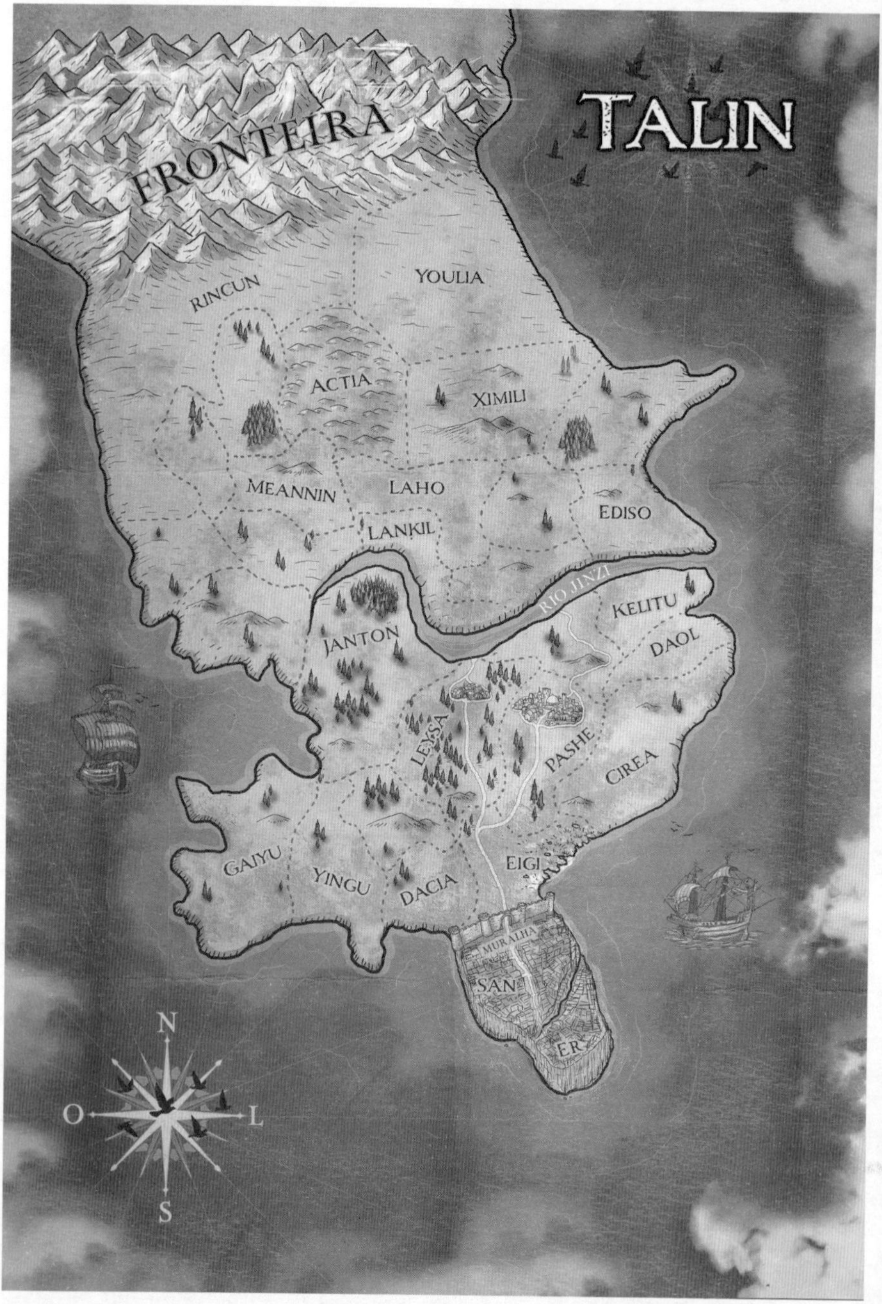

TALIN
FRONTEIRA
RINCUN
YOULIA
ACTIA
XIMILI
MEANNIN
LAHO
EDISO
LANKIL
RIO JINZI
KELITU
JANTON
DAOL
LEYSA
PASHE
CIREA
GAIYU
YINGU
DACIA
EIGI
MURALHA
SAN
ER
N
O
L
S

1

ANTES

O poder tem certo sabor. Um tempero quente e dourado que desce pela garganta e deixa apenas fumaça pelo caminho, como carne grelhada ou licor envelhecido. Algo para acalmar o corpo, acalentar o coração. É a resposta para todo tipo de fome, um luxo viciante que exige pouco acompanhamento, só um bálsamo para ocupar cada espacinho que encontrar.

O poder também tem certo sabor quando volta à boca. E Anton Makusa não o considera muito agradável.

Ele inspira com esforço, lutando para manter o estômago sob controle. Os guardas dentro da sala do trono espiam por entre as cortinas bordadas douradas e o chamam, preocupados, mas Anton limpa a boca e os dispensa com um aceno. Sua vista falha, fica duplicada. Sua pele grita de puro sofrimento. Seu *qi* é ao mesmo tempo grande demais para este corpo e muito desalinhado para encaixar no molde. O último minuto de sua existência tenta escapar da compreensão. Ele se esforça a um nível inacreditável para manter a consciência, agarrar-se à vida. Lembranças que lhe pertencem e que não lhe pertencem piscam à frente dos olhos. Ele foca as mãos, e a imagem treme. Está lavando sangue. Escrevendo com tinta antiga.

Então, de súbito, a dor ameniza. Embora a náusea continue, seu corpo permanece intacto. Ele retoma o foco do ambiente. Uma guarda sai à sacada e pergunta se ele gostaria de ajuda para entrar, e Anton lança seu olhar para além do parapeito, incrédulo.

Não sabe exatamente como o fez, mas fez. A guarda o chama de novo, os olhos desviando para a sujeira no chão onde Anton esvaziou o estômago, e ele ergue uma das mãos para impedi-la, mal contendo outro calafrio. Talvez só esteja enojado pela imagem repulsiva lá embaixo. A Princesa Calla Tuoleimi, jogadora Cinquenta-e-Sete, acabou de ser declarada a vencedora dos jogos anuais do rei, após matar seu último oponente. O alto-falante continua urrando o resultado: *uma batalha decisiva... o Juedou chega ao fim... o último competidor está morto...* E, mesmo que feche os olhos, Anton não consegue apagar aquela imagem. Seus momentos finais na arena tentam se fundir às memórias mais recentes de August: Calla, atraindo-o para perto; o conselho, reunido tarde da noite na sala de guerra; Calla, com a testa apoiada em seu ombro; uma andorinha, cravada no lacre de cera de um envelope antes de o papel ser aberto; Calla, Calla, *Calla...*

— Estou perfeitamente bem — diz Anton. A voz é estranha. A voz é familiar. Seus olhos se abrem, e o mundo toma forma. Seu corpo anterior está de barriga para baixo no chão da arena. Imóvel, sangrando, mesmo que o jogador Oitenta-e-Seis esteja morto. — Perdoe-me. Isso é muito repugnante.

Pedir perdão já é o suficiente para deixar a guarda desconfortável, e ela recua para a sala do trono, obediente. Anton não sai da sacada — ainda não. Corre os olhos pela arena e observa os milhares e milhares de espectadores pressionando com força as cordas que limitam o espaço. Quando sua mão se fecha ao redor do guarda-corpo, os nós de seus longos dedos estão lisos como mármore, os anéis de prata cravando entalhes na pele.

Há um escudo com brasão nas paredes de pedra da sacada. Sua mera existência consciente é prova de que ele foi bem-sucedido em sua fuga, e passou despercebido por incontáveis testemunhas. Embora saiba o que fez, ainda está estupefato quando se inclina para a frente, quando o metal do escudo reflete uma mecha de cabelo loiro, penteado e arrumado sob uma coroa. Este é o rosto de August

Shenzhi. O corpo de August Shenzhi. A única diferença está em seus olhos pretos, que capturam a luz com um brilho roxo em vez de azul. Os olhos de Anton.

O delírio o atinge. Uma risada explosiva escapa, e Anton mal percebe que é ele mesmo quem ri até seu reflexo se mexer também — *é você que está fazendo esse som. Não tem mais ninguém na sacada da sala do trono. É você que está vestindo essas roupas de seda, vestindo o corpo do próprio príncipe.*

Há uma distância incrível entre onde ele estava na arena e onde August assistia. Mesmo assim, ele saltou, sem ter August à vista, sem emitir aquele evidente clarão de luz. Não resta indício algum do que Anton fez exceto a poça de sangue no centro do coliseu, intoxicada com o *qi* que ele tomou do corpo anterior enquanto morria para impulsionar seu salto. Um experimento amador.

Anton cerra os punhos às costas. As mangas de August farfalham com o gesto, o azul-claro limpo e perfeitamente imaculado. Ninguém lá embaixo se dá ao trabalho de observá-lo com atenção neste momento, principalmente quando Calla está sendo conduzida até a saída pelos guardas, diretamente para o Palácio da União. Ele a observa com frieza, esperando uma demonstração de arrependimento ou um sinal de que *matá-lo* a afetou, mas ela desaparece de vista sem olhar para trás, os passos firmes.

Ele ousou acreditar que poderia ter terminado diferente, mas esse foi o seu erro. Pode ser que seja pego nos próximos minutos; pode ser que consiga manter a farsa para sempre. Uma opção não é mais provável do que a outra já que um fenômeno tão invasivo foi alcançado antes, e, assim que Calla agir, aquele trono será dele. Deveria ser impossível. No entanto...

No entanto...

— Você é fraco! — exclama Anton em voz alta.

Ele ergue o braço, acenando para a audiência na arena, e metade dela acena de volta na mesma hora, convocada pelo gesto. Ele achou que ninguém notaria, mas é claro que notam. Um choque lhe percorre as vértebras, tão forte a ponto de ele quase procurar um ferimento físico. Está lentamente compreendendo as implicações do que fez. Linhagens reais e nobres têm sido preservadas há séculos com a crença de serem favorecidas pelos deuses. August Shenzhi nasceu August Avia. Por mais que tenha tentado escapar, não tem como fugir disso.

— Por favor, por favor, contenham seus aplausos — sussurra Anton, virando de costas.

Palavras remanescentes de uma outra vida que viveu muito tempo atrás. Desta vez, realmente há aplausos acompanhando sua saída: incontáveis olhos sobre seus gestos e a ciência de que tudo o que proclamar daquela varanda será considerado lei. Anton endireita os ombros, alisa suas vestes. Os guardas se assustam quando ele entra de supetão na sala do trono, as cortinas flutuando dos dois lados da porta. Embora eles se adiantem depressa, Anton não diz nada. Não ainda. Teve poucos motivos para entrar na sala do trono quando ali ainda era o Palácio da Terra e ele morava em outra ala. As paredes de veludo vermelho cintilam. Pilares dourados sustentam o teto alto, com entalhes dos antigos deuses de Talin. Enquanto caminha, lentamente absorvendo o novo cômodo, seus sapatos afundam nas tramas verde-escuras do carpete peludo e macio. Um homem mais esperto pediria para abrirem o cofre, pegaria o que pudesse e fugiria enquanto houvesse tempo.

— A sala de guerra — declara em vez disso. — Vamos.

Os guardas reais devem ter achado o pedido estranho. Um deles dá um passo à frente — olhos laranja, então não é um Weisanna —, e diz:

— Vossa Alteza, sua presença é esperada no banquete. Está para começar.

— Eu sei.

Anton conclui que há algo diferente no palácio. Faz anos desde que esteve ali dentro pela última vez, mas sua memória do restante da arquitetura não falha. O exílio é solitário. Imperdoável. Havia pouco a se fazer nas noites mais silenciosas, e ele desenvolveu o hábito de visualizar aqueles cômodos em sua mente, de fingir que tinha pilhas de objetos valiosos à sua disposição em vez de outra refeição precária de um único ovo frito quando acordasse de manhã.

— Vossa Alteza?

Anton já está a caminho apesar da insistência do guarda, descendo apressado os poucos degraus e tomando cuidado para não tropeçar quando o piso se torna irregular. Ele passa pelos nobres à porta e se esgueira pela movimentação agitada, ignorando os cumprimentos surpresos, os olhares curiosos. É tarde. Interesseiros devem ter ficado à espreita, aguardando para acompanhá-lo ao banquete a fim de conseguir favores. Agora piscam, confusos, conforme ele caminha depressa no sentido contrário. Os guardas reais são ágeis em dispersar os nobres que aguardam, prometendo que "sua Alteza logo estará no jantar, se puder fazer a gentileza de se dirigir ao seu lugar...".

Anton não para.

Do lado de fora da porta da sala de guerra, dois guardas prontamente dão passagem ao vê-lo. Ele pede que fiquem ali, próximo aos guardas reais que o seguiram da sala do trono, e fecha a porta atrás de si antes que qualquer um deles possa responder. Aplausos soam de algum lugar distante. As multidões devem estar se dispersando após a batalha na arena, aproximando-se do palácio na expectativa de ter um vislumbre do banquete ou ganhar sobras ao final.

Anton cerra os dentes com força e vai direto até os arquivos na parede oposta. As fronteiras de Talin têm estado em paz no último século, protegendo o interior do reino de conflitos, mas a sala de guerra é usada com frequência, considerada o centro das questões do palácio. Os dedos dele traçam a superfície da mesa ornamentada à esquerda, percorrendo a textura rústica e trombando com as xícaras de chá que ainda não foram recolhidas. Ele abre a primeira gaveta que vê, puxando ao máximo até a ferragem retinir e sinalizar o seu limite. Uma nuvem de poeira sobe conforme ele dedilha as abas e lê depressa cada uma. *Roubo, Assalto, Invasão de Propriedade, Uso de Armas, Medidas Protetivas...*

Ele fecha a primeira gaveta com um baque. Apenas violações mínimas dentro de San-Er. Não é o que procura. Anton corre os olhos por toda a sala, pensando onde armazenariam a informação de que precisa. Em vez de telas e máquinas, a sala de guerra é tomada por prateleiras de livros grossos. As paredes estão cobertas por mapas com bordas enroladas, amarelados pelo tempo. Alguém fechou as cortinas pesadas até metade da janela, mas há um vão aberto o suficiente para permitir que a luz elétrica de fora ilumine seu caminho.

Anton tenta o arquivo seguinte. Ali, as abas dividem as diferentes províncias de Talin em ordem de proximidade à capital. *Eigi, Dacia, Cirea, Yingu, Pashe, Daol...*

Ele também fecha essa gaveta. Puxa a seguinte. Posição dos funcionários no palácio. Próxima. Propriedades adquiridas pelo conselho.

— *Onde* está? — murmura, ainda sentindo aquele ácido na língua.

Quando se abaixa para abrir uma gaveta na altura de seu joelho, situada entre dois vasos com plantas sem poda, ele finalmente encontra abas com os sobrenomes dos aristocratas em ordem alfabética. *Makusa* está perto do fim, uma pasta mais grossa do que todo o resto.

Anton a encara. Uma mecha de cabelo cai sobre seus olhos, dourada e fina como um raio de sol transformado em fio de seda. Ele a afasta do rosto, mal resistindo à urgência de arrancá-la direto do couro cabeludo.

— Vossa Alteza? — Um guarda bate à porta. — Precisa de ajuda?

— Não — responde Anton, breve.

Não é como se August fosse responder de maneira mais gentil ou ser mais empático. A evidência disso está à sua frente, dentro da pasta em suas mãos.

— Eu ajudaria se pudesse — dissera August, quando aquele lugar ainda era o Palácio da Terra, quando Anton praticamente vivia nos salões de treinamento, jurando vingança sobre os agressores que mataram seus pais. — Se houvesse algum recurso no palácio que eu pudesse usar, eu usaria. Mas o palácio sabe muito pouco. Essas pessoas estão completamente alheias ao nosso controle.

Anton folheia as páginas do arquivo. Corre os olhos pela árvore genealógica, pelos diferentes relatórios que registram quando cada um de seus parentes nasceu e quando cada um deles morreu, pelos gráficos que mostram outras famílias nobres que tinham laços consanguíneos com os Makusa.

Na última folha, ele finalmente encontra o que procura.

Anton Makusa: depósito 345, ala norte.

Depois que Otta caiu doente e Anton sofreu sozinho as consequências do crime deles, o palácio confiscou seu corpo de nascença como punição. Foi um verdadeiro exílio, lançado às cidades sem qualquer ligação com sua vida anterior. Ele sempre soube que haviam enfiado seu corpo em algum lugar do Palácio da União; só não sabia onde. A localização foi mantida em sigilo de propósito, para evitar que Anton tentasse recuperá-lo. O membro do conselho que proferiu o veredito de sua sentença prometeu que o palácio tomaria conta de seu corpo, e que talvez o devolvessem um dia, caso ele cumprisse a pena sem causar problemas. Anton está quase surpreso por terem mantido a palavra. O palácio tem uma fachada de valorização da nobreza — de acordo com sua própria lei, os corpos de linhagens aristocráticas nunca devem ser destruídos —, mas ainda assim ele suspeitava que descartariam o seu depois de alguns anos, simplesmente porque podiam. Todos os outros Makusa já haviam morrido. Anton era o último que restava até que o palácio pudesse varrer aquele arquivo todo para debaixo do tapete, espanar as marcas de poeira e fingir que eles nunca existiram. Tão limpo, tão preciso.

— Você não pode pedir ao Kasa para mandar gente? — perguntara Anton. — Fala sério, August, ele é o *rei*. Ele tem controle total sobre Kelitu. Pode enviar guardas para investigar. Alguém naquela província deve saber quem fez isso.

August sempre fora o racional entre eles, e Anton o que subia a voz em encenações exageradas. Os adultos do palácio gostavam de escutar o príncipe.

— Ele tentou — respondera August, impassivo. Durante todos os anos em que foram amigos, Anton nunca aprendeu a distinguir suas mentiras das verdades. Que outra escolha tinha senão acreditar todas as vezes? — Vai por mim, eles não encontraram nada.

Anton se levanta, leva a pasta até a mesa no centro da sala de guerra e a posiciona de forma a conseguir espalhar as diferentes seções. Os Makusa têm uma longa história, mas não maior do que o restante da nobreza, e não o suficiente para justificar essa quantidade de informação guardada sob vigilância. Ele afasta o atlas à esquerda e o peso de papel com formato de bigorna à direita. Seção após seção, e a mesa fica coberta de folhas soltas, de documentos espalhados conforme Anton os lê e fica cada vez mais confuso com o conteúdo.

Cópias das cartas administrativas de seus pais em Kelitu. Imagens de vilarejos rurais e relatórios fiscais com partes circuladas em vermelho. Quando Anton separa dois registros de inventário que grudaram com o tempo, uma pequena fotografia cai, e ele vê a si mesmo quando criança, em seu corpo de nascença, olhando direto para a câmera a fim de que pudessem colocar seu rosto ao lado de seu número de identidade no registro do reino.

Ele não consegue imaginar por que guardariam tudo aquilo. Não até chegar ao final e seus olhos pararem sobre uma carta oficial. Digitada e assinada com o carimbo pessoal do Rei Kasa.

> Serei breve. Embora sua lealdade devesse permanecer com seu conselheiro, há evidências incontestáveis de que Fen Makusa é um insurgente revolucionário. Embora ambições de usurpar o trono normalmente sejam resolvidas com encarceramento e uma rápida execução, os danos causados por ele se estendem além: Fen Makusa planeja o colapso total do reino. Não há cenário algum em que se possa permitir que essa situação se alastre. Pelo bem de sua província, e pelo bem de seu povo, certifique-se de que os Makusa sejam erradicados sem transformar seus seguidores em radicais. O palácio não pode ser associado a essa punição.

Embora Anton continue lendo, a partir daquele ponto sua mente deixa de registrar o restante do conteúdo. Ele volta ao começo repetidas vezes. Enfim, quando vê que nada mais mudará sua compreensão, suas mãos agem por conta própria e arremessam os documentos para fora da mesa, espalhando-os pelo chão.

Ele inspira com força. Expira, mas mal consegue esvaziar os pulmões. Naquele primeiro momento de pânico, tem certeza de que August está tentando expulsá-lo. Quando continua arfando alguns minutos depois, prende a respiração de repente, e seu corpo responde de acordo. Anton está fazendo isso consigo mesmo. O único mal que pode atingi-lo agora vem do fato de que não consegue se manter sob controle. Seu pânico se transforma em uma fúria borbulhante. E encontra seu alvo à frente, dentro dele.

Seus pais estão mortos por causa do Rei Kasa, não porque foram vítimas de um ataque rural aleatório. Todos esses anos se perguntando por que sua família sofreu um golpe tão terrível, por que suas irmãs tiveram de morrer como dano colateral, e no fim o motivo era *porque o palácio deu a ordem*.

Outra batida à porta.

— Alteza? Que barulho é esse?

— Entre — diz Anton. — Só um de vocês.

Uma guarda espia dentro do aposento. Seus olhos prateados observam os papéis jogados no chão e voltam para cima.

— Sim, Vossa Alteza?

— Quem foi a última pessoa a organizar esta sala? — Anton gesticula ao redor. — Está uma bagunça.

A Weisanna mexe os pés, desconfortável. Ela hesita, e Anton sabe que só irá confirmar suas suspeitas. Confirmar o que ele já sabe, considerando os guardas posicionados à porta.

— Apenas o senhor e Sua Majestade podem entrar aqui quando não há reunião do conselho. Imagino que possa ter sido o vento se deixaram uma janela aberta para arejar.

É uma desculpa tática que ela cria na hora. O que deve estar pensando é: *Sua Alteza, só pode ter sido o senhor quem fez a bagunça.*

Anton olha de relance para o nome colado na capa da pasta de sua família, que agora está jogada perto de um dos vasos de planta. Ele quer arrancar a etiqueta. Colá-la em qualquer outro lugar, como se isso fosse mudar o fato de que aquele massacre horrendo aconteceu com a sua família e não a de outra pessoa. *Um insurgente revolucionário*. Que absurdo. Ele nunca ouviu seus pais falarem nada que chegasse perto de ser revolucionário. Eles eram nobres do palácio, por que iriam querer mudar isso?

— Não, não foi o vento — diz Anton. — Não fui eu a última pessoa a mexer nesses armários? Sou *eu* quem administra essas informações para o Rei Kasa quando ele não consegue se manter atualizado sobre o que acontece no próprio reino.

A guarda hesita de leve, tentando descobrir se aquilo é algum tipo de teste. Não importa. Anton sabe: não há um único arquivo neste lugar que não tenha sido lido sob a vigilância de August. O príncipe herdeiro assume para si a responsabilidade de se manter informado usando todos os meios aos quais tem acesso. E houve tempo o suficiente entre August adquirir acesso àquela sala e Anton ser exilado do palácio.

— Ah, que seja — acrescenta, poupando a Weisanna cada vez mais ansiosa de ter de responder. Ele pega a pasta, depois os papéis, juntando-os de qualquer jeito antes de enfiá-los debaixo do braço. — Só garanta que ninguém mais entre aqui.

— Sim, Alteza...

Ele avança a passos largos, passando por ela e pela porta. Mais à frente no corredor, Anton não toma o caminho que o levaria ao salão do banquete. Ele segue na direção do quarto de August, os sapatos engraxados batucando no chão como tambores de guerra. Talvez Calla já tenha dado seu golpe no banquete. O Rei Kasa morrerá, e ela estará livre para se regozijar com a única coisa com a qual realmente se importa.

— Príncipe August. — Alguém corre para alcançá-lo. Outro guarda. — Sua presença é fortemente requisitada no banquete.

— Não, tudo bem — responde Anton.

Confusão permeia o ar. Um instante se passa, em que o guarda reflete se é possível que o príncipe tenha escutado mal. Anton espera um contra-argumento — é claro que deve haver um contra-argumento. Este é o Palácio da União. As coisas não podem descarrilhar apenas porque ele não quer enfrentá-las.

Mas August Shenzhi é o herdeiro do trono, não um nobre qualquer que precisa conquistar favores. O guarda assente, confirmando que compreendeu, e Anton está livre para continuar sem discutir. Ele gira para a esquerda e entra na antessala de August.

— Vocês estão dispensados.

Os guardas designados para os aposentos de August são exclusivamente Weisanna. Não há sinal de Galipei, o que significa que ele deve estar no banquete, aguardando seu protegido chegar.

— Todos vocês — insiste Anton, gesticulando com vigor em direção à porta.

Leva mais alguns segundos, mas os Weisanna assentem e saem para o saguão. Só então Anton joga a pasta sobre a mesa. Só então ele acompanha o gesto dando um soco contra o papel, uma pontada de dor subindo por seu braço.

Certifique-se de que os Makusa sejam erradicados.

E aquilo bastou. Um único comando, e a vida que Anton conhecia fora dizimada. Será que o Rei Kasa inventou a desculpa porque seu pai o desagradou com alguma questão trivial no conselho? *Revolucionários*. É risível, conhecendo sua linhagem. Entretanto, a suspeita se esgueira por sua mente, serpenteia livremente pelas frágeis impressões que ele tem da infância. Lembra muito pouco de suas viagens às províncias, mas eram frequentes. Existe a possibilidade de que essa teoria seja verdade, mas mesmo assim…

Um tambor ressoa pelo palácio, declarando que o banquete está para começar ou terminar. Gritos ecoam pelos corredores, talvez em êxtase, talvez horrorizados. Quando Anton ergue os olhos, o espelho na parede captura seu rosto, reflete sua expressão. August se veste de uma maneira muito monárquica, o cabelo perfeitamente penteado e a postura reta como uma agulha. O rosnado de Anton torna o conjunto desconcertante. Ele tem vontade de pegar o vaso decorativo sobre a mesa e lançá-lo contra o espelho, então o faz. O vidro estilhaça. Alguns cacos caem, maculando o carpete.

— Você sabia o que ele tirou de mim — diz Anton a August. A boca do príncipe se mexe a cada palavra. Uma zombaria, mesmo agora. — Você o deixou sair impune.

August não tem a decência de demonstrar remorso. O espelho quebrado mutila parte de sua bochecha, entalha sua testa, distorce sua boca, e ainda assim Anton não consegue imaginar um cenário em que seu antigo amigo teria se desculpado. O príncipe herdeiro, o príncipe de ouro, trabalhava apenas para conquistar o trono que desejava.

Que seja. *Que seja*. Se o Rei Kasa queria rotular os Makusa de revolucionários, então essa é a herança que Anton aceitará. Ele vai terminar o que dizem que seus pais começaram.

E depois Calla Tuoleimi também pagará pelo que fez.

2

DEPOIS

Nos limites da fronteira de Talin, há uma província chamada Rincun, mas este não é seu nome original. Quando se pergunta à população de lá como costumavam chamar seu lar, elas não têm permissão para responder. Uma década de soldados posicionados nos vilarejos instaurou uma dose saudável de medo, revestindo os dentes dos moradores com uma placa que podem saborear sempre que suas línguas tentam pronunciá-lo. Eles viram os corpos decapitados exibidos em estacas ao lado do *yamen*, que serviram de exemplo do que acontece com quem insiste em usar o nome antigo. Preferem continuar vivos a serem os próximos.

Calla Tuoleimi sabia o verdadeiro nome de Rincun. Perdeu-o ao longo dos anos, junto com o próprio nome.

— Já esteve nas províncias, conselheira?

Ela está tentando ignorar a conversa na carruagem. Eles entraram em Rincun esta manhã, buscaram o general Poinin em sua casa e seguiram a caminho do *yamen* na Capital do Oeste. O general não teve sorte ao tentar puxar conversa com Calla, então está doutrinando a mais nova integrante do conselho de Rincun.

— Primeira vez — responde ela. Seus olhos azul-bebê desviam para Calla em um pedido silencioso de ajuda. — Meu pai nunca me trazia junto quando vinha.

Vênus Hailira é a primogênita de Buolin Hailira, que recentemente faleceu enquanto dormia. Sua vaga no conselho passou à filha, e os outros membros questionaram se era sábio seguir com a visita da delegação a Rincun sendo ela tão novata. Porém, depois da coroação, seu rei estava muito impaciente para se livrar da nova consultora do palácio. Não houve tempo para Calla pedir perdão, ou para perguntar como era possível que ele estivesse à sua frente daquele jeito. No momento em que a cerimônia terminou, Calla foi levada para longe, empurrada por guardas Weisanna após um breve gesto do rei. Horas mais tarde, enquanto ela andava de um lado ao outro na antessala dos aposentos reais, depois de negarem todos os seus pedidos para falar com o rei, disseram-lhe que ela acompanharia a visita da delegação a Rincun.

— Você vai se surpreender com o quanto as coisas são retrógradas por aqui — diz o general Poinin, estapeando as próprias coxas. — Quando conheci pela primeira vez alguém que ainda venerava os deuses antigos, achei que era brincadeira.

— Estou ciente de que as províncias ainda rezam — responde Vênus, educada.

— Não é só rezar. Você deveria prestar atenção na quantidade de estátuas de pássaro que há nos vilarejos. Sugiro ordenar uma varredura por toda a província qualquer dia desses, para se livrar delas. É inadequado.

Calla franze a testa, virando a cabeça para a janela. Há montinhos de neve ainda congelada no ponto em que a estrada pavimentada encontra o chão de terra. De qualquer forma, ter estátuas de pássaro é quase o máximo que um morador comum pode fazer em termos de veneração. Parece um exagero privá-los disso.

— Acrescentarei essa tarefa à minha lista. — Vênus pigarreia. — Podemos pedir aos soldados que façam uma contagem antes.

Isso parece aplacar os nervos do general Poinin. Ele se ajeita no assento, unindo as mãos à frente de seu casaco branco.

Calla pressente o momento em que o olhar dele se volta em sua direção.

— Princesa Calla, você parece discordar.

Ela contém um suspiro. Esta viagem é uma formalidade, uma inspeção orquestrada para fins teatrais. O palácio não aprende nada novo, e as províncias também não se beneficiam muito quando seus conselheiros aparecem com uma caravana de consultores tomando nota de seu estoque de grãos e do nível da água. Rincun e Youlia são as únicas províncias em Talin cujas visitas da delegação ainda precisam ser incluídas no calendário do palácio: ficam longe demais, e são novas demais para terem estradas confiáveis e bem demarcadas. Também são demasiado decrépitas para que seus conselheiros construam casas de veraneio, o que normalmente basta como *visita* para as outras províncias quando a aristocracia tenta escapar das semanas quentes em San-Er. Se alguém do palácio for fazer uma inspeção em Rincun, é de fato necessário uma delegação inteira. O horizonte se estende por quilômetros e quilômetros, sem sinal de vida, grandes excedentes de terra incorporados ao reino depois que o trono conquistou seus vilarejos e engoliu o lago ao centro. As delegações do palácio devem fazer uso dos generais locais, aqueles que estão no posto há tempo o suficiente para saberem se localizar e guiar o caminho. Embora haja uma costa e o mar agitado à oeste da província, ninguém sabe dizer o tempo que levaria para navegar pelos vilarejos.

— Não fale comigo.

A carruagem fica em silêncio. Os outros dois consultores se remexem, desconfortáveis.

— Eu... você... *como é que é?* — questiona o general Poinin.

Ela considera voltar atrás e esconder seu desdém evidente. Poderia dizer que a sugestão dele é desnecessária, de acordo com o decreto do próprio palácio. É ilegal que as províncias falem qualquer língua além do talinês, então não podem rezar de verdade já que as preces originais eram em seu idioma nativo. Venerações excessivas já foram cortadas nas províncias. O palácio não precisa causar mais ira entre os camponeses.

— Não fale comigo — repete Calla em vez de argumentar. — Sua voz é muito irritante.

Antes de ser coroado, August Shenzhi baixou o decreto para tornar Calla sua consultora, perdoá-la de todos os seus crimes e fazê-la conquistar o poder ao lado dele. Ninguém pode anular o decreto, a não ser que August decida renegar as próprias palavras e arrancar o novo título dela.

Mas, nesse caso, as pessoas começariam a fazer perguntas.

Nesse caso, o conselho começaria a bisbilhotar mais de perto e perceberia que o Rei August não é o Rei August, e sim Anton Makusa, recusando-se a abandonar o corpo que invadiu. Por outro lado, enquanto Anton permitir que Calla retenha esse poder, não há vivalma no reino que possa contrariá-lo, e ela se aproveitará disso ao máximo.

Eles seguem em silêncio pelo resto da viagem.

◇◇◇◇◇

— Estamos prontos, suponho — anuncia Calla, alongando o pescoço até estalar.

O sol está se pondo. Eles devem partir antes disso e pegar a estrada o mais rápido possível, em vez de passar uma terceira noite dormindo em cabanas no vilarejo.

Ela está impaciente. Levou uma semana inteira para chegar aqui de carruagem, então provavelmente levará outra para voltar a San-Er. O tempo não vai parar, esperando o retorno de Calla. Quando ela foi arremessada para o extremo mais distante do reino, Anton ficou livre para fazer o que quisesse, e ela nem saberá de nada. A ideia a incomoda, causando uma inquietação avassaladora por todos os seus membros.

— Acho que sim. Precisa de um cobertor, Alteza?

Calla olha para baixo. Examina o próprio tronco, as pernas, as botas sujas. Imagina que haja um motivo para Vênus Hailira ter perguntado, como se ela houvesse começado a tremer sem perceber, mas tudo parece normal. Apoia-se no muro do *yamen*, os braços cruzados. Embora a parede esteja sujando sua jaqueta, Calla continua usando couro em vez dos elegantes trajes de seda dos moradores do palácio. Ela ainda se veste como se espreitasse por San-Er, como se precisasse se mesclar à noite eterna das cidades gêmeas enquanto participa dos jogos do rei. É provável que seja a pessoa mais bem aquecida no momento. Até os guardas do palácio que acompanham a delegação parecem sentir um pouco de frio com seu tecido tático de algodão preto. Assim como os cavalos, já selados ou atrelados às carruagens.

— Não? — A resposta de Calla sai como uma pergunta. — Está parecendo que eu preciso de um?

— Hã, não. Eu só queria confirmar. — Vênus olha por sobre os ombros dela, para o edifício contido atrás do muro. — Talvez o *yamen* queira alguns cobertores extras.

— O *yamen* não quer cobertores — responde Calla, seca.

— Eles têm poucos suprimentos. Algumas janelas estão trincadas e...

— Deixe-me reformular. — A cor do dia está mudando, e a luz se esconde atrás do horizonte. — O *yamen* não quer *os nossos* cobertores. Deixe-os em paz. Você viu como eles se comportaram durante a nossa visita.

Nem se passaram três dias, e a recepção em Rincun não poderia ter sido mais apática. Os moradores ficaram dentro de suas casas. O palácio não tem utilidade para os camponeses a não ser que eles tenham utilidade para o palácio. Enquanto os outros consultores fazem rondas e recebem relatórios de generais e soldados, Calla passa o tempo no *yamen* ou seguindo educadamente Vênus Hailira, com a mente ainda em San-Er. Consegue contar nos dedos quantas pessoas conversaram com ela.

Vênus franze a testa.

— Não seja tão aristocrata.

— É o que eu sou, afinal. — Calla ajeita as luvas. — Eles não gostam de nós. Deixe que mantenham seu desgosto em vez de tentar fingir generosidade.

— Eu não estou *fingindo*...

— Está, sim. — Mais guardas saem do *yamen*, após o fim de sua última pausa para irem ao banheiro. — Nós somos, como você mesma disse, aristocratas. Se fosse realmente generosa, você abriria o cofre Hailira em vez de distribuir migalhas. Diga que não o fará. Você tem permissão.

A boca de Vênus se abre. Antes que ela possa dizer qualquer coisa, Calla, ainda bem casual, gesticula para o bolso da conselheira.

— O celular está tocando.

— Ah.

Espantada, Vênus pega o celular no bolso, puxa a antena até o final e se afasta para atender. Quando os generais voltarem da inspeção na Capital do Leste, a delegação poderá partir. Os guardas do palácio também parecem impacientes. Cerca de dez homens formam a escolta de elite, e todos ficam por perto enquanto aguardam ao lado do *yamen,* prontos para pegar estrada ao menor sinal de comando.

Como esperado, Vênus não é muito boa em controlar a operação aqui.

Calla conhece pouco da família Hailira, mas se lembra de escutar que o Palácio da Terra torceu o nariz para o fato de Vênus ter abandonado seu corpo de nascença. Não é como se os nobres da corte não ajudassem com frequência os filhos a trocarem sorrateiramente de corpo, ainda mais quando eles insistem que não são um menininho e devem ser tratados por outro pronome... O problema foi que Vênus o fez por conta própria quando era adolescente, e os Hailira não puderam alegar que nada aconteceu, como os outros fizeram.

— Que estranho — relata ela, voltando para perto de Calla. Seu diadema tombou para a esquerda, e as joias azuis da lateral estão enroscadas em uma mecha de cabelo preto.

— Não me diga que estão atrasados.

Vênus franze a testa, erguendo o celular para o céu. O sinal é sempre fraco em Rincun, e só telefones específicos para uso nas províncias funcionam aqui.

— O tenente Forin está tendo dificuldades em contatar o general Poinin. Vai ligar de volta assim que conferir com o *yamen* da Capital do Leste. Não deve demorar.

— Por que estamos esperando o general Poinin? Ele só lhe dá maus conselhos.

Vênus finge não escutar a crítica.

— Ele já deveria estar aqui com o relatório final da Capital do Leste. — Ela abaixa o celular. Percebe a expressão de Calla. — Nós precisamos levar *os dois* relatórios para o palácio.

— Ah, é mesmo? — murmura Calla, embora já soubesse que sim. — Falha minha.

Ela poderia apostar que os conselheiros em Eigi e Pashe nunca tiveram dificuldades em conseguir respostas imediatas de seus generais. A cadeia de comando deles flui perfeitamente: do trono para o conselheiro, do conselheiro para o general e do general para o soldado. As lealdades são claras; as tarefas são conduzidas com precisão. Enquanto isso, Rincun foi dividida em duas desde sua conquista. É a única província em Talin que distingue entre lado oeste e lado leste, mas mesmo assim um único conselheiro continua responsável por uma dúzia de generais que operam em ambos. Vênus Hailira não é nem um pouco incapaz. Mas ela tem a idade de Calla, e é tão ingênua quanto qualquer aristocrata criado sem passar dificuldades, o que significa que o palácio fará pedacinho dela. Passados um ou dois meses, outra família nobre dará um golpe por Rincun, mesmo que seja a província menos desejada.

Calla daria três meses, no máximo, antes dos próprios soldados de Vênus se amotinarem e o palácio bater o martelo para a situação.

Elas esperam mais alguns minutos. O telefone de Vênus não volta a tocar.

— Se demorar muito e o sol se pôr — sugere Calla —, vamos só forjar um relatório e ir embora.

— O palácio não vai gostar disso.

— O palácio não vai *saber*, conselheira Hailira.

— Mas...

— Seu celular está tocando de novo.

Vênus se assusta. Olha para baixo.

— Está mesmo. Com licença.

A conselheira se afasta. Enquanto isso, um dos guardas do palácio parece chamar alguém a alguns passos dali. Embora Calla escute e registre que as palavras são:

— Vossa Alteza. Vossa Alteza?

Ela não pensa em responder. Não até que o guarda enfim grita:

— Princesa Calla!

Ele consegue sua atenção.

— Eu sou só uma consultora — responde. — Não precisa me tratar como realeza.

— Certo, Alteza — diz o guarda mesmo assim. Não importa o quanto ela se oponha, há um aro de metal liso e dourado em sua cabeça, contrastando com seu cabelo preto. Realeza, consultora ou mera aristocrata do palácio, todos esses títulos têm o mesmo significado: ela é uma intrusa em Rincun. — Deveríamos passar a noite aqui, se esse relatório não chegar logo. Está esfriando.

Calla descruza os braços e tira uma das luvas, deixando a brisa soprar contra a pele nua. O horizonte assumiu um tom alaranjado, o pôr do sol iminente esticando os próprios dedos longos até as nuvens.

Ela não se lembra dessa cena, embora deva a ter presenciado antes. Suas lembranças de Rincun parecem desbotadas e distantes, como a lógica de um sonho ao acordar. Ela consegue se lembrar do que aconteceu antes de deixar a província, do que a fez invadir a Princesa Calla Tuoleimi quando tinha 8 anos de idade. Mas não consegue olhar para Rincun e reconhecer que foi seu lar um dia.

Calla cerra o punho e a palma fica dormente. Todas as suas lembranças têm uma natureza frágil. Ela precisava que fosse assim para enganar a si mesma e a todos no palácio. Agora seu estômago se revira toda vez que olha para as planícies, atormentado por repulsa e nostalgia ao mesmo tempo. Em algum lugar nesta província, apodrecendo no fundo de uma poça de água, está o corpo da menina que ela era. Este lugar pode parecer estranho, mas a linha que prende Calla àquela garota a levou até ali. Motivou suas ações no Palácio do Céu, fez com que ela passasse os últimos cinco anos como uma princesa renegada em vez de uma que viveu no conforto.

— Estranho — comenta ela. — Não estava tão frio ontem à noite.

Antes que termine de falar, a temperatura cai de novo. Algo amargo lhe sobe à garganta. Seu coração acelera, martelando contra as costelas.

— O *quê?*

Ao escutar o grito agudo de Vênus, Calla desvia o olhar para a conselheira.

— O que aconteceu? — pergunta.

Vênus não responde de imediato, embora vire o ombro, pega no meio do movimento. Ela aperta o celular com força.

Calla se afasta do muro.

— Conselheira Hailira. — Sua voz é dura o bastante para fazer Vênus ficar tensa e olhá-la nos olhos. — Vou perguntar mais uma vez: o que aconteceu?

— Encontraram o general Poinin — sussurra Vênus, a mão cobrindo a parte de baixo do celular. — Ele... ele está morto.

De repente, a temperatura congelante parece mais do que uma anomalia climática.

— Onde? Na Capital do Leste?

— Não, ele está aqui no Oeste. Do lado de fora do alojamento — responde Vênus, e Calla corre em direção a um cavalo e o desamarra da carruagem. — Estão entrando em contato com a unidade dele, mas ninguém responde na...

— Já volto — interrompe Calla, subindo na sela.

Os guardas ficam inquietos, confusos com a súbita comoção.

— Espere! — Vênus guarda o celular. — Se você vai ver o que aconteceu, eu também...

— Não! Fique aqui. Fique com os guardas do palácio. — Ela aponta para um deles, chamando sua atenção com uma ameaça silenciosa nos olhos. — Tome conta dela!

Calla libera as rédeas. Seu cavalo dispara adiante. Ela não tem certeza se sabe o caminho para o alojamento que inspecionaram antes, mas Rincun já tremula abaixo dela a uma velocidade perigosa antes que possa duvidar de si mesma. O vento corta como uma lâmina ao soprar sobre seu rosto. Calla, arfando, agarra a gola da camisa e a puxa até o nariz para se proteger, então continua acelerando com uma das mãos nas rédeas, o cavalo pisoteando uma nuvem de poeira ao longo da estrada principal da Capital do Oeste.

Ela passa correndo por dois vilarejos precários e decrépitos. Lê as placas sobre os portões, assimilando os nomes.

Ali. Os alojamentos ficavam perto daquelas árvores marrons. Ela se lembra disso.

Calla freia de repente e salta do cavalo. Está quieto. Assustadoramente quieto, dado que a principal via de comércios da Capital do Oeste fica à sua direita. Sua jaqueta não é mais suficiente para impedi-la de tremer, e ela para um momento a fim de olhar as nuvens escuras. Deve haver uma explicação melhor, não pode ser o que seus instintos lhe dizem que é.

— De onde vem isso? — sussurra para si mesma.

Sem perder tempo, ela corre, dá a volta no alojamento e saca uma adaga de dentro da bota. Eles não a deixaram trazer uma espada — *esta é uma delegação pacífica, Princesa Calla; os guardas reais são sua melhor proteção* —, então vai ter de se virar com esta lâmina menor que pegou do cofre do palácio. O vento joga seu cabelo em todas as direções, chicoteando-o para frente e para trás, sobre e ao redor dos olhos.

Nos fundos do alojamento, ela encontra três homens com uniforme de oficiais. Funcionários do *yamen* que já estão na área, provavelmente enviados para fazer uma busca quando a Capital do Leste também não conseguiu localizar o general Poinin.

— Vossa Alteza! — exclama um deles, tenso, ao ver Calla se aproximar.

A delegação foi apresentada a ele quando chegou. Ela não lembra seu nome. Ele faz uma reverência, mas a atenção da princesa já está fixa no general morto aos seus pés.

Poinin tem um braço enfiado debaixo do corpo e o outro esticado. O lado esquerdo de seu rosto está pressionado contra o chão, e seu olhar é de um vinho macabro e imóvel. Difícil acreditar que ele estava tagarelando sem parar mais cedo. Talvez um morador tenha finalmente se cansado da insistência dele em livrá-los de seus deuses antigos.

— O que aconteceu? — pergunta Calla, guardando a adaga.

— Difícil saber — responde o oficial no meio.

— Um legista está vindo — acrescenta o terceiro. — Chamamos assim que vimos o corpo. Ele vai descobrir a causa da morte.

— Deixe-me poupá-los de uma investigação. Afastem-se.

Calla se inclina e vira o general de barriga para cima. Por um momento, o lado esquerdo de seu rosto fica terrivelmente vermelho; então, segundos depois, muda para uma palidez desconcertante. Os oficiais também devem ter percebido, porque um deles solta um grunhido de nojo, e Calla gesticula para que se afaste mais. Ela fica de cócoras. Abre o casaco do general.

Dois dos oficiais do *yamen* começam a engasgar, nauseados.

— Eu *falei* para vocês se afastarem.

Há um buraco imenso no peito de Poinin. Mas, apesar da imagem repugnante, não há sangue: é uma incisão limpa, que atravessa o esterno, as costelas, e deixa um espaço vazio para trás. Calla enfia a mão, e os engasgos ficam mais altos. Ela passa um dedo pelo osso branco, com gentileza. Está liso. Antes que uma arma fizesse aquele corte, o corpo já havia parado de sangrar.

— Isso não faz sentido nenhum — murmura ao se levantar.

Está acontecendo de novo. Em San-Er, esses experimentos com *qi* eram obra das Sociedades Crescentes, sob orientação de Leida. Mas Leida Miliu está em uma cela nas masmorras do Palácio da União, e as Sociedades Crescentes não têm templos ou alcance fora dos limites de San-Er. Então, o que está acontecendo?

Calla afrouxa a gola da camisa, tirando-a do rosto. A temperatura parece estar subindo de novo, de maneira tão súbita e anormal quanto a queda a níveis glaciais.

— De qualquer forma, o que ele estava fazendo aqui? — pergunta o primeiro oficial, abanando a si mesmo para combater o enjoo.

— Provavelmente queria ver que outros elogios incluiria sobre os soldados — responde o terceiro, a mão ainda firme ao redor do nariz. — Poinin estava pedindo mudanças orçamentárias. Menos para os camponeses, mais para as operações do palácio.

— Bom... — O segundo oficial examina a grama perto do corpo. — Não estou vendo o relatório em lugar nenhum.

— Talvez ele já tivesse entregado.

— O que ele estaria fazendo atrás do alojamento se já tivesse entregado?

— Por que está perguntando para mim? Vamos perguntar para algum tenente lá dentro...

Calla não tem muito a contribuir na conversa. Ela não diz nada, então dá as costas e anda em direção à entrada do alojamento. Embora os três oficiais fiquem em silêncio com sua partida súbita, não a seguem. Ela está sozinha quando volta a contornar o lugar, sobe a soleira elevada e entra no alojamento cercado por muros.

— Céus — sussurra.

Quando Yilas foi sequestrada durante os jogos, eles a encontraram no Templo Sepulcral, rodeada de outros corpos inconscientes. Já se passou tempo o suficiente para Calla poder relembrar a cena sem estremecer, tentar visualizar os detalhes e se perguntar se havia uma saída mais fácil naquela noite, sem o uso da força bruta. Uma saída mais fácil do que ser esfaqueada no coração, do que ser carregada por Anton Makusa e se recuperar sob seus cuidados, a mão dele percorrendo seus cabelos e a efêmera sensação de paz moldada em seus lençóis.

Inevitavelmente, toda vez que ela se força a fugir *dessa* linha de raciocínio, sua mente perambula de volta ao Templo Sepulcral. Deveria ter se esforçado mais para tirar os outros de lá. Os rostos sem nome, os raptados que estavam no lugar-errado-hora-errada. Considerou que seu dever estava cumprido no momento em que Yilas ficou em segurança. Mas havia tantos outros corpos lá. Alguns ainda pulsavam, vivos. Ela nunca voltou para salvá-los.

Calla solta o ar, correndo os olhos pelo interior do muro do alojamento. Ela observa os tufos de grama, os cochos de água ao fundo, as cordas de escalada que pendem da torre de vigilância acima do perímetro.

E os corpos. Incontáveis corpos vestidos com o uniforme de soldados do palácio, espalhados e mortos.

Devagar, Calla caminha até o mais próximo. Está dobrado na altura da cintura, a espada ainda na bainha. Ela mal ousa respirar ao se abaixar e puxar o ombro dele com cuidado para que a cabeça tombe para trás e encare o céu que escurece depressa.

Porém, ele não tem ferimento. Calla franze a testa e ergue suas pálpebras, encontrando o olhar envidraçado, mas ainda colorido. Ela apalpa seu peito. Procura pelo uniforme. A pele está limpa, os órgãos parecem intactos e não há sangue no chão.

O soldado simplesmente tombou morto, sem indício nenhum de *como* morreu.

Calla fica de pé. Há mais de trinta soldados neste alojamento. Como é possível que todos tenham sido eliminados sem sinais de luta?

— O que *aconteceu* aqui? — murmura. — Será que um dos deuses desceu para se vingar?

Um farfalhar ecoa dos cochos de água.

Calla fica tensa e saca a adaga de novo com um único movimento ágil. Há outro som: uma fungada humana, contida. Ela gira a lâmina para poder ter mais firmeza ao segurá-la.

Quando está prestes a arremessar a arma ao primeiro sinal de movimento, duas crianças espiam de trás do cocho.

— Merda. — Calla mal contém a adaga, recuperando-a no ar e enfiando-a de volta na bota. —Ei! Ei, vocês!

As crianças desaparecem atrás do esconderijo.

Calla avança depressa. Não é como se elas tivessem para onde fugir, mas ela não quer assustá-las. Está com sua expressão mais amigável quando olha atrás do cocho, seus movimentos vagarosos.

— Olá — diz. — Vocês estão bem?

As crianças começam a gritar.

— Shhh, shhh! — Ela tentou o melhor que pôde. Claramente sua expressão mais amigável não é tão amigável quanto pensava. — Está tudo bem. Vocês estão seguros! — Ergue as mãos com as palmas para a frente. — Viram? Eu sou do bem, prometo. Não vou machucar vocês.

O menino à esquerda inspira, a respiração falha. Ele se acalma, abraçando a si mesmo. Leva um pouco mais de tempo para a menina à direita ficar quieta, mas ela o faz em meio a pequenas crises explosivas, cada som saindo mais fraco que o anterior, até parar.

— Pronto, pronto. Não vai acontecer nada de ruim com vocês. — Calla se abaixa para ficar na altura deles do outro lado do cocho. — Podem me dizer o que aconteceu? Por que estão aqui?

Silêncio. Por um breve momento, ela se pergunta se as crianças falam talinês, mas a ideia é dispensada assim que pensa melhor. Não existe um mundo em que crianças sejam criadas sem falar talinês. Do contrário, alguém já teria denunciado a família e batido à porta do *yamen* na expectativa de ganhar uma recompensa, e a punição do prefeito seria ágil.

Ainda assim...

— Vocês podem me contar — sussurra.

O passado zumbe em seus ouvidos, deixa um gosto estranho em sua boca. Antes que perceba de onde vieram as palavras, está dizendo-as em voz alta: *por favor*. Falou apenas as palavras para "*por favor*", bem quando pensava que esquecera todo o dialeto de Rincun. As duas crianças se animam, com um novo brilho nos olhos.

— Você fala nosso segredo — diz o menino.

— Falo. — Calla espia por cima do ombro. Os oficiais do *yamen* logo darão a volta e entrarão. Ela conseguiu passar a mensagem, então volta para o talinês. — Eu sou igual a vocês. Posso ajudar. Me contem o que aconteceu.

As crianças trocam olhares. Um ar pensativo passa por elas, fazendo-as parecer mais velhas, bem mais sensatas do que seria esperado naquela idade. Tomam uma decisão, e Calla nota o gesto afirmativo da menina antes de se inclinar para a frente e se apoiar no cocho, os dois olhos cinza espiando por cima da madeira.

— Eles deixam a gente brincar aqui e comer o arroz que sobra das refeições — murmura a menina com cautela. — Nós não somos soldados.

Calla suprime o indício de um sorriso.

— É, imaginei. Um bandido entrou aqui?

— Ninguém entrou. — O menino, valente, decide ficar de pé. — O alojamento ficou muito frio. Mamãe diz que a gente tem que correr quando sentir o ar esfriar. Frio significa que *qi* está sendo roubado. Nosso bisavô morreu assim.

Roubado? Calla olha para o lado, para os cadáveres espalhados pelo lugar. Mentalmente, visualiza o Templo Sepulcral de novo, e os corpos que tinham os peitos abertos. Roubo de *qi*. Uma alegação como essa seria considerada superstição das províncias, assim como algumas pessoas aqui acreditam que ser enxerido demais permite que os deuses invadam seu corpo e suguem seu *qi*.

— Isso é... — Ela não sabe como perguntar, não sem soar como uma urbana que acha que os deuses antigos estão mortos. — Isso é *comum* aqui?

Os dois balançam a cabeça. Continuam em silêncio.

— Mas vocês não fugiram.

— Foi ideia minha — insiste a menina. Ela também fica de pé, como se sua dignidade estivesse em risco. É muito pequena e mal bate na cintura de Calla, que tem a ideia absurda de que poderia pegá-la e enfiá-la no bolso se quisesse. — Pareceu mais seguro se esconder.

— Você estava certa, fez bem — murmura Calla.

Nenhum agressor entrou. O mundo apenas ficou gelado. Os soldados do trono tombaram mortos. Em meio a tudo isso, duas crianças do vilarejo permaneceram totalmente ilesas.

— Aí estão vocês!

Calla se vira. Uma mulher atravessa a entrada, os olhos do mesmo tom cinzento que os das crianças. Os dois dão a volta correndo no cocho, disparando para os braços da mãe. É então que Calla vê as marcas arranhadas na madeira onde as crianças estavam se escondendo. Três linhas, simples o bastante para, talvez, serem apenas coincidência.

Mas poucas coisas tendem a ser coincidência quando o inexplicável acontece.

— O que é isso? —pergunta ela, apontando para as linhas.

— Uma runa — diz a menina na mesma hora, agarrada ao vestido da mãe. — De proteção...

— Deera — interrompe a mãe. Há uma reprimenda ali, dura, porém sutil. — Lembra o que conversamos sobre inventar coisas? —

A mulher olha para Calla e diz: — Sinto muitíssimo. Posso levá-los para casa? Eles não deveriam ver isto.

Estranho que a mulher não tenha perguntado o que aconteceu. E também não parece chocada com a presença de tantos cadáveres.

— Claro — responde Calla.

— Vossa Alteza! — Uma nova comoção vem da entrada. Os três oficiais do *yamen* finalmente chegaram. — Vossa Alteza, os guardas do palácio se aproximam!

Ela registra vagamente a notícia, ainda pensando na situação, tentando compreender o que vê. Ao ouvir os oficiais, a menininha repete, com um tom de surpresa:

— *Alteza?*

Calla assente em resposta. Pela primeira vez, está começando a achar que as províncias são mais eficientes em guardar segredos do palácio do que ela pensava.

— Melhor vocês irem embora logo, antes que os guardas cheguem para fazer a limpeza — diz, o tom casual. Ela olha para a mãe. — Se esses dois tiverem mais alguma coisa para contar sobre o acidente, por favor, peça ao prefeito para falar diretamente comigo.

A mulher abaixa a cabeça.

— Sim, Alteza.

Eu sou igual vocês, dissera Calla mais cedo às crianças. Então, os oficiais chamaram, e tudo o que elas escutaram foi: *eu não tenho nada a ver com vocês.*

Ela fica olhando os três irem. Os oficiais entram no alojamento. Conversam uns com os outros, debatendo o que aconteceu e o que poderia ter causado aquilo. Embora Calla não olhe de novo por medo de chamar atenção, traça nas costas da mão o formato das três linhas. Lembra os dois riscos que os Crescentes no Templo Sepulcral usavam.

— Merda — sussurra para si.

Bem quando os guardas do palácio entram no alojamento, Calla finalmente consegue pensar e toma uma decisão, saindo apressada.

— Venham, o *yamen* que resolva isso — ordena. — Nós vamos *embora.*

3

No décimo quinto aniversário de Galipei Weisanna, o palácio o designou a August. Foi um sorteio dentre uma lista de todo Weisanna que tinha idade próxima ao príncipe e pudesse segui-lo por aí, como uma sombra disfarçada de amigo de infância. Poderia ter sido qualquer um dos primos de Galipei, qualquer outro Weisanna, já que eram todos substituíveis desde que tivessem os olhos prateados, a herança genética que os protegia de terceiros invadindo seus corpos.

Porém, por um golpe qualquer do destino, o conselheiro que fez a lista colocou o dedo no nome de Galipei e enviou as instruções pela cadeia de comando. August acabara de ser nomeado herdeiro de Kasa. Precisava de alguém que o mantivesse longe de problemas, principalmente depois do escândalo colossal que acontecera pouco antes no Palácio da Terra: Otta Avia e Anton Makusa foram pegos enquanto tentavam roubar os cofres. Com Otta semimorta e Anton, de 18 anos, lançado às ruas de San em exílio, não restaram muitos amigos ao pobre príncipe.

— Por aqui, por favor.

Levaram Galipei a uma das salas de estar, um cômodo com pouquíssima luz do sol no segundo andar da ala leste. Devia ser raramente usado, pois ele foi recebido por uma nuvem de poeira e teve uma crise de tosse enquanto a capitã da guarda o olhava com desaprovação. Embora Mayun Miliu não tenha dito nada, Galipei engoliu a coceira na garganta, intimidado demais para chamar mais atenção para si. A guarda real costumava lhe passar suas tarefas diárias à distância, dirigindo-se a ele junto com os outros Weisanna mais novos. Ele nunca recebera essa atenção pessoal antes. E nunca tivera contato direto com a própria capitã da guarda, que levara a filha consigo para acompanhar os procedimentos. Foi quando Galipei conheceu Leida também. Em suas lembranças, o encontro é sempre ofuscado pela chegada de August.

— Sente-se, sente-se — disse Mayun. — Quer alguma coisa? Água?

Galipei engoliu em seco. Sua garganta estava áspera, mas ele não pediria água a Mayun Miliu.

— Não, obrigado, senhora.

O assento rangeu sob ele. Um grande tapete ocupava a maior parte do cômodo, embora não servisse muito para abafar o som contra o assoalho. Retratos antigos pendiam de um jeito melancólico das paredes, voltados para as cadeiras de madeira posicionadas em círculo. Havia pouco para olhar além disso. Hoje, Galipei não acha estranho que ainda se lembre de cada detalhe do cômodo naquele dia, das longas cortinas prateadas ao redor das janelas até o bordô do papel de parede.

— Não precisa ficar tão nervoso. — A capitã Mayun Miliu se sentou na cadeira à frente dele. — Pense nisso como uma pequena mudança em sua rotina. Você ainda vai comer, dormir e ir à escola como fazia antes. A única diferença é que agora será ao lado do príncipe.

Sua filha se aproximou e ficou de pé atrás dela, encarando Galipei com uma curiosidade descarada. Havia glitter espalhado em sua testa, do tom exato do azul Miliu. Ele nunca havia se aproximado o suficiente de Leida para perceber. Até aquele momento, Galipei Weisanna era um rosto comum no palácio. Só mais um menino que treinava cedo pela manhã, depois ia à escola ao longo do dia para não ser um guarda analfabeto. Só mais um órfão sem ter o que fazer durante as tardes, exceto continuar treinando. Muito antes de seus pais morrerem em incidentes de trabalho, ele havia sido dado de presente ao reino como uma peça dispensável. Não fazia sentido para ele cruzar caminho com as Miliu ou os Shenzhi.

Então August entrou pela porta, e a vida de Galipei se encaixou, reescrita para um novo rumo. Ele não tivera escolha, mas, se lhe pedissem para fazer tudo de novo, não mudaria nada.

— Olá. — August inclinou a cabeça em um cumprimento. — Você deve pertencer a mim.

Sim, decidiu Galipei. Seu único propósito era o príncipe. O que August precisasse, ele providenciaria. O que August quisesse, ele encontraria. Nos anos que se passaram, ele não foi só um companheiro. Tornou-se uma extensão de August, que ia aonde o príncipe não podia e resolvia questões nas quais ele não pensava. Não precisava de reconhecimento. Precisava cumprir seu propósito. E, quando se tratava de August Shenzhi, era dia após dia de um propósito revigorante e infinito.

Talvez por isso Galipei esteja se sentido abandonado ultimamente. Durante anos, havia apenas um caminho adiante. Um propósito, colorindo muitos momentos que passaram juntos. Foi sussurrado pela primeira vez ao seu ouvido em uma certa noite escura, quando August saiu da própria cama e se abaixou ao lado dele. No momento em que Galipei tentou se levantar, perguntando qual era o problema, August colocou uma das mãos em seu ombro e o empurrou de volta. Ergueu a outra mão até a boca, com um dedo pressionado contra os lábios. Havia alguns Weisanna de guarda do lado de fora, vigiando os aposentos do príncipe. Quando August falou, sua voz era quase inaudível. Apenas Galipei testemunhou sua declaração.

— Eu vou depor o Rei Kasa.

Não foi necessário convencer Galipei para que se unisse a ele. Não era traição, não a seu ver. Apenas *um único* membro da realeza tinha sua lealdade.

— Está bem — respondeu. Levantou a mão direita, como se já estivesse jurando fidelidade ao seu novo rei. — Por onde começamos?

Agora, aconteceu. As cidades gêmeas tinham August no trono. Mesmo assim, San-Er parece mais ou menos a mesma, o que é talvez o primeiro pensamento traidor que Galipei já teve contra August na vida.

— Merda.

Em suas lembranças, August pega sua mão e pressiona seus dedos juntos, um sorriso raro repuxando seus lábios. No presente, a mão de Galipei golpeia com força o saco de pancada que está socando há horas, então escorrega, enviando uma onda de dor por todo o seu braço. As ataduras em seu punho estão se soltando. Dois pensamentos rodopiam em sua mente sem parar. Um: há algo errado com August. Dois: está quente *demais* aqui.

O saco de pancada balança de um jeito estranho. Galipei enfim faz uma pausa, bufando e se inclinando para apoiar as mãos nos joelhos.

Este ginásio de boxe fica no sul de Er, mas, com a quantidade de movimento à porta a todo minuto, parece ser o epicentro de San. É frequentado principalmente por empresários que vivem na área, usando apenas roupas de treino, chutando sacos e bonecos de madeira durante os intervalos do almoço. Galipei gosta de vir aqui, apesar dos seis lances de escada até a entrada. Mesmo que os sacos de pancada sejam de qualidade questionável, com enchimento de retalhos que formam calombos estranhos e entalhes peculiares. Os ginásios de treinamento do palácio podem até importar areia para seus sacos, trazê-la das províncias da costa e criar itens da melhor qualidade, mas também estão cheios dos olhares de seus parentes. Ele acorda e há um Weisanna do lado de fora do quarto. Toma café da manhã e tem um Weisanna comendo ao seu lado. Não consegue nem conversar com August, porque não é mais seu único guarda. A força real inteira é, suas tias e tios rodeando-o em alerta máximo.

Aqui, não é observado nem monitorado. Quando Galipei joga os braços para trás, tentando alongar os ombros tensos, quase acerta um homem às suas costas. O sujeito nem pisca. Na verdade, ele mal percebe, apesar da proximidade.

Galipei limpa o suor da testa. Deveria ir embora antes de realmente colidir com alguém. Todo espaço público em San-Er é construído de maneira compacta, e este lugar é dividido com cordas para que várias pessoas usem cada seção. Os donos optaram por instalar cortinas nos cantos que servem de vestiário, em vez de construir cômodos à parte. Acima, um ventilador de teto gira com esforço. Embora não ajude muito a deixar Galipei menos suado quando ele vai ao vestiário improvisado, o ventilador faz um canto da cortina esvoaçar para a esquerda e para a direita, até que ele empurra a coisa toda para fora do caminho. Abre seu armário. Ali dentro, o pager está aceso, a tela piscando e sinalizando novas mensagens.

```
Onde você está?
Volte logo por favor
A renovação da muralha vai começar e ninguém me fa-
lou??????
E o baile ainda vai acontecer este ano?
Claro que não, né?
Galipei, responda
Galipei, por favor
```

As mensagens são de Seiqi. Ela é sua prima, de segundo ou terceiro grau, e foi nomeada capitã de uma nova unidade da guarda do palácio. Desde que Leida Miliu foi presa por traição, os guardas de San-Er foram reorganizados em unidades baseadas em quadrantes da cidade, e respondem a superiores diferentes. Assim, nunca haverá outra Leida, conspirando com poder o suficiente para ameaçar o trono.

Seiqi está levando o novo cargo demasiado a sério, infernizando Galipei sem parar com consultorias. E eles nem são tão próximos assim.

— Que irritante — sussurra ele, enfiando o pager no bolso. Ele veste a camisa preta e o casaco, e puxa o zíper com tanta força que quase atinge o próprio queixo.

Está de mau humor. Com Seiqi, por achar que ele tem mais poder do que realmente tem. Com a cidade, por ser cheia demais, quente demais. Quando ele sai do prédio, o ar da tarde está melhor, mas mesmo assim ele esbarra em outros pedestres nos becos, e ainda precisa desviar das barracas quando chega à rua principal. Os civis mais perceptivos fazem o melhor possível para lhe dar passagem, vendo seus olhos prateados e identificando-o como um Weisanna, mas a maioria nem se importa.

Seu bolso vibra. Galipei pega o pager de novo.

`Você já está voltando?`

— Achei que tivesse *desligado* — diz, apertando o botão de novo.

A guarda do palácio está um caos, espalhada demais apesar de seus vastos números. August, não mais seu príncipe mas sim seu soberano, implantou grandes mudanças, muito além das promessas que sussurrara antes de subir ao trono. O novo reinado de Talin tem despachado suprimentos e feito inspeções em forma de legiões massivas, transformando os guardas do palácio em soldados das províncias. Eles redigem relatórios extensos para identificar as áreas problemáticas de cada região, depois destituem prefeitos e demitem nobres da administração a torto e a direito, em vez de resolver esses problemas. Estão construindo novas estruturas, e a seguir ordenando que estátuas do rei sejam erguidas em todos os vilarejos, usando os materiais mais caros, pagos pelos bolsos dos conselheiros. August Shenzhi sempre foi visto discretamente como o herdeiro que um dia melhoraria as condições de vida para o povo de Talin. Mas suas novas medidas, e novos impostos, são um golpe de poder tão descarado que qualquer pessoa de fora acharia que ele está tentando provocar o palácio de propósito.

Tudo poderia ser resumido a agir com muita pressa, a tentar se estabelecer logo como rei, se não fosse pela muralha.

August decidiu que precisavam expandir San-Er. A muralha deve ser derrubada e reposicionada mais para dentro de Eigi. Nada disso faz sentido. August não faz nada sem planejar por semanas, meses até. Não agiria por capricho. Não bolaria plano algum sem antes consultar Galipei.

Ainda assim, nas duas semanas desde sua coroação, ele fez exatamente isso. Galipei se rende a um calafrio involuntário, sentindo uma gota de água aterrissar em seu pescoço, pingando dos canos que rangem acima. San-Er o observa avançar pelas ruas, a vigilância onipresente piscando de uma passagem densa a outra. É igual dentro do palácio. Ele não conseguiu ter um momento a sós com August desde que ele se tornou rei. Nas poucas ocasiões em que Galipei tentou conversar com ele, para perguntar se estava bem e oferecer conselhos, August estava muito mais preocupado com o que sua prima Calla estava fazendo. "*Não, escute, Galipei, tem de haver um jeito de tirá-la desse cargo de consultora antes que ela volte de Rincun... Sim, estou perfeitamente bem, não há necessidade de eu ler aquele relatório se eles estão seguindo minhas ordens... Alguém me arrume uma lista dos outros consultores reais...*"

O palácio fica à vista, e uma de suas torres captura um raio flamejante de sol que penetra por entre as nuvens. Uma imagem rara. As cidades gêmeas são cinzentas como o esgoto, o céu bloqueado e as ruas escuras sem as luzes noturnas.

Galipei franze a testa, acompanhando os tijolos rústicos do coliseu e se afastando do murmurinho do mercado lá dentro. Ele entra no palácio por uma porta lateral. A lama sob suas botas se arrasta junto com ele.

— Galipei! Achei que você não ia aparecer nunca!

Ele reprime um suspiro. Deveria saber que seria interceptado.

— Seiqi — cumprimenta, neutro. Não diminui o passo. Tem trabalho a fazer e um Weisanna sabe andar e falar ao mesmo tempo. — Se for sobre a muralha, não sou seu superior. Não é a mim que você deve responder. Não faço ideia se você será alocada lá.

— Eu *sei* — responde Seiqi, soando um tanto ofendida por ele ter presumido o contrário. Ela dá uma corridinha para se manter ao lado dele, sua longa trança voando às costas. — Você é o guarda particular do rei. Até o superior do meu superior deveria responder a você.

Tecnicamente, o superior do superior de Seiqi seria August. Então isso não é verdade.

— O que você quer? Deve ser importante para passar tanto tempo me procurando.

Há uma comoção na ala sul, em algum andar acima deles. Por um instante, Galipei vira a cabeça de lado enquanto passam pela junção entre as alas do palácio, curioso o bastante para espiar as serventes que descem às pressas a larga escadaria verde. Uma delas tem um lençol sujo amontoado nos braços.

— Eu queria perguntar do baile. Kayen falou que ainda vai acontecer.

— Então vai acontecer — responde Galipei. O baile é só mais uma oportunidade para um banquete e o conselho poder dar tapinhas de parabéns nas próprias costas. — É um evento anual e faz um tempo que está no calendário. Por que não aconteceria este ano?

Seiqi faz uma careta.

— Tecnicamente, é o baile de Kasa. Você deveria falar para August cancelar.

— O conselho não vai gostar disso — retruca Galipei.

Se há *uma* coisa com a qual August precisa tomar cuidado, é o conselho. O povo precisa obedecer, não importa o que ele declare. August poderia proclamar que todos os civis de Talin andem de costas de agora em diante, e eles teriam que andar de costas. Desde que existam soldados mandando, eles o farão.

Mas se o conselho se voltar contra ele, August perderá tudo. O conselho controla os generais. Os generais dão ordens aos soldados. Talin só sabe funcionar assim.

— O palácio está quase em pedaços, e nós não temos recursos para bancar outro banquete amanhã.

— Sim, nós temos. O cofre real é bem grande.

— Não estou falando de *dinheiro*. Não importa quantos novos empregados Calla Tuoleimi deixe a equipe contratar, nós não temos *guardas* o suficiente. É só escutar esse movimento todo no andar de cima. Uma unidade inteira de Weisanna está fazendo rondas na enfermaria do palácio por causa daquela intrusa vomitando sangue. Um desperdício dos nossos talentos, na minha opinião.

É disso que se trata o barulho? Galipei finalmente desacelera. Há outra escadaria ao final do corredor, também com um burburinho agitado.

— Espere aí. — *Intrusa vomitando sangue?* — Tem alguém doente?

Seiqi afasta a franja do rosto. É uma franja curta, que mal se mexe, mas a atitude por trás do gesto está ali.

— Você é importante demais para as fofocas do palácio? Não sei como não ficou sabendo. O Hospital Nordeste a trouxe aqui uma hora atrás, e disse que ela ficava gritando que é da nobreza. Alguém deve ter confirmado, já que a deixamos continuar aqui.

Galipei para de vez, bem ao lado da escadaria menor. Um buraco se abre no fundo de seu estômago, tão potente quanto um ferimento pulsante. Não, sem chance. Sem chance *nenhuma.*

"A senhora tem cinábrio?", perguntara ele à tia.

"Para quê? Está tentando criar um elixir da imortalidade?"

Ele dispara escada acima, balançando a cabeça, incrédulo. A ala sul se abre à sua frente, com um ventilador prateado girando depressa no centro do teto pintado. Uma seleção do panteão, dos deuses cósmicos mais importantes, estende os braços sobre o espaço do saguão.

Nos primeiros anos, antes da guerra com Sica, antes de Talin conquistar lugares como Rincun e Youlia, o reino enviava delegações às províncias independentes em busca de deuses. As fronteiras eram supostas entradas para o plano celestial. Os deuses antigos desapareceram pelas montanhas e deixaram a terra para os mortais, permitindo que monarcas governassem em seu lugar. Mas os reis, como tendem a fazer, desejaram mais. Não era suficiente aceitar que os deuses antigos vigiassem o reino de vez em quando em uma oração. Em vez disso, os reis queriam favores diretos, se ao menos pudessem encontrá-los.

Então escavaram as montanhas.

Embora não tivessem achado deuses, acharam cinábrio. As primeiras pessoas a minerar a substância começaram a tremer e convulsionar. Mais tarde, alegariam ter visto os céus e estado ao alcance da imortalidade. Elas levaram o minério para dentro do reino, para o Palácio dos Céus ao norte, então para o Palácio da Terra ao sul. Alquimistas reais receberam instruções para abrir uma passagem na linha entre mortal e deus, e o palácio forneceria o quanto precisassem do material.

Com o tempo, depois de um número considerável de mortes, os palácios mudaram o discurso. Cinábrio não era um elemento dos deuses; era só estupidamente tóxico e causava alucinações. Agora tinham o minério em abundância e nenhuma imortalidade a drenar dele. Descartaram seus estoques em massa, carregaram carroças que foram puxadas até as províncias. As fábricas deram uma única espiada nos barris e na mesma hora foram buscar a cor vermelho-sangue para ser usada. Apesar de sua toxicidade, o cinábrio nunca desapareceu do reino por causa de seu pigmento, que as fábricas de San-Er ainda extraem em abundância. É fácil de conseguir, quando se tem os contatos certos.

Galipei faz uma curva. As portas duplas da enfermaria se erguem à frente. Se havia uma comoção antes, já se acalmou. Ele empurra as duas portas, abrindo-as com um baque.

— Ah, céus.

4

Nos limites de San-Er, pilhas intermináveis de materiais de construção beiram a periferia da muralha e o caminho que leva às províncias. Esta seção central será derrubada amanhã. O portão será desmontado e reconstruído mais para dentro de Eigi, permitindo que essas fundações de aço infectem a grama amarelada e novos prédios se ergam lá dentro.

Um grande batalhão da guarda foi trazido para cercar o novo perímetro da capital e se livrar dos camponeses que gostam de acampar do lado de fora da cidade. Muitos moradores das províncias vieram ver a divisa mudar, esperando o momento certo para se infiltrar em San enquanto a muralha estiver derrubada. Não agiram ainda. Até onde os guardas do palácio podem ver, eles estão apenas acampando, pacientes.

— Temos alguém aqui alegando ter permissão para entrar — diz um guarda em patrulha, parando em frente a um Weisanna.

O outro mal tira os olhos prateados da tela de seu tablet, irritado demais por ter sido alocado ali. Uma garoa fina cai do céu escuro, molhando o texto. Precisam de algumas unidades de elite caso um problema de fato comece, e as habilidades de um Weisanna são necessárias, mas tinha de ser ele? Durante grande parte da vida, esteve na guarda real. Agora está vigiando uma *muralha*.

— Número de identidade?

— Ela diz que ainda não lhe deram um, mas que o dia de sua entrada é hoje. Falou que o nome é Bibi.

— Bibi de quê?

— Só Bibi. Não disse se é nome ou sobrenome.

Que estupidez. O Weisanna tira a chuva do rosto e bate o dedo contra aquele trambolho de tablet para digitar os dois caracteres.

— Não a vejo na lista. Ela deve ter recebido um número de identidade se aceitaram sua entrada. Precisamos encontrá-la no registro civil ou não pode passar.

— Certo. Um momento.

Enquanto isso, Bibi espera perto de uma das tendas do acampamento com um guarda-chuva. É de um amarelo horroroso, o último disponível na barraca em Eigi, onde o comprou. Ela segura o cabo com uma das mãos e, com a outra, brinca com uma mecha de cabelo encaracolado, puxando várias vezes. Passou a maior parte da vida na província de Laho, embora não tenha nascido lá. Às vezes, na parte rural de Talin, as pessoas se veem presas a determinados lugares. Um dia em um trabalho se transforma em um mês, enquanto espera juntar economias o bastante, o que nunca acontece porque o preço da comida não para de aumentar. Um mês em um trabalho se transforma em um ano com facilidade, que então vira uma década. Donos de terras são bons em usar sistemas de troca em vez da moeda oficial de San-Er. Um ano de trabalho por um conforto decente. Dez anos por um celeiro onde dormir. Com o tempo, esquece-se de que partir é uma opção, já que partir significa recomeçar.

Laho, no entanto, é muito isolada, e Bibi não conseguia se livrar da urgência de sair correndo, não importava o quanto tentasse. A província produz grãos e cultiva trigo em suas planícies, assim como suas vizinhas. Nada em Laho chama a atenção. Não é como Gaiyu, famosa por suas fúcsias vermelhas, ou Daol, com suas praias reluzentes. Laho também não é uma província difícil como os territórios mais próximos da fronteira que foram anexados há menos tempo. Rincun e Youlia são associados a revoltas. Perturbações pequenas e frequentes que os soldados do palácio precisam resolver à força.

Laho é só um grande nada. Quando Bibi começou a viajar para o sudeste em direção às cidades gêmeas, esperando por cada rodada do sorteio de imigração, sentiu a diferença nos ossos, no ranger dos joelhos ao cruzar das planícies para a floresta. O rio Jinzi correndo sob seus pés foi o que a convenceu. O clima quente de Pashe soprou um ânimo úmido dentro de seus pulmões. Durante sua primeira loteria, quando não conseguiu permissão para entrar, ela decidiu que Eigi não era tão ruim para o que precisava. Os vilarejos eram movimentados. A comida tinha um sabor forte.

Então ficou sabendo que o palácio mandou queimar a capital de Eigi para transformá-la em uma base de segurança, e precisou fazer uma escolha: entrar de vez em San-Er e se esconder entre seus cidadãos, ou voltar às províncias e desaparecer. Era muito arriscado ficar perto das cidades gêmeas, onde os guardas são mais atentos.

Eles poderiam descobrir quem ela era. Poderiam matá-la pela segunda vez.

— Pergunte ao palácio — choraminga Bibi quando o guarda volta e pede seu número de identidade de novo. — Eu já falei para você, eles me disseram que alguém estaria no portão com um material de boas-vindas. Como é que eu ia saber que vocês não estão usando o portão principal hoje?

— Está bem, está bem. — O guarda tem boa vontade, e não se deixa afetar pelos camponeses que o fuzilam de longe com o olhar. — Me dê cinco minutos. Vou consultar a administração.

Bibi cruza os braços, as mangas se amontoando nos pulsos. Está vestindo a única blusa boa que tem. A parte rural de Talin não produz muita variedade em termos de moda. Roupas simples e saias de amarrar de algodão, para a pessoa se manter fresca durante as estações úmidas; e lã um pouco mais grossa, para as épocas de seca, quando o vento gelado sopra.

— Você não tem número de identidade, não é?

A voz vem da tenda à sua esquerda. Um homem espia o lado de fora, parecendo desleixado, com sombras debaixo dos olhos. Uma criança saiu correndo da tenda antes. Talvez este seja um pai cansado, tentando realocar a família. É igualmente provável que seja o cabeça de um cartel do tráfico que trata a muralha como uma zona de caça, sequestrando crianças para usar como mão de obra em Eigi.

— Claro que tenho — responde Bibi, impassiva. — Só não sei qual é ainda.

— Ouvi dizer que vem com sua carta de aprovação.

Embora a construção não tenha começado oficialmente, já estão escavando algumas partes, removendo os pilares da muralha e as ligações das curvas. Assim é mais fácil ter um vislumbre da cidade. Espiar os prédios feitos de metal e se imaginar entrando ali.

— Engraçado, acho que a minha se perdeu.

— Como você perde uma coisa assim?

Bibi enfia a mão na bolsa escassa de pertences e tateia em busca de nada. Quando alguns dos guardas da muralha começam a se movimentar, trocando de turno, ela aproveita para avançar.

— Ah, como sou tola — diz, em vez de responder. — Estava aqui esse tempo todo.

◇◇◇◇◇

San-Er sente o momento em que ela retorna.

As cidades gêmeas podem ter perdido a maioria de suas histórias, mas seus templos ainda veneram os deuses. E onde há veneração, existem remanescentes do passado. Práticas que só fazem sentido dentro de um contexto, métodos de cuidado sagrado passados dos mais velhos aos mais jovens. É lá que os fragmentos da memória coletiva se agarram à vida, espreitando da obscuridade. Ninguém vivo passou pela guerra, mas há alguns que se lembram de crescer à sua sombra, naqueles anos após as grandes massas do reino se refugiarem atrás da muralha. Eles se lembram dos pais se recusarem a falar sobre o motivo de terem deixado as províncias; se lembram do medo a qualquer menção do inimigo.

As fronteiras de Talin se mantêm imperturbáveis há mais de um século. Quando o trono venceu a batalha final, suspirou de alívio. Limpou as ruas, empacotou sua história com um laço bonito e a enfiou onde ninguém poderia trazê-la de volta à luz.

O trono não percebeu que nunca havia garantido a vitória, apenas um armistício temporário.

A inimiga conquistou sua grande jogada. E ela não vai aceitar a derrota desta vez.

5

A delegação finalmente retorna à capital, pouco depois do cair da noite.

Calla foi rápida ao sair da carruagem assim que pararam do lado de fora da muralha, mas agora está esperando pelo que parecem séculos. Há metal e entulho espalhados por todos os cantos, decorando o chão com escadas e trincheiras pela metade. Luzes fracas e verdes brilham no topo da muralha a intervalos de dois metros, iluminação o suficiente para permitir que as carruagens percorram a rota de entrada sem perturbar os moradores que vivem nas beiradas de San. De qualquer forma, a esta hora a maioria dos apartamentos mais altos que a muralha já está com as persianas abaixadas, preparando-se para dormir.

Calla cruza os braços e batuca os dedos no cotovelo. Toda vez que há movimento perto do portão, ela pensa que irão abri-lo mais, porém são só imigrantes das províncias tentando a sorte e se aproximando da muralha antes de serem enxotados de volta por guardas e seus porretes. Calla acompanhava um menininho que se esgueira e some de vista para evitá-los. No começo, ele estava espiando à esquerda do caminho principal. Depois de alguns minutos, deslizou cada vez mais para perto do lado direito antes de um guarda ralhar com ele, então disparou para longe. Ninguém o chamou. Nenhum pai, nenhum adulto para orientá-lo a ser cauteloso e enfiá-lo dentro de uma das tendas.

Calla balança a cabeça, desviando a atenção. Não é problema dela. Há órfãos demais em Talin. Se ela começasse a tomar conta de todos eles, ficaria louca.

— Por que está demorando tanto? — grita ela à fileira de guardas mais próxima, enfim perdendo a paciência. — É como se uma lesma estivesse abrindo o portão.

— Operação manual, Vossa Alteza — responde um deles. — Os cabos elétricos foram desligados e removidos.

Há uma pausa. Ela espera o guarda explicar, mas ele continua parado em formação, atento ao escuro da noite.

— Desligados e removidos... — repete Calla. — Para quê?

— As renovações começam amanhã, Alteza. Vamos transpor a muralha um quilômetro e meio mais adiante.

O portão range em um protesto colossal. Avança de maneira repentina, em uma provocação de que vai acelerar, abrindo um vão do tamanho exato para uma carruagem se espremer por ali, caso ela não se importe em ralar as laterais, até que o portão para completamente, emperrado.

Calla espera um momento. Alguém grita do outro lado da muralha, mas a voz é abafada, como se a água, e não o ar frio da noite, preenchesse o espaço entre eles. Ela tem certeza de que são instruções para esse desastre de operação manual. Também tem certeza de que os operadores não estão ouvindo, porque os dois lados do portão subitamente se aproximam mais alguns centímetros.

A porta da carruagem se abre atrás dela. Vênus Hailira sai do veículo, tremendo de frio. Provavelmente escutou cada palavra que Calla trocou com o guarda, então não pergunta o que está acontecendo. Observa a muralha por alguns segundos, depois pergunta:

— Imagino que a gente não possa atravessar por aquele espaço, não é?

— San-Er tem bem poucas carruagens — responde Calla. — O conselho não ficaria muito feliz se você destruísse essas.

Vênus suspira.

— Pode ser que isso leve um tempo.

— Pode — concorda Calla. Ela toma uma decisão. — Vejo você lá dentro, então?

— Como é que *é*?

Calla avança com o queixo erguido, e o brilho de sua coroa reflete as luzes verdes da muralha. Os guardas mais próximos não encontram coragem para falar nada quando ela passa por eles no caminho principal. Ela captura um movimento pelo canto dos olhos. O menininho de novo, ainda rodeando as multidões. Assim que chega à beirada da aglomeração, surgindo em meio aos outros imigrantes, ela estica a mão para agarrar o braço dele.

— Anda rápido — sussurra.

— Vossa Alteza...

Ao vê-la, os guardas da muralha erguem seus porretes num gesto incerto, mas Calla apenas desvia por debaixo do braço de um deles e continua andando, empurrando a criança junto. Ela se aproveita do espanto deles e então entra, passa pelo portão e raspa as botas contra a grama alta e amarelada.

— Vai — sibila, soltando o menino. — Corre!

Ele não hesita. Dispara imediatamente em direção a um dos becos. Atrás dela, os guardas se apressam em persegui-lo, gritando, irritados, mas Calla localiza sua própria rota e cruza o campo curto depois da muralha, enfiando-se em outro beco estreito entre dois prédios residenciais. Irão atrás do menino primeiro, mas ele não parecia do tipo que seria pego com facilidade. Quando mandarem gente atrás dela, já estará fora de vista, e então por que se dariam ao trabalho de continuar a persegui-la?

As cidades vibram sob seus pés, como se murmurassem em aprovação. Calla sobe alguns degraus e sai do beco, tomando a direita para usar uma passagem estreita de pedestres. Não é mais uma menininha de Rincun. Não é um dos camponeses esperando do lado de fora da muralha na esperança de receber permissão para entrar nas cidades, à mercê de um capricho do palácio. Ela é Calla Tuoleimi. O homem sentado ao trono pode estar fazendo tudo em seu poder para tirá-la de vista, mas Calla veste uma arma no formato de um rosto há muito mais tempo que ele. Anton Makusa ainda nem sabe o que pode fazer. Não consegue jogar esse jogo como ela.

Calla puxa um celular do bolso e o pressiona contra a orelha. Assim como sua pequena adaga, o aparelho também foi roubado do palácio — da sala de vigilância, mais precisamente. Só funciona dentro das cidades gêmeas, do contrário o sinal sem fio não é forte o suficiente.

Enquanto o telefone chama, um cheiro cáustico atinge de súbito seu nariz. Vem da fachada de uma loja com a porta de aço aberta até a metade. Calla aperta o passo. É bem possível que tenha um corpo apodrecendo ali dentro, e, por um segundo, ela se espanta com a própria reação insensível. Encontrar cadáveres em Rincun é o suficiente para fazê-la voltar correndo ao palácio, mas não em San-Er. Cadáveres lá fora são um problema, um sintoma de que algo terrível está prestes a estourar. Aqui, são só um novo dia, outra tarde cinzenta, quente e úmida transformando-se em uma noite enjoativa na qual janelas trincadas à altura da rua se abrem para viciados tombados na diagonal de colchões infestados de insetos.

— Restaurante Magnólia.

A voz animada falha, respondendo assim que Calla entra apressada em um prédio e se depara com um trecho de sinal ruim. Seus arredores continuam zunindo baixo: murmurinhos de conversa em um andar superior, uma lâmpada bulbo zumbindo acima, uma vibração que corre pelas paredes e pode ser um ar-condicionado ligado. Embora ela seja rápida, levará um bom tempo para chegar a pé ao Palácio da União. Um pouco menos, entretanto, se for pelos telhados e cortar uma linha reta por cima da cidade densa.

— Oi — diz Calla. Há uma seta azul pichada ao lado da escada no final do corredor. — É você, Chami?

— A não ser que tenham saltado para dentro de mim e enganado todos ao meu redor, sim.

Calla quase tropeça no primeiro degrau, e os nós de seus dedos ficam brancos ao agarrar o corrimão. Chami está brincando; é claro que está. É um sarcasmo comum que crianças usam para retrucar às mães, algo tão impossível que só pode ser zombaria. Mesmo assim, Calla estremece ao corrigir a postura, subindo as escadas três degraus por vez.

— A Yilas está?

— Quando é que ela não está? Um minuto... *Amorzinho? Meu bem, meu bebê do coração?*

Calla torce o nariz. Involuntariamente, aperta mais o telefone. Ela continua subindo. Percorre sete lances de escada, então oito, nove, dez...

— Olá, Vossa Alteza Real.

Ela empurra a porta da cobertura assim que a voz de Yilas soa em meio à estática.

— Seu irmão — diz Calla, sem cumprimentá-la. — Ele está trabalhando na sala de vigilância do palácio?

Na única noite que teve como consultora real antes de ser chutada para fora em uma delegação até Rincun, Calla fez tudo o que pôde para implantar um par de olhos extras no Palácio da União. Tanto Yilas quanto Chami disseram que preferiam defenestrar a si mesmas em vez de servir a coroa de novo. Mas Matiyu Nuwa... ele precisava de um trabalho novo depois de deixar as Sociedades Crescentes. Foi bem fácil colocá-lo onde ela queria, principalmente com Anton distraído. Calla apresentou o decreto para permitir que funcionários do palácio ficassem livres para ir e vir em vez de morar dentro de suas paredes. Para permitir que civis comuns trabalhassem na sala de vigilância ou limpassem mesas, que assumissem turnos e batessem ponto pela primeira vez desde que os pais de Calla foram assassinados no outro palácio e Kasa aumentou a segurança ao redor de si mesmo.

Seu estimado novo rei assinou imediatamente a proposta para tirá-la de sua frente.

— Princesa Calla, foi você quem o contratou. Não deveria saber?

— Eu não levei a escala dele comigo até as províncias.

— Está bem, está bem. Deixe-me ver...

A voz de Yilas dá lugar a cliques rápidos. Seu pager, talvez. Alguns instantes depois, bem quando Calla está pulando de um telhado ao outro, Yilas confirma:

— Sim, ele está trabalhando e sai daqui a uma hora. Por que...

— Fale para ele me colocar lá dentro. Vou esperar na entrada sul. Devo aparecer em alguma das câmeras. Obrigada, tchau!

Calla desliga. Foi grosseira, mas Yilas não se importará. É difícil segurar um celular na orelha e escutar San-Er debaixo dos pés ao mesmo tempo. Se houver qualquer estardalhaço barulhento, serão os moradores saindo de casa e debandando para a avenida principal. Eles vão querer assistir ao retorno da delegação enquanto ela marcha por San-Er a caminho do palácio, e Calla precisa ficar atenta para conseguir chegar antes e conferir algumas coisas.

— Ai, *merda*.

Quando ela pula para o telhado seguinte, sua bota escorrega. Deve ter chovido mais cedo, porque poças se formaram onde a superfície é irregular. Calla recupera por pouco o equilíbrio, evitando cair do prédio, mas seu joelho cede depressa, atingindo o cimento e quaisquer partes de eletrônicos que tenham sido largadas ali em cima.

Uma dor lancinante sobe por sua perna. Calla cerra os dentes com força, então se recompõe e continua adiante. Um deslize breve. Ela ficará bem. Mesmo que esteja longe há algum tempo, as cidades gêmeas não se deformaram com sua ausência. San-Er aguarda, sempre paciente, agitando-se atenta no momento em que ela retorna, como uma luva que serviu perfeitamente e à qual é mais fácil ceder do que resistir.

A entrada sul do Palácio da União é uma saliência no coliseu. Calla desce antes de chegar perto e volta à rua. O tráfico de drogas ilegais começa por essas horas no telhado, mantendo operações próximas ao coliseu para o tipo de cliente que gosta de fazer uma coleta depois das compras noturnas de mercado. Também há uma presença forte das Sociedades Crescentes nesses telhados, e Calla não tem tempo para ser reconhecida.

Vislumbres breves do coliseu espiam dos vãos entre os prédios comerciais, a pedra cinza e as luzes douradas reluzindo. Calla erra uma entrada de início, mas, antes que possa dar a volta, ouve uma conversa casual no beco seguinte — guardas do palácio. Murmurando um xingamento rápido, ela age depressa: corre até uma janela e bate algumas vezes no vidro.

Espera, ouvindo. Sem resposta. Quando escuta os guardas dobrando a esquina, abre a janela e entra no apartamento, andando na ponta dos pés sobre o chão bagunçado. O cômodo está cercado de panos de saco espalhados e latas vazias de carne pré-cozida. Quem quer que seja o morador deste apartamento, parece estar desencaixotando de uma mudança recente, o que Calla acha estranho. As pessoas não costumam se mudar em San-Er. As circunstâncias não variam o suficiente para exigir isso, a não ser que alguém vindo das províncias ganhe a loteria da imigração e receba permissão para entrar.

Ela sai pela porta da frente e corre pelo corredor, depois toma uma saída para a rua seguinte. A entrada sul do palácio está à frente, virando a curva escura e passando pelo pedaço destruído de um toldo que caiu do restaurante do terceiro andar. Calla avança o suficiente para que as câmeras a registrem, então olha o telefone para que os guardas à entrada não percebam sua chegada.

Enquanto finge apertar os botões, uma mensagem de verdade aparece.

De que número você está ligando? Meu pager vai ficar registrado consegue ler isso

Calla deixa escapar uma risada, sua franja subindo e depois aterrissando de volta.

Estou num celular. Sim, consigo ler.

Yilas responde imediatamente.

Perfeito. Matiyu falou pra você dar meia volta e seguir à direita pelo coliseu. continua indo até ver uns cabos

Cabos?

Apesar de confusa, Calla segue depressa as instruções. Já enrolou demais, e os guardas a viram. Não seria a pior coisa do mundo se ela *de fato* andasse direto até a entrada do palácio, mas não quer que eles anunciem sua presença. Não quer que a notícia de sua chegada alcance os ouvidos do rei, pelo menos não até fazer uma parada antes. Se Anton esteve sentado ali dentro marinando em sua raiva, talvez a jogue na prisão assim que a vir.

— Aqui, Calla!

Ela para. Passou muito rápido por um beco, então lentamente dá dois passos para trás, olhando para o que achou ser uma rua sem saída bloqueada pelo exterior do coliseu. Para sua surpresa, Matiyu está acenando do fundo, ao lado de um grande emaranhado de cabos elétricos. *Ah.*

— Não sabia que tinha outra entrada — comenta Calla, entrando no beco.

À esquerda, há duas portas de serviço que dão para restaurantes nos andares superiores, cercadas por latas de lixo transbordando com restos de comida. Se ela não estivesse prestando atenção, não teria visto a outra porta escondida atrás dos cabos, que saem do chão e sobem até o topo do coliseu.

— É uma passagem de emergência — diz Matiyu, contente ao se virar para abrir a porta.

Quando ela não se mexe, ele suspira, tateando ao redor dos cabos até desembaraçá-los e revelar um painel eletrônico. Calla o observa inserir o que deve ser seu número de identidade. Um sopro de ar sai da parede quando a porta destrava. Rapidamente, Matiyu segura uma ponta para abri-la e gesticula para que Calla entre primeiro.

— Estou impressionada. Você está aqui há menos de duas semanas e já descobriu uma entrada esquecida.

Matiyu passa o nariz na manga para fazê-lo parar de escorrer, resultado do frio da noite ou da corrida pelo palácio para encontrá-la aqui. Ele e Yilas são assustadoramente parecidos, até mesmos os trejeitos quando querem ser educados.

— Não pense que eu não sei por que me conseguiu esse emprego. No terceiro dia, registrei meu número de identidade para ter acesso a todas as entradas de emergência.

— Bom trabalho. Agora me leve à sala de vigilância, sim?

— Acho bom eu ganhar um décimo terceiro bem recheado por isso.

Calla revira os olhos e começa a andar. Antes que possa virar à direita de maneira aleatória, Matiyu estica o braço a fim de puxar seu ombro para a esquerda. Ela gira. Mesmo quando fez visitas diplomáticas com o rei e a rainha de Er, nunca passou mais do que alguns dias no Palácio da União, à época chamado de Palácio da Terra. O Céu cobre a Terra: na maior parte do tempo, eram os Tuoleimi que assumiam o papel de anfitriões. Fazendo jus ao nome, o Palácio da Terra deveria ser o mais enraizado, satisfeito com sua porção de Talin abaixo do rio Jinzi. O Palácio do Céu, por sua vez, estendia a ambição do reino para o norte, subindo cada vez mais até o território estar completo com vinte e oito províncias, tendo conquistado Rincun e cada pedaço de terra inexplorada até a fronteira.

— Por aqui — diz Matiyu, apontando para a escada.

No momento em que começam a subir, um burburinho de vozes desce pelo ar, sinalizando a vinda de alguém. Matiyu faz uma careta, acenando para Calla descer do primeiro degrau e desviar para o corredor seguinte.

Embora este seja um palácio diferente daquele no qual cresceu, Calla quase consegue enganar a si mesma de que sabe para onde ir. Quando San e Er se juntaram, quando o Rei Kasa engolfou Er e seu conselho cresceu de doze para vinte e oito membros, qualquer ilusão de diferença entre os dois palácios desapareceu. De algum lugar próximo, a sala do trono reluz, gelada, sua entrada em arco decorada com entalhes ostensivos, palavras e símbolos de imortalidade para os monarcas de Talin.

— Passagem de serviço — explica Matiyu, quando eles descem três degraus e os carpetes de pelúcia vermelha subitamente se transformam em um carpete cinza e fino. — Espero que você não se importe.

— Como ousa! Busque um palanquim agora mesmo.

Matiyu bufa e dá uma risadinha. Embora Calla não houvesse visto o irmãozinho de Yilas desde o Palácio dos Céus, quando ela era sua criada e Matiyu a visitava nos finais de semana para roubar comida do palácio, sente-se tão à vontade perto dele quanto de Yilas. Eles podem não conhecê-la de verdade, mas também não fazem questão de conhecer a princesa. Isso já é mais do que ela poderia lhes pedir.

Depois de três escadas acima, duas abaixo e cinco curvas bruscas por corredores, eles finalmente se aproximam da sala de vigilância, com Matiyu arfando. Calla o segue a poucos passos, agindo de um jeito casual quando ele se senta em sua baia. As duas pessoas ao seu lado espiam curiosas antes de voltarem depressa a atenção aos próprios monitores, fingindo que não viram Calla Tuoleimi à espreita atrás dele.

— Me mostre a prisão do palácio — pede ela.

— Qual delas?

Qual... delas? Calla pensa na cela onde foi mantida depois do banquete da vitória. As paredes descascadas, de alguma forma destruídas pela infiltração e, ao mesmo tempo, manchadas de queimaduras elétricas. O cobertor fino e todo desfiado sobre a cama que rangia. Passou só uma única noite lá, acreditando que Anton estava morto, que ela havia feito tudo o que precisava neste reino e que era hora de descansar.

Quase deseja que estivesse certa.

— Quantas existem?

— Duas.

Matiyu dá alguns cliques na tela. As imagens de uma câmera aparecem à esquerda, revelando a fileira de celas das quais ela se lembra. A vigilância do restante das cidades não chega nem perto de ser boa assim. Durante os jogos do rei, às vezes os clipes eram pixelados demais para ver o membro de um jogador ser arrancado fora. A iluminação de alguns becos fazia as lutas parecerem amontoados de sombras na tela. Enquanto isso, dentro do palácio, a qualidade das imagens é quase melhor do que aquilo que Calla vê com os próprios olhos.

Matiyu clica de novo. Outras imagens aparecem do lado direito da tela, mostrando apenas uma cela e uma prisioneira, a cabeça apoiada na parede.

— Pare. Dê zoom nessa aí — diz Calla.

Ele obedece. Aproxima cada vez mais até que a imagem ao vivo esteja completamente focada na prisioneira.

Então Leida Miliu ainda está atrás das grades. Não há truque nenhum ali, nenhuma chance de a realidade ser outra. Mesmo assim, algo aconteceu em Rincun, com os mesmos vestígios dos eventos que se desdobraram em San-Er durante os jogos. Calla voltou correndo porque tinha certeza de que encontraria uma prisioneira foragida. Parte dela tinha esperanças de ver uma cela vazia, pois nesse caso saberia quem caçar. Saberia que Leida era a adversária a ser derrotada.

Se Leida Miliu continua nas celas do palácio, então o problema surgiu de outro lugar.

— As Sociedades Crescentes — diz Calla em voz alta.

— O quê? — pergunta Matiyu.

— Nós deveríamos dar uma olhada nas Socie...

— *Anunciando Sua Majestade.*

Um tambor subitamente ressoa pela ala do palácio, reverberando baixo e por bastante tempo. Calla, embora engula um xingamento, não está surpresa. Era só questão de tempo até que se espalhasse a notícia de que ela escapuliu para a cidade antes da delegação. De que entrou no palácio e não reportou ao rei antes. Que péssima consultora real.

Quando Anton entra apressado, sem a presença usual de guardas, Calla mal consegue manter os braços imóveis. As raízes do cabelo loiro dele estão crescendo escuras, enroladas na coroa em sua cabeça. Ele não manteve a rotina de coloração de August. É um choque ver a mudança, como se os dois estivessem se mesclando em um só. Ela quer lhe arrancar o rosto de August. Depois quer acariciar sua bochecha e implorar para ele entender o que ela fez na arena. Mas Calla fica parada, porque não importa o que quer. Anton Makusa está furioso com ela.

— Vossa Majestade — diz.

— Vossa Alteza — responde ele. — Que surpresa.

— Não é possível que você tenha achado que eu ficaria muito tempo exilada.

A sala de vigilância está mais do que silenciosa, tensa o bastante para soar anormal. Pelo canto do olho, ela vê Matiyu fazer uma careta e tenta corrigir a situação, abrindo um sorriso. As máquinas ao seu lado piscam em verde e vermelho. As paredes se fecham ao seu redor, e cada rasgo no papel de parede azul fica maior para escutá-los também.

Você deveria ter abandonado os jogos. Deveria ter fugido. Deveria ter fugido comigo.

— Pelo visto, ninguém aqui aprecia uma piada entre primos. — Calla entrelaça os dedos às costas. Agarra a beirada da jaqueta, escondendo o tremor que ameaça aparecer. — Fui tão eficiente em inspecionar as províncias que voltei antes da delegação. Não está satisfeito, Vossa Majestade?

Como se já estivesse exausto, Anton se joga em uma cadeira ao lado das baias de vigilância. Seus olhos se encontram; os dele são pretos como piche. Quando Calla se aproxima, o olhar dele se estreita, ainda escuro como a noite, mas refletindo um tom de roxo. Qualquer um que conheça August Shenzhi bem o suficiente deveria saber que suas íris reluzem um preto azulado. Mas essa lista é bem curta e, como Galipei Weisanna não está à vista no momento, Anton provavelmente está fazendo um bom trabalho em manter essas pessoas afastadas.

— O protocolo dita que a delegação deve viajar em conjunto.

— Aff. — Calla dá de ombros. — E desde quando eu sigo protocolos?

No mesmo instante, a expressão dele fica mais sombria, varrendo aquele violeta para longe como uma enxurrada à meia-noite. Essa visita a Rincun foi, é claro, uma ameaça implícita. Anton Makusa é o único que sabe a verdade sobre sua identidade, e ela é a única que sabe a verdade sobre a farsa atual dele — então Calla deveria manter a boca fechada se quiser que ele faça o mesmo. Seu antigo amante a encara com a ira de um adversário no campo de batalha: ela escolheu a si mesma em vez dele, em vez *deles*, naquela arena, e o sacrificou para alcançar seu objetivo final. Se o jogo tivesse virado, ela teria pulado direto na garganta de Anton assim que o visse depois da luta.

Porém, se o jogo tivesse virado de fato eles jamais teriam acabado naquela arena para começar, mas Anton *não* lhe deu ouvidos e *não* arrancou o bracelete. Ele também escolheu a sedução da vitória. A culpa não é só dela e, na verdade, Calla está ficando cada vez mais irritada com os ataques que ele lança em sua direção, dado o papel que ele teve nessa bagunça.

— Eu esperava que você reportasse a mim primeiro, Princesa Calla. É o certo.

Anton está vivo, pelo menos. Ela não o perdeu para sua vingança. Assassinou o Rei Kasa, e Anton Makusa ainda caminha sobre a terra. É algo a se considerar. Mesmo que dê a sensação de uma bomba prestes a explodir em sua cara.

— Estou aqui agora.

— Depois que eu a procurei por conta própria. Tive de abandonar uma reunião importante sobre a muralha.

Ela tem de admitir que seu comportamento é uma boa imitação de August. Cada movimento é do tipo casual, porém gracioso, os membros relaxados mesmo quando a atenção dele permanece alerta. Mas ela sabe o que procurar, e as pequenas falhas de Anton transparecem em um anúncio silencioso. O rápido inclinar da cabeça. O giro amplo do braço. August jamais apoiaria as mãos na mobília desse jeito. É muito desleixado. August ficaria com os dois pés plantados no chão, não apoiados de leve na ponta dos dedos. Este é o comportamento de alguém acostumado a fugir. Embora o corpo de August não caia mal em Anton, é *estranho*, como se o reflexo em um espelho tivesse um atraso de meio segundo.

— Posso falar com você? — pergunta Calla. — Em particular.

— Não.

Alguém no canto arqueja. É um som baixo, nada que chame muita atenção. Só torna audível o que toda testemunha ali deve estar pensando. Na queda do Rei Kasa, Calla Tuoleimi e August Shenzhi com certeza eram aliados. Os serventes do palácio sussurravam *Matadora de Reis*, mas, se não fosse por August, o conselho teria ordenado a execução de Calla por seus crimes.

— Matiyu, esvazie a sala — ordena ela.

— O quê?! — exclama Matiyu. Ele olha para Calla, depois para o rei. — Isso é permitido?

— Pode ser que você esteja abusando um pouco, Alteza — comenta Anton, neutro.

— Assunto confidencial do palácio — retruca Calla.

Não é tão absurdo pedir o primeiro local conveniente para uma reunião de atualização, ainda mais para Calla Tuoleimi, que o palácio sabe ser incontrolável e inconsequente. Se Anton Makusa tiver algum senso de autopreservação, concordará sem discutir. Como deveria ter feito no passado, na arena. Em vez disso, está jogando os próprios joguinhos estúpidos, e Calla gostaria de poder agarrar seus ombros e chacoalhá-lo até que desista.

A sala começa a esvaziar. Com os corpos voltados para as baias até o último segundo, cada empregado se levanta hesitante o bastante para poder afirmar inocência caso seu rei mande prender todos que saírem. Matiyu é o último a se arrastar até a saída, e faz uma careta estranha para Calla antes de fechar a porta. A fechadura faz um clique.

— Você precisa sair.

O olhar de Anton é afiado como uma lâmina ao girar na direção dela. Ele torce o nariz e bufa com exagero, mas nem o desdém forçado pode mascarar sua fúria.

— Por quê? — pergunta. — Para você poder me matar pela segunda vez sem sofrer as consequências?

Eles não tiveram um momento a sós desde a arena. Desde que Calla enfiou uma adaga em suas costas e seu coração. Ela não mudou a forma de se vestir e manteve o mesmo estilo dos jogos, mas ele agora usa um casaco azul bem passado e calças de alfaiataria, dando a impressão de que poderia liderar um batalhão por toda a Talin e voltar para descansar no trono ao final do dia. Não são os modos de alguém que pretende causar um caos temporário. Ele vai ficar no corpo de August.

— Anton, por favor — diz Calla, abaixando a voz ao nível de um sussurro. — A arena... você *sabe* que eu não quis...

— Se você quis ou não, não muda nada, muda? — interrompe Anton, ficando de pé.

— Muda tudo. — Calla está fazendo o melhor possível para não soar brava, maldição. — Eu não... eu ainda...

A verdade é que ela não sabe o que está tentando dizer. Ou se este é o momento certo para decifrar o por que fez o que fez. Não há como ela falar "*me perdoe por ter matado você*" sem a parte do "*mas, se pensar bem, você me forçou a isso*".

— Anton — implora ela, dando um passo à frente. Pode ser só a sua imaginação, mas ela jura que o vê estremecer, mesmo a uma certa distância. — Você está criando problemas desnecessários. O palácio não guardou seu corpo de nascença? Você pode pegá-lo de volta, saltar...

— Não vou sair.

O resto das palavras azedam na garganta dela. Não entende qual o objetivo dele aqui. Poder? Dinheiro? Se fosse só esse título que ele quisesse manter, deveria ter se livrado de Calla no momento em que ela colocou aquela coroa na cabeça dele. Ele nunca deveria ter revelado a verdade para ela. Deveria ter colocado o pescoço dela debaixo de uma espada antes que qualquer um pudesse questionar a decisão, ganhar alguns pontinhos com os membros do conselho que respondiam a Kasa e agora respondem a ele. Assim, poderia ter mantido a encenação de ser August para sempre.

— Não me force a fazer mais nada — diz Calla entredentes. — Saia, Anton. Deixe o reino voltar a ser como deveria.

— E como deveria ser? Mais um século governado por um rei inútil, imagino.

— August tem muito trabalho a fazer.

— Antes de mais nada, August quer o poder para si mesmo. Você é tola de pensar que não.

Calla é obrigada a desviar o rosto, olhar para qualquer outro lugar, e seu foco cai sobre os monitores com as imagens de fora do palácio. O mercado está quase sem barracas, exceto por uma ou outra retardatária.

— Talvez eu seja tola. — Aí está a verdade. Aí está seu coração pulsante, arrancado ensanguentado do peito e livre das tramas ilusórias que ela costurou em si. — Assim que August chegou ao trono, meu trabalho estava feito. E tudo deveria ter valido a pena, não importa o quanto o preço a pagar tenha sido alto.

Você, sussurra a sala. Preenchendo a lacuna que ela se recusa a preencher, sibilando impaciente dos monitores e rodopiando ao redor deles. *Se colocar August no trono não significou nada, então perder* você *não significou nada.*

— Infelizmente… — É Anton quem se aproxima agora. Os botões de metal em seu casaco capturam o brilho colorido de cada tela e, quando Calla se vira, ela foca esse detalhe para manter a expressão sob controle. Ela se pergunta se August escolheu esses botões para combinar com os olhos de Galipei, prateados o suficiente para parecerem eternamente frios ao toque, e brilhantes o bastante para refletir tudo ao redor. — Eu não vou a lugar nenhum. Preciso terminar algumas coisas que ficaram inacabadas.

Calla continua imóvel. Ele não pode estar falando da batalha na arena. Terminar isso é tão simples quanto pegar o objeto mais pesado que estiver ao alcance e afundá-lo no crânio dela em um único movimento ágil. Ele poderia fazer isso enquanto a sala está vazia, e ninguém poderia puni-lo depois pela indiscrição.

Pode ser até que ela deixe.

Anton estica a mão até uma mecha do cabelo dela. O gesto parece carinhoso de início, quando ele o retorce num dedo. Mas então ele puxa com força, e Calla precisa ceder alguns centímetros para impedi-lo de arrancar seu cabelo. A mão dela sobe e agarra o punho dele. Não ousa olhá-lo nos olhos. Só o aperta com a mesma força, a respiração presa na garganta. Parece absurdo se lembrar do quanto as circunstâncias eram diferentes da última vez em que ficaram perto assim. Talvez Anton esteja pensando o mesmo: o toque dela e a escuridão da noite, a tempestade lá fora lançando uma luz branca através da persiana. O chão cheio de roupas. Os lençóis retorcidos.

— O quê? — sussurra Calla, forçando as palavras a saírem. — O que ficou inacabado?

Quando ela analisa as possibilidades, encontra poucas opções. Além de si mesma, se existe alguma coisa que manteria alguém como Anton, que está sempre em movimento, num lugar só, deve ter a ver com August e com o que ele descobriu enquanto veste este corpo.

Anton a solta. Apesar da dor, Calla sente terrivelmente a falta de seu toque. Ela precisa de mais, deseja um contato mais longo para saber que ele é real, que, embora ela o tenha despedaçado, ele conseguiu se refazer como mais ninguém poderia.

A maçaneta da sala de vigilância gira, interrompendo qualquer coisa que Anton pudesse dizer em resposta. Calla tem um mero segundo para se conter e deixar o rosto impassivo antes de Galipei Weisanna aparecer à porta, escancarando-a.

— August, esperei a tarde toda do lado de fora de seus aposentos — diz, severo. — *Precisam* de você na enfermaria real.

Anton não olha para seu guarda-costas, mas Calla observa Galipei com atenção. Seu colarinho está amassado. Seus olhos prateados, arregalados: uma anormalidade para alguém que passou a vida toda treinando para ser a outra metade obediente de August Shenzhi.

— Agora não — responde Anton.

— O que está acontecendo na enfermaria? — pergunta Calla.

Anton a fuzila com o olhar.

— Que parte de *agora não* você não...

— Otta Avia — interrompe Galipei.

Anton gira para ele na mesma hora, tenso pelo choque.

— O *que* foi que você falou?

— Eu disse que é Otta — responde Galipei. — Ela está aqui.

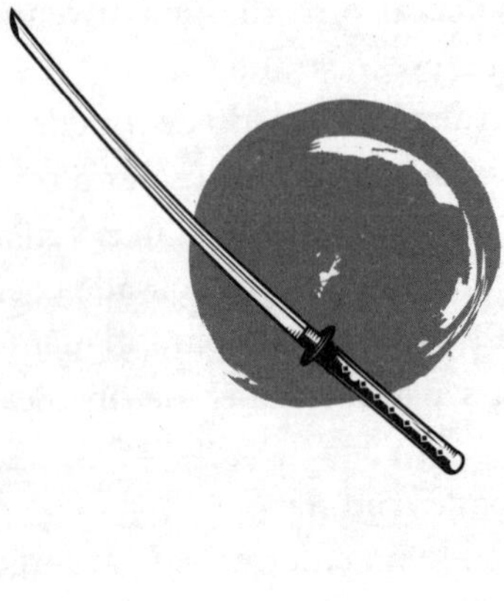

6

Bate meia-noite no Palácio da União. A cada andar, as luzes elétricas acendem quando detectam movimento pelos corredores adormecidos, afastando o azul-violeta enquanto Anton marcha pela ala norte, o coração martelando nas orelhas.

É Otta. Ela está aqui.

No momento em que teve acesso ao cofre real, Anton se certificou de que as contas de Otta fossem pagas, de que não houvesse nada que obrigasse o hospital a vagar seu leito quando não conseguissem contato com ele. Fora isso, não foi visitá-la. Esteve um pouco distraído afinal, mas não tinha como imaginar que ela *acordaria*. A febre *yaisu* é incurável. Os médicos nunca mudaram seu discurso. Embora ela não fosse melhorar, também não pioraria. Uma vida em coma não era consolo, mas ainda assim era algo no qual Anton podia se agarrar, dia após dia. Ao menos, tinha Otta. Ao menos ela não havia partido totalmente.

— August, um momento.

Galipei o está chamando. Há pouco, na sala de vigilância, Anton reagiu de imediato, disparando pelo corredor a caminho da enfermaria para ver por si mesmo. Calla ou tomou outro caminho ou decidiu não encarar a questão, porque só há guardas do palácio em seus calcanhares. E Galipei. Galipei, querendo falar com ele o tempo todo, mesmo quando Anton passou a tarde inteira enfiado em seus aposentos, sem vontade de receber visitas. Na verdade, o guarda-costas só deveria ter repassado a mensagem para um dos guardas de serviço em vez de impor a própria importância, em vez de esperar pelos corredores para ter uma conversa pessoal e atrasar essa informação porque Anton saiu dos aposentos pelo outro lado a fim de evitá-lo. É só ver como a notícia de que Calla chegara ao palácio correu depressa em linha reta até seus ouvidos, assim que os guardas começaram a murmurar os boatos.

— Isso pode esperar, com certeza — diz Anton.

Quando Galipei enfim o alcança, sua postura é rígida e seus ombros estão caídos. Anton compreende a inquietação, a confusão que transborda dele. Mas o Weisanna ainda não suspeita que seu protegido foi invadido. Anton precisa que a situação continue assim.

— Não pode — afirma Galipei, baixando a voz para que só ele escute. — Sinto muito, August. Mas pelo menos Kasa se foi. Mesmo se ela contar para alguém…

Anton deveria ter sido mais esperto em vez de reagir. Infelizmente, não é ágil o suficiente para impedir a si mesmo de lançar um olhar confuso ao guarda-costas, que interrompe a frase. Só com esse gesto, Galipei deve saber que há alguma coisa errada. Antes de notar a cor exata dos olhos de Anton, antes de capturar qualquer estranheza dele no corpo de August, Galipei percebeu essa discrepância e apenas parou de falar.

— Você a trouxe aqui? — questiona Anton, tentando amenizar o erro.

Você teve alguma coisa a ver com isso?, gostaria de perguntar. *August teve?*

— Não fui eu — responde Galipei, breve.

Anton arregaça as mangas largas. Esse monte de tecido, acumulando-se no cotovelo, restringindo todos os seus movimentos. Ele está quase sufocando com a seda e o dourado, as camadas e os acessórios.

Dois guardas abrem as portas da enfermaria. Ali dentro, o espaço clínico tem o dobro do tamanho dos quartos do palácio e, por um momento, Anton sequer sabe para onde olhar. Ele entra. Os fracos bulbos de luz quente nas paredes iluminam o cômodo com pequenos círculos, imitando velas. Há pilhas de toalhas escurecidas nos cantos. Sangue. Ele percebe o cheiro apesar do fedor de cloro que também emana do chão.

Ela quase se mistura aos lençóis. Na cama mais distante, perto da janela com cortina vermelha, está a forma de Otta Avia, seu cabelo preto se destacando no branco. É uma imagem familiar: uma Otta imóvel, conectada aos tubos e fios que a mantêm presa ao seu último suspiro de vida.

Só que ali não há nada conectado a ela.

Ali, quando ele para ao seu lado, ela abre os olhos.

— Otta — diz ele; exalta ele.

Não percebe que caiu de joelhos até sentir o eco distante da dor.

Otta se senta, hesitante. Seus olhos se encontram e, à luz falha que pisca, parece que sua íris é amarela. Ele pensa em Calla, em algum outro lugar do palácio. Quando Otta pisca, seus olhos voltam ao mesmo tom preto de sempre. *Talvez,* considera Anton, distante, *esta seja uma impostora.* Seria muito mais fácil acreditar que alguém fez um trabalho sujo e implantou uma fraude no palácio. Que manipularam *qi* para invadir o corpo moribundo de Otta. Muito mais fácil do que acreditar que Otta Avia acordou de súbito e está bem de novo.

Otta inspira, o ar falhando, as lágrimas brotando num instante, e Anton não precisa aproximar a luz a fim de sanar suas dúvidas. Sete anos depois, recém-desperta de um sono eterno, e ela ainda consegue conjurar lágrimas quando quer. A visão dele se distorce e embaça, tentando conciliar o presente com as lembranças que reviveu incontáveis vezes: dos dias em que se metiam em encrencas no palácio, pegos nos aposentos de alguém, descobertos onde não deveriam estar, e Otta sempre os livrava ilesos com os urros de seu choro.

— Ei, ei, está tudo bem — acalenta ele. — Você está segura, Otta.

Anton estica as mãos para envolver-lhe o rosto. Tem medo de que, se apertar demais, ela se desintegre como um desenho na areia, mas Otta está firme sob seus dedos. Os soluços dela amenizam, e um lampejo de confusão intensifica a linha entre suas sobrancelhas.

— Ouvi dizer que você acordou no necrotério — diz Galipei, atrás do ombro de Anton. — Deve ter sido assustador.

Otta funga.

— Foi tão horrível — sussurra. — Eu só via a escuridão. Sentia o fogo.

— Fogo? — repete Anton. — Como assim?

— Não sei. — Ela estremece, então empurra a mão dele. — Não me peça para explicar. Eu não sei!

A enfermaria está gelada. Anton não sabe por que só percebeu agora. O frio faz a pele de seus braços formigar. Ele vira o rosto para trás, silenciosamente alertando Galipei a não dizer mais nada. O guarda-costas, sem sinal de arrependimento, cruza os braços e fala mesmo assim:

— Vamos ter que investigar mais. Despertar da febre *yaisu* não é nada menos que uma maravilha da medicina. O Hospital Nordeste vai querer fazer alguns exames e descobrir o que aconteceu.

— O quê? — Os olhos de Otta marejam de novo. — Vocês vão me mandar de volta para lá?

— Não vamos te mandar de volta — responde Anton.

Quase que por instinto, ele tenta pegar a mão dela, e Otta fica tensa, afastando-se. Ele se espanta por um momento. Então Galipei diz:

— August. Você tem companhia.

E Anton se lembra. Ele é August Shenzhi, o rei recém-coroado de Talin. Não é seu primeiro amor à sua frente. É sua meia-irmã, e ele deve agir de acordo.

Um movimento entra em seu campo de visão. Silenciosa como um fantasma, Calla Tuoleimi chega à enfermaria, com uma bolsa pendurada na mão.

Puta merda.

— Bom, isso é um choque — diz ela, irônica, balançando o braço num arremesso.

A bolsa cai perto da cama de Otta. Anton não a escutou chegar, embora Galipei claramente sim. Anton baixou a guarda de novo. Não é de se espantar que tenha perdido na arena.

— Roupas para você — explica Calla. — Imaginei que ia preferi-las em vez dessa camisola horrível de hospital.

Devagar, Otta pega a bolsa. Ela a vira ao contrário, e duas grandes peças de seda verde caem. Um corpete com manga de sino e outro amontoado que seriam as saias.

— Quanta gentileza a sua.

O tom de Otta não a entrega, mas a testa franzida, sim. Suas lágrimas continuam presas como orvalho nos cílios inferiores, reluzindo conforme ela traz a seda para perto. Anton reconhece o vestido. É dela, de fato. Ficou abandonado por anos em seu quarto.

— Alteza, não precisava — diz ele.

É uma mensagem tanto para si mesmo quanto para Otta. Calla levou só alguns minutos a mais para chegar à enfermaria. Se nesse meio tempo conseguiu que um servente encontrasse os antigos aposentos de Otta e buscasse o vestido, então Calla Tuoleimi é a prioridade número um entre estes salões dourados, a princesa pela qual o palácio interrompe tudo o que estiver fazendo. Ele se pergunta se Calla escutou a conversa sobre ela. Se colocou espiões aqui enquanto estava em Rincun, para lhe relatarem as curiosidades sussurradas pelo palácio, pessoas querendo saber para onde fora a Matadora de Reis. Kasa não pode mais puni-los por isso. O Palácio da União pode declarar em voz alta seu amor pela assassina dele, mesmo que o conselho a queira fora daqui.

Otta olha para Calla.

— Conheço você.

— Ainda bem que sim — retruca Calla. — Já nos encontramos várias vezes.

Ela se abaixa ao lado de Otta, à esquerda de Anton. Para ele, algo nessa cena parece uma violação da natureza. Revira suas entranhas, de um jeito não muito diferente de como o salto na arena pareceu virá-lo do avesso. Alguém como Calla jamais deveria encontrar uma jovem como Otta. Uma vai engolir a outra viva.

— Agora sou só uma consultora real, então não precisa se dar ao trabalho de fazer uma reverência.

— Calla, obrigado por trazer as roupas dela — interrompe Anton, antes que Otta decida revidar a ameaça sutil. — Mas, se deseja se ocupar com assuntos do palácio, sugiro que durma um pouco. O conselho vai querer um relatório sobre Rincun amanhã cedo.

— Já falei mil vezes que preciso conversar com você, porque o que aconteceu em Rincun pode estar relacionado ao que está à nossa frente — retruca Calla. — Você deveria considerar a possibilidade de que o corpo de Otta Avia pode ter sido invadido por uma força hostil.

— Não foi. — Não o surpreende que Calla também suspeite dessa possibilidade. Uma invasora que se safou de roubo de identidade estará naturalmente inclinada a achar que todo o mundo é culpado na mesma medida. Só depois da defesa rápida é que ele compreende as palavras dela, e retrocede. — Como assim, *o que aconteceu em Rincun*?

Calla fica de pé, as roupas de couro farfalhando.

— Encontramos uma legião inteira morta. Soldados designados pelo palácio em seu alojamento. Nenhuma arma, nenhum ferimento. É como se o *qi* deles tivesse sido arrancado do corpo.

A notícia o atinge em um ângulo estranho, como um pássaro arremessado aos seus pés, as patas nascendo da cabeça. A visita da delegação de Calla era para ter sido uma formalidade. A ideia de um ataque em Rincun enquanto ela estava lá é tão absurda que Anton só pisca — assim como Galipei, que cessa seus movimentos agitados.

— Rincun foi invadida? — pergunta Anton, sabendo bem que não pode ser o caso, já que Calla demorou até agora para anunciar isso. Mesmo assim, se Sica cruzar a fronteira de Talin, a primeira província que atacarão será essa.

— Não ficou claro. Rincun ainda está investigando o incidente.

Anton não tem certeza do que isso significa. Nem Calla, pelo jeito, dada a maneira vaga como deu a notícia.

— O problema a segue aonde quer que vá, não é, Princesa Calla?

O olhar dela dispara de volta para ele. Anton odeia admitir, mas um gostinho de satisfação percorre sua língua ao vê-la agitada assim. Ao provocá-la desse jeito. Sim, talvez ele devesse se livrar dela de vez, encontrar alguma desculpa para que a guarda do palácio caia sobre ela, mas... essa é uma punição melhor. Mil chibatadas em troca de seu corte letal. Calla também precisa sentir a dor.

— Sabe, eu devo um pedido de desculpas a você, Otta — diz ela.

Anton sente um buraco se abrir no estômago. Bom, esse é o problema de puni-la a longo prazo: Calla gosta de retaliar.

— Pelo quê? — Otta puxa um fiapo do vestido. Não vê o brilho nos olhos de Calla enquanto eles continuam fixos em Anton, mirando-o bem antes de dar o golpe.

— Você não se perguntou como é que seu irmão está no trono? Da última vez que esteve acordada, era o Rei Kasa quem mandava neste palácio. Tenho certeza de que você não acha que foi a passagem natural do tempo que colocou essa coroa na cabeça de August.

Pare, sinaliza Anton com os olhos. *Agora.*

— Pode ser que tenha sido — responde Otta.

— Ah, que pena, não foi. — Calla sorri. — Imagino que, quando você acordou, pediu para chamarem Anton Makusa.

Otta endireita as costas, e seu cabelo à altura dos ombros desliza para trás. Antes, sua postura era suave, mesclada às dobras do lençol. Agora, ela se estica com as palavras de Calla.

— O que Anton tem a ver com isso? — Uma pausa. — *Onde...* ele está?

— Ótima pergunta. Tenho certeza de que ele viria visitá-la se estivesse aqui.

Anton consegue escutar os insetos voando no canto. O pulso elétrico que perpassa os bulbos. Seu instinto lhe diz para saltar, para fugir e se manter em movimento antes que seja pego e acorrentado.

— Onde ele está? — repete Otta, com uma pontada de irritação na voz.

Calla demora a responder. Ela desvia os olhos de Anton como se cumprisse uma penitência. Quer forçá-lo a se entregar, a chamá-la de mentirosa. Mas ele não o fará. Afinal, também quer saber como Otta vai reagir. A curiosidade fervilha sob sua pele, onde a necessidade de ser desejado flui em seu sangue frágil. *Era para ser você quem mais me amava,* pensa. *Vai ficar de luto por mim?*

— Ele está morto — anuncia Calla. — Entrou nos jogos do rei para pagar suas dívidas, e eu o matei na batalha final.

Anton não esperava que ela fosse ser tão direta. Precisa de todas as suas forças para não bufar e exigir que ela explique as circunstâncias de sua derrota. Quando Otta ergue os olhos, ele se prepara internamente, esperando por um grito desesperado de dor ou um comentário mordaz de que ela nunca o amou. Será um ou outro, com certeza. Mas a expressão dela não muda. Os olhos se estreitam em dois abismos longos, sem deixar nada do branco visível.

Sete anos se passaram e o mundo continuou girando sem Otta Avia. Sete anos adormecida, e aquelas íris pretas ainda assustam Anton se encará-las por tempo demais, como se nada houvesse mudado.

— Por que está falando assim? — pergunta Otta.

Anton consegue apenas piscar, confuso. De maneira vaga, sente que a conversa entre as duas seguiu sem ele, o que é absurdo, já que é para ser *sobre* ele. Anton se levanta, e Calla o encara, séria. O cotovelo dela se move, deslizando para perto da cintura, onde costumava ficar uma espada.

— Como é que é?

Embora esteja falando com Otta, Calla está olhando para ele.

— Seu tom de voz. Quem era Anton *para você*?

— Com licença — interrompe Galipei. Ele foi completamente esquecido, espreitando perto da parede. — Qualquer problema em Rincun deve ser repassado agora mesmo aos membros do conselho, que podem alertar suas respectivas províncias. Estamos perdendo tempo com essa discussão.

— Sim, tem razão — concorda Anton. — Calla, pode escrever o relatório?

Ela foi salva de ter que responder à pergunta de Otta. Calla estica a mão para os longos cabelos, desembaraça as mechas presas na gola e lança-as para o lado com um bufar irritado.

— Vênus Hailira pode escrever o relatório para o conselho. Já me reportei ao rei. Meu dever está cumprido.

Ela dá meia-volta. Suas botas batucam a caminho da porta, depois pelo corredor, e o som enfim desaparece ao longe. Galipei consegue a atenção de Anton e inclina a cabeça na mesma direção, implorando com urgência para que eles também saiam dali.

— August — insiste, quando Anton não se mexe, e Anton se sobressalta de novo. Ele se lembra de onde está, de quem é. — Está ficando tarde.

— Está. — Ele se vira para Otta. — Descanse. Teremos tempo para conversar depois.

— Sim — responde ela em voz baixa. — Eu gostaria disso.

Um cacho de cabelo preto cai sobre o rosto dela, enrolando na ponta e prendendo no canto de sua boca. Daria até a impressão de um sorriso se não fosse pelo fogo em seus olhos. De novo, por um breve instante, Anton pensa: *seus olhos. Quase poderiam ser do mesmo amarelo que os de Calla.* Então a luz muda, as sombras voltam ao lugar, e Otta é Otta.

Ele tem medo de estar preenchendo o espaço vazio que Calla deixou. A ideia é assustadora o bastante para que Anton tenha de brigar contra o desejo de estender a mão e tocar Otta mais uma vez, só para confirmar que ela não é uma ilusão que conjurou para lidar com a traição de Calla.

— Você precisa de alguma coisa? — pergunta ele. Força-se a ficar parado. O olhar atento de Galipei arde ao lado de seu rosto.

Tem mais alguma coisa que você queira falar?, questiona mentalmente. *Pergunte de mim. Pergunte qualquer coisa.*

— Não — responde Otta. — Mas eu gostaria de receber alta amanhã. Quero voltar aos meus antigos aposentos.

— Podemos providenciar isso.

Anton dá um passo para longe da cama. Antes que possa se afastar mais, Otta estica o braço e toca a lateral de sua mão, e ele se espanta.

Otta pisca para Anton, quase como uma criança.

— Obrigada. Sei que nem sempre nos demos bem, August, mas sou grata por cuidar de mim.

— Claro. — Anton solta a mão dela. — Descanse.

Ele caminha em silêncio. Galipei, sabiamente, também não diz nada, seguindo três passos atrás dele a caminho dos aposentos do rei. Embora não fale, os passos do Weisanna são pesados, cada baque audível mantendo um ritmo preciso, como uma pulsação. Anton tenta ignorá-los, mas são tão poderosos quanto outro pulsar dentro dele: August, tentando voltar à vida assim que Anton vacilar.

Sem chance, pensa. Chegam aos seus aposentos. Sem se despedir de Galipei, ele entra na antessala e bate a porta.

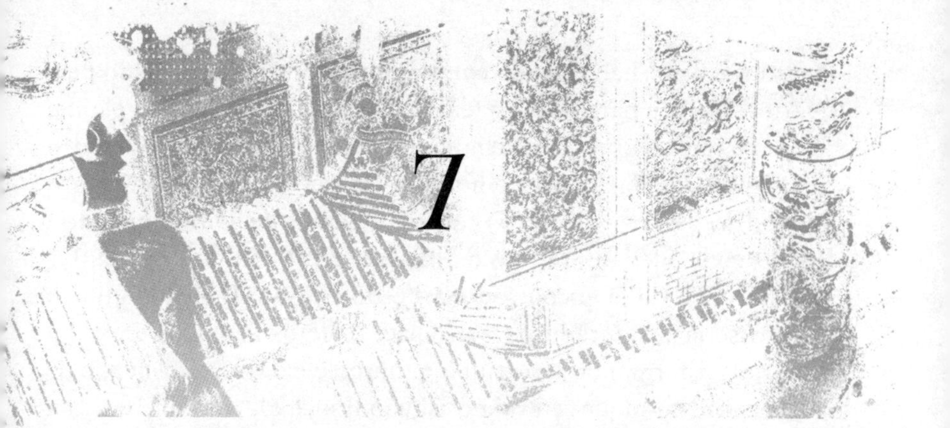

7

Calla não consegue parar de pensar em Otta Avia.

Nem conseguiu dormir. Virava e se revirava, desacostumada com os lençóis frios do palácio, e resmungava baixinho quando sua irritação atingia o limite. Otta era irritante o suficiente quando estava em coma. Foi o motivo pelo qual Anton não saiu dos jogos. O motivo pelo qual Calla e Anton acabaram lutando um contra o outro na arena, pelo qual Calla foi forçada a dar o golpe letal. O motivo pelo qual os dois estão nessa situação absurda agora. Se ela foi capaz de tudo isso enquanto estava deitada, imóvel, Calla não quer nem imaginar o que Otta Avia pode fazer agora que está acordada.

Uma conversa se esgueira por debaixo da porta em sussurros agitados. É enervante: os aposentos de Calla no Palácio da União ficam perto do centro de atividades, pois os consultores do palácio são alojados ao lado das salas de reunião, e as salas de reunião são frequentemente conjugadas a salas de estar, nas quais os nobres entram e saem o tempo todo. Eles têm tagarelado entre si a manhã inteira, chocados que a febre *yaisu* pode ser curada.

Não pode, gostaria de gritar Calla para eles, enquanto enfia seu último par de calças de couro em uma pequena mochila. Ninguém acorda do nada quando suas entranhas foram queimadas a um nível irreparável. Algo além da compreensão deles aconteceu ali.

— Mao Mao — chama Calla. — Mao Mao, vem cá, parceirinho.

O gato sai trotando do banheiro. Antes de ir para Rincun, ela passou no antigo apartamento e soltou um muxoxo até Mao Mao sair preguiçosamente do buraco na parede onde estivera se escondendo. Quase todo o resto estava destruído: os pratos da cozinha estilhaçados e o colchão rasgado em dois, o enchimento espalhado pelo quarto. Não deu para salvar nada exceto o gato e um vaso de planta.

Isso é tudo o que Calla tem no mundo. O conselho não lhe deu as boas-vindas da forma como estão fazendo com Otta. Com o apoio dele, alguns dos outros consultores reais decidiram que seria legal encomendar um retrato da irmã do rei recém-despertada. Os serventes que Calla encontrou mais cedo estavam fofocando que o quadro seria pendurado na ala norte, onde os Avia costumavam morar, transformando o rostinho minúsculo e o queixo delicado de Otta em um destaque central no saguão principal, para celebrar sua recuperação milagrosa.

Calla se inclina para baixo, esticando os braços.

— Você vem comigo? Não precisa se não quiser.

Mao Mao faz um som de protesto, cabeceando o tecido da manga dela. Ele engordou no pouco tempo em que Calla esteve fora, já que é bem alimentado em todo canto pelos serventes que lhe surrupiam petiscos. Alguém também amarrou um laço cor-de-rosa gigante em seu pescoço, com um guizo que tilinta conforme ele caminha. É um gato chique agora. Um gato da realeza.

Sua cabeça felpuda balança duas vezes. Calla entende o sinal e tira o laço e o guizo.

— Está bem, não vou deixar você aqui. Mas então vai ter que entrar na bolsa de novo.

— Miau.

— Eu sei. Mas ficar em um campo de arroz comigo é melhor do que ficar neste ninho de cobras sozinho.

Se ela for rápida, pode ser que não percebam sua ausência até os dois estarem bem longe do alcance da vigilância de San-Er. De manhã cedo, ela saqueou o cofre real enquanto o palácio ainda dormia, e pegou vários objetos que sozinhos valiam o preço de uma casa nos mercados clandestinos das províncias. Sua mochila tilinta com bens valiosos, provavelmente somando o dobro do que ganha o vencedor dos jogos do rei.

Calla levou a manhã inteira a fim de se preparar para a partida, e não pode perder mais nenhum segundo. Não deveria ter voltado ao palácio para começar, mas precisava saber sobre Leida, precisava ver o que poderia consertar. Enquanto estava do outro lado da muralha, devia ter encontrado uma oportunidade para fugir em algum ponto das Rotas Apícolas, e desaparecido dentro de alguma província para nunca mais ser vista. Se houvesse se esgueirado durante a noite, os soldados do palácio só saberiam que ela havia partido quando levantassem acampamento no dia seguinte. Ela já podia estar longe, em Pache ou Leysa.

Calla espia o relógio ticando na parede roxo-escura.

— *Miiiau.*

— *Espera*, você é tão impaciente…

Ela abre uma bolsa a tiracolo e deixa Mao Mao se enfiar ali dentro. Eles sairão em uma hora, quando os decoradores entrarem no Palácio da União para preparar o baile desta noite. Ela pode fazer Matiyu desligar as câmeras pelo caminho até uma saída dos fundos. Os corredores ficarão cheios de gente, e ela está contando com o caos para passar despercebida.

Não há mais nada para Calla aqui. O Rei Kasa está morto, e todos que foram responsáveis por queimar seu vilarejo se foram. Aconselhar um rei falso depois de tudo o que aconteceu não é o que ela planejou. Se o reino cair em anarquia, será um obstáculo para o homem que está no trono, e Anton Makusa não é problema dela, principalmente agora que seu primeiro amor voltou. Ela espera que os dois vivam felizes para sempre pelo curto tempo que terão juntos, até August recuperar o controle do próprio corpo e matar a ambos.

— Vossa Alteza?

Uma batida à porta.

— Ocupada! — grita Calla de volta, e sua voz ecoa por seus aposentos. As alcovas das janelas são muito longas e fazem tudo ressoar dez vezes mais.

— Vossa Alteza — repete a voz do lado de fora. — Recebi ordens de não aceitar uma recusa.

Calla corre os olhos pelo chão para se certificar de que não deixou cair nada.

— Que pena. Volte mais tarde, talvez.

Ela chega sempre à mesma conclusão: não existe chance alguma de Otta continuar sendo enganada por muito tempo. Ela conhece bem August, e Anton ainda melhor. Bastará um breve vislumbre à luz do dia e ela saberá que é Anton dentro do corpo de August, o que significa que é só questão de tempo até ela causar uma catástrofe total. Assim que Anton for pego, San-Er corrigirá o próprio rumo. Anton sairá de cena, August voltará, e, se Calla ficar por perto, será considerada culpada. É tarde demais para corrigir seus erros e pegar de volta o que sacrificou. Ela perdeu Anton Makusa naquela arena. Deu tudo de si para o reino quando o Rei Kasa tombou sob sua espada. É hora de partir enquanto ainda pode.

— Alteza. — As batidas se tornam mais persistentes. — A conselheira Hailira solicita sua presença. O conselho está se reunindo para debater a questão de Rincun, e vão levar Leida Miliu para ser interrogada.

Calla morde o interior da bochecha. Joga a cabeça para trás, fuzilando o teto com o olhar, percorrendo a textura floral.

Merda. *Merda.*

Em três longos passos, ela atravessa seus aposentos, balançando os ombros para se livrar da mochila e da bolsa com Mao Mao. O gato solta um miado inconveniente de surpresa e, antes de abrir a porta, Calla sussurra depressa:

— *Desculpa!*

A mulher esperando à entrada não lhe é estranha. Há algo de familiar em seu cabelo branco e seus olhos firmes, de um roxo desbotado que se torna mais escuro pela falta de luz natural no corredor. A cor a faz pensar em Eno, no olhar vidrado do menino depois de ser morto nos jogos debaixo de seu nariz. Calla afasta a imagem da mente assim que ela surge. Além disso, quando a servente idosa dá um passo para trás, apontando para o corredor e virando a cabeça, ela tem certeza de que já a viu antes...

— Vamos, Alteza.

A senhora começa a andar. A ficha cai. É a criada, aquela que arrumou Calla antes da coroação, antes de ela coroar o amante que achava ter matado. Embora estivesse atordoada e quase delirando naquele dia, ela se lembra daquelas três palavras sussurradas em sua orelha, ao mesmo tempo uma sentença e uma exaltação: *Matadora de Reis*.

— Seria bom chegarmos ainda hoje, Princesa Calla.

A mulher parou e virou a cabeça. A conselheira deve ter deixado clara sua urgência para que se apressassem.

Se Calla ficar presa nisso por muito tempo, perderá sua brecha para ir embora. Sem o escudo da chegada dos decoradores, a vigilância vai perceber sua saída, e os guardas com certeza bloquearão sua rota.

— Vá brincar — sussurra para Mao Mao.

O gato a ignora e se ajeita para dormir na bolsa. Bufando, Calla fecha a porta e segue a criada.

— Qual é o seu nome? — questiona. — Não tive a oportunidade de perguntar antes da coroação.

— Joselie. Gostaria que fossem feitos ajustes em seu guarda-roupa, Alteza?

Calla leva um tempo para entender, pensando no quanto o nome de Joselie é longo. Um instante depois, registra a pergunta e olha para baixo. Ela ia se trocar nas ruas de San-Er. Enquanto ainda estivesse no palácio, imaginou que seria uma boa assaltar as gavetas de seus aposentos: vestidos com manga de sino e golas soltas, amontoados de tecido com faixas ao redor da cintura. Porém, ela tomou a liberdade de adaptar alguns dos itens.

— Não gostou das minhas modificações? — pergunta, alisando os amassados na frente do corpo.

— Com todo o respeito, parece que a senhorita passou tudo num ralador de queijo.

— Passei mesmo. — Uma faca, mas sim.

A expressão de Joselie não muda.

— Talvez seja melhor reconsiderar no futuro. Por aqui, por favor.

Os decoradores já entraram no palácio. Enquanto Calla estava ausente, os outros consultores reais se ocuparam em planejar o baile e gastar o orçamento. Com as novas regras de segurança do decreto proposto por Calla, eles puderam contratar gente de fora e trazer muito mais decoradores pela metade do preço. Ela observa todos os negociantes, que carregam escadas, rolos de pintura e toalhas de mesa dobradas com perfeição, entrando em massa pela ala sul. Estica o pescoço para tentar identificar o que são aqueles grandes baldes vermelhos sendo levados para um dos salões, mas Joselie pigarreia, chamando sua atenção de novo, e abre uma pequena porta debaixo de uma escadaria. Outro conjunto de degraus desce pela passagem abaixo, escura a ponto de Calla não conseguir ver muito além de poucos centímetros de um piso de tijolos e sombras vagas. Quando descem, ela avança com as mãos estendidas, deslizando-as pelas paredes para manter o equilíbrio.

Ao final da passagem, Joselie sobe três degraus e abre uma porta que dá para um novo corredor. Então para de súbito. Calla fica alerta, pronta para correr.

— Decidi interceptá-la, Alteza — diz a voz. — Espero que não se importe.

Ela revira os olhos, relaxando a postura de alerta ao subir os três degraus e sair da passagem. Galipei espera com os braços cruzados, os ombros tão largos que conseguiria bloquear uma rajada de vento se quisesse.

— Interceptar *a mim*? — diz Calla. — Que honra. Vamos ter que garantir que August não descubra. Você sabe como ele é ciumento.

Galipei bufa de desdém, mas uma linha se forma entre suas sobrancelhas — uma hesitação momentânea. Então não foi o rei que o mandou aqui.

— Venha comigo. Obrigado, Joselie.

A criada assente. Calla acena em despedida antes de seguir Galipei, deliberadamente mais lenta do que ele. Os dois passam por um arco verde e pela estátua de um imenso coelho, cruzando os átrios. Ela tem o cuidado de contar quantas curvas fazem nos corredores. Se Galipei a estiver levando para algum lugar a fim de se livrar dela, Calla vai arrancar seu rim.

— Ainda estamos a caminho da reunião do conselho — anuncia ele, como se pudesse ouvir seus pensamentos —, então pode parar de tentar prever um ataque.

— *Você? Me* atacar? Claro, nunca aconteceu antes. — Calla, a contragosto, aceita que não há necessidade de desconfiança e avança alguns passos para andar ao lado dele. — Por que estamos indo por aqui?

— Eles já tiraram Leida da cela. Quero você comigo na porta dos fundos.

— Vênus Hailira quer que eu esteja lá para contribuir com a reunião.

— Tenho certeza de que, se tiver algo a dizer, você pode subir o tom de voz. Não precisa de um lugar à mesa.

Galipei tem poucos motivos para odiá-la, mas com certeza também não confia nela. Não o suficiente para ir buscá-la pessoalmente só pela companhia, mesmo que agora talvez esteja se sentindo sozinho, com Anton o bloqueando de falar com August.

— O que aconteceu? — pergunta ela. — Estou fazendo o papel de Weisanna substituta?

Galipei fica em silêncio. Ela acertou em cheio.

— A muralha vai ser demolida esta noite para ser reconstruída dentro de Eigi — explica ele.

Um grupo de criadas passa pelo corredor, no sentido oposto. Uma delas, vestida de azul, acena para Calla, mas ela não a reconhece. Calla acena de volta de qualquer forma.

— Ah. Então você precisa de mim para aumentar a defesa.

— Deixei muito claro para o conselho que não deveríamos tirar Leida de lá — diz Galipei, baixando a voz. — Há um motivo para a termos colocado na cela mais segura do palácio. Ela é perigosa.

Pelo que Calla viu na sala de vigilância, a cela de fato parecia fortificada.

— *Eu* não fui colocada lá — diz, com uma pontada de desgosto na voz.

— Você não era considerada uma ameaça tão grande.

— Ah. Uau, nossa.

Galipei lhe lança um olhar de lado.

— Você está... ofendida?

— Eu matei *o rei,* Galipei. O que mais queriam de mim?

Ele murmura alguma coisa que parece ser *me poupe*. Depois olha por cima do ombro, conferindo os arredores antes de falar de novo.

— A situação que você mencionou ontem à noite. É maior do que Rincun.

Todos os vestígios de brincadeira evaporam dos modos de Calla.

— Tiveram outros ataques?

— Sim. A notícia demorou um pouco para chegar até nós, mas é exatamente como você viu em Rincun. Alojamentos inteiros de soldados do palácio tombando mortos ao mesmo tempo.

E é por isso que levarão Leida para ser interrogada de novo. Se Calla achou que aquele ataque se parecia com os experimentos das Sociedades Crescentes em San-Er, não é de se espantar que outras pessoas tenham chegado à mesma conclusão. Principalmente se os novos ataques atingiram províncias mais próximas da capital, regiões que são mais importantes para manter San-Er funcionando.

Infelizmente, Calla duvida que conseguirão tirar muito de Leida. Mesmo se a ex-capitã da guarda souber alguma coisa, ela esteve atrás das grades desde que foi pega. Não é ela quem está orquestrando a nova movimentação nas províncias contra o trono.

Galipei conduz Calla para além de uma porta-dupla ornamentada e guardada por Weisanna, e eles fazem uma curva. Porta dos fundos, como ele mencionou. É uma entrada muito mais modesta, uma que sequer tem maçaneta, só uma dobradiça que abre para os dois lados.

— Fique atenta, Calla.

Eles entram. Calla vê Leida num instante. Está vendada e algemada a um atril à frente, sua postura alerta de uma maneira que não condiz com uma prisioneira. Se não fosse pelos Weisanna ao seu redor, poderia até parecer que ela estava se ajeitando para dar um discurso, preparando um batalhão para marchar ao seu comando.

— Leida já provou que pode saltar sem luz, a qualquer distância — diz Calla, seca.

Uma grande mesa de reunião ocupa o centro da sala. De todos os lados, uma distância maior que três metros foi deixada entre Leida e os outros. O atril foi colocado no canto para abrir ainda mais distância entre ela e a porta-dupla, mas os membros do conselho têm o hábito de serem estúpidos, e, se um deles se levantar da mesa redonda e caminhar um pouco, terá chegado perto demais.

— Confie em mim — diz Galipei. Há uma veia saltada na lateral de seu pescoço. — Deixei muito claro o quanto é fácil esta reunião dar errado. Só evite baixar a guarda o quanto puder. Vamos conferir a identidade de todos antes de saírem desta sala.

Calla corre os olhos pela mesa. Vênus Hailira tem o olhar focado nas próprias mãos, sentada no canto mais distante. Do lado oposto, o conselheiro Aliha e o conselheiro Rehanou discutem em voz baixa, com intensidade, as cabeças grisalhas inclinadas próximas uma da outra.

— Certo — murmura Calla. — Ainda assim é arriscado, mas parece um plano razoável.

Galipei não se dá ao trabalho de retrucar.

— Fique atenta — diz ele, e sai para inspecionar a entrada principal.

O guarda-costas tem armas penduradas no cinto. Calla não recebeu nenhuma. Poderiam ter lhe oferecido pelo menos um porrete. Mesmo que Leida não consiga fugir da sala, pode atacar só por atacar.

Calla leva o polegar à boca e morde a unha. Azul Miliu. Prateado Weisanna. Amarelo Tuoleimi. Há pessoas neste reino que foram há muito marcadas como dignas de atenção. A ideia deveria confortá-la. Não há chances de Leida escapar despercebida. Mas Calla durou um longo tempo nas cidades gêmeas antes de sair do esconderijo. Não subestimaria a capacidade de Leida de desaparecer também.

Um tambor baixo ressoa pelo corredor. Anton entra pela porta principal, andando um segundo mais rápido do que Otta Avia, que encara brevemente Calla assim que entra. É alarmante o quanto ela e Anton se parecem. August e Otta são meios-irmãos, seria apenas justo que tivessem certa semelhança um com o outro. No entanto, agora que Calla sabe que é Anton no corpo de August, é difícil considerar outra opção. Cada lembrete de que ele deveria ser August golpeia seus sentidos, exalando um alerta de que algo está errado, principalmente quando Otta fica na ponta dos pés e sussurra algo na orelha de Anton. Ela está usando um vestido vermelho, com corpete pesado de brocado. A saia acompanha todos os seus movimentos, como se ela tivesse uma fênix de cauda longa enrolada nos pés.

Para os membros do conselho, sua proximidade é um gesto natural de irmã. Calla se força a desviar os olhos, pois sabe a verdade. Mal consegue respirar com o fogo que lhe queima as entranhas.

— Sejamos rápidos — declara Anton.

Ele não se senta à mesa. Caminha direto para além dos guardas na direção de Leida, e Galipei agarra seu cotovelo. Calla cruza os braços, aguardando a coisa se desenrolar, e, como esperado, Anton ignora Galipei, empurrando sua mão como faria com qualquer conselheiro irritante que apresentasse um assunto irrelevante ao trono. As luzes são fracas no cômodo. É difícil dizer que há algo estranho na forma como Anton não encara Galipei.

Ele para na frente de Leida. Enquanto Anton a inspeciona, Calla olha para baixo e encara as próprias unhas destroçadas, suspirando para si mesma. Se houver alguma ameaça, Galipei vai intervir. Ele sempre foi humilhado na presença de August, e é dez vezes pior com Anton bancando o impostor. Pobre Galipei, sempre leal. Deve doer quando quem mais se ama no mundo desaparece.

Calla não percebe que arrancou a pele sob a unha até que uma gota de sangue surge em seu polegar. Ela estremece, afaga o machucado e entrelaça os dedos com firmeza às costas. Embora a sala de reuniões não fique de frente para o mercado como a sala do trono, ela consegue escutar a agitação do lado de fora do palácio. O coliseu aparece vívido em sua mente: as paredes circulares que a envolveram quando entrou para a batalha final; as massas imponentes dos dois lados, que não a deixaram fugir enquanto Anton era arrastado para dentro.

August não lhes deu uma chance de fugir. No momento em que Calla e Anton se encontraram no final, só a morte conservaria o amor que achavam que possuíam. De fato, é culpa do próprio August que ele tenha sido invadido como resultado.

Mesmo assim, ele irá culpá-la quando voltar.

— Leida — diz Anton. — Você sabe por que a trouxemos aqui?

— São meus olhos que estão vendados, não meus ouvidos — retruca ela. — Consigo escutar todo esse murmurinho.

— Que bom. Seria um desperdício do meu tempo ficar explicando. Você colocou mais gente sua nas províncias?

Leida não responde de imediato. Suas sobrancelhas franzem, parcialmente desaparecendo atrás do tecido da venda. O ar-condicionado no canto da sala sopra um ar morno. Calla não sabe dizer se deveria refrigerar ou aquecer o cômodo.

— Não.

— Não? — Anton imita o balançar de cabeça de August. É sútil: o mais leve movimento esquerda-direita-esquerda, os lábios pressionados.

Calla nunca viu Anton fazer isso em nenhum de seus outros corpos, então com certeza é uma manobra adotada intencionalmente para ser uma atuação fiel. Não deveria, mas a descoberta a surpreende. Ela às vezes se esquece que Anton e August já foram muito próximos. Muito mais do que ela e August, apesar da conexão familiar, e com certeza mais do que ela e Anton, apesar do tempo frenético e inconsequente que passou com ele.

— Já confessei a conspiração dentro das cidades gêmeas. Não tenho nada a ver com as províncias.

Calla sente a lateral do rosto queimar. Seus olhos se desviam para a origem desse desconforto.

— Por algum motivo, ninguém aqui acredita em você. E seus aliados conspiradores das Sociedades Crescentes? Algum nome ligado às províncias lhe vem à mente?

Otta, ao encontrar mais uma vez o olhar de Calla, sorri. Calla desvia os olhos, então se pergunta se não deveria ter sido tão apressada, caso a reação tenha passado a impressão de que ela se sentiu intimidada.

— Ninguém das Sociedades Crescentes era meu *aliado* conspirador. São todos fanáticos religiosos. Eu lhes ofereci a oportunidade de se conectarem com os deuses antigos, e eles aceitaram.

Alguém à mesa pigarreia. Calla não consegue identificar de imediato a mulher que se levanta, embora seus olhos sejam de um cinza cor de aço, familiares a ponto de Calla suspeitar que ela tenha sido membro do conselho do Palácio dos Céus.

— Um ataque em Laho culminou em três generais mortos, com um buraco no peito e os corações arrancados — diz a mulher. — É um ato quase idêntico ao que o Templo Sepulcral fez sob suas ordens.

Leida inclina a cabeça.

— É você, conselheira Savin?

A mulher estremece. Ela olha ao redor da mesa, como se buscasse reforços, mas nenhum dos outros conselheiros parece ansioso para se envolver. A maioria de seus rostos se misturam. Calla conseguiria nomear só um punhado deles e já começaria a gaguejar depois.

— Sou.

— Achei mesmo que era a sua voz. É só isso? É por esse motivo que perturbaram meu aprisionamento eterno?

— Não precisa ser eterno — intervém o conselheiro Rehanou. — Temos a liberdade de executá-la a qualquer momento.

Anton levanta uma das mãos. Sua manga escorrega até o cotovelo.

— Não há necessidade de fazer ameaças.

Calla lembra a si mesma de que ele também já foi amigo de Leida. August Avia, Leida Miliu e Anton Makusa... mesmo lá no outro palácio, ela conhecia seus nomes em conjunto, sabia que os três eram um pacote único. Ela se esquece, porque o trio se afastou quando Anton foi exilado e, antes disso, quando ele e Otta se tornaram um grupo à parte.

Otta ainda a observa.

— Como declarei à Sua Majestade semanas atrás, nunca dei ordens para o Templo Sepulcral fazer essas coisas. — A voz de Leida continua firme. — Só compartilhei meu conhecimento sobre os saltos. Eles é que foram longe demais.

— Responda uma coisa então — diz a conselheira Savin. Ela tem um tablet à frente. Um trambolho, provavelmente com memória suficiente para guardar só uma foto e três documentos. — O que você sabe sobre a Cauda de Andorinha?

Calla, quase de maneira inconsciente, dá um passo à frente, perseguindo essa ponta de um fio condutor. Embora alguns guardas a encarem com reprimenda nos olhos, ela é salva de interromper rudemente quando Vênus Hailira faz uma careta e pergunta:

— Nós fomos informados disso?

Aliha e Rehanou olham para a conselheira de Rincun. Embora Calla esteja tão confusa quanto ela, precisa resistir à tentação de afundar o rosto nas mãos pela forma como Vênus perguntou. Talvez antes de seus próprios soldados a chutarem para fora do cargo, o conselho se cansará o suficiente para dar um jeito nela dentro de San-Er.

— A Cauda de Andorinha — começa Leida, antes que um membro do conselho tenha a chance — é o maior grupo revolucionário das províncias, cujas bases operacionais ficam nas fronteiras de Laho. — Ela inclina a cabeça. Seu cabelo está enrolado no pescoço. — Parece que há outros na sala. Minhas sinceras desculpas. No tempo do Rei Kasa, o conselho era proibido pela coroa de reconhecer sua existência. Eu não tinha certeza se isso mudou ou não.

Calla fica em silêncio. Os únicos *outros* no cômodo que parecem surpresos são os guardas à porta. Anton não está de frente para ela. Otta nem parece estar ouvindo.

Vênus se afasta um pouco da mesa.

— Ninguém me falou deles.

— Você receberá informações sensíveis quando for considerada capacitada para o cargo — resmunga o conselheiro Mugo. Ele tem as mãos entrelaçadas à frente da barriga, as pernas esticadas sobre a mesa. Que irônico ele falar de capacidade quando foi sequestrado na própria província alguns meses atrás.

Savin desliga o tablet e vira a tela para baixo na mesa. Em algum momento, ela parece ter assumido a interrogação, e Anton não faz nada para retomar o comando. Calla espera pela intervenção dele, mas sua expressão está distraída. Ele está seguindo outra linha de raciocínio.

— A Cauda de Andorinha, até onde sondamos, acredita que os deuses antigos continuam supremos, e que o reino desviou seu povo da ordem natural. Eles atacam com regularidade qualquer delegação que invada sua rota de operações, em grande parte nas províncias acima do rio Jinzi. Os guardas do palácio acham que são rebeldes comuns das províncias.

— Ainda não entendi como foi que me transformaram em bode expiatório — comenta Leida.

— As Sociedades Crescentes só começaram a arrancar corações quando você contou para eles que podiam sacrificar *qi* e se unir aos deuses por mais poder — argumenta Savin. — Agora, seis províncias passaram por ataques similares em um intervalo de poucos dias, e tiveram como alvo soldados reais e generais do palácio. O número de mortos já ultrapassou o dos ataques em San-Er.

Leida endireita os ombros e ergue o nariz. Deveria ser uma cena ridícula, já que está vendada, mas sua imagem cresce à sombra, a linha de seu maxilar dura o bastante para capturar a luz.

— Se vocês já suspeitam que a Cauda de Andorinha seja responsável — grita ela —, então interroguem seus insurgentes revolucionários de fora da muralha. Eu não tenho nada a ver com isso.

— Acha que não temos vigilância nas províncias? A Cauda de Andorinha recebeu dinheiro de dentro do palácio. Uma soma alta foi pega do cofre um dia antes de você ser presa, e os números de série das notas voltaram a circular em cada *yamen* onde os ataques aconteceram.

Anton gira de súbito.

— Ninguém me informou disso.

É quase a mesma frase de Vênus, mas o efeito é diferente. Os membros do conselho hesitam. Alguns afastam o olhar, sem querer explicar o porquê. Outros focam à frente, como se não fosse trabalho deles explicar isso ao rei.

Estão ressentidos com você, quer falar Calla. Sempre se ressentiram de August, e agora Anton não está lhe fazendo favor algum ao fuçar seus planos e executá-los com pressa, sem qualquer sensibilidade para com as políticas do conselho.

— Está bem claro quem é a culpada — conclui Rehanou, falando pela mesa toda.

— Não fui eu — insiste Leida.

— Leida — diz Anton de novo, chamando a atenção dela para si, e Calla escuta a mudança nessa única palavra. Não é a única na sala que percebeu: o olhar de Otta finalmente se desvia dela, estreitando as pálpebras sobre as íris pretas. — Você sabia que os Makusa estavam envolvidos com a Cauda de Andorinha?

O quê?

Os membros do conselho não parecem espantados. Calla, no entanto, não consegue acreditar no que ouviu. Anton está questionando sobre os Makusa enquanto posa de August. Está abandonando sua encenação, e, se alguém nesta sala tiver a mais vaga suspeita de sua identidade, isso com certeza bate o martelo. Além do mais, por que a família *dele* estaria envolvida com um grupo das províncias? Eles foram mortos em Kelitu por camponeses rebeldes... não foram?

— Do que você está falando? — pergunta Leida. — O que os Makusa têm a ver com isso?

A conselheira Savin pigarreia, tentando direcionar as perguntas de volta ao curso original.

— Se você nos der os nomes dos membros da Cauda de Andorinha com quem se comunicou, pode ser que a poupemos da execução.

Um súbito tilintar metálico ecoa do atril, e a sala toda recua de espanto. Leida tentou se soltar à força, de maneira bem agressiva, mas sem sucesso.

— Vocês já consideraram que talvez as semelhanças entre as Sociedades Crescentes e a Cauda de Andorinha comecem e terminem com o ódio pelo palácio? — grita ela. — Não acham que alguém lá nas províncias pode ter tentado fazer um sacrifício para os deuses só por diversão e descobriu que funciona? Não acham que tentariam usar esse poder para revidar?

Mugo bufa.

— Os deuses antigos não são reais.

Leida fica totalmente imóvel.

— Você tem razão. Não são. — A algema tilinta de novo, mas, desta vez, não é ela quem está fazendo o som. — Mas nós somos.

Cada lâmpada da sala explode.

Calla sussurra um xingamento, abaixando-se conforme os cacos voam. Os Weisanna agem depressa, erguendo as armas na direção de Leida para golpeá-la ao menor sinal de ataque. Leida Miliu, entretanto, nem tentou se soltar. Suas mãos continuam enganchadas no metal que a prende ao atril. Uma luz cinzenta e fraca que vem da janela ilumina o suficiente da sala para revelar os membros do conselho voltando devagar a endireitar a postura ao redor da mesa. Só um alarme falso, talvez.

Uma das guardas ao lado de Calla se remexe. Ela suspira, depois empurra a porta dos fundos e sai. Calla só vislumbra seu rosto quando ela o vira, mas é o suficiente.

Em um instante, vai atrás dela, andando apressada. Espera um segundo. A porta balança e se fecha. Assim que a guarda escuta movimento atrás de si, Calla estica os braços e agarra sua nuca, cravando os dedos com força.

Dentro da sala de reuniões, o primeiro alerta é dado. Alguém finalmente percebeu que Leida Miliu saltou sem luz.

— Como você sabia…

— Não resista — interrompe Calla, neutra, empurrando-a para a frente pelo corredor. Está vazio. — Vou matá-la ao menor movimento. Venha comigo.

8

O palácio entra em estado de emergência.

Anton escapuliu em algum momento depois de ser levado aos seus aposentos, aproveitando a distração dos guardas enquanto eles debatiam para decidir a quem se reportar. Com o novo sistema em quadrantes, o palácio não tem um líder específico, só múltiplos Weisanna com pouca diferença entre si na hierarquia, e que têm opiniões divergentes sobre como devem conduzir a busca pelos corredores. Estão perambulando pelos átrios e corredores, fracassando ao delimitar suas funções enquanto fazem uma varredura pelo Palácio da União para encontrar Leida Miliu. Todas as saídas foram trancadas e as janelas estão sendo monitoradas, então não é como se ela pudesse escapar. Calla também desapareceu. Procurando Leida, provavelmente. Talvez já a tenha encontrado e se recuse a reportar aos Weisanna ou Anton. Que seja… quanto mais longe ela ficar, melhor.

Anton faz um gargarejo, depois cospe a água, que enfim desce limpa pela pia. Ele fecha a torneira, maravilhado com a rapidez da resposta dos canos do palácio. Em seu apartamento na Rua do Fosso, ligar a torneira às vezes significava escutá-la ranger por um minuto inteiro até aparecer um filete mínimo de água. Às vezes, desligá-la também não adiantava, e ele precisava quase desrosqueá-la para fechar o registro.

Ele sai do banheiro, esfregando o cabelo na toalha. Fazia anos que não era usada. O que antes era um tecido macio tornou-se áspero com o tempo, e a trama o arranha conforme ele volta para o quarto e para na frente do espelho.

Depois de uma quantidade generosa de tintura preta e uma escovinha para alcançar todas as mechas, Anton devolveu a cor natural ao cabelo.

August ficaria furioso. Todas aquelas horas dedicadas a escalar a hierarquia do palácio e tentar se distinguir dos outros puxa-sacos. Todo aquele tempo gasto para garantir que fosse o rosto dele a surgir na mente das pessoas quando pensassem no herdeiro do reino. Alguém que apelasse aos ricos e cumprisse promessas aos pobres, perfeitamente adequado para a coroa aos olhos do conselho e, para a cidade, alguém impecável, que veio de fora e trabalhou duro por sua posição. August Shenzhi queria parecer ter sido escolhido a dedo pelos deuses.

Agora, tem a mesma aparência que todo o mundo.

— Vossa Majestade. — A porta principal se abre antes que Anton possa responder. Na mesma hora, o calor dos aposentos alivia graças ao ar-condicionado do corredor. — O senhor não pode sair de perto de nós quando bem entender. É questão de segurança…

A guarda para de súbito. Seus olhos prateados correm de um lado ao outro com rapidez. De Anton, à frente do espelho, a… Anton Makusa, deitado na cama. Seu corpo de nascença, pelo menos. Um receptáculo vazio.

— Seiqi, não é? — pergunta Anton, despreocupado. — Como me encontrou?

Seiqi Weisanna ainda encara o corpo, o queixo parcialmente caído. Ela deve reconhecer o rosto, ou ao menos as fotos dos Makusa ao redor da cama de dossel. Estes eram os aposentos de Anton depois de seus pais terem sido assassinados: uma seção no canto da ala leste, quase desconectada do restante do palácio e construída o mais afastada possível. Ao que parece, ficou intocada desde o exílio dele, com exceção de uma limpeza ocasional. Debaixo da camada fina de poeira, as cortinas verde-escuras ainda descem do mesmo jeito até o chão; os três bulbos de luz do teto ainda emitem um zumbido quando o nível de luminosidade é configurado em "baixo", a corrente elétrica pulsando pela fiação de uma maneira que Anton sempre suspeitou ser forte demais.

Apesar de tudo, os aposentos ainda dão a sensação de serem dele. Ele não pode dizer isso de mais nada em San-Er.

— Como encontrei o senhor? — repete Seiqi, tentando despertar de seu estupor. Ela balança a cabeça, sua longa trança voando sobre os ombros, e diz: — Hã, nós percebemos que Vossa Majestade sumiu, então assisti às gravações das câmeras dos corredores.

Anton continua em silêncio por um tempo.

— Talvez eu precise reavaliar a ordem da guarda real — diz ele por fim —, dada a demora com que você me rastreou. Faz um bom tempo que estou aqui.

Tempo o suficiente para buscar uma tintura com o alfaiate do palácio. Tempo o suficiente para ordenar que tirassem seu corpo de nascença do depósito, o trouxessem para cá, o vestissem com roupas novas e o colocassem sobre os lençóis brancos, parecendo estar adormecido.

— Não sei se é justo fazer um teste sem avisar, Majestade. Ainda mais nesta situação. — Seiqi, mesmo à luz fraca, ficou visivelmente pálida. Seus olhos desviam para a porta. Está arrependida de ter ido buscá-lo sem reforços. — Galipei estava muito preocupado. Eu posso ir chamá-lo.

— Não precisa. Já estou saindo.

Seiqi lança outro olhar para a porta.

— Otta Avia também está aqui para vê-lo.

Isso o pega de surpresa. Seu instinto é de se negar a vê-la, mandar que volte mais tarde, e fazer com que esse "mais tarde" nunca chegue. Quanto menos tempo passar com ela, menores as chances de ser pego. Mas a verdade é que não haveria motivo para August se negar a vê-la neste momento.

— Otta não deveria estar perambulando por aí enquanto estamos em estado de emergência. Leida pode estar em qualquer um destes cômodos.

— É, bom... — Seiqi pigarreia e sai para o corredor, acenando para, presumivelmente, Otta, que aguarda por perto. — Como vimos, os guardas também não conseguiram evitar que o senhor perambulasse por aí. Com licença.

Pelo canto dos olhos, ele captura movimento no espelho. Na melhor das circunstâncias, Anton estaria vestindo o próprio corpo de nascença em vez de buscá-lo em um depósito do palácio, e espanaria o pó que se acumulara sobre os ombros, já que se tornara um artefato esquecido em garantia, enfiado entre o receptáculo descartado pelo filho de um membro do conselho e uma pilha de livros sobre a guerra. August estaria ao seu lado em carne e osso, no lugar da luz refletida pela prataria e pelo vidro. E, quando Otta entrasse saltitante para cumprimentá-lo, a saia longa demais arrastando atrás de si e os pés descalços, seria a coisa mais casual do mundo.

— Ah, céus.

Ela para de repente.

Mas como são estas as circunstâncias que lhe foram dadas, ele se vira e tira o rosto de August do próprio campo de visão. O relógio está só cronometrando o tempo até restar apenas um deles.

— Então, o baile vai acontecer mesmo assim — diz Otta. Embora ela gire em sua direção, os olhos continuam sobre o corpo de Anton na cama. — O conselho não acha que é necessário cancelar. Um evento interno do palácio não será afetado pelas portas trancadas.

— O conselho faria qualquer coisa para evitar aparentar um conflito.

Anton pinça o vão entre os olhos, tentando aliviar a tensão na cabeça. August mal tem espaço sobrando neste nariz fino e delicado. É quase impossível massagear o osso com um dedo de cada lado.

— Inclusive guardar todos os segredos de Kasa.

— Exato.

Você sabia?, quer acrescentar Anton. *Quando Kasa matou meus pais, por acaso os Avia ficaram sabendo durante um jantar numa noite qualquer? Você escondeu o impensável de mim, dando tão pouca importância ao assunto quanto August dava?*

Em silêncio, Otta se aproxima. Suas mãos percorrem os ombros dele antes de pararem em um toque frio sobre seu pescoço. Ele não confia nela. Não sabe nada sobre suas intenções depois de acordar, só sabe que planejar esquemas está em sua natureza, que, para ela, encontrar um caminho até o poder é tão instintivo quanto respirar.

Mesmo assim, relaxa ao seu toque sem pensar, suspirando profundamente pela primeira vez em semanas. Anton se sente jovem com ela, sem responsabilidades a não ser os trabalhos que precisa entregar na escola. Ele sente que não importa o fato de não ter família neste reino, porque tem Otta, e ela precisa dele.

— August — diz Otta, a voz suave. — Por que você perguntou sobre os Makusa na sala de reuniões?

Anton paralisa. Seu primeiro instinto é se esconder atrás da raiva, cuspir uma reprimenda qualquer como se esperaria de August. Então seus olhos deslizam para ele mesmo na cama, e há pouco que possa fingir com essa evidência bem à frente. Ele não teria perguntado se não se importasse em saber a resposta.

— Você não sente falta dele? — pergunta em resposta. É uma linha perigosa a seguir. Ele não faz ideia em que pé August e Otta estavam quando ela ficou doente. — Eu sinto.

Otta toca sua orelha.

— Você nunca demonstrou, para ser sincera.

— Ele era meu melhor amigo.

— Você achava que ele era fraco. Falou que, se os pais dele não tivessem morrido, ele nunca teria aprendido a saltar, porque a única motivação que tinha eram a raiva e a solidão.

Ele precisa de todas as suas forças para não reagir. Aos poucos, o pescoço de Anton fica corado, avermelhando-se a cada palavra nova. *Fraco*. August o achava fraco porque seus pais foram assassinados, seus corpos despedaçados a ponto de a funerária ser forçada a cremá-los antes do tempo, deixando apenas uma urna com as cinzas para ser velada.

— Na verdade... — continua Otta, afastando-se e caminhando pelo quarto. Ela batuca um dedo contra o queixo. — Foi você quem sempre me alertou para não ficar perto dele. Disse que ele iria me descartar com o tempo, quando o vento mudasse de direção. Pessoas como ele só sabem fugir.

Anton explode. Não sabe o que pretende fazer quando avança pisando forte. Seus braços se erguem na direção de Otta, e ela vira com tanta velocidade para encará-lo que sua saia gira em um redemoinho vermelho e dourado.

— Não fale nada — sibila, e sua postura muda completamente.

Ah, Otta. Como subestimei você!

— Não pretendia — responde Anton. Seus braços voltam a se abaixar. Ele alisa a jaqueta. É uma encenação, porém não mais para a garota à sua frente.

Otta inclina a cabeça na direção da porta.

— Instalaram câmeras novas aqui. Vamos para outro lugar.

◇◇◇◇◇

Na sala de vigilância, Matiyu Nuwa passa as imagens das câmeras preguiçosamente, procurando Leida Miliu. Ele duvida que a ex-capitã da guarda seja estúpida o suficiente para ser pega nas câmeras, então não leva a tarefa muito a sério, embora toda a equipe tenha sido designada para isso. Com certeza um dos Weisanna vai encontrá-la logo. Não é como se Leida pudesse se esconder por muito tempo com as saídas trancadas e os guardas vasculhando todas as alas.

O telefone de sua baia toca. Ele coloca o aparelho na orelha, jogando o fio longo sobre o ombro.

— Alô?

— Matiyu. Um favor. É possível?

Ele franze a testa ao ouvir a voz. Reconhece de imediato.

— Como conseguiu este número?

— Qualquer um pode ligar para o palácio e pedir para ser transferido. Falei que era sua irmã. Os Weisanna não vão me revistar por causa de uma ligação.

Deveriam. Acreditar no que as pessoas dizem parece uma má conduta de segurança.

— Não vou mentir, Woya: achei que estivesse morto.

— Que besteira — retruca Woya, ofendido. — Para a sua informação, sou responsável pelo Templo Sepulcral de novo. Nosso período sob a liderança de Pampi Magnes foi só um hiato temporário.

— Um hiato que fez metade da sua gente ir parar na prisão.

— Olha quem fala, desertor... — Woya tosse, interrompendo a si mesmo. Claramente ligou porque precisa de alguma coisa, então não é muito inteligente ofender Matiyu. — Ouvi dizer que agora você trabalha na vigilância do palácio. Preciso que dê uma olhada em uma coisinha bem mínima para mim.

— Não, obrigado. Estou tentando não me meter em problemas.

— Quantas vezes acobertei você no templo, hein? Só preciso de um sim ou não. Por acaso ontem, em algum momento da manhã, um novo morador entrou em San-Er pela muralha?

Matiyu franze a testa e solta um *tsc* de reprovação enquanto digita, buscando pela gravação que Woya descreveu.

— Ninguém pode entrar enquanto a muralha está sendo reconstruída.

— Só olhe a gravação.

Quando Matiyu abre o arquivo da câmera virada para a muralha, percebe que não verá ninguém entrando porque o portão está no manual. Depois de um cálculo rápido, ele encontra outra câmera, mais longe, porém em um ângulo mais alto, apontada para um caminho secundário. Ele volta o vídeo. Avança.

— Parece que não. Só vejo guardas.

A linha fica muda. Matiyu afasta o receptor da orelha para conferir a qualidade do som. Se Woya desligou na cara dele...

— Ah — responde Woya, quebrando o silêncio. — Humm...

Matiyu volta o aparelho à orelha. Dedilha o teclado, dando a volta pelas outras câmeras das proximidades só para ter certeza.

— Você sabe que a sala de vigilância tem uma tecnologia que emite alertas quando aparece algum movimento irregular perto da muralha, não é? Se fosse fácil assim entrar na capital, seria um caos.

— Tem gente que entra ilegalmente, sim — argumenta Woya, soando estar na defensiva.

— Claro. — Matiyu revira os olhos. Ele atualiza as imagens, permitindo que voltem ao vivo. — Como eu disse, não tem como... Eita. Espera.

A linha chia. Do outro lado, Woya ou se sentou muito depressa ou deixou alguma coisa cair.

— O quê? O que foi?

— Mas que merda é essa?! — exclama Matiyu.

É o sapato que chama sua atenção. A imagem ao vivo da Rua da Pedra Dourada captura só uma parcela do montinho de lixo no canto. Há câmeras instaladas em quase todos os becos e ruas da cidade, mas nem todas ficam ativamente passando nas telas da sala de vigilância. Do contrário, as pessoas que trabalham aqui ficariam perdidas com tanta filmagem inútil. A câmera três costuma ficar ativa no circuito para dar uma vista geral da rua. Só que aquele sapato está na vertical, e não tem como ele ficar nesse ângulo perfeito sem um *pé* dentro, então, se Matiyu ativar a câmera quatro para ter uma imagem mais nivelada da pilha de lixo...

— Ai, *merda*.

Engolido pelo lixo, há um homem morto, caído de lado, vestindo o uniforme da guarda do palácio. Não deve ter sido desovado ali há muito tempo, já que ainda tem um pouco de cor no rosto, a expressão congelada de espanto.

A parte mais bizarra, porém, é o guarda-chuva amarelo que perpassa sua barriga e a forma como suas mãos se fecham ao redor do cabo, como se ele tivesse tentado arrancar a arma pouco antes de morrer.

— Tenho que ir.

Woya pede depressa:

— Espera, o que você...

Matiyu desliga o telefone.

— Guardas!

9

Calla empurra Leida até seus aposentos e bate a porta antes que o pânico nos corredores consiga alcançá-las. Seu gato a cumprimenta, mas, quando fareja a ex-capitã da guarda, dispara banheiro adentro.

— Não sei o que você acha que vai conseguir, me arrastando por aí desse jeito — comenta Leida.

Ela tenta se soltar no momento em que sente seu braço ser agarrado, mas Calla é mais forte. Leida grunhe, jogando todo o peso contra ela. Estão em um espaço fechado, e não é fácil armar uma boa defesa. Em vez de dar um jeito de revidar, Calla só cerra os dentes e foca em continuar segurando seu braço esquerdo. Se soltar, Leida vai fugir em um instante, e tudo isso terá sido em vão.

— Me *solta*!

Seu ombro atinge Calla no queixo. Só quando vem a reação é que Leida parece perceber que a outra mão de Calla estava ocupada, soltando alguma coisa atrás de si: a cortina pesada, e a corda ao centro que prende o tecido. Leida puxa o braço com força, porém é tarde demais. A cortina se solta, a corda está firme na mão de Calla. Em uma última tentativa, Leida chuta para tentar desestabilizar a oponente, mas ela já estava preparada. Neste corpo, Leida é mais baixa do que está acostumada, e não amplia tanto o movimento quanto deveria para dar o golpe. Calla passa a corda ao redor de um cano que sobe pela parede, um tubo fino saindo do radiador embutido. Antes que Leida consiga escapar, Calla prende seu pulso esquerdo com a corda, depois o direito.

— Céus — murmura Calla, enfim se afastando para respirar.

Quando Leida tenta se mover, seus braços continuam amarrados no cano. Seus olhos azuis brilham, quase soltando faíscas.

— A prisão não era humilhação suficiente? Você tinha que me amarrar num... — ela olha para trás — radiador *frio*?

— Ah, perdão, você queria que eu o ligasse?

Leida bufa.

— Nem tem como, mesmo se você quisesse. O sistema de aquecimento do palácio foi trocado para um elétrico uma década atrás.

A maior parte de San-Er ainda usa radiadores. Todo ano, alguns apartamentos pegam fogo por causa de canos problemáticos e superaquecimento.

— Você deve ter examinado de perto os sistemas do palácio no seu tempo como capitã da guarda — reflete Calla. Ela cruza os braços, escondendo os arranhões vermelhos da luta. — Depois que me deram o cargo de consultora real, acabei encontrando um arquivo na sala de vigilância que também descrevia o trabalho da sua mãe. Várias mudanças. Várias sugestões que foram ignoradas.

Leida puxa a corda da cortina de novo. O nó não cede. Calla amarrou com força o suficiente a ponto de nem ela mesma conseguir soltá-lo se quiser.

— E isso é uma surpresa? — pergunta Leida, irritada. — Ninguém neste palácio se importa em fazer o bem.

No passado, Calla já disse querer o bem maior. Na cozinha de Anton, quando ele perguntou por que ela estava nos jogos do rei, pareceu uma resposta tão adequada quanto qualquer outra. Ela queria se livrar de todos aqueles que lhe causaram sofrimento. Queria transformar em cadáveres os nobres que mandavam no reino, e que não poderiam ter se importado menos com o fato de ela estar fadada a dormir com fome na sarjeta quando era uma criança abandonada. É claro que estava fazendo o bem.

— E você se importa? — pergunta. — Você, que causou múltiplos massacres, todos resultados de planos mal executados.

A questão é: não importaria se o Rei Kasa fosse o homem mais decente do reino, que cometeu o único erro de queimar seu vilarejo; Calla ainda teria usado a espada do mesmo jeito. Não é uma mentira dizer que busca o bem, mas imagina que também não seja a pura verdade. Mesmo que sua vingança fosse causar a destruição de Talin, é possível que ela seguisse adiante.

— Como falei ao conselho — diz Leida —, já confessei tudo de que sou culpada.

Calla esperava que ela rebatesse a acusação. Ou dissesse que não fora sua intenção que pessoas morressem. Leida deu a uma seita anarquista o conhecimento para transferir poder. Orquestrou uma conspiração a fim de despedaçar a monarquia por dentro. Não é que Calla desaprove, só está meio triste porque Leida ficou dando voltas por San-Er achando que poderia se manter virtuosa enquanto outros não hesitariam em pegar um atalho em linha reta para colher benefícios próprios. Leida Miliu tinha a ideia certa, mas só pode ser tão boa quanto seu resultado mais distorcido.

Calla chuta a frente do radiador. Lascas de tinta cinza se soltam e polvilham seu sapato.

— O conselho está convencido de que você é a responsável pelos ataques nas províncias — diz, simples e direta. — Vão executá-la e esperar que isso resolva a dor de cabeça deles, assim como trancafiá-la pareceu pôr fim nas matanças das Sociedades Crescentes em San-Er.

Leida abre a boca, mas, antes que possa dizer qualquer coisa, Calla a interrompe:

— Não precisa argumentar. Eu sei que você não tem nada a ver com essas mortes nas províncias. A linha do tempo não se encaixa. A Cauda de Andorinha teria começado a agir quando você começou a trabalhar com as Sociedades Crescentes, não depois de você ser pega.

Outra bufada. Leida se inclina para trás e suas omoplatas atingem o cano.

— Sou muito grata por acreditar em mim, Vossa Alteza. Por que estou aqui, então?

Em suas lembranças, Calla retorna à arena. Inspira fundo, seu coração se parte em dois, e ela desliza a adaga pela manga. Expira, o céu se despedaça, e Anton morre à sua frente, seu receptáculo tornando-se pálido naquela poça de sangue.

E aí ele ressuscita, segurando sua mão no corpo de seu primo, os olhos furiosos.

— Onde você aprendeu aquelas técnicas?

Leida franze a testa.

— Como é?

— Você não *nasceu* com esse conhecimento. E eu duvido que tenha sido um golpe de sorte. Você aprendeu isso em algum lugar, e repassou para os membros da Sociedade Crescente. As pessoas das províncias também aprenderam em algum lugar, e alguém entre elas está usando isso para atacar soldados da coroa. Parece correto, não?

Agora Leida fica em silêncio. Não sabe exatamente aonde ela quer chegar com esse raciocínio, mas é esperta o suficiente para ficar apreensiva. Quando Calla joga uma armadilha clara à frente, é porque tem mais dezenas delas espalhadas em todas as outras direções, sopradas a cada palavra como sementes de um dente-de-leão. É assim que o palácio entra em um combate. É o que Calla aprendeu entre o treinamento físico com generais de guerra e incansáveis treinos com alvo, porque, em uma batalha, falar bem é metade do caminho para a vitória, não importa quantas legiões ela possua.

Leida continua quieta.

— Eu fico pensando… — Calla se abaixa de cócoras, a jaqueta de couro farfalhando. Precisa pressionar mais; se Leida não vai cair numa armadilha, ela fica contente em lhe oferecer um empurrão. — Talvez seja tradição de família. As províncias não têm muitos recursos. Nada de livros, arquivos, bancos de dados. O conhecimento passa adiante por meio de histórias, de mãe para filha. — Ela faz uma pausa e passa o dedo pela trama do carpete, traçando linhas. Três, como a runa que as crianças de Rincun entalharam quando o alojamento ficou gelado. — O palácio tem recursos em abundância, mas é difícil sair vasculhando por aí sem alguém perceber. Foi só na privacidade dos seus próprios aposentos que sua mãe ensinou você a arrancar o coração dos outros…

Leida dá uma investida para a frente. A corda a puxa de volta e sua cabeça bate com força contra o cano.

— Não fale da minha mãe!

— Não é um insulto. — Calla estica o pescoço e seu cabelo desliza pelo ombro, desenrolando-se como uma capa ao seu redor. — Se foi ela quem ensinou você, é um grande feito.

Leida tenta puxar a corda de novo.

— Ela não teve nada a ver com isso. — De novo. Seus pulsos estão vermelhos. — Ela *morreu* por este reino. Deu a vida por Talin, e mesmo assim ninguém reconhece seu sacrifício.

Calla acredita.

— Então quem, Leida? Quem ensinou você?

Não precisa acrescentar a silenciosa pergunta que vem depois, mas ela é ouvida mesmo assim. Sua fome inunda o ar entre as duas. Estava lá quando ela percebeu a facilidade com que Leida saltou para o corpo de uma guarda do outro lado da mesa de reunião. Estava lá ao presenciar o caos que se instaurou em poucos segundos quando não houve clarão de luz, quando tudo o que o reino sabia foi virado de ponta-cabeça enquanto aqueles que estavam presentes apenas imaginavam o que Leida seria capaz de fazer.

Quem ensinou você, Leida? Como eu faço para aprender também?

— Esquece, Alteza. Pode me colocar de volta naquela cela.

— Se você quer fazer o bem, deixe-me ajudar.

Leida engasga com uma risada. Apesar do som, sua expressão é de fúria.

— *Você... me* ajudar a fazer o bem? Acha que sou criança? Você é uma Tuoleimi. Faz parte de uma das duas linhagens cujo pé tem pesado sobre o pescoço deste reino há séculos.

— E isso não tem deixado San-Er confusa há anos? — rebate Calla. — Eu era a herdeira do segundo trono de Talin, e o destruí.

— Você não é melhor que os outros só porque não gostava dos seus pais...

— Salte para dentro de mim, Leida — interrompe Calla. — Sei que está pensando em fazer isso.

Leida fica imóvel, seus braços relaxam. Deve suspeitar de um truque. O quarto está escuro apesar da hora, e as cortinas cobrem quase toda a janela da alcova. Não dá indício algum de ser dia ou noite, não deixa entrar o vento nem o som da chuva. A respiração delas é a única forma de acompanhar a passagem do tempo. O leve rangido das tábuas do piso ao final do corredor é a única confirmação de que o palácio continua em movimento.

Uma pontada de náusea atinge Calla no peito. Retorce sua garganta. Azeda sua língua. Então, passa. Ela observa Leida ensaiar uma variedade de expressões, sem conseguir entender o que exatamente aconteceu. Enfim, chega à conclusão inegável. Enfim, depois de outra tentativa, Leida fica tensa.

— Você está... — Ela deixa as palavras morrerem no ar.

— Exato — confirma Calla. — Eu já estou *dentro*. Sou sua melhor chance.

◇◇◇◇◇

Em uma vida passada, Bibi teve uma quantidade considerável de pessoas fazendo suas vontades.

Nesta, ela aprendeu a se manter viva. Não por escolha, verdade seja dita. Teria preferido uma opção mais fácil, uma vida que pudesse ser rotulada de confortável mesmo que não chegasse a ser luxuosa; porém, como as estalagens de Laho têm portas que abrem com a mesma facilidade se estiverem trancadas ou destrancadas, ela ficou boa em se comportar como uma barata. Se um intruso não prestar muita atenção, dificilmente perceberá uma ocupante embaixo da cama enquanto saqueia os bens de valor deixados na mesa.

Bibi morde o lábio inferior. Os sussurros da cidade não pararam desde que ela entrou. Com o Rei Kasa morto, os habitantes de San-Er não têm vergonha de tagarelar nas ruas e fofocar sobre como o palácio pegou uma traidora algumas semanas atrás: a capitã da guarda, elaborando um plano para matar civis e culpar os sicanos além da fronteira. Ninguém em San-Er, nem na maioria das províncias, viu um sicano na vida, mas todos sabem que devem ter medo deles. A guerra custou caro para o reino, afunilou a maioria do povo em um canto apertado e decapitou seus recursos básicos. Apesar da vitória de Talin, aqueles que se lembram de seus bisavós não têm como esquecer o olhar de pavor, a recusa em falar uma única palavra sobre o passado que enfrentaram.

O plano de Leida Miliu poderia ter ido longe. Esmigalhar a monarquia. Semear discórdia o suficiente entre as massas e causar protestos duradouros e grandes demais para serem esmagados pelos Weisanna.

Então a atenção das cidades gêmeas se voltou para Calla Tuoleimi e Anton Makusa na arena, e as pessoas passaram a ter apostas mais importantes a fazer.

Bibi circula pelo lado de fora do coliseu, apertando a sacola de compras com os dedos. Precisa buscar alguns utensílios. O mercado está lotado hoje porque o palácio dará um baile. Ninguém de fora será convidado a participar, então ela não consegue entender por que as pessoas estão esticando os pescoços desse jeito, mas a cidade faz coisas estranhas quando está perto do dinheiro.

— *Ei, você aí!*

Ela vira a cabeça por cima do ombro. Guardas do palácio. Dois deles: um alerta, o outro entediado.

— Sim?

— Número de identidade?

Bibi franze a testa. Espia dentro da sacola. Tudo o que tem de valor ali é a chave de seu apartamento — ela alugou uma daquelas unidades raras que ainda usam uma fechadura em vez de um painel para digitar o número. Torna as coisas muito mais fáceis, dado que ela não tem identidade.

— Só estou fazendo compras — diz. — Tenho certeza de que isso não exige uma conferência, não é?

— Recebemos ordens de registrar todos que estiverem perto do palácio. Por favor, colabore.

O guarda que está falando tem olhos laranja-escuros, do tom de um pôr do sol depois de uma tempestade nas províncias, quando as nuvens vão embora bem a tempo do cair da noite. Seu companheiro é um Weisanna, embora seus olhos estejam quase fechados de tédio e Bibi precise espiar uma segunda vez para confirmar a presença do prateado.

— Está bem, está bem. — Ela finge exageradamente vasculhar a bolsa. — Sou nova aqui. Fui sorteada na loteria do ano passado e acabei de emigrar de Laho, então me perdoem por não saber o número de cabeça.

Ajuda que seu sotaque seja forte. É provinciano, mesmo que as pessoas de San-Er não saibam a diferença entre camponeses do norte e do sul do rio Jinzi.

— Ah, não! — exclama. — Acho que não estou com meu cartão.

Os guardas se entreolham.

— Vamos ter que levá-la sob custódia até conferirmos sua identidade.

Bibi suspira. Ela desliza uma palma pela alça da bolsa, medindo sua circunferência.

— Sério? É mesmo necessário?

— É só protocolo.

— Por favor! Nem tem câmeras neste beco.

— Sim, mas... — O guarda para de falar. Franze a testa. — Como você sabe disso?

Bibi desce a alça da bolsa ao redor do pescoço do Weisanna em um movimento ágil. Segura as pontas com a mão, apertando com força, e se esquiva quando o braço dele balança, tentando afrouxar sua pegada. Por um segundo, o outro guarda é pego de surpresa, depois fica desesperado atrás do pager, de uma arma, de qualquer ideia do que diabos esperam que ele faça quando um civil é estúpido o suficiente para atacar um guarda de elite do palácio.

É preciso um tempo razoável para estrangular alguém, mas também é preciso ter uma força razoável para manter a pessoa na mesma posição até lá. Talvez o outro guarda saiba que vai perder essa briga caso se envolva. Em vez de sacar o porrete, ele vira de costas e dispara pelo beco.

Bibi finalmente sente o corpo do Weisanna ceder. Ela resmunga e o deixa cair no chão antes de fechar os olhos, sentindo o ambiente.

Seus pulmões enchem. Pontos aparecem em sua visão: *qi* se movendo aqui e ali, e *ali*...

Ela salta, tropeçando nos primeiros passos quando assume o corpo do guarda de olhos alaranjados. Suas pernas continuam em movimento, correndo em alta velocidade, antes do *qi* dela assumir totalmente o controle e ela frear até parar, a mão apoiada na parede de tijolos. O coliseu ressoa atrás dela. Bibi apoia as palmas no joelho, permitindo que o coração disparado se acalme.

O uniforme do guarda é estranho em sua pele. Áspero e dobrado nos cotovelos. Ela estica a mão para coçar os braços, então soluça alto, tentando colocar para fora a pedra quente que parece ter se alojado em seus pulmões.

Bibi chora toda vez que mata alguém. Não é que se sinta mal. Choraria da mesma forma depois de correr em volta de uma fazenda em Laho, ou de apostar corrida com as crianças da vizinhança para ver quem chega primeiro ao topo da árvore mais alta de seu bosque escasso. As lágrimas parecem uma libertação depois de tamanho esforço, a confirmação de que seu corpo é capaz de feitos fortes e extenuantes.

Ela seca o rosto, e as pontas de uma barba rala arranham suas palmas. Precisa voltar e buscar seu corpo de nascença. Ficará seguro em seu novo apartamento enquanto ela veste este guarda. Então ela se reportará ao palácio, e mostrará que essa baratinha que eles tiraram das províncias é boa no que faz.

O primeiro passo é causar medo. Paranoia. A suspeita rastejante de que algo subirá pelos pés descalços do palácio assim que pararem para descansar.

O passo seguinte é a infestação.

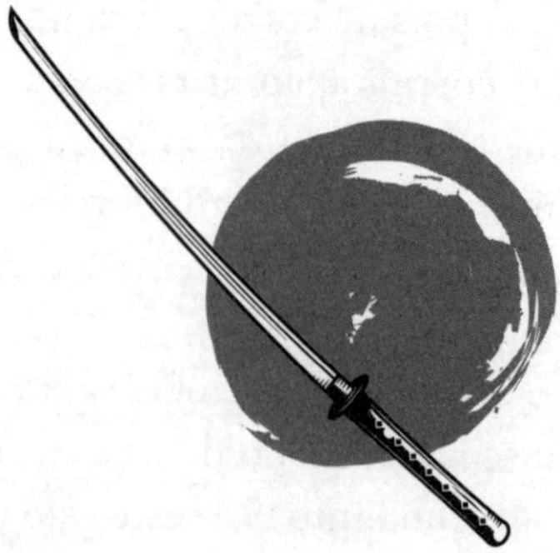

10

Galipei não segue o protocolo de emergência. Ouve dizer que August foi visto na ala leste, conversando com Otta. Naquele momento, decide ignorá-lo. Vai aos seus aposentos e coloca um sobretudo. Deixa o pager para trás a fim de que Seiqi não possa incomodá-lo mais do que já está incomodado. Quando passa pelos guardas vigiando a saída oeste, assente, e eles o deixam passar.

Uma leve névoa de chuva desce do céu. É aquele horário deprimente da tarde, aquele momento do dia em que ninguém tem muita energia para nada, e as atividades desaceleram pelas cidades gêmeas. A noite soprará novos ares, empurrará tudo de volta à ativa assim que a lua subir o horizonte. Até lá, a maior parte de San-Er só se recarregará com esforços lânguidos.

Galipei não, no entanto. Ele apalpa as calças, conferindo se está com suas armas. Ninguém vai impedi-lo de sair para resolver as próprias questões, mas *é*, de fato, visto com maus olhos ficar longe de seu protegido por tanto tempo. É provável que ninguém o impeça porque é normalmente Galipei quem torce o nariz se os outros guardas não cumprem horas o suficiente.

Nada tem feito sentido ultimamente. Ele sabe tão bem quanto qualquer outra pessoa que August tem a tendência de desaparecer de tempos em tempos, saltando pelas cidades para cumprir uma tarefa sozinho. Mas Galipei sempre esteve por dentro da coisa, era sempre quem o acobertava a fim de que o resto da guarda achasse que estava só descansando em paz em seus aposentos.

Ele nunca esteve do outro lado antes.

Você só quer a atenção dele, sussurra sua parte mais vil. *Você está amargurado porque o resto do reino também precisa dele.*

Não, rebate. Não é só isso. As dispensas. A distração. A nova *tintura.* August está se despindo de todas as partes de si, e Galipei está perplexo, tentando encontrar a lógica por trás disso. Foi preciso ver o cabelo preto como piche para ter certeza de que não é só sua imaginação.

Naquela noite anos atrás, quando August pediu ajuda na primeira vez que descoloriu o cabelo, estava mais chateado do que Galipei jamais o vira.

— O que foi? Aconteceu alguma coisa?

— Nada além de um dia comum no maravilhoso Palácio da Terra — respondeu August, sarcástico.

Fazia alguns meses que Galipei havia sido designado a ele. Do outro lado da capital, o Palácio dos Céus ainda não caíra, o que significava que o Rei Kasa não descarrilhara com sua segurança. Ficou feliz em atender quando August pediu um escritório próprio, na torre mais alta do palácio. Galipei achou que o príncipe o escolhera pela vista, mas ele lhe contaria logo depois que foi pelo isolamento, pela distância dos visitantes nobres ou aristocratas que imploravam favores. Aquele escritório era seu refúgio do mundo, e só aqueles que realmente precisavam dele subiriam tão alto.

Galipei se lembra de pegar a escova das mãos de August e se abaixar para ajudar. Havia um espelho pendurado na parede — que foi removido depois que Leida o empurrou com muita força dois anos antes e lascou o canto —, e ele ficou vendo a expressão de August suavizar aos poucos conforme ele espalhava a tintura.

— Este clareador é de boa qualidade — comentou o guarda-costas. — Mal deixa cheiro.

— Só o melhor — respondeu o príncipe em voz baixa. — Do contrário, não seria permitido no palácio.

Galipei já sabia que ele estava montando a imagem de August Shenzhi. O herdeiro da coroa odiava o palácio com uma energia volátil, mas não tinha como se separar dele. Afastar-se demais significaria perder o poder que ele lhe dava, e chegar perto demais exigia sacrificar as grandes ideias de mudança que tinha em mente. O Príncipe August de então queria moldar o trono à sua forma e de acordo com suas crenças. Teria sido muito diferente da forma como Kasa administrava.

— Você vai me contar o que aconteceu? — perguntou Galipei quando August finalmente saiu do banheiro.

— Foi dada a entrada na papelada. — Ele passou uma das mãos pelo cabelo molhado, já enxaguado. — Da adoção oficial.

A cor pegara perfeitamente, uma aplicação uniforme até as raízes. O loiro combinava com ele. Seu rosto era tão anguloso que o tom lhe suavizava as beiradas e acrescentava um novo ar amigável.

— Isso... isso é bom — disse Galipei, espantado. — Não é?

— Depende de para quem você perguntar. Mas é um passo necessário, então é só isso o que importa.

A seguir, ele abriu um sorriso cínico para encerrar a conversa e Galipei calou a boca imediatamente, da mesma forma que sacrifícios mortais ficavam imóveis à presença de seus deuses um segundo antes de serem consumidos.

San-Er reage quando Galipei tropeça no degrau de entrada de um prédio e desce a bota com força na soleira para se equilibrar. Está quase lá. O Templo Sepulcral fica na Rua Loyan Back. Só pode ser acessado por uma porta dos fundos deste prediozinho porque o templo é circundado de construções por todos os lados, escondido como o segredo da cidade.

August tingiu o cabelo de volta à cor natural. Não sobe mais ao escritório, como se houvesse se esquecido de sua existência. E, quando se trata do reino, pode até estar implantando as reformas que planejou de sua mesa, mas o faz com uma mão tão pesada que seria de se pensar que está colocando as peças em movimento sem preparar nada ou escutar nenhum de seus consultores. Já começaram os resmungos sobre August ser mais vaidoso que o pai adotivo, mais preocupado com o drama do palácio do que com o bem-estar do povo, e não existe chance alguma no mundo de que isso seja verdade, muito menos de August deixá-lo transparecer ao público.

Houve muitos passos em falso nesse curto período de tempo. Muitas coisas planejadas das quais ele se esqueceu, e a verdade é que August é *esperto demais* para vacilar assim.

O ambiente abafa o som conforme Galipei sai do mercado no sexto andar e passa por uma pequena porta ao final. Uma goteira ecoa pela escada. Quando ele desce, algo chia no patamar do segundo andar. A seguir, uma família de ratos dispara do canto e eles perseguem uns aos outros no chão à frente dele.

Galipei faz uma careta. Enfim, sai do prédio. Se alguém for criar problemas com sua presença, será agora. Não há outra forma de entrar ou sair, a não ser que ele abra um buraco na grade sobre o templo.

Está quieto. A grade range com o vento, emperrada pelo lixo de anos, jogado pelas janelas ao redor. Ele espera, observando alguns membros da Sociedade Crescente conversarem ao redor do prédio. O Templo Sepulcral é o centro de veneração mais próximo do palácio. Há poucos centros, e eles ficam espaçados entre as cidades gêmeas; não é que San-Er tenha abandonado por completo seus antigos deuses, mas os poucos devotos praticam sua fé em particular. Oratórios de cozinha e pequenos incensos enfiados em potes nos corredores. Flores secas coladas com fita nas portas de entrada e papel de oferenda queimado nos telhados.

Na verdade, os templos não atendem a esses fiéis. Os templos são os últimos resquícios dos dias antigos de San-Er, e persistem até hoje só porque as Sociedades Crescentes assumiram a fachada religiosa para suas operações.

Galipei entra no Templo Sepulcral, empurrando a pesada porta para o lado. A tinta vermelha forte descasca e gruda nas pontas de seus dedos. Toda a sensação de calor o abandona ao passar pelos bancos, sua respiração formando nuvens a cada exalar. Ele avança. Ajoelha-se aos pés das estátuas à frente.

Não reconhece nenhuma — à época de seus pais, as escolas já haviam parado de ensinar-lhes os nomes —, mas seus olhos vigilantes são envolventes. O panteão quer preencher o espaço de veneração que Galipei escavou dentro de si. Está ciente do que mudou.

Sabe que seus ouvidos estão abertos aos seus sussurros, em busca de respostas no vazio deixado para trás.

Quando August pediu para Otta morrer, parecia ter medo de que ela acordasse. Galipei não consegue entender. Otta de fato acordou, certo, mas *ninguém* jamais acordou da febre *yaisu* antes. Em que mundo ele teria considerado essa possibilidade? Por que August *realmente* considerou ser possível?

Galipei escuta passos se aproximarem. Essas divindades imponentes o abalaram. Suas expressões marcantes de desdém de mais de três metros de altura; seus braços congelados para trás, prontos para cravar as espadas em um inimigo.

Eu o desapontei?, pergunta ele aos deuses.

— Pessoas de fora não são bem-vindas no Templo Sepulcral.

Uma parte dele se questiona se merece ser expulso, se tem falhado na linha de frente justo quando August precisa de força. Outra parte tem certeza de que há algo espreitando debaixo da superfície, algum ataque surpresa sendo preparado sem ser visto. Otta acordou. August está agindo diferente. Duas coisas impossíveis tendem a estar relacionadas, certo?

— Não estou aqui para criar problema — diz Galipei, devagar. — Só queria rezar.

— Claro. Por isso você mandou uma mensagem antes de vir, pedindo para falar com o membro mais antigo do templo.

Galipei se agita, ainda ajoelhado. Ele se vira de leve, lançando um olhar cortês para o idoso que está de pé ao seu lado. O senhor tem as costas levemente curvadas, a barba branca descendo lisa do queixo. Tem olhos escuros: *quase pretos*, pensa Galipei de início, mas então o idoso o encara e ele percebe que é um tom muito profundo de verde, engolfado pelas luzes vermelhas do templo.

— Está bem vazio aqui — comenta Galipei, gesticulando ao redor.

— Nossos números caíram — responde, neutro, o senhor. — Prisões do palácio. Execuções do palácio. Sabe como é.

— Ah.

August não teve tempo para lidar com os membros da Sociedade Crescente que foram presos depois da captura de Leida Miliu.

Aquelas pilhas de arquivos foram deixadas em seu escritório, porque Galipei queria debater o assunto.

— Posso perguntar, então — continua o senhor —, se posso auxiliar com sua reza?

— Não precisa. Só queria encontrar um espaço. Não há muitos oratórios no palácio.

— Tem havido muito tumulto no palácio esses dias. — Ele deve ter ouvido sobre Otta Avia e sua recuperação milagrosa. — Se você se tornou devoto, não deve ser difícil contrabandear um oratório por aquelas portas.

Galipei já considerou profundamente a possibilidade. Não teve epifania alguma, exceto a de que não sabe o suficiente.

— Pode ser que já tenha muita coisa sendo contrabandeada para dentro do palácio. — Os deuses antigos o encaram lá de cima. São indiferentes ao desespero em sua voz quando ele pergunta: — Em que situação o cinábrio curaria em vez de matar?

Se o senhor o denunciar por fazer essa pergunta, a guarda do palácio pode identificar o crime cometido no Hospital Nordeste com facilidade. Felizmente para Galipei, as Sociedades Crescentes não têm um pingo de lealdade ao palácio, e desejo nenhum de proteger o reino sem uma recompensa.

— Nenhuma — responde o idoso. — É um veneno.

— Pode me contar — insiste Galipei. — Suas paredes e portas são pintadas com cinábrio. As histórias dizem que é um cristal de imortalidade. Por quê?

O senhor bufa de desdém. Entrelaça as mãos às costas e se vira para ir embora.

— E eu aqui pensando que isso poderia ser algo digno do meu tempo. Essas histórias são só lendas, meu jovem. Existem deuses e existem mortais; e existe pouco entre eles. Cinábrio não serve para nada além de uma boa laca.

Galipei fica de pé num pulo. Avança com a agressividade de alguém prestes a começar uma briga, e o templo murmura em protesto.

— Não! — grita. O senhor para entre as duas fileiras de banco. — Podemos trocar de corpo à vontade e a melhor explicação que temos é a *genética*. Histórias não nascem do nada.

— Este reino esconde mais do passado do que você jamais imaginaria. — Embora o idoso continue de costas, sua voz ressoa forte pelo espaço, cada palavra enunciada sem deixar brecha para má interpretação. — Existiram soldados humanos que podiam mudar a aparência sem saltar. Aristocratas que arrancaram os próprios membros em sacrifício, na tentativa de igualar seu *qi* à coroa. Certa vez, houve até uma rainha humana que sacrificou hordas de seu próprio povo na esperança de alcançar a reencarnação.

O senhor deve achar que ele é algum tipo de tolo para cuspir esses contos populares que os camponeses das províncias inventaram para assustar as crianças e mantê-las longe de estranhos. Galipei ergue os olhos. Encontra o olhar de uma figura pintada no teto, uma muito menor que o restante, com um caractere talinês arcaico escrito na testa.

Você só foi designado para mim depois de Otta ir embora, então não espero que entenda. Mate-a.

— Quero saber se já existiu um passado em que o cinábrio era usado para curar o *qi* de alguém.

O senhor começa a andar de novo.

Como desejar, Vossa Alteza.

Galipei não foi buscar cinábrio com a tia por acaso. Poderia ter usado qualquer coisa. Otta Avia estava em coma, em um quarto de hospital que não tinha nem câmeras nem uma equipe médica que se importava o suficiente para monitorar os visitantes que entravam e saíam. Poderia ter sido um travesseiro na cara dela até que parasse de respirar. Qualquer uma das drogas que circulam por San-Er, injetada direto na corrente sanguínea a fim de parar seu coração. Não precisava ser um pó tóxico. Ele só foi atrás de cinábrio porque August pediu que fosse. Só depois de August chamá-lo ao escritório mais tarde naquele dia para se desculpar — *Ele não deveria sair dando ordens desse jeito para Galipei, sabia que eram mais próximos do que isso, a pressão o estava afetando.*

Cinábrio, declarara August, girando de súbito da janela que dava para o coliseu. *Um método pacífico, porém lento. O hospital não vai perceber. Se alguém investigar, não vai pensar em procurar esses sinais.*

— Você perguntou, na verdade, em que situação o cinábrio curaria em vez de matar. — O idoso desaparece do salão principal do templo, mas suas palavras são ampliadas dez vezes pelo corredor. — Há uma resposta simples. Se houver um deus envolvido, é claro.

11

— Vossa Majestade!

Merda.

No momento em que eles saem dos antigos aposentos de Anton, Seiqi o chama, ainda esperando ao final do corredor. Anton considera as opções que tem, e o pânico rapidamente se espalha a partir do nó em seu estômago. Se não tomar cuidado, pode ser que Otta o exponha agora mesmo, só pela diversão. *Ela sabe*, o pensamento rodopia pela mente dele, *ela sabe, e bastaria um deslize...*

— Vossa Majestade — chama Seiqi de novo, começando a acompanhá-los quando passam por ela. Otta não parece muito entediada. Anton consegue ouvir a própria pulsação nas orelhas, no mesmo ritmo de seus passos apressados. — O baile está para começar. O conselho pediu permissão para designar alguns Weisanna para seus membros, por proteção.

— Sim, claro — diz Anton. Qualquer coisa para tirá-la de perto deles.

Seiqi faz uma pausa. Ainda está andando com eles, os lábios cerrados. Entram no salão principal da ala leste. Esta parte do palácio não é usada com muita frequência, e as instalações refletem isso. Estátuas de cavalos voadores míticos decoram a entrada de cada átrio, e estão cinzentos não por escolha, mas por conta de uma fina camada de poeira.

— Se me permite — começa Seiqi —, seria mais sábio cancelar o baile em vez de dispersar os guardas. Não sabemos o que Leida está planejando. Pode ser que ela esteja esperando o momento certo para passar despercebida e fugir... ou talvez queira terminar o que começou e atacar o palácio.

— Ela não tem tantos recursos para isso, tem? — pergunta Otta. Embora sua voz seja doce como açúcar, não deixa brecha para argumentos.

Seiqi estremece. Com certeza não quer contrariar Otta. Os guardas são ensinados a obedecer as ordens de seus protegidos, e, embora não seja uma princesa em termos técnicos, Otta chega perto o bastante por proximidade. Perto o bastante para exilar Seiqi se algo a irritar. *Por favor, desista*, implora Anton silenciosamente. *Vá fazer seu trabalho e pare de se importar tanto*. Pelo próprio bem dela, se não pela sanidade dele.

— Ainda há guardas leais a Leida — argumenta Seiqi, apressada. — Nem todo mundo acha que ela estava errada. Só precisaria de...

No mesmo instante, Otta desmaia e Seiqi para subitamente de falar. Anton avança depressa a fim de pegar Otta com uma inspiração dura, agarrando-a pelos cotovelos. O corpo dela relaxa, transformando-se em um peso morto.

— Merda — sibila ele. — Otta? Otta, o que foi?

Sua primeira suspeita é de que a febre *yaisu* tenha voltado. Que lhe permitiu um despertar temporário e veio bater à porta de novo quando ela achou que estava segura. Ele balança seus ombros, puxa-a para perto. Ela não reage. Seus olhos continuam fechados, e o rosto fica pálido.

Então, ao lado dele, Seiqi diz:

— Ah, por favor. Não seja lerdo.

Anton gira para trás. Seiqi — *Otta* — inclina a cabeça para a porta mais próxima: um quarto de brinquedos, com as cortinas fechadas e o interior escuro. Vazio, já que as crianças estão em seus próprios aposentos enquanto os corredores permanecem em estado de emergência.

— Ande logo. Não quero que a vigilância ache que há algum problema — diz ela, e deixa Anton sozinho para arrastar seu corpo.

Otta já está do outro lado do quarto quando ele entra. O choque o deixou um tanto paralisado. Isso deveria ser impossível. Deveria, mas ainda assim ela se vira no corpo de uma Weisanna, e seus olhos mudaram de acordo. Preto meia-noite com uma pincelada de azul, assim como o de August.

— Otta! — exclama ele, estupidamente.

— Você pode me colocar ali — responde ela, apontando para um sofá. — Lembra-se desta sala? A gente costumava vir aqui o tempo todo. Uma única câmera, só para a porta.

Anton não se lembra, na verdade. Sete anos se passaram para ele, e isso desde que Otta ficou doente. Sem contar os anos desde que estiveram nesta sala pela última vez, desde que ainda se sentiam despreocupados e livres o bastante para ficar se esgueirando tarde da noite pelo palácio enquanto as pessoas dormiam. Aqueles últimos meses aqui foram frenéticos graças ao desejo de partir. Escapar das cidades gêmeas, fugir para as províncias, esvaziar o cofre o suficiente para construir uma casa própria com jardim.

Ele coloca com cuidado o corpo de Otta no sofá. Sua aparência emitia um brilho estranho desde o momento em que acordou, e Anton demorou até agora para perceber que isso o lembra do Rei Kasa nas telas de televisão. Das transmissões em que o rosto dele era editado, deixado sem imperfeições. Não há filtros à frente de Otta, mas sua pele brilha mesmo assim. Ela parece uma boneca guardada sob uma redoma na prateleira, imaculada pelo tempo e pela poeira do dia a dia. Seu tempo adormecida a tornou inadequada para a realidade, pertencente a uma outra era.

— Anton — chama ela. — O que foi?

— Você só pode estar louca — diz ele, as palavras disparando de súbito. — Saltar para dentro de um Weisanna foi o que colocou você nesse caos para começar.

— Eu não fiz direito daquela vez.

Ela empurra a cortina, cantarolando baixinho. A noite está caindo, então San-Er está mais iluminada. Um facho de amarelo-dourado entra pela janela, brilhando dos bulbos pendurados sobre o coliseu. Ela não se comporta como alguém que acabou de ser curada, alguém que é uma maravilha da medicina apesar das probabilidades.

— Você não deveria fazer e ponto. — Anton para. Retrocede. — Na verdade, você não deveria *conseguir* fazer. Otta, que *merda é essa?*

— Achei que você tivesse a mente mais aberta.

Os olhos dela deslizam para o canto da sala, e Anton sabe que ela está observando a câmera. Otta o chama para perto, e ele vai, fora do alcance da vigilância. É a única coisa sensata a se fazer.

— Mente aberta? — repete ele. — Isso é... — *Impossível. Inimaginável.* Assim como seu salto depois da batalha final na arena. Assim como sobreviver à própria morte e usar o *qi* daquele receptáculo sacrificado para invadir August.

— O quê? — pergunta Otta.

Anton se aproximou o bastante para estar ao alcance, e ela pousa as mãos em seu peito. São cheias de calos: as mãos de uma guarda treinada. Uma guarda que deve ter passado a vida toda achando que estava entre os poucos escolhidos do reino que jamais seriam invadidos. Os Weisanna são a única linhagem que nasce como se já estivessem duplicados, embora na verdade só possuam um único *qi*. Uma invasão deveria ser impossível, assim como saltar para dentro de alguém que já está duplicado. Como Seiqi Weisanna reagiria se soubesse que podia ser invadida e usada, como as pessoas comuns de Talin? Como o reino reagiria ao saber que esse marcador diferencial havia se dissolvido?

— Sabe... — diz Anton, cauteloso. — Estou realmente começando a considerar os alertas de que talvez você seja uma impostora.

Otta bufa.

— Você já sabe que não sou.

— Os Weisanna não serem suscetíveis à invasão é um aspecto chave da nossa habilidade de saltar.

— Assim como o clarão de luz, estar a menos de três metros e ter um alvo à frente dos olhos. — As mãos de Otta sobem do peito dele ao pescoço. — Eu vi a gravação do Juedou. Vi o que você fez.

— Não foi intencional — argumenta Anton. Consegue ouvir a si mesmo soando na defensiva, embora Otta fale com uma pitada de diversão. Ela não precisa fazer uma acusação direta. Já reuniu o suficiente da verdade. — Quando você descobriu?

A mão dela lhe envolve o queixo e vira seu rosto, colocando-o sob a luz elétrica que passa pela cortina.

— Eu sei diferenciar dois tons, Anton.

— Mais ninguém sabe.

— Conheço bem o seu. Digamos apenas que sou particularmente sensível a mudanças.

Embora Otta não solte seu queixo, ela muda a forma de segurá-lo. Seus dedos dançam pelo maxilar dele com ares de indiferença. Ele não ousa se afastar, assim como nunca ousou dizer a Otta que discorda dela.

— E, de qualquer forma — continua ela —, ter perguntado sobre a sua família lá na sala de reuniões confirmou minhas suspeitas. O que você queria com aquilo?

A Cauda de Andorinha. No tempo do Rei Kasa, o conselho era proibido pela coroa de reconhecer a existência do grupo.

Quando Anton invadiu o corpo de August, teve flashes de lembranças sobrepostas, pensamentos que não eram totalmente seus. Nunca havia passado por um breve amálgama desses, nunca havia saltado e tido medo de que talvez não saísse no topo. Não deveria ter ficado surpreso pelo *qi* de August ter resistido. Anton podia ter vencido, mas as centelhas de August que perpassaram à superfície eram potentes. Ele tem certeza de que viu uma andorinha em um lacre de cera. Só não sabe se é o suficiente para sair apontando dedos.

— Você sabia que Kasa mandou matar minha família?

Otta paralisa. Pela primeira vez desde que acordou, talvez pela primeira vez na vida, ela parece genuinamente preocupada. Seus lábios se abrem. Os olhos se arregalam.

— Ah. Ah, sinto muito, Anton.

— August com certeza não sente. — O amargor em sua língua é nauseante. — Ele sabia.

— Se punirmos August por todos os segredos que ele guarda e pelas coisas que não fala, a punição seria eterna.

Ela aperta os lábios. Está pensando no assunto, mas algo em sua expressão parece muito distante. Ele já viu Otta saltar quando eram mais novos, às vezes era assim que escapavam do palácio, mas não consegue compreender o que está vendo. Ela no corpo de uma guarda. De uma *Weisanna*. Ela acabou com a febre *yaisu* na primeira tentativa, e agora conseguiu com tanta facilidade na segunda? O que mudou?

— Que cara é essa?

Ela desce as mãos pelos ombros dele, gentilmente acariciando as mangas de seu casaco. Antes que ele possa impedi-la, elas estão dentro da jaqueta, alisando o tecido da camisa dele contra a barriga, o torso.

— Você também sabe de alguma coisa.

O olhar dela se ergue depressa. Preto como nanquim. Ultimamente, ele deveria estar de fato começando a se acostumar com o impossível: há outra pessoa neste palácio que saltou para dentro de um membro da realeza com 8 anos de idade e nunca foi pega.

— Como é que é? — pergunta Otta.

Ela o espia com a inocência de uma noviça em um convento, e Anton não consegue evitar a sensação de que está sendo enganado. Durante o exílio, ele usou todas as suas forças para mantê-la viva. É o que queria. Otta acordada deveria ser o milagre dos milagres, porém...

Os dedos dela chegam à sua coxa. Porém isso não é o que ele esperava. A Otta que ele manteve viva estava adormecida, era uma garota amável, um rostinho macio que permanecia imóvel, sem protestar, não importava o que ele confessasse em seu leito. Acordada, ela é algo completamente diferente.

— Pare — sussurra Anton.

— Ninguém está vendo — diz Otta, a respiração quente contra a bochecha dele.

Por um momento impensado, ele cede. Sente falta dela; sente falta do tempo deles no palácio. Os dedos de Otta enganchan na faixa à cintura dele; os lábios tocam os dele e pressionam com firmeza. Anton inspira o beijo, agarra-lhe o rosto, o cabelo, sente o cheiro de riqueza... de nozes carameladas, ou doce de ameixa.

Então ela chega mais perto, colada a ele com uma intenção incontestável, e a situação parece tão errada que ele desperta. Anton se afasta dos braços dela, cambaleando dois passos para trás.

Otta o observa, atenta, e entrelaça as mãos à frente do corpo.

— Algum problema?

— Eu... — Anton se recompõe. Solta o ar. — *Sim*, tem um problema. Otta, faz sete anos. Você esteve em coma, mas eu... eu fiquei sozinho esse tempo todo. A gente não pode simplesmente retomar de onde paramos.

— Eu não imaginei que retomaríamos. — A desaprovação dela aumenta. Os pelos da nuca dele se eriçam. — Mas também não achei que você fosse me abandonar.

— Eu *não* abandonei. Fui eu quem manteve você viva.

— Enquanto se envolvia com uma princesa.

Anton arrisca um olhar para a porta. Eles podem até estar fora do alcance das câmeras, mas isso não quer dizer que não estejam sendo observados. Que se dane. Não vai ter essa discussão com ela.

— Seja razoável. — Ele recua mais um passo. — Você também cresceu no palácio, então não preciso explicar. Vai ser um pouco difícil manter a fachada de August se eu estiver fodendo minha meia-irmã, não acha?

Ela mal reage. Ele tinha a intenção, ao menos parcial, de machucar Otta com essa defesa crua, mas os lábios dela apenas repuxam.

— Como você diz, sou sua irmã. Você é o trono. Há muitos motivos para eu estar ao seu lado.

Quando ela se esgueira para a frente, Anton agarra sua mão, antes que Otta possa colocá-la de volta no peito dele, e envolve seu pulso, mantendo-a longe, mas sem soltá-la.

— Você não pode ter as duas coisas, Otta. Parece que você quer que eu continue como August para sempre.

— O que você tinha a ganhar vivendo como Anton Makusa?

Você. Eu tinha você, pensa ele, magoado com a pergunta. Ele tinha Otta, e toda San-Er ficou no caminho. Os hospitais lotados, a falta de leitos. As fábricas nas quais ele nunca durava muito, o dinheiro ínfimo que conquistava com suas mãos nobres inúteis.

— Não muito — responde em vez disso. — O exílio. Esvaziar o bolso de empresários ricos.

— E veja só a diferença. O reino aos seus pés.

Anton balança a cabeça, soltando o pulso dela.

— Não tente seus truques comigo. Acha que não conheço seus joguinhos a essa altura?

— Tenho certeza de que você fala para si mesmo que só vai continuar aí dentro até conseguir se vingar de August. — Otta, com a intenção de lhe cutucar mais uma vez, acerta um peteleco na orelha dele. Então se afasta, saltitando até seu corpo no sofá. — Mas eu também conheço os seus joguinhos. Você gosta daqui. Vou ajudá-lo, Anton. Só me dê apoio e não resista. Entendeu?

— Do que você está...

Ela cai no chão. No sofá, Otta abre os olhos de novo, de volta ao seu corpo, e fica de pé num pulo, sua energia renovada. Ela se apressa a sacudir os ombros de Seiqi.

— Você está bem?

Ah.

Seiqi mal volta a si. Não entende o que aconteceu. É claro que ela jamais consideraria a possibilidade de ter sido invadida, porque é uma Weisanna.

— Mas o que... — murmura. — Eu...

— Você desmaiou — diz Otta, simples e direta. — Deve ser o ar da ala leste. Deixe-me ajudá-la.

De um jeito enérgico, ela ajuda a guarda a se levantar.

— Você estava falando sobre o baile — acrescenta Anton, relembrando-a, neutralizando sua expressão e seguindo a deixa de Otta. — Vamos?

Seiqi pigarreia e se apruma.

— Sim. Sim, alguns membros do conselho gostariam de definir algumas questões com o senhor antes.

Anton gesticula para que ela vá na frente.

— Eu deveria me trocar — decide Otta quando Seiqi lhe lança um olhar questionador. — Também quero fazer um discurso no baile. — Antes que Anton possa dar sua aprovação, ela gira e vai até a porta. Depois, lança uma piscadinha por cima do ombro. — A gente se vê lá, *August*.

12

A primeira criada que Calla encontra lhe diz que o baile está para começar, então os nobres do palácio devem se reunir no salão de banquetes.

— Que ridículo — murmura Calla para si mesma, arregaçando as mangas ao correr.

Até onde o restante deles sabe, Leida Miliu está à solta em seus corredores, e eles decidiram continuar com essa exibição fútil. Provavelmente continuariam dando bailes mesmo se o mar invadisse e inundasse as cidades, mesmo se uma nova onda de influenza fosse soprada pelas portas ornadas e infectasse a todos ali dentro.

Um guarda em patrulha se assusta ao ver a princesa entrar no corredor em alta velocidade. Quando a chama, perguntando se ela precisa de ajuda, Calla, sem parar, retruca um apressado:

— Não, está tudo bem!

Não tem tempo a perder. Precisa encontrar Otta Avia, de preferência antes que o baile comece e que cada aristocrata neste lugar testemunhe Calla esganando-a.

Átrio principal. Seu maxilar trinca quando Calla levanta a cabeça e avalia a rota mais rápida até o salão. Seus dentes estão cerrados com tanta força que chega a doer. Em uma tentativa de parecer menos exausta, ela puxa os cabelos para trás ao subir a escada, amarrando tudo no alto e longe do rosto.

Uma década atrás, costumava engolir todos os comentários arrogantes que Otta fazia ao alcance destas paredes. Eles renomearam estes longos arcos e átrios altos do Palácio da União, mas os ecos de sua origem permanecem. O esquema de cores verde-musgo, as cortinas com linhas douradas. Infelizmente, a tinta agora pesa demais, e Calla acha o espaço ainda mais insuportável do que antes. Cabos elétricos brotam das curvas; as paredes se amontoam como um palimpsesto, tão abarrotadas de decorações caras que cada seção invade a seguinte. Não há uniformidade, só metade de uma capital recusando-se a abrir mão de tudo que abocanhou, acumulando muito mais do que tem capacidade.

Calla para de repente, fazendo uma breve pausa a fim de recuperar o fôlego à soleira do salão de banquetes. Um guarda se aproxima e diz:

— Vossa Alteza, a senhorita não está vestida de acordo.

— Ah, me poupe.

Ela encontrou seu alvo. Antes que qualquer guarda possa agir para impedi-la, Calla avança e começa a cortar pela multidão. O salão fora decorado para sua última festividade meras semanas antes, o espaço lotado de nobres animados, celebrando o final dos jogos de San-Er. Cada canto estava iluminado com uma lâmpada exposta, o que tornou um golpe de sorte o fato de o Rei Kasa não reconhecer sua sobrinha havia muito perdida quando ela entrou com metade do rosto encoberto.

A iluminação está mais fraca hoje. No Templo Sepulcral, havia um bulbo vermelho exatamente como os que pairam sobre Calla conforme ela avança. Ele iluminava os membros da Sociedade Crescente enquanto marcavam a si mesmos com sangue, usando frascos escuros cor de vinho como emblemas. A luz era do tom perfeito para se misturar aos corpos das vítimas, os corações arrancados do peito e largadas para apodrecer como receptáculos vazios no meio do cômodo.

Calla chega à metade do caminho. Trouxeram um grande tapete para o centro do salão. Não importa o quanto esfregassem, nada tiraria as manchas depois de todo aquele sangue e aquelas entranhas ensoparem as tábuas de madeira, e nenhum conselheiro queria ser o primeiro a sugerir uma renovação total do piso onde seu monarca anterior perdeu a cabeça.

Da última vez em que esteve aqui, Calla estava preparada para morrer. Para responder por todos os crimes que cometeu em nome da vingança, e pelo maior deles que cometeu naquela arena.

— *Otta.*

Antes que Otta Avia possa se virar, Calla a agarra pelo cotovelo e a arranca à força de uma conversa.

— Ai! — choraminga Otta, tropeçando. Embora tente se soltar, não é páreo para a força física de Calla, que é alguns bons centímetros mais alta. — Me solte! O que pensa que está fazendo?

Ela empurra Otta por uma saída lateral. O murmurinho do salão fica distante quando a porta lisa se fecha com um baque, voltando a se camuflar no papel de parede floral. É uma passagem de serviço, construída para movimentos rápidos de ir e vir para servir comida. Calla solta Otta, arremessando-a no carpete.

Otta cai com uma careta irritada. Ao contrário de Calla, que não está "*vestida de acordo*", ela está *muito* de acordo. Trocou seu extravagante conjunto vermelho de antes. O novo vestido é silencioso diante de seus movimentos, com uma faixa de seda rosa-bebê envolvendo o peito, e um tecido mais escuro e fino flutuando até os joelhos no formato de um triângulo. Aristocrata não é mais a palavra certa. Ela parece tão delicada quanto uma pétala, e a ideia praticamente esfarela os molares cerrados de Calla.

— *Pois não?*

— Tolerei você a infância inteira, Otta — responde Calla, fria. — Mas sua atitude superior não vai salvá-la desta vez. Leida Miliu deu o seu nome como fonte. Disse que aprendeu tudo o que sabe sobre *qi* com *você*.

Otta deixa escapar uma única risada. Embora continue caída no carpete, ela apoia um cotovelo atrás de si, relaxada e sem nenhum sinal de desconforto.

— Você tem alguma prova? Ou está se baseando apenas nas acusações infundadas de uma mulher presa por traição?

— A vigilância do palácio com certeza tem vídeos de sete anos atrás. — Os olhos de Calla desviam para cima. Mesmo ali, há uma câmera piscando acima delas. — Você quer que eu olhe? Vou fazer com que encontrem cada trecho de vocês duas juntas.

— Você é tão insuportável. — Em um movimento ágil, Otta se levanta. Ela limpa a saia e suspira quando encontra amassados maculando a seda. — Se as alegações dela forem verdade, não é como se eu tivesse ensinado de propósito. Vá olhar as gravações... não encontrará nada. Ela era a filha da capitã da guarda. Devia estar me espionando.

Calla não consegue acreditar no que ouviu. Então Otta está *admitindo*. Muito antes de Leida começar a espalhar práticas impossíveis por San-Er, Otta Avia já as conhecia. No fundo, Calla ainda duvidava, apesar de sua explosão ao confrontá-la.

É sério?, não consegue deixar de pensar. A mesma Otta Avia que pede para os serventes segurarem seu canudo a fim de não precisar tocar o copo? A Otta Avia que causou a si mesma a febre *yaisu* por ser estúpida o bastante ao tentar saltar para um Weisanna?

— Se você fosse um pouco mais boazinha comigo, eu ensinaria. — Otta saltita nas pontas dos pés, assim como fez para se aproximar do ouvido de Anton na reunião. — Que pena.

Algo ferve dentro de Calla. Sua mão avança para dentro do bolso. Mal passa tempo o suficiente para que ela mesma entenda o gesto, muito menos para que Otta perceba o que está acontecendo e saia do caminho. Sua mente racional assume o comando no último milésimo de segundo. Assim que a faca sai de sua palma, ela entorta o pulso, redirecionando-a a fim de tirar um pouco de sangue em vez de cravá-la em algum lugar mais grave.

Mas é em vão.

A faca não atinge o alvo.

Calla observa com total incompreensão quando a lâmina para no meio do caminho, flutuando um segundo à frente do rosto de Otta antes de cair no chão com um tilintar abafado. Um cheiro estranho lhe sobe às narinas, como borracha queimada.

— Ops! — exclama Otta, animada. — Você está perdendo o jeito, não é?

Mas que... merda é essa?

A porta se abre de repente. Naquele momento, Calla está tão pasma que sua mente falha. August entra pela passagem de serviço, parcialmente encoberto pelas sombras. As palavras já estão se formando na boca de Calla, para ordenar que ele controle a irmã. Então ele se aproxima, e sua imagem lhe dá um choque físico. Seus olhos capturam a luz. E ela se lembra. August não está aqui. Este é Anton, e seus olhos estão focados em Otta com uma preocupação que ela certamente nunca viu.

— O que está acontecendo aqui? — pergunta ele, neutro.

— Seu *cabelo*! — exclama Calla, como se essa fosse a questão mais importante naquele instante.

O preto recém-tingido faz o rosto de August parecer astuto de novo, de uma forma que não caía bem quando ele era mais jovem e novo no palácio, de uma forma que as outras crianças não gostavam por algum motivo que não sabiam explicar.

— Otta? — pergunta Anton. — Você está bem?

Do outro lado do corredor, um punhado de serventes chega com pratos, mas param imediatamente ao ver a passagem já ocupada. Alguns se apressam a dar meia-volta e desaparecer de vista. Outros ficam parados, esperando, observando. Anton também percebe. Sua atenção se desvia para eles, então volta à cena. Apesar do tom tranquilo de suas palavras, seus ombros estão tensos sob o casaco preto. Ele também se trocou depois do interrogatório de Leida. August nunca vestiu essas roupas, então devem ser novas, direto do alfaiate.

— Você quer contar a ele? — pergunta Otta. — Ou eu conto?

— Rincun — diz Calla. Ela finge que Anton não está ali e segue adiante com suas perguntas. Ele está fazendo o mesmo, afinal, e de maneira bem eficiente. — Você teve alguma coisa a ver com aquilo?

— Do que está falando?

Os olhos de Calla se estreitam. Um filete gelado começa a percorrer sua coluna.

— O massacre — diz em voz baixa. — Na semana passada.

— Ah, que tola eu sou — responde Otta, examinando as próprias unhas. — Mas é claro que não. Por que eu teria informações sobre um ataque em *Rincun*? Posso pedir licença para fazer um brinde, Majestade?

Anton não lhe dá permissão de imediato. Ele inclina a cabeça, captando o mesmo tom na voz dela.

— Por que você falou isso? Sobre Rincun.

Otta vai até a porta. Esbarra em Calla, e suas mangas roçam com a fricção de uma lixa.

— Tenho um anúncio a fazer. Posso?

— Não. — Calla estica o braço, bloqueando o caminho dela. — Não pode.

— Majestade? — Uma pontada de irritação penetra sua voz. Desta vez, quando Otta chama Anton, não é negociável, e Calla compreende o porquê. Otta sabe. — Lembre-se, estou fazendo isso por você.

Esse não é o tom que ela usaria com August. É o tom da expectativa de que Anton deveria lhe dar suporte, e, quando a boca dele apenas se abre e fecha, levou tempo demais. Uma faísca de raiva brilha nos olhos dela.

— Chega.

Otta golpeia o braço de Calla a fim de tirá-lo do caminho. O contato dói muito mais do que Calla esperava. Embora ela se recupere depressa e erga o braço de novo, Otta é igualmente ágil. Ela pega seu pulso e o torce para trás.

— Ai, *ai*! — exclama Calla, antes que consiga se conter. Onde estava essa força antes, quando ela arrastou Otta pelo salão?

— Não sei exatamente quem você é — sibila Otta —, mas é só questão de tempo até eu descobrir. Você já queimou o seu palácio. Este aqui é meu.

Otta a solta, empurrando-a para longe. Enquanto Calla aperta os lábios de dor e sussurra xingamentos, percebe uma sensação meio gelada no pulso. Há uma pequena gota de sangue. Depressa, ela ergue a manga e inspeciona o próprio braço, procurando um corte, mas não há nada. Otta deixou a marca ali, e é quase a forma perfeita de seu dedo.

Calla corre até a porta e volta ao barulho do salão de banquetes.

— Galipei — murmura em voz alta. — Onde está Galipei?

— Eu gostaria de fazer um brinde! — declara Otta à frente, de cima de uma poltrona.

Calla corre os olhos pelo espaço, seu coração disparado em uma cacofonia sob as costelas. Otta vai fazer algo destrutivo. Ela consegue sentir, assim como consegue farejar uma monção ruim antes que chegue. As luzes estão ficando mais claras, e cada bulbo mostra o arame aceso no interior e brilha sobre a multidão. Ali está Rehanou. Mugo. Vênus Hailira, inquieta. Enfim, quase do outro lado, ela vê Galipei Weisanna, e ele já está a observando. *Pegue-a,* diz Calla, só movendo os lábios, apontando de maneira frenética para Otta. *Pare-a!*

Galipei age num instante. Seus olhos prateados brilham, e ele abre caminho pela multidão como se estivesse fatiando gelatina, avançando de maneira tática por todo o espaço livre.

— Calla. — Anton aparece de súbito por trás e segura seu braço. Ele a seguiu até ali. — Deixe-a.

Ela arranca o braço dos dedos dele.

— Não encoste em mim.

— Estou tão contente por estarmos juntos aqui esta noite depois de tanta discórdia — grita Otta. Ela entrelaça as mãos à frente do corpo. — O baile anual sempre foi meu evento preferido.

Acima das cabeças das outras pessoas, Galipei encontra os olhos de Calla de novo, parando perto de um grupo de membros do conselho para desviar ao redor sem empurrar ninguém. Ela o vê claramente dizer com os lábios: *Que merda é essa? Do que ela está falando?*

Não faço ideia, responde Calla do mesmo jeito.

— Antes de ficar doente — continua Otta —, descobri uma coisa importantíssima no cofre do Rei Kasa. Guardei para mim mesma por medo, mas, agora que ele se foi, acho que está na hora do reino e do conselho saberem a verdade. Não sei como passou despercebido por tanto tempo. Talvez todos os consultores reais tenham passado os olhos por essa descoberta e escolhido ficar quietos.

Várias pessoas por perto voltam a atenção a Calla. Curiosas. Questionadoras.

— Calla — chama Anton ao lado dela.

— Se ela estiver prestes a contar para o reino todo que eles podem saltar sem luz e invadir as pessoas quando desejarem, vou matá-la aqui e agora — sibila ela de volta. — Vai *dividir* a população...

— Há um objeto na fronteira com *qi* o suficiente para aniquilar um vilarejo inteiro a um aceno da mão — diz Otta.

À esquerda dela, Galipei finalmente chegou à frente, mas então para, tão perplexo quanto o restante do salão. Embora Calla gesticule para que ele continue, embora peça para que faça Otta ficar quieta, ele não está mais olhando em sua direção.

— Por questões de segurança, esse objeto foi escondido no campo da primeira batalha quando a guerra com Sica começou. Depois de vencer, Talin nunca voltou para buscá-lo. — Otta faz uma pausa. O salão está em silêncio. A confusão pesa como um cobertor sobre esses aristocratas, mantendo seus movimentos contidos e suas respostas abafadas. — A coroa divina que está em San-Er é falsa. A verdadeira coroa está na fronteira, e cada reinado desde a guerra tem sido uma mentira. Nós não testamos nenhum monarca desde então.

De tudo o que Otta poderia ter dito, Calla não esperava por isso. Um instante se passa, e a descrença total reverbera pela multidão de nobres como um choque.

Então o salão de banquetes explode com o barulho.

13

— Você sabia que ela ia fazer isso?

A pergunta dela pega Anton de surpresa. A situação toda o pega de surpresa, porque ele abandonou sua imitação usual da indiferença de August. A expressão que faz agora é totalmente sua, e Calla sabe disso porque consegue catalogá-la junto com as outras vezes em que a viu. A última delas foi na arena, quando puxaram aquele saco da cabeça dele e Anton se viu cercado de espectadores, forçado a entrar na batalha final.

À frente do salão de banquetes, Galipei Weisanna marcha adiante e puxa Otta da poltrona, as duas mãos nas laterais de seus braços para direcioná-la com firmeza até a saída.

— É claro que não — sibila Anton. — Para isso eu teria que *saber* sobre a coroa.

Mais dez segundos e as perguntas lançadas a eles por todos os lados vão ficar fora de controle. Calla consegue captar partes do que dizem os nobres mais próximos, os membros do conselho que abrem caminho na direção de Anton para conseguir sua atenção primeiro e receber logo as orientações diante da notícia. Mesmo se não for verdade, mesmo se o Palácio da União tentar negar a declaração e rotular Otta Avia de louca, precisarão de provas. E, por algum motivo, Calla não acha que ela está mentindo.

— Venha comigo — diz.

O rosto de Anton muda. Ele desperta de seu estupor e controla a expressão, tentando decidir como August agiria.

— Preciso responder à declaração.

As vozes pressionam mais. O *mandato dos céus só é determinado pela coroa... Isso foi um golpe o tempo todo... Nós sabíamos que a coroa deveria ter rejeitado alguém de fora da linhagem... Se aqueles que não pertencem ao sangue real são dignos de governar, então o que impedirá o reino de destronar um monarca atrás do outro?*

Calla não tem paciência para discutir. Ela pega o cotovelo de Anton e o escolta depressa para a saída. Por algum milagre, ele não resiste. O olhar dela foca o alvo, e ela atravessa os obstáculos à frente como faria em qualquer encontro estratégico em uma batalha. Passam pela porta, depois pelos guardas. Seguem pelo corredor, viram à esquerda, depois à direita, e entram na primeira sala de estar que ela encontra.

Vazia. Ótimo. Ela bate a porta atrás deles.

— Explique. Do começo.

Anton passa as mãos pelo cabelo. Não há mais sinal algum de August neste cômodo. A encenação desapareceu no momento em que entraram.

— Ela disse que ia fazer alguma coisa. Não achei que seria *isso*.

Calla observa Anton repetir o gesto. O cabelo preto dele se parte ao meio, caindo em ondas suaves. Deve ser um hábito de nervosismo, mas, de alguma forma, é a primeira vez que ela o vê fazer isso. Não o conhece há tanto tempo, afinal. Qualquer amor que tenha existido entre eles teve uma existência limitada antes de ser condenado.

— Isso é algum esquema para conseguir sua atenção? — provoca ela. — Você não passou tempo o suficiente com Otta, então ela o forçou a passar. Com certeza ela vai liderar a delegação que buscará a coroa, e sua presença será obrigatória.

Ele a fuzila com o olhar, mas não nega. Ela acertou: Otta Avia já descobriu que Anton é Anton, isso se não foi ele mesmo quem contou.

— Não que eu tenha que me explicar a você, mas nunca imaginei que Otta tivesse essa informação. E também não estava preparado para a cena que ela causou. Não há o que fazer a respeito. Ela sempre foi assim. Só nos resta minimizar o impacto.

Calla cruza os braços com força. Há um ar frio entrando pelas janelas, e ela não quer começar a tremer. Em vez disso, morde a unha do polegar, apertando bem os dentes.

Anton está tentando fazer a coisa soar como se fosse simples, como se a atitude de Otta fosse só uma falha de personalidade, mas Calla não se convence. *Não sei exatamente quem você é*, dissera-lhe Otta, *mas é só questão de tempo até eu descobrir.* Essas não são as palavras de uma aristocrata mimada que brinca com a política do palácio. É a ameaça de alguém que sabe a verdade, ou pelo menos suspeita dela.

— Quem é Otta Avia, Anton? — pergunta Calla em voz baixa.

— Que merda de pergunta é essa? — retruca Anton. — Ela é a irmã de August. A segunda filha dos Avia. Totalmente comum, se não fosse pelo casamento da tia com a família Shenzhi.

O conselho vai correr para verificar as alegações dela. Calla consegue imaginar o atual pandemônio na ala sul: eles vão buscar a coroa divina, talvez a testem em algum prisioneiro que já estiver sentenciado à execução, e, quando os céus não o atingirem, pois com certeza os céus não permitiriam que um condenado ganhasse sua aprovação, concluirão que Otta falou a verdade. Em um reino que fez da coroa divina a base de sua monarquia, eles não têm como varrer essa sujeira para debaixo do tapete. Do contrário, seu monarca é tão comum quanto um operário escolhido ao acaso nas ruas. Sem o direito divino de governar, o rei não tem legitimidade. Sem a legitimidade do rei, nenhum membro do conselho também foi devidamente escolhido, e seu controle sobre as províncias de Talin não está garantido.

— Ela não é comum. — Há uma agitação no corredor lá fora. — Eu a vi congelar uma faca no ar.

Anton franze a testa, confuso.

— Ela a pegou?

— Ela *congelou*. Com *qi*.

— Isso é imposs...

— *Não ouse* falar impossível — interrompe Calla. — *Impossível* é saltar sem clarão de luz. *Impossível* é o *qi* de alguém trocar de corpos a uma grande distância. Mesmo assim, tem acontecido direto nesta cidade, não tem?

Um olhar engraçado perpassa a expressão de Anton. Deve ter percebido que também há uma alfinetada para ele ali, uma pergunta que Calla tem feito a si mesma desde que ele sobreviveu à arena. Claramente, ele não acha ser o momento certo para essas respostas, porque evita retrucar. Vira de costas e dá alguns passos. Sua mão percorre a superfície de uma mesa de madeira, deixando marcas na fina camada de poeira. Três linhas. Diferentes daquelas que as crianças desenharam, porém a mera semelhança é o suficiente para fazer Calla gelar.

— Por que estamos aqui discutindo isso? — pergunta Anton, devagar. — Você passou os jogos inteiros trabalhando com August para colocá-lo no trono. Ia coroá-lo. Se pudesse ser condenada por isso em algum momento, teria sido pertinente da parte dele comentar que a coroa é falsa, não acha?

— Não sei se August sabia.

— Calla, seja sensata. O que August *não* sabia neste palácio?

Vozes novas avançam pelo corredor. Calla tenta escutar. É um guarda, dando ordens de manter os nobres no salão do banquete. Os Weisanna vão tentar impedir que a notícia se espalhe. Enquanto Calla e Anton tentam encontrar algum sentido na situação, o reino está prestes a ir à merda, porque assim que as grandes províncias descobrirem, não será só o palácio querendo a posse da coroa divina. A coroa promete, afinal, confirmar se um governante é digno. Haverá pessoas querendo vesti-la, pessoas procurando-a para vender no mercado clandestino, para leiloar a quem pagar mais. Aí a coroa poderá acabar de volta em San-Er, mas nas mãos de um membro do conselho à frente de um golpe.

Eles estão prestes a enfrentar cada pessoa que deseja uma chance de governar Talin, cada um que sabe que ser aceito pela coroa divina significa uma mudança nos séculos de Shenzhi e Tuoleimi mandando no reino.

— Para que isso? — A raiva de Calla dá lugar à frustração. Não há motivo para estarem brigando. Nenhuma circunstância extenuante, nenhum conjunto de regras sobre os dois. Eles podem simplesmente decidir parar de atacar um ao outro. — Qual é o seu problema com August?

— Você é mais parecida comigo do que com ele — responde Anton. — Mesmo assim, insiste em defendê-lo. Você destruiu o Palácio dos Céus, princesa. Para onde foi *aquela* Calla?

Ela estremece.

— Não ouse.

— Ah, me desculpe. Você é só uma órfã coitadinha de Rincun interpretando um papel. Vai devolver logo esse corpo?

Era inevitável que ele levasse o argumento por esse caminho, mas Calla fica chocada da mesma forma. Seus membros paralisam, seus pulmões param. O medo de ser pega, de ser arrastada à frente do palácio e executada, percorre sua coluna como uma memória muscular de seus primeiros anos neste corpo. A reação que Anton causou teria sido a mesma se houvesse lhe cravado uma lâmina no peito.

— Não se esqueça — retruca ela, fria. — Você não tem garantias de que sobreviverá a isso. Pode ser que August seja poderoso demais. Quanto mais você ficar, maiores as chances de vocês começarem a se misturar.

— Ou talvez ele simplesmente desapareça. Não seria fantástico?

— Ele já foi seu melhor amigo. Isso não significa *nada*...

A porta mexe. O olhar de Calla dispara em sua direção, mas deve tê-la trancado por dentro quando a fechou. Depois de outra tentativa inútil do outro lado, alguém pigarreia no corredor e chama:

— Vossa Majestade? O senhor está aí?

Anton suspira.

— O que é?

— Precisamos de uma declaração — continua a voz abafada.

— Seiqi, estou consultando minha consultora — diz Anton. Ele puxa o cabelo de novo, mas desta vez é mais contido.

— Com todo respeito, senhor, há outros consultores reais esperando na sala de guerra, assim como o conselho inteiro. Seria possível continuar essa conversa lá?

Calla permanece em silêncio, à espera da resposta de Anton.

— Vou pedir que Seiqi me acompanhe até a vigilância para lidar com a situação — decide ele, andando em direção à porta. Sem esperar a permissão de Calla.

— Você não precisa fazer isso.

Ela baixou o tom para um sussurro. Seiqi Weisanna não conseguirá escutá-la do lado de fora, mas pela forma como Anton para, ele com certeza ouviu.

— Como é que é?

— Você pode saltar para fora. Esse problema é de August. Do trono. Então por que você vai enfrentar essa situação?

Calla sempre se perguntou por que a coroa escolheria alguém como Kasa, alguém como seu pai. Ela suspeitava que estivesse afinada a um *qi* familiar e específico, que o palácio houvesse mentido sobre o que o objeto fazia e se apropriado do próprio mito para dar suporte à família real.

Se a verdadeira coroa estiver por aí, pode ser que realmente funcione como dizem. Um Shenzhi ou um Tuoleimi pode ser renegado e cair morto. Um camponês pode se tornar o próximo rei. Isso vai além do escopo do jogo que Anton está jogando no trono.

Seiqi bate à porta de novo.

— Vossa Majestade? A notícia logo vai se espalhar pelas cidades. Precisamos agir antes que...

— Tem medo de que eu a exponha, Alteza?

— Eu *não me importo* — sibila Calla. — Vá em frente, me exponha!

— ... haverá revoltas, precisaremos alocar unidades da guarda...

Anton se volta para ela.

— Não me tente.

— Estou falando sério. — Sem dúvida, Seiqi consegue escutar que há uma discussão acontecendo ali dentro, mas eles mantêm a voz tão baixa que as palavras se misturam até aos ouvidos de Calla. — De que me importa? O conselho já está esperando uma chance de se livrar de mim mesmo. Conte para eles. Pode ser que também decidam investigar *você*.

Desde o início, a aliança deles se formara em uma base péssima: a criminosa e o exilado. Duas pessoas na beirada do mundo, prestes a cair do precipício, segurando uma na outra para se equilibrar. Agora estão os dois plantados com firmeza no chão, com quilômetros e mais quilômetros de terra e mar debaixo dos pés. Ela não pode mais dar um simples empurrão em Anton Makusa para tirá-lo do caminho. Só lhes resta continuar essa dança bizarra e ver quem consegue fazer o outro cambalear mais próximo à borda.

— Eu te amava — admite ele —, e você escolheu me matar.

— Você não quis fugir comigo — rebate Calla à altura. — Nós poderíamos ter ido embora. Você escolheu ficar. Que alternativa você preferiria? Ter *me* matado para poder viver feliz para sempre com Otta Avia? Tenho certeza de que não sou eu quem você queria que estivesse aqui agora.

— ... vãos abertos na muralha — continua Seiqi —, e há vários moradores das províncias acampados...

Anton avança. Em dois passos largos está à frente dela, os dentes cerrados. Um rubor começa a lhe subir o pescoço.

— Como ousa!

— Você é tão *egoísta* — continua Calla, embora saiba que tenha passado dos limites. Estes são seus pensamentos mais sombrios, as acusações que fervilham desde as piores brigas deles. — Você só queria seu miniparaíso particular com Otta, e não quis abrir mão disso por mim. Eu tinha o reino inteiro em jogo. Então, *sim*, Anton, eu escolhi vencer.

Anton segura uma risada debochada. O som deve ser alto o bastante para atravessar a porta, porque, do outro lado, Seiqi Weisanna para de tentar conjurar sua presença. Ela fica quieta, escutando, e Calla lança um olha de alerta a Anton. Ele a ignora.

— Que coisa ridícula — sibila. — Você trocou um tirano feio por um mais bonitinho, Calla. Um que sorri e lhe pergunta educadamente sobre sua saúde, e então solta uma brigada de soldados para queimar seu vilarejo.

— Cale a boca.

— Você achou que o único problema do Rei Kasa era ser sádico o bastante para permitir que os civis matassem uns aos outros nos jogos anuais? Não acha que podem ser as províncias que ele continuou matando de fome em troca da própria riqueza? As famílias da nobreza que desapareceram do mapa assim que discordaram dele? Você não salvou o reino, Calla. A não ser que um novo trono signifique que Talin foi separada e restaurada à forma original, sua vitória não mudou *nada* neste reino.

Calla cambaleia para trás. Há um nó se formando em sua garganta. Ela não sente as próprias pernas se mexendo, e não percebe que ainda está tentando se afastar até que seu pescoço bate, corado e frio, contra a parede. Suas mãos tateiam ao redor buscando um apoio. Ela crava os dedos numa tapeçaria, sentindo o tecido afundar sob a pele.

— Se você é tão virtuoso — diz ela, sem fôlego —, por que não faz alguma coisa? Tire os soldados reais das províncias. Pare de roubar as colheitas, pare de cobrar impostos. Deixe que San-Er produza o próprio sangue.

É perigoso falar isso. Alguém como Anton pode realmente colocar esse plano em prática só para provar alguma coisa. Ele deixa um rastro de destruição por onde passa, e quem fica é que precisa lidar com as ruínas.

— Porque não quero — responde ele, com facilidade. — Ao contrário de algumas pessoas — *August,* ele está falando de August, mas sabe que Seiqi pode escutá-los —, eu admito que prefiro quando todo mundo responde a mim. Tenho tudo ao meu dispor.

Calla solta a tapeçaria, forçando a postura a se endireitar com convicção. As fibras deixaram marcas em seus dedos, desenharam um mapa de tristeza. Em voz baixa, tão baixa que ela mal consegue ouvir a si mesma, diz:

— Você não *me* tem, não é?

Talvez tivesse havido um tempo em que isso significava algo. Anton para, e deve saber do que ela está falando. Deve escutar que ela ainda fugiria com ele, se fosse de sua vontade; deve sentir que a raiva dela só existe no espaço que os dois criaram entre si.

— Eu deveria condená-la à morte. — Ele vira de costas. — Mas acho melhor você sofrer as consequências das suas ações. Abra os olhos, Calla.

Ele puxa a porta com força. Na mesma hora, Seiqi Weisanna recua depressa, agindo como se não estivesse tentando escutar o que acontecia na sala.

— Vossa Majestade — cumprimenta. Ela olha por cima do ombro de Anton. — Princesa Calla, a senhorita virá também?

— Podem ir na frente.

Seiqi não perde tempo. Ela escolta Anton pelo caminho, e Calla fica sozinha na sala de estar, escutando o murmurinho de atividade pelo palácio através das paredes, do piso, do teto.

Ela baixa os olhos até o pulso de novo. A mancha de sangue de Otta secou, um pouco maior do que a unha de um polegar.

Imagens do Templo Sepulcral lhe voltam à mente. Os corpos que as Sociedades Crescentes haviam roubado, empilhado e sacrificado.

Quero o coração dela, diz Pampi Magnes em sua memória. *É um coração muito especial.*

A arena também volta em lembranças vívidas. O corpo que Anton vestia, sangrando sob o mergulho da lâmina dela. Mal dava para entender em meio à dor do luto que assolava Calla. Ela não devia ter precisado fazer aquilo. Não estaria discutindo com ele agora se houvessem fugido antes da arena.

Calla passa a unha sobre a mancha de sangue. Sai com facilidade, descascando em cima do carpete.

Não é justo, quer gritar. *Por quê? Por que* ela*?*

É estranho que os corpos deles sempre tenham tido a capacidade de usar *qi* assim. É estranho que os civis comuns não tenham descoberto essa tática, se for o caso. Em vez disso, é a maldita Otta Avia que consegue congelar uma faca no ar.

O ressentimento escorre como xarope pela garganta de Calla. Quando o conselho terminar de debater a gravidade de existir uma coroa falsa, com certeza vai querer sair em busca da verdadeira. Calla precisa de sua espada de volta. Precisa de respostas.

Decidida, ela sobe o zíper da jaqueta e dispara pelo corredor, em direção aos seus aposentos.

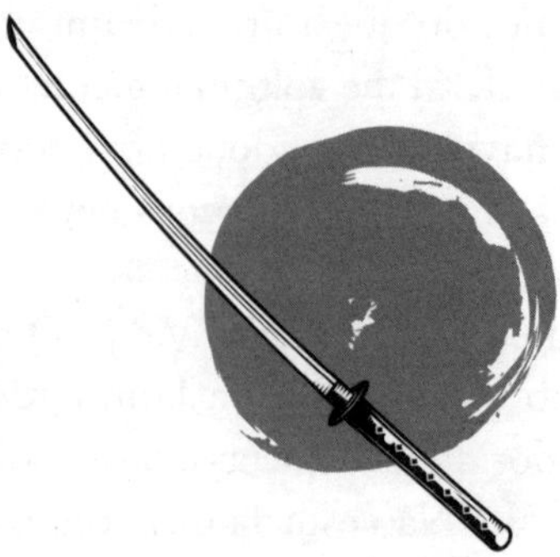

14

Apesar de todos os esforços para conter a histeria, a notícia se espalha num piscar de olhos.

Só os deuses sabem como, já que o palácio está em estado de emergência, com todas as saídas trancadas. Mesmo assim, os sussurros atravessam as portas e chegam às ruas antes que o relógio badale uma nova hora. San-Er não foi construída para o caos em larga escala. O máximo que consegue enfrentar são os jogos do rei: um punhado de jogadores entre milhões de habitantes, totalmente despreocupados com questões do governo já que todos exceto um morrerão no mesmo mês. Qualquer um que criasse problemas nas cidades gêmeas costumava se encontrar logo com a morte. Os guardas do palácio subjugavam com facilidade as pequenas rebeliões. Acabavam com a comoção, e San-Er suspirava de alívio por ter suas artérias livres de um coágulo.

— A avenida principal está completamente congestionada de gente — relata Galipei em seu rádio de campo. — Nunca vi nada assim antes.

Desta vez, é uma erupção espontânea. Todos os moradores saindo em massa de suas casas, pois é a única forma que têm para demonstrar seu descontentamento. San-Er quer respostas. Quer um rei escolhido pelos céus. Um rei confirmado pelos céus. Sem o mandato da coroa, não tiveram um reino de verdade desde a guerra com Sica, e esta é uma perspectiva apavorante, como se o céu desabasse e o chão se despedaçasse a cada passo. Sem o mandato da coroa, pode ser que tenham tolerado uma monarquia cruel por motivo nenhum exceto os truques astutos de alguém de cem anos atrás, quando aconteceu a primeira migração em massa para as cidades gêmeas.

— A maioria dos guardas ainda está esperando no coliseu. Devemos realocar alguns? — responde um de seus primos no rádio.

— Fiquem onde estão — diz Galipei. — Deixem a coisa seguir o próprio rumo. Manter o palácio livre é mais importante.

Vista de cima, a multidão parece um mar de cabeças escuras. Da última vez em que houve uma movimentação de igual tamanho, um alarme falso berrava por San-Er, alertando sobre enchentes que nunca vieram. Aquilo foi fácil de resolver. Foi fácil enxotar as pessoas de volta para casa. Galipei também estava nas linhas de frente, controlando os protestos antes dos jogos do rei, enquanto os moradores irritados pediam que o prêmio em dinheiro fosse distribuído igualmente entre aqueles que precisavam, pediam por alguma solução para os leitos hospitalares que já estavam lotados, e tudo o que a guarda do palácio teve de fazer foi pastoreá-los para um canto e arrancá-los das ruas.

Galipei se esforça para escutar a resposta que sai do receptor. Esta noite, não podem jogar todos em uma cela de prisão como o Rei Kasa teria ordenado. Ficariam sem celas.

— ... ouvindo? Eles estão... chamando.

Galipei abaixa a antena e afasta da orelha o rádio estalando com estática. O povo pode ter formado o protesto por conta própria, mas só há um grupo nas cidades gêmeas com capacidade organizacional para assumir a liderança e se aproveitar das circunstâncias. As Sociedades Crescentes têm disseminado seus próximos objetivos: dirigir-se ao palácio e continuar resistindo até que o trono caia. Seu grito de guerra ecoa pela avenida principal em uma onda atrás da outra.

— *Nada de trono sem mandato da coroa! Nada de trono sem provas!*

Não que os moradores das cidades houvessem subitamente adotado a anarquia da Sociedade Crescente. Mas quando se dá às massas um motivo tangível para mostrar seu descontentamento, elas aceitam. E quando esses números ficarem disponíveis para que as Sociedades Crescentes os usem em meio ao caos, elas jogarão pessoas como explosivos contra o palácio só para conseguir entrar.

Precisam dispersar esses protestos antes que as Sociedades Crescentes consigam assumir o controle.

— Membros da Sociedade Crescente estão começando a saltar. Suspeita-se de invasão em alguns guardas. Precisamos controlar isso *agora*.

Galipei aproxima o rádio da boca.

— Execute imediatamente qualquer Crescente que saltar. Sem discussão. Não temos espaço nas celas.

Há respostas de aprovação e desaprovação em sincronia instantânea. Unidades diferentes, opiniões diferentes. Em momentos assim, ele quase deseja que Leida ainda estivesse aqui. Que só uma pessoa estivesse tomando as decisões.

— Alguns deles ainda estão usando o que Leida ensinou...

— Não sabemos se eles saltaram sem luz...

— Mas não precisamos ter aprovação do conselho para isso...

Sem uma coroa verdadeira, é fácil a manifestação se tornar violenta. Os civis sussurram sobre seu último rei cruel e questionam como ele poderia ter sido autorizado a governar pelos céus. Se usasse a verdadeira coroa, dizem, Kasa teria perdido o mandato ao agir tão cruelmente. August é o herdeiro de uma dinastia que deveria ter sido descartada. August deveria ter sido rejeitado em sua coroação.

Se há uma coisa que as Sociedades Crescentes sabem fazer bem, é se aproveitar das oportunidades em um vácuo de poder.

— Ordens de August — grita Galipei, tomando a decisão por ele. Conhece seu rei, para o bem ou para o mal. — Andem logo e façam os preparativos no palácio para encontrar a coroa verdadeira. A última coisa de que precisamos é um maldito camponês de Rincun enfiando-a na cabeça e reivindicando o trono.

◇◇◇◇◇

O barulho do lado de fora do palácio é audível dentro dos salões.

Calla para perto de uma janela e espia através da noite para ter um vislumbre das multidões. Não há muito a ser visto desta parte da ala sul, embora ela consiga imaginar como deve estar a cena nas ruas. A impaciência formiga em suas palmas, e ela deseja o cabo de sua espada. Empurra o vidro, curiosa para saber se o barulho parece alto porque não está fechado direito, mas a janela não cede.

— Alteza.

A voz ecoa da escadaria distante, surpresa ao encontrar Calla ali, cutucando uma janela aleatória da ala sul.

— Tenho certeza de que todo o mundo fica me chamando de *Alteza* para lembrar o conselho de se livrar de mim antes que eu dê um golpe pelo trono.

Ela empurra o canto do vidro. *Ah*. Está selado no montante.

— Hã... Bom... — Vênus Hailira se aproxima com um ar de superioridade ao caminhar, como se não suportasse colocar o pé todo no chão. Quando para ao lado de Calla, está um pouco sem ar. Estava definitivamente andando apressada antes de vê-la ali. — Eu prometeria que isso nunca vai acontecer, mas acho que nós duas sabemos que não tenho muita influência.

— Não com essa atitude.

Vênus faz uma careta.

— A senhorita vai participar da segunda reunião?

Segunda reunião?

Calla ergue uma sobrancelha ao se virar da janela e olhar para a conselheira.

— Eu não sabia que havia sido convidada. O que perdi na primeira?

— Otta Avia disse que sabe a localização da coroa. A primeira reunião informal foi uma votação para decidir se mandaríamos uma delegação. — O conselho deve ter feito isso enquanto Calla e Anton estavam sumidos, discutindo. — A segunda será em uma hora, para confirmar quem será enviado. A própria senhorita Avia requisitou a sua presença na delegação.

Calla resiste à tentação de quebrar a janela no soco e mergulhar lá fora. Talvez sobreviva à aterrissagem no beco abaixo. Talvez se misture ao cimento e nunca mais precise olhar para a carinha estúpida de Otta.

— Posso perguntar por quê?

— Não sei. Todos presumimos que a senhorita gostaria de ir. — Vênus hesita. — Para ser franca, não sei se é uma boa ideia. San-Er está se rebelando, e nós somos a *capital*, cheia de guardas do palácio. Quando a notícia chegar a Rincun, não será só com protestos dos camponeses que o *yamen* terá de se preocupar.

— Você tem medo de uma entrada em massa na sua província — alega Calla. Uma dor de cabeça começa a surgir atrás de suas orelhas.

Vênus baixa a voz.

— Meus soldados não têm como enfrentar isso. Eles mal dão conta da província como está. Quem quiser ir à fronteira terá de passar por Rincun, e vai ter muita gente entrando para procurar a coroa. Será uma devastação total.

Calla engole um suspiro. Quando é *a coroa divina* que está em jogo, livre para o primeiro que encontrar, quem sabe como as pessoas podem agir? Pode ser que matem todo o mundo no caminho por uma chance infinitesimal de sucesso, como se os jogos anuais de San-Er houvessem se expandido para fora de sua muralha e dentro das províncias.

— Olhe, Vênus. Posso chamar você de Vênus? — Se existir uma delegação, talvez ela parta ao amanhecer. Não há tempo hábil para nada além de planos feitos às pressas. — É isso o que você vai fazer: leve agora mesmo sua própria delegação para Rincun. Proclame que todos devem ficar dentro de casa a não ser que seja absolutamente necessário sair. Enfie a mão nos bolsos Hailira e forneça a comida e o arroz de que os vilarejos precisam. Isso não vai impedir o que está acontecendo, mas vai evitar que seus soldados fiquem sobrecarregados. Fará com que os moradores de Rincun fiquem sentados em casa em vez de se aventurarem além da fronteira para encontrar a coroa em uma aposta desesperada de sobrevivência.

Talvez Vênus não estivesse esperando que Calla de fato oferecesse uma alternativa. Ela leva um instante para compreender suas palavras. E outro longo instante para assentir devagar, depois com mais vigor.

— Certo — diz. — Quanto... por quanto tempo faço isso?

Calla balança a cabeça. Precisa ir. Tem os próprios problemas para resolver.

— Não me faça traçar todos os seus planos.

— Mas, Alteza... — Quando Calla tenta dar a volta por ela, Vênus estica o braço para falar mais. — Toda a Talin precisa fazer o mesmo, se for algo que os membros do conselho puderem administrar. A senhorita deveria falar na reunião.

Há tanta esperança na voz de Vênus Hailira. Calla tenta imaginar como eles veriam uma iniciativa assim. As fazendas paradas. Os poços abandonados nos vilarejos.

— Seja realista, Vênus. O que San-Er vai comer se Eigi for colocada em confinamento? Você pode fazer isso porque é Rincun, e só. Reúna sua delegação e vá. Você não tem muito tempo.

Antes que Vênus possa fazer objeções, Calla empurra seu braço e volta a seguir pelo corredor, retomando o ritmo rápido. Faz apenas um desvio: por sua espada, recuperada do cofre. Tem sorte de ainda não ter feito nada para atiçar a desconfiança do palácio, pois os guardas a deixam entrar e sair sem problemas. Em algum momento, ela também terá de devolver os itens que roubou, porque não parece que vai embora tão cedo.

Não vai embora, mas vai *sim* para a fronteira com a delegação do palácio.

A ideia é como um prego martelado em seu crânio. Daria na mesma se Calla estivesse batendo sem parar com a cabeça na parede. *Não tem por que fazer isso,* diz sua parte sensata, a parte que a manteve escondida por cinco anos preparando-se para um assassinato de sucesso, totalmente focada na missão. Então, uma irritação cega domina todo o resto, e seus ouvidos zumbem com ruído branco, sem escutar nada exceto: *Anton, Anton, Anton. Quer saber?* Foda-se. *Você vai ver só. Aguarde.*

Ela espia por cima do ombro. Os corredores estão vazios. Sua espada pende do quadril com um peso do qual ela havia se desacostumado. Um bom tempo se passou desde os jogos. Portar a arma de novo a transporta de volta aos primeiros dias, tentando se ajustar à forma como a bainha raspa contra o couro de sua calça.

Calla gira a maçaneta de seus aposentos e entra depressa, deixando a porta bater atrás de si. Apesar da maneira contida de seus gestos, o eco é alto e traz um mau presságio, como o soar de um sino funerário.

Leida ergue a cabeça do outro lado do quarto, ainda amarrada ao cano.

— Tenho certeza de que você ficará contente em saber que as cidades estão um caos — comenta Calla, casual. — Rebeliões em volta do palácio todo. Nossa coroa divina é falsa e não tem poder para determinar o mandato dos céus. Otta Avia declarou que a verdadeira está perdida em algum lugar na fronteira.

Leida reage de maneira estranha às palavras. Não parece surpresa, e Calla pensa: *mas é claro*. Se ela ficou observando Otta por tempo o bastante para aprender sobre seu controle do *qi,* também deve ter aprendido sobre a coroa divina. Talvez tenha até descoberto sobre ela antes, coletando todas as informações que pudesse sobre August para um dia se voltar contra ele.

— Estou surpresa que tenha demorado tanto assim para o reino descobrir.

— É, bom — Calla suspira, esfregando a lateral dos olhos até clarear a vista embaçada —, por mais que San-Er tenha abandonado sua crença nos deuses antigos, com certeza ainda acredita na determinação cósmica dos céus. Ou isso, ou eles estavam só esperando um motivo para se rebelar depois de anos de Kasa.

Leida não responde. Foca o olhar em um ponto acima do ombro dela e o mantém ali.

— Passei por alguns guardas na saída do cofre — continua Calla. Ela sabe como conseguir uma reação. — O palácio deu ordens de executar qualquer um que seja pego saltando nas cidades neste momento.

Leida imediatamente a encara. Só então uma linha de choque enfim enruga sua testa.

— Isso é excessivo.

Calla dá de ombros.

— O palácio precisa usá-los de exemplo de alguma forma. Já estão com medo das habilidades dos Crescentes, dados os últimos acontecimentos. Você causou isso.

— Eu não causei nada. — Pelo tom de voz, Leida está ofendida. Como esperado, ela reage com raiva diante da acusação. — Só lhes devolvi um conhecimento que já era deles por direito.

Quanto mais Calla tenta encontrar uma lógica no que está se desdobrando à frente deles, mais sua cabeça dói. Ela não duvida que Kasa e seus antecessores tenham mentido para o reino. Se um inimigo aparecesse batendo à porta de San-Er e derrubasse a muralha, o Rei Kasa teria olhado direto nas lentes de uma câmera de transmissão e insistido que os tijolos ainda estavam no lugar. Mesmo assim, conseguir apagar totalmente décadas de memória coletiva é mais que absurdo, e muito diferente de contar uma mentira na qual o povo finge acreditar. Desde que *Calla* se dá por gente, tem sido uma regra sólida dentro de Talin que saltar causa um clarão visível de luz e exige proximidade. Se não foi sempre assim, há quanto tempo a verdade foi omitida?

— Leida — diz Calla. — Eu já participei dos jogos. Não tenho tempo para outros.

— Não sei que parte disso parece um jogo para você. — Leida puxa a corda, exagerando em seu confinamento. — Ou você me solta ou me coloca de volta naquela cela. Não é culpa minha se o rei que você colocou no trono está mostrando quem realmente é.

Ela soa como Anton. Tudo o que Calla tem escutado são acusações, mas ninguém parece ter uma solução. O que eles *querem*? Transformar o reino todo em cinzas e recomeçar vestindo roupas esfarrapadas nas planícies? Calla já cumpriu sua pena ao passar fome em Rincun. Não vai se voluntariar para voltar àquela vida.

— E se ele matar alguns Crescentes e as províncias nunca mais morrerem de fome? — Calla não sabe por que se dá ao trabalho de defender August. — Não dá para melhorar o reino se nunca lhe derem a paz de que precisa para começar.

Leida fica um tempo em silêncio. É peculiar: não há barulho dos protestos aqui. As paredes de seus aposentos bloquearam totalmente o som.

— Sabe... — diz Leida devagar, quase letárgica. — Um peixe em águas envenenadas não ficará contente em esperar para ser alimentado a cada hora. Vai querer um novo rio onde poderá nadar desimpedido e buscar a própria comida.

— Não ligo muito para charadas.

— Não é uma charada. É evidente como a luz do dia.

Calla anda até a cortina grossa. Empurra a beirada para espiar lá fora, e vê pouco além de sombras.

— Que lindo dia de sol está hoje — murmura.

Não é uma frase que seria dita em San-Er, com seus becos claustrofóbicos e prédios baixos e sufocantes. É por isso que a escolheram durante os jogos, para que Anton pudesse se identificar não importasse o corpo que estivesse vestindo.

— Escute — diz Calla, firme, e fecha a cortina de novo antes que Leida possa notar sua distração. — Otta me convocou para a delegação. Você sabe do que ela é capaz. Conte-me, e eu solto você.

Leida estreita os olhos.

— Você não está falando sério.

— Por que não? — Calla já praticamente admitiu para ela que é uma invasora. — Não preciso manter você aqui. Não dou a mínima se quiser derrubar este palácio.

De início, sua prisioneira fica quieta. Seus olhos desviam de maneira crítica para a bolsa que foi abandonada perto da porta. Talvez Leida desconfie do blefe. No fim, Calla está ali buscando respostas com uma inimiga do trono em vez de pegar os itens roubados e ir embora. Uma consultora errante ainda é uma consultora: não importa seus métodos, ela continua enfrentando as ameaças que pressionam a monarquia.

Ela não quer se importar. Na verdade, queria se importar menos. Mas o problema de destruir o palácio é que Calla não consegue imaginar o que virá depois. Alguém mais traiçoeiro do que Kasa, talvez. Algo que saia serpenteando das mangas de Otta Avia. A paz não está garantida. E, se Calla virar o rosto e deixar que isso aconteça, talvez eles a encontrem de qualquer forma, em algum canto da província em que escolha se enfiar.

É por isso que August deveria ter assumido o trono. É por isso que ele deveria ser, supostamente, o rei honesto que traria uma nova era mais justa.

— Quero aquela mochila — diz Leida, enfim.

É claro que quer.

— Está bem. — Calla se inclina contra a parede. — Estou ouvindo.

Leida encosta uma orelha no ombro, depois faz o mesmo do outro lado, alongando o pescoço. Depois de alguns movimentos exagerados, ela se remexe atrás da venda, como se alguma intervenção divina fosse descer dos céus e salvá-la do acordo que fez caso ela apenas enrole um pouco mais antes de falar. Nada acontece.

— Leida, não desperdice meu tempo.

— Estou pensado no que você precisa saber — retruca ela. Então bufa, e com cada palavra praticamente se arrastando pelos dentes, enfim começa: — Antes da guerra, as famílias de Talin costumavam ter deuses padroeiros. Você sabia disso?

Calla enfia as mãos nos bolsos da jaqueta.

— Já imaginava.

— Elas rezavam para seus padroeiros pedindo proteção e saúde. Essa parte às vezes chega aos livros de história. A parte que deixam de fora é que algumas delas iam além de preces. Algumas famílias faziam sacrifícios em troca de níveis elevados de *qi*. O único problema é que os deuses eram caprichosos. Só fazer um sacrifício toda vez que quisesse ser ouvido não era um método confiável. Às vezes, matar uma vaca garantia novas forças. Às vezes, matar dez vizinhos não conquistava nada.

Calla volta a visualizar o corpo de Anton na mente. Sua adaga penetrando-lhe as costas até sobrar só o cabo. E todo aquele sangue escorrendo sem parar, alagando o chão da arena.

— Os deuses antigos escolhiam quando queriam escutar, quando o sacrifício de um mortal chamava a atenção de alguém no panteão — continua Leida —, mas cada família tinha uma runa que se conectava diretamente com seu patrono. Os patronos eram forçados a escutar se marcassem uma runa depois de um sacrifício. Era o único método à prova de falhas para desobstruir os ouvidos de um deus.

— Preciso que você pare agora mesmo. — Calla fecha um pouco os olhos e inspira profundamente. — Acha que sou estúpida?

— Você *pediu* para eu explicar o que Otta está fazendo.

Os olhos de Calla abrem de súbito.

— Os deuses não *existem*. Você sabe quanta gente eu já matei? Quanto *qi* devolvi ao éter, quanto sangue escorreu pelas minhas mãos? Acha que eu não teria percebido se *os deuses* sintonizassem comigo toda vez?

— Alteza, se não consegue nem aceitar o primeiro requisito para acreditar neles, como faria um sacrifício?

Do jeito que fala, Leida não dá a impressão de estar mentindo. Mas isso não significa que seja verdade. Talvez ela realmente acredite no que diz, talvez as pessoas de San-Er sejam mais religiosas do que Calla pensava.

Deve haver uma explicação. Talvez não seja um deus que dê acesso ao novo *qi,* mas o corpo mortal que libera algo quando uma runa é desenhada. Antes de o reino começar a falar dos saltos como algo genético, as províncias também soltavam por aí a palavra *mágica*. Com mais conhecimento, seja dos saltos ou da manipulação do *qi,* há sempre uma explicação lógica além de deuses e magia.

— As Sociedades Crescentes — diz Calla. Ela tira uma das mãos do bolso e desenha duas linhas horizontais no ar. — Seus membros tinham isso no peito.

— Uma das runas mais básicas. Muitas famílias usavam essa para chamar um patrono. Provavelmente o deus do céu.

Devagar, Calla se aproxima.

— Então qual você tem usado?

Com sutileza, ela observa o braço esquerdo de Leida se mexer. A corda ainda está firme. Se ela fosse fazer uma súbita tentativa de escapar, faria mais sentido usar o braço direito, já que está mais perto da saída. Teria uma chance maior de desfazer o nó.

— Você perguntou como Otta é capaz de manipular *qi* — diz Leida. — Eu respondi.

— Tenho certeza de que você pegou a runa de família que Otta estava usando. Deve ter ficado curiosa para saber se podia usar também.

— Não. Nunca usei.

Uma mentira, dada a facilidade com a qual ela salta de corpo.

— Há runas anotadas nos livros reais — continua Leida. — Você mesma pode conferir. Antes da guerra, as famílias as usavam como emblemas para representar suas casas ao se reportarem aos seus *yamen*.

— Mas você mesma disse — Calla dá mais um passo à frente — que as famílias compartilhavam runas que chamavam deuses populares. Isso quer dizer que há as comuns e as raras. Eu quero a de Otta.

— Olhe nos livros — diz Leida com firmeza. — Já contei o que sei. O cofre vai ajudar mais do que eu. Ela deve ter encontrado lá. Agora cumpra com sua palavra e me deixe ir.

— Está bem, está bem. — Os olhos de Calla desviam para a bolsa que largou perto da porta. Que trágico isso, a fuga esperando tão perto, ao alcance. — Se você for agora à noite, pode ser que encontre uma janela sem guardas. Deixe-me cortar a corda.

Calla desembainha a espada. O prateado reluz na iluminação fraca, a ponta da lâmina brilha.

Com um bufar baixo, Leida estica os pulsos atrás de si para lhe dar espaço. Calla se aproxima, abaixando. Coloca a ponta da espada na corda e serra, serra, serra...

— Sinto muito, Leida.

— O que...

Calla empurra a espada. Ela penetra bem no vão entre as costelas, dentro do coração, e sai do outro lado. Antes que Leida possa fazer qualquer som mais alto que um arquejo, Calla puxa a lâmina.

Ela emperra. Faz um som molhado, comprimido. Meras semanas de desuso já estão afetando sua funcionalidade. Leida grita. O pingar do sangue se transforma em uma torrente violenta. Suas mãos continuam presas, não há como estancar o ferimento.

— É a isso que chegamos então — diz, rouca.

— Farei bom uso. — Calla encara o espirro de sangue que manchou o interior de seu pulso. Há um nó em sua garganta, imenso e sufocante, mas ela não o engole. — Prometo. Farei este sacrifício valer a pena.

O longo assobio que Leida solta é familiar.

— Você alega ser uma intrusa, mas é uma deles mesmo assim. Faz promessas vazias.

Os olhos de Leida Miliu envidraçam, tornam-se cristais imóveis que podem ser coletados para usar em pinturas da morte. Calla sabe que ela não dirá mais nada. Quem quer que fosse a guarda que ela invadiu também morreu. Não haverá justiça para esta vida dupla que foi tomada.

Calla estava disposta a sacrificar Anton para tirar Kasa do trono. Agora está disposta a sacrificar qualquer um que entre em seu caminho se não cederem, inclusive todos os outros nobres neste palácio que estão tentando criar o caos no reino. *Princesa. Matadora de Reis.*

Já está na hora de parar de mentir para si mesma.

Ela coloca a espada no chão. O sangue de Leida ensopou o carpete. O cheiro é nauseante. O quarto fica em silêncio.

Calla pega seu braço esquerdo e arregaça a manga comprida.

— Céus — sussurra baixinho.

No Templo Sepulcral, os membros da Sociedade Crescente se marcavam com sangue. No braço de Leida, há uma runa desenhada não com sangue, mas brilhando fracamente com a aparência de luz líquida, logo abaixo da pele. Um ponto à esquerda, uma curva longa e oblíqua com um ponto em cima, então outro ponto à direita. Parece uma palavra em talinês. Calla não a reconhece. Fica encarando, registrando na memória até o sangue parar de correr no corpo e, bem debaixo dos seus olhos, a runa começar a desbotar até desaparecer totalmente.

— Mas o quê...? — murmura.

Ela fica de pé, pega a espada e a guarda na bainha. No banheiro, lava o sangue das mãos, esfregando-as sob a torneira aberta até que cada dobra em sua palma esteja limpa. Um peso a envolve ao sair dos aposentos e entrar no corredor, mas ela tem a sensação de que não é mera imaginação. Mantém um dos punhos cerrados com força.

Nenhum dos guardas está muito preocupado com sua presença no corredor. Calla atravessa as alas até a prisão do palácio e chega à última porta: as celas de segurança máxima. Embora a princípio os Weisanna a impeçam de passar, ela lhes ordena que consultem Galipei e confirmem sua permissão. Antes que ele tenha tempo de responder ao pager que lhe enviaram, ela desliza pelo meio dos guardas e desce as escadas.

Uma luz amarela brilha nas paredes. Não há janelas. O teto é baixo a ponto de Calla raspar a cabeça, forçando-a a manter a coluna curvada. No final, ela encontra uma fileira de celas vazias do lado esquerdo.

Eles não se deram ao trabalho de trancar o corpo de Leida com segurança. É só um receptáculo, então foi deixado do lado de fora da cela onde a mantinham, preparado para o momento em que a encontrassem e pudessem forçá-la a voltar para ele. Calla se ajoelha ao lado dele e também arregaça a manga. Um calafrio lhe sobe o braço.

A mesma runa, marcada com sangue.

Calla abre a mão. A palma está molhada e ela pressiona a água contra a marca, esfregando para tirá-la.

— Calla!

A voz de Galipei desce como um estrondo pelas escadas um segundo antes de ele mesmo aparecer. Calla fica de pé para cumprimentá-lo.

— O que está fazendo? — pergunta ele, os olhos desviando dela para o corpo de Leida.

— De nada — diz Calla. Ela força passagem ao lado dele. — Já pode liberar as saídas do palácio.

15

Por toda a Talin, todas as suas vinte e oito províncias, há relatos de combustão espontânea em templos e altares: todos estão queimando sem motivo aparente.

Do lado de fora da muralha, o reino ainda acredita nos deuses antigos. San-Er perdeu sua reverência ao místico, mas os camponeses recontam de geração em geração as histórias de seu lar, sua terra, seus encontros ancestrais com deuses menores que costumavam andar entre mortais. Suas prateleiras têm pequenos rótulos: *prato recuperado com ajuda do deus dos objetos perdidos; livro-guia desenhado com a ajuda do deus das flores amarelas; arco presenteado pelo deus dos meninos bonitos*.

Se os deuses antigos forem descer dos céus, chegarão primeiro às províncias. Encontrarão seus fiéis e exercerão sua influência. Um oratório para o deus das colheitas do inverno queima em vermelho vivo em uma loja em Daol. Em Youlia, um altar de família para o deus da cerâmica explode em chamas e quase queima metade de um vilarejo antes do fogo ser apagado. As ruínas de um templo pela metade se incendeiam numa tarde tranquila e, embora fique na periferia mais distante de Pashe, a fumaça é visível do *yamen* ao centro da província. Nenhum clérigo cuida desse templo há décadas. O conselheiro de Pashe recebe os relatos e garante à província que deve ter sido um lampião velho, o óleo aquecido pelo sol que entrou em combustão.

Os moradores dos vilarejos próximos questionam se não foi o deus do verão em vez disso. Cada vez que lhes dizem que deve haver uma explicação para essas ocorrências, a seguinte é ainda mais bizarra. Viajantes que têm autorização da capital começam a trazer notícias para dentro da muralha sobre outros incidentes dessa natureza, e os boatos se espalham depressa. Uma mulher da nobreza acordou da febre *yaisu* depois de sete anos em coma. A capitã da guarda real foi presa apenas por tentar espalhar a divindade. A princesa negociou pessoalmente com os deuses, por que, do contrário, como teria conseguido se esconder nas cidades todo esse tempo, sem uma proteção vinda de cima?

Vou falar para você, dizem alguns camponeses quando os soldados reais não estão por perto, *acho que os deuses mandaram Calla Tuoleimi matar o rei e a rainha de Er lá no passado.*

Vai ver estão sussurrando na orelha dela desde o começo.

Você lembra os nomes deles?

Dos Tuoleimi? Faz tempo que não ouço ninguém falar.

Parece obra dos deuses. Como se eles estivessem decidindo quem fica e quem morre.

Então a declaração de Otta Avia passa sibilando por cada vilarejo como uma flecha dourada em chamas, e subitamente há uma explicação, um motivo para os deuses golpearem sem parar. Os céus nunca aprovaram esse rei. Talvez esteja na hora de escolherem outra pessoa. Tudo se resume à coroa, e se ela pode ser encontrada. Pela primeira vez, as províncias podem interferir em questões do reino, e talvez seja agora que tudo vai mudar.

Logo, as pessoas começam a rezar.

◇◇◇◇◇

Dentro da muralha, os membros remanescentes das Sociedades Crescentes estão começando a unir seus templos.

Eles precisam consolidar seus números para trabalhar de maneira funcional. Há estruturas a construir e procedimentos a implantar. Os membros fazem reuniões, com medo de estarem entre os próximos a serem mortos ou presos.

Temos certeza de que Otta Avia não é uma de nós?, pergunta um crescente. *O momento é quase perfeito.*

Murmúrios pela mesa concordam, mas confirmam que não foi uma ação da Sociedade Crescente. Era de se esperar: em algum momento da morte de um reino, a nobreza começa a lutar entre si.

Deveríamos unir forças para interceptar a coroa, diz outro. *O povo vai seguir alguém aprovado pelos deuses. É o caminho mais fácil para a libertação.*

A sugestão encontra dissonâncias.

A não ser que você encontre um jeito de se amarrar debaixo das carruagens do palácio que partem amanhã, não temos como sair da capital.

De qualquer forma, as Sociedades Crescentes sempre foram a organização dentro da muralha. Eles entendem isso. A decisão unânime é tomada mais rápido do que o comum. A maré virou e empurrou os planos adiante, e eles não deixarão a oportunidade passar.

Precisamos confiar que a Cauda de Andorinha fará a sua parte. Vamos manter nossos objetivos claros. Nosso trabalho aqui dentro é golpear o centro.

◇◇◇◇◇

Depois que levam o corpo, Calla fica parada em silêncio ao lado da mancha no carpete.

Disseram que alguém o limpará mais tarde, quando o quarto estiver desocupado. Ela deveria dormir um pouco. Principalmente se concordar em acompanhar a delegação.

Devagar, Calla se abaixa e pressiona o dedo contra a mancha. Não secou ainda. Há tanto sangue que, quando ela aperta a trama, ele empoça na superfície.

Ponto à esquerda. Curva longa e oblíqua. Ponto em cima. Outro ponto à direita.

Calla deixa a gola da camisa voltar para o lugar. O sangue se acomoda em seu peito, secando onde a runa foi desenhada.

Quando se enfia debaixo das cobertas para descansar, não acha que está imaginado o sopro de ar frio que desce sussurrando por sua coluna.

◇◇◇◇◇

Quando amanhece, já há uma multidão esperando perto da muralha.

Depois dos protestos e dos vários membros das Sociedades Crescentes arrastados para os becos escuros da cidade, os civis que estão aqui só querem testemunhar o acontecimento. Ficam por perto, curiosos. Estão boquiabertos e encaram os cavalos trazidos para transportar a delegação, apontam e encaram os aristocratas do palácio que aguardam com expressões duras.

Os guardas mantêm os civis afastados, as armas em mãos caso precisem usá-las. Ninguém força passagem. Um silêncio desce sobre a multidão, quase em descrença de que o palácio agiu tão rápido. Eles devem estar realmente preocupados com a coroa. Deve existir uma possibilidade real do Rei August perdê-la.

Os guardas abrem o portão.

E a delegação sai para as províncias.

16

Muito tempo atrás, Anton Makusa costumava fazer este exato caminho com sua família. San-Er era sufocante, assim como o palácio, e, se a ocasião permitisse, seus pais os levavam por alguns meses para Kelitu em busca do ar fresco. Pegavam emprestado uma carruagem do palácio e se amontoavam nos bancos com sua irmã, Buira, que ria ao ser apertada contra ele. O condutor perguntava se estavam prontos, subindo ao seu posto com as rédeas do cavalo em mãos, e a mãe os silenciava depressa antes de fechar a porta e sinalizar que sim, tudo certo para partirem. Só membros do conselho podiam deixar a capital sempre que quisessem — eles precisavam governar as províncias, o que exigia estar de fato nas províncias de vez em quando —, mas ainda assim precisavam de uma autorização prévia, e todos que saíam da muralha eram cuidadosamente catalogados. Recursos para viagens eram escassos. Depois de chegarem a Kelitu, o condutor voltava depressa para San-Er caso fosse solicitado por outro conselheiro, e só retornava para buscá-los na data em que os Makusa planejavam voltar às cidades.

Foi por isso que levaram tanto tempo para resgatar Anton após o ataque. Um dia inteiro, depois que ele chorou todas as lágrimas que tinha e se resignou a sentar entorpecido em meio à carnificina. Tudo o que podia fazer era esperar pelo momento em que o condutor voltasse e fizesse uma ligação de emergência, o que traria a guarda do palácio.

Agora, ele estica o pescoço para a janela da carruagem, que é muito bem conservada, com engrenagens oleadas e bancos de revestimento macio. Ele não se lembra de a viagem ser luxuosa assim, mas talvez alguém do conselho tivesse argumentado por melhorias nos últimos anos, ou talvez só usem o melhor quando se trata do rei. Alguns quilômetros antes, a condutora quase os fez sair da estrada antes de conseguir voltar a controlar os cavalos. Anton mal percebeu porque as rodas avançaram pelas pequenas inundações de Eigi como se não fossem nada. O clima aqui é quente e úmido, e cada passo no chão é esponjosamente molhado. Uma das estradas principais corre por Eigi e depois se bifurca em duas, uma com sentido a Pashe e outra com sentido a Leysa. São as Rotas Apícolas, que seguem no formato de um garfo de dois dentes até o rio Jinzi cortar a ambas no fim. Eles irão por Leysa para chegar à fronteira.

No passado, iam por Pashe para Kelitu, então ele imagina que a similaridade com a rota de sua família termine ali. Talvez ninguém fosse dar muita importância se ele pedisse para ir por Pashe nesta viagem também, só para vê-la de novo.

Há uma batida à janela, e Anton se sobressalta por um momento. Ele espia através do vidro embaçado e Calla toma forma, acompanhando a carruagem a cavalo.

Ele cerra os punhos sobre o colo.

— Vamos diminuir o ritmo — diz ela, a voz abafada pelo vidro. — Rehanou está reclamando.

O conselheiro Rehanou nem deveria estar nesta delegação, para começar. Mas foi melhor dar logo permissão para os membros do conselho que insistiram em vir do que discutir e atrasar a partida. Há quatro carruagens sacolejando atrás da de Anton. Cinco é o número máximo permitido pelo palácio, graças aos céus, já que limitou o número de conselheiros que puderam alegar que sua ajuda seria absolutamente necessária quando a delegação passasse por cada uma de suas províncias. Era possível que encontrassem perigo; há com toda certeza outras forças aqui fora tentando encontrar a coroa. Eles vão precisar de defesas de prontidão em cada província. Cooperação ágil dos alojamentos e soldados aguardando convocação.

Na verdade, a presença dos membros do conselho implica uma falta de confiança de que os soldados aqui escutarão as ordens de seu rei. A cadeia de comando supostamente vai do trono para o conselho, do conselho para os generais e enfim para os soldados. Mas Talin é feita de mortais, e a lealdade mortal costuma ser mais bem jurada às pessoas que se consegue ver. Nas províncias, o rei pode ser tão intangível quanto os deuses antigos, de tão distante que está.

Há um motivo para Talin ter tantas províncias. Assim, o poder de um conselheiro não crescerá muito. Há uma chance menor de um deles conduzir uma revolta bem-sucedida contra o trono.

— Vamos parar e passar a noite? — pergunta Anton.

Através do vidro, Calla assente.

— As inundações estão feias adiante — diz, curta e direta. Então trota para a frente com seu cavalo, de nariz em pé.

— Ela sempre faz isso?

A voz de Otta é um choque ao lado dele. Anton não é rápido o suficiente para disfarçar sua reação, e ela faz uma careta.

— Perdão — diz ele. Dois Weisanna estão sentados diante deles na carruagem. Embora pareça que os guardas de elite estejam cochilando para descansar, eles são treinados para escutar cada palavra. Não há brecha para deslizes. — Não sei se entendi o que você quis dizer.

— Ah, eu não quis dizer nada de mais. — Otta se reclina com um suspiro, apoiando a cabeça na cortina do outro lado. — Só me parece cansativo que você fique correndo atrás da sua principal consultora mais do que ela mesma fique correndo atrás do próprio trabalho. Ela nem viria nesta delegação se eu não tivesse requisitado a presença dela. Imagine só!

Os olhos de Anton deslizam de volta para os Weisanna, e ele morde a língua. Não teve um momento a sós com Otta desde que ela jogou sua cartada no banquete. Não teve a chance de perguntar de forma direta o que ela pretende, por que insistiu na obrigação da presença de Calla Tuoleimi nesta missão de resgate. Com certeza ela preferiria que Calla ficasse de fora, principalmente dados os comentários desdenhosos que tem feito em toda oportunidade.

Porém, se Anton tivesse que adivinhar, diria que Otta não faz nada pela metade. Ela despertou com ele no trono. Não vai esperar por uma conclusão natural, em que Anton decida manter seu papel para sempre ou salte de volta ao seu corpo de nascença só para dar uma surra num August inconsciente. Anton pode ter a paciência e os meios para esperar a situação ficar mais clara antes de jogar as cartas. Otta encontra poder às mãos e imediatamente o agarra com força.

Lembre-se, estou fazendo isso por você.

Por quê?, pensa Anton, olhando-a. Ela o encara de volta, e talvez possa ler a pergunta dele naquele único olhar. *O que vem depois de encontrar a coroa?*

A carruagem percorre um trecho de pedras. O assoalho range por bastante tempo. As paredes chacoalham, então estabilizam.

— Tenho de admitir — diz Anton em voz alta — que teria sido bom se você tivesse me contado isso antes, em particular.

É um risco começar essa conversa à frente dos Weisanna, mas agora, com esta delegação, Otta tem mais a perder se o expor do que se seguir o jogo.

— Por quê? — retruca ela com facilidade. — Eu conheço você. Teria escolhido a saída mais segura. Teria enviado furtivamente uma pequena tropa à fronteira para buscar a coroa e gastado todas as suas forças a fim de garantir que a notícia nunca se espalhasse.

— E qual o problema nisso?

— Francamente, August, talvez eu devesse ser sua consultora. — A carruagem está começando a desacelerar. Otta se ajeita no assento, cruzando uma perna sobre a outra e deixando cair a seda verde de suas saias. — É a *coroa divina*. Precisamos buscá-la pessoalmente. Tem alguém no palácio em quem você confie o suficiente para enviar em uma missão dessa?

Anton bufa. Ele aponta para os Weisanna à frente deles.

— Meus guardas são muito confiáveis.

— Leida Miliu era uma traidora.

Os Weisanna não conseguem conter um franzir de testa. Eles se ressentem com o que foi insinuado, mas não lhes cabe falar nada. Otta sorri toda doce para eles.

— Mais cedo ou mais tarde — continua ela —, todo segredo vem à tona. Você teria preferido arriscar perder a coroa pelo caminho desde que o reino não descobrisse sobre ela. As coisas não funcionam assim. A recompensa dessa coroa é alta demais. Você precisa agir de acordo.

A carruagem para. Lá fora, uma das guardas desmonta do cavalo, as botas chapinhando na grama molhada. Eles vão conferir o perímetro antes de liberar a nobreza para desembarcar.

— Você não pensou que o meu conselho poderia se voltar contra mim? — Anton mantém as palavras sob controle por causa dos guardas, mas Otta com certeza percebe o alerta implícito. — Não é inconcebível que, se eles estivessem se sentindo menos generosos, poderiam ter votado para me derrubar do trono até a coroa ser encontrada.

— Vossa Majestade — diz Otta, respirando fundo. — Você *continua tendo* o mandato para governar pela linha de sucessão. Eles não podem simplesmente decidir que você não é mais o rei.

— Ah, mas eles *podem* decidir esperar por uma coroação adequada. Tratar-me da mesma forma como fariam com um herdeiro menor de idade: designar um regente do conselho até a coroa dizer que eu tenho o direito divino de governar.

Otta revira os olhos. Pela forma como os dois guardas reagiram, com um ombro sutilmente jogado para a frente, um remexer imperceptível dos joelhos, eles concordariam se fosse apropriado.

— Enfim — conclui Anton —, demos sorte desta vez. Você tem meu respeito, Otta. Mas, se continuar tentando decidir o que é melhor, vou ter de encurtar suas rédeas. Há um motivo para você ser só minha irmã e não minha consultora.

Sete anos se passaram, é o alerta silencioso sussurrado entre aquelas palavras, por cima e por baixo delas. *Você deve saber que não somos mais as mesmas pessoas.*

— Vossa...

A porta da carruagem abre.

— Tudo certo. O senhor pode desembarcar se desejar, Majestade.

Otta fecha a boca com força. Ela se apressa a sair primeiro, sem esconder sua irritação. Quando Anton segue atrás dela, espiando pela porta, seu olhar para em um pequeno aglomerado de prédios medianos à esquerda. Ele identifica imediatamente onde estão. Mal passaram da metade de Eigi. Aqui costumava ser a capital da província, antes do Rei Kasa queimá-la e construir uma base de segurança no lugar. Desde então, o *yamen* foi transferido mais para o norte, e os moradores, evacuados. Quando os clipes noticiaram o evento e mostraram uma panorâmica daqueles prédios escurecidos, os repórteres passaram meros minutos na cobertura antes de seguir adiante para as mortes dos jogos naquele dia.

Devagar, Anton pisa na grama. Seu sapato afunda na terra molhada. Os guardas gesticulam para que ele e Otta avancem, conduzindo a delegação em direção a um grande prédio cinza à distância, e Anton por pouco consegue manter a expressão neutra.

Fazia muito tempo que não via as províncias. Não se lembra do mundo fora da muralha, não muito. As lembranças existem como impressões desbotadas em sua mente, da mesma forma que ele só retém flashes de como era o palácio quando seus pais ainda estavam vivos. Ele se lembra de Kelitu pelo anseio em seu peito quando inspira o ar fresco. Pelo eco frequente do som, quilômetros e quilômetros de áreas alagadas ondulando em todas as direções. Embora não consiga mais visualizar como era sua casa de veraneio, ele escuta Buira dando gritinhos animados enquanto corre pelas samambaias altas que brotam ao redor da propriedade. Kelitu é uma província à beira mar. Tem cheiro de sal e só se escuta o pio das aves que moram nos penhascos. Nada parecido com os pombos de San-Er com os quais estava acostumado, e, quando escuta os pássaros no alto e ergue a cabeça para olhar, a imagem efêmera volta na mesma hora, sobreposta ao presente como um vídeo exposto.

— Primo.

Há um cutucão em seu cotovelo, então a sensação escorregadia de tecido frio quando Calla engancha o braço no dele. Ao seu lado, Otta os encara, a testa franzida. Galipei se mantém à distância, do lado direito, entrando e saindo de seu campo de visão.

— O que foi, Calla?

Ela não responde de imediato. Quando ele a olha, vê que está encarando Otta de volta, o desgosto em seus olhos tão brilhante quanto uma chama viva. Ele não duvida que ela criará um conflito na primeira chance que tiver. Calla trouxe apenas uma criada para atendê-la. Também apareceu na muralha querendo trazer o *gato* consigo, antes de um dos Weisanna bater o pé e dizer que isso seria uma ameaça à segurança, ao que Calla apenas revirou os olhos e pediu, direta e um tanto irritada, para uma servente do palácio levar Mao Mao de volta e dar-lhe um pouco de bife "pelo estresse que vocês causaram".

— A inundação — diz ela, enfim, curta e grossa. — Um acúmulo natural não iria simplesmente obstruir uma pequena parte das Rotas Apícolas no meio de Eigi. Quando viajamos pelas províncias, avançamos em um declive. O norte é mais baixo que o sul.

Anton franze a testa. Pelos céus. Quando foi que Calla Tuoleimi teve tempo de estudar as províncias enquanto treinava para matar um rei? Ele com certeza não prestou atenção suficiente na escola para saber tanto sobre Eigi.

— Inundações nem sempre seguem o relevo natural — diz ele. — Talvez algum fazendeiro tenha destruído um dreno. Ou haja lixo demais bloqueando a lateral da estrada. Alguns camponeses enterram os mortos ao longo das Rotas Apícolas achando que isso os deixa mais próximos dos deuses.

— Claro. — Calla espia por cima dos ombros. Seus olhos se estreitam na direção do conselheiro Mugo, que caminha por perto com o celular pressionado contra a orelha. Ele está em contato com seus generais, reunindo os soldados alocados na província. Eigi está sob seu governo, então insistiu veementemente em ajudar com a segurança da delegação enquanto viajavam. — Ou alguém está tentando nos tirar da rota desde o momento em que saímos das cidades.

— Ah, por favor, me explique... por que alguém faria isso? — pergunta Anton.

Involuntariamente, a imagem de Kelitu lhe volta à cabeça. Os invasores que atacaram com facas. Sua fúria ágil, cortando sem hesitação até os pais dele estarem sangrando no piso de madeira. Por muito tempo, ele imaginou que havia sido algo inevitável, uma tragédia que acompanhava a posição da família, porém *esse tempo todo...*

Calla tropeça de repente. De início, Anton acha que ela está reagindo ao que ele falou, mas seria bizarro tanto drama por causa de uma pergunta meio sarcástica. No momento em que ele lhe agarra o braço, segurando-a antes que possa escorregar da dobra do cotovelo dele, o corpo de Calla se dobra totalmente.

Ele sente uma vibração na mão dela.

Seus olhos não estão reluzindo só de indignação. Estão... *brilhando*. Emitindo luz.

— Vossa Alteza — chama a criada de Calla, séria, afastando-se da fileira de guardas e se apressando a alcançá-la.

— Ela está bem — diz Anton, depressa. Ele fareja o ar. Não pode ser coincidência que agora o cheiro de borracha queimada permeie o ambiente ao redor deles. — Vamos entrar. Deve ser o tempo.

Otta se aproxima.

— Posso ajud...

Anton empurra Calla, evitando o toque de Otta. Ela não pode vê-la assim, seria um desastre.

— Não há necessidade. Eu cuido disso.

Antes que Otta possa argumentar, ele acelera o passo e se afasta dos Weisanna, quase arrastando Calla junto. Ela cambaleia como se houvesse entornado um barril de vinho. Seria quase impressionante se houvesse de fato conseguido contrabandear um, mas infelizmente não parece ser o caso.

— Princesa — murmura Anton, baixinho. — O que você está fazendo?

— Não estou fazendo nada.

— Não minta para mim.

O conselheiro Mugo desliga o celular para cumprimentar os soldados posicionados do lado de fora do prédio. Anton já está atravessando as portas duplas, e a base de Eigi toma forma como uma miragem invertida. O que ao longe parecia um amontoado de prédios, de perto não é nada mais que uma ilusão. Ele interpretou mal a vista, achou que as torres finas tivessem interiores amplos. A base se expande de maneira decrépita e sinuosa, deixando que suas operações costurem os espaços compactos em um labirinto infinito, exatamente como San-Er.

— Vossa Majestade — diz um soldado à porta. — As acomodações ficam na segunda ala...

— Preciso de um momento para falar com minha consultora.

Anton avança, levando Calla consigo. No saguão, a aparência cinzenta do exterior se transforma. Seus sapatos enlameados tocam o veludo vermelho; o papel de parede azul-marinho reluz. Ainda é dia, mas o espaço está escuro, iluminado por velas coladas ao peitoril das janelas e lampiões sobre a lareira central. Na pressa, Calla tropeça de novo, mal conseguindo manter os pés retos antes de se recuperar. Deve ser desconcertante demonstrar fraqueza na frente dos outros, porque o tom dela é totalmente enraivecido ao sibilar:

— Vossa Majestade, você está me empurrando por aí como a alavanca de uma máquina.

— Bom, Alteza, você deveria se manter de pé se não tem nada de errado.

A mão dela vibra de novo. Mais forte desta vez. Anton segue por um corredor, onde encontra um teto baixo e um fio de luzes colado com fita na parede. Por que haveria tantas fontes diferentes de luz, e o que é aquele *amarelo*...

O olhar de Anton desvia para o lado. Um brilho emana de Calla. O citrino duro e cortante dos olhos dela muda de leve o tom do corredor.

— Pelos céus, Princesa...

Anton a empurra para dentro do primeiro cômodo que encontra. O escritório de alguém, vazio. As cortinas estão fechadas, mais uma vez dando a ilusão de ser noite com apenas um bulbo elétrico brilhando da luminária de mesa. Embora ele se apresse a fechar a porta atrás de si, ela começa a deslizar sozinha e faz um clique graças a algum mecanismo magnético. Calla cambaleia para longe assim que ele afrouxa o aperto, preferindo a mesa à ajuda dele.

— Que porra você fez?

— Que porra *eu* fiz? — repete Calla. — Por que você não pergunta para a sua amantezinha se ela não me envenenou?

Anton franze a testa. O que quer que seja, está mexendo com o equilíbrio dela. Seus dois pés estão plantados no chão, mas os braços giram ao redor, como se ela precisasse de suporte para se impedir de cair.

— Otta é capaz de muitas coisas — diz ele —, mas não recorreria a venenos.

— Ah, não, *claro* que não.

Com um súbito murmúrio meio abafado, Calla joga o braço para trás, depois o pressiona com força contra o esterno. Assim que Anton se aproxima para ajudar, lembra a si mesmo de se conter. Seus olhos desviam para a parede, e ele pega uma placa de bronze.

— Veja por si mesma.

Ele coloca o metal à frente dela. Calla estremece assim que vê a superfície. Em vez de questionar por que há um tom amarelado na sala, ela empurra a placa, deixando-a cair tilintando no chão.

— Pare.

— Isso não é um pedido amigável! — grita Anton. — É uma ordem: me diga o que você fez.

Ela fecha a mão com força. E não está só agarrando o peito. Calla esticou os dedos e formou garras com as unhas, como se sua pele a incomodasse e ela quisesse arrancá-la para chegar ao que tem debaixo. O cheiro de queimado piora. Uma vibração começa a percorrer a sala e, quando Anton inclina a cabeça, seus ouvidos não a captam como um som mas sim como uma sensação: um movimento que faz tremer as paredes, o carpete, as vigas do teto, até estar coçando dentro da boca dele. Cavando seu osso. Ele começaria a arrancar os próprios dentes um a um só para fazê-la parar.

Basta. Anton avança. Antes que Calla possa impedir a aproximação, ele engancha um pé no tornozelo dela e a desequilibra. Ela guincha; ele a empurra para cima da mesa.

— Ei!

— Eu não estou *atacando*, céus...

Quando ele lhe aperta o pescoço, está bastante ciente de cada ponto de contato entre os dois, cada toque entre as pontas de seus dedos e a pele em chamas dela, entre sua palma e a garganta dela. A sensação cauteriza suas terminações nervosas como se Anton houvesse de fato colocado a mão sobre o fogo. A urgência de se aproximar mais dela é como um transe, quase hipnótica. Calla se levanta de supetão em uma tentativa de se soltar, de empurrar a mão dele. Ela perde o equilíbrio, e tudo o que consegue é roçar o nariz na lateral do rosto de Anton. Um arrepio percorre seu corpo inteiro.

Anton, mirando exatamente no que ela está tentando proteger, puxa a gola de sua blusa e vislumbra sangue na pele dela. Ela resiste, forçando-o a se afastar, mas ele encontrou o que procurava.

— O que você fez? — pergunta Anton. — Por que está se metendo com experimentos da Sociedade Crescente?

— Não é um experimento da Sociedade Crescente — responde Calla, arfando. — Só *qi*.

— Pare com isso então.

— Não estou fazendo isso porque *quero*.

Ele segura com força o rosto dela com a outra mão, mantendo-a parada, indefesa.

— *Calla*.

Ela solta um murmúrio, seu peito sobe e desce. Não é um ganido de impotência. É o chamado faminto de uma sereia, e tudo o que ele quer é morder. Colocar a boca no triângulo vulnerável de pele macia entre as clavículas dela. Há tantas formas de matá-la agora, de virar a armadilha ao contrário. Há uma dúzia de objetos na mesa que ele poderia usar como arma. Poderia começar com a caneta tinteiro e cravá-la entre as costelas dela, mergulhá-la em músculo e osso e rasgar cada órgão importante até que ela esteja sangrando e se arrependendo à frente dele.

Os olhos dela estão frenéticos, se revirando.

Calla sente cada dobra da mão dele sobre seu pescoço. Anton está usando anéis. Jade fria. Meio distante, ela faz um inventário de tudo o que é real ao redor de seu corpo: o papel de parede azul, o ar mofado, o grito de algum alarme que ressoa pelo prédio. Então Anton repete seu nome, e ela escuta outra coisa. Ele sacode seus ombros.

— *Calla, por favor* — chama, irritado.

Seus ouvidos convulsionam; seus olhos escurecem.

Sinoa, por favor.

Calla pisca com força.

— O que você falou?

— Que você está prendendo aí dentro — responde Anton, e ela percebe que não foi ele quem falou. Pelo menos não a parte que acabou de ouvir. — O *qi*.

— O *qi deveria* estar do lado de dentro.

— Não se você está reagindo assim! Deixe-o sair.

Há uma segunda voz sussurrando na sala. Sussurrando em um ritmo constante ao lado das palavras de Anton, a ponto de ela não conseguir distinguir o que está falando, exceto que se aproxima cada vez mais de seu ouvido. Ela estica o pescoço, procura através da vista embaçada e, quando Anton aperta os dedos com mais força, não está mais no controle de si mesma. Sua mão se levanta para empurrá-lo.

Uma pulsação passa feroz por seu pulso. Colide com o peito de Anton como se ela o houvesse golpeado com uma marreta de madeira. O impulso tem força o suficiente para que ele escorregue pelo carpete até que suas costas batam na parede mais distante.

Calla arfa. Anton xinga, depois cambaleia, fazendo uma careta e colocando a mão no ombro. Não parece muito machucado.

O cômodo fica imóvel. Calla esfrega os olhos e não há mais a sensação de queimação. Nenhum brilho. Estava crescendo durante toda a viagem, ela só não imaginou que seria *esse* o resultado.

Pela primeira vez em quinze anos, ela quase sentiu que estava prestes a saltar.

— Você fez alguma coisa — alega Anton. Ele não se dá ao trabalho de dar às palavras a entonação de uma pergunta. — Para causar isso.

A mão de Calla desliza para a própria gola, e seus dedos percorrem a costura. Em sua tentativa de investigar — ela deve ter tocado a runa e chamado a atenção dele, percebe, distraída —, Anton afrouxou o tecido. Um relógio tiquetaqueia do canto. Restos de uma angústia pesada lhe cobrem a língua, mas no gosto amargo há vingança também. Ela quer se inclinar na direção dele, quer pedir a Anton para provar um gostinho para que ele perceba o que ela conseguiu. Ele estava perto o suficiente para isso. Poderia ter provado, se ela apenas tivesse pedido.

— Talvez.

— Calla, isso não é brincadeira.

— Não estou brincando. — Ela abre e fecha a mão. Sente uma nova vibração descer pelo braço, mas não é incontrolável. É como se de súbito pudesse mexer um músculo que nunca soube que tinha. — Talvez eu tenha feito alguma coisa. Talvez tenha sido a vontade dos deuses.

Um músculo se retesa na lateral do rosto de Anton.

— Se você estiver tentando fingir religiosidade agora...

— Não estou. — Calla se afasta da mesa. — Vá perguntar para Otta se quiser respostas. Tudo começou com ela.

Ela esbarra nele ao passar e solta um ferrolho na parede que abre a porta do escritório. O barulho do corredor invade o cômodo.

Anton bufa.

— *Qual* é o seu problema com Otta?

Não há resposta. Ele deveria saber. Na verdade, deveria ter interrogado Otta assim que ela acordou, porque o problema atual deles começa com Otta Avia, e Calla vai conseguir chegar ao fundo disso.

Se não pelo bem do reino, então que seja pelo bem dele. Para que Anton veja o que Calla vê.

— Como eu estava dizendo lá fora... — Ela caminha para longe, deixando que a voz flutue atrás de si. — Convoque os membros do conselho para uma reunião. Há questões que me preocupam na nossa viagem.

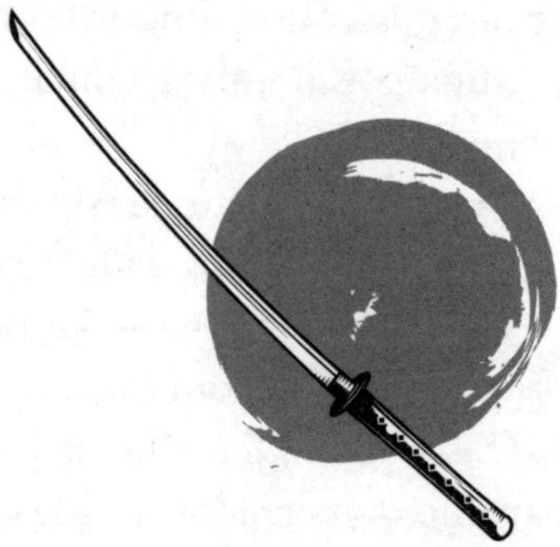

17

Como em outras partes do prédio, a sala de reuniões improvisada é escura. As cortinas estão fechadas e o teto desce inclinado, coberto de sombras em vez de luz. A maioria das fábricas de San-Er é construída assim, principalmente os níveis do porão onde ficam os estoques. Calla se pergunta se eles apenas copiaram por preguiça as construções existentes nas cidades gêmeas, em vez de projetarem uma base que não precisasse de um teto tão baixo.

Ela espia pela janela. A noite desceu, derrubando nanquim pelo chão molhado. Na verdade, Eigi lhe causa calafrios. É vazia demais. Quieta demais. Só vai piorar quanto mais avançarem pelas províncias, porque ao menos Eigi é perto o bastante de San-Er para que o terreno tenha alguma semelhança com suas ruas. A Talin central não terá nada de familiar.

O conselheiro Mugo pigarreia à mesa.

— Vamos começar logo? — pergunta.

Além de seu estimado rei, Calla permitiu somente outros membros do conselho na sala de reuniões. Nada de guardas. Nada de acréscimos. Sem exceções. Isso inclui Otta Avia.

Devagar, Calla dá as costas para a janela e solta a cortina. A última pessoa por quem esperam — conselheira Savin, que governa Laho, a província sem litoral ao centro do reino — entra pela porta.

— Sim — responde Calla.

O murmurinho baixo de conversas começa a desaparecer, pelo menos na maior parte da mesa. À frente dela, o conselheiro

Rehanou e o conselheiro Diseau ainda debatem sobre uma exportação marítima da província Janton.

Calla se aproxima e fica bem no meio deles. Os dois homens piscam, espantados. O conselheiro Diseau resmunga, inclina-se para trás, ofendido, mas não tem como mandá-la sair do caminho quando a sala está em total silêncio, esperando as próximas palavras dela.

— Muito obrigada — diz Calla com entusiasmo. — Espero que minha reunião não esteja interrompendo sua conversa animada.

À ponta da mesa, Anton apoia as mãos unidas e aperta os lábios, mas não interfere. Se estivesse no lugar dele, Calla teria tirado Rehanou como conselheiro de Kelitu por pura petulância. Mas a verdade é que ela não tem como saber o que faria no lugar de Anton, porque também não estaria fingindo silenciosamente ser August. É questão de sair ou governar *direito*.

Calla afasta esses pensamentos. O conselheiro Rehanou disse alguma coisa dispensável, mas ela sequer a registrou. Seu ombro remexe. Ela tenta forçá-lo para baixo, mas então um músculo em sua coxa treme e a perna dá um pulo, atingindo a lateral da mesa. Ela solta um grunhido baixo e, embora mais ninguém ao redor da sala pareça se importar, Anton estreita os olhos.

— Vamos começar — decide ela. Pega uma cópia dos papéis que deixou no peitoril e os entrega para Rehanou distribuir. Ele pega um maço, os lábios apertados, e passa o restante aos outros. — Leida Miliu alegou que seus feitos sobrenaturais com *qi* vinham de runas. Se alguém aqui já estava ciente disso, preciso que se manifeste agora.

Silêncio. Calla não sabe se realmente acredita, mas já imaginava que precisaria de mais do que isso para que os membros do conselho admitissem esse conhecimento. Os nobres do palácio sequer acreditam que os saltos deveriam ser permitidos.

— Pois bem. Pedi para que minha criada, Joselie, fizesse algumas pesquisas comigo. Pegamos alguns livros do cofre antes de vir. Espero que não se importem.

— Você trouxe livros da realeza para as províncias? — pergunta Mugo, pasmo.

— Sim, sou uma grande idiota. — Mugo não parece captar o sarcasmo dela. — *Não*. Tirei cópias de tudo.

Calla espera os papéis percorrerem a mesa. Até se deu ao trabalho de grampeá-los em ordem e tudo. Cópias de dez páginas. Não foi fácil imprimir tudo no escuro. Quando Anton puxa um maço, segura-o apenas pelo canto do grampo, como se temesse que Calla tenha espalhado veneno pelo texto.

O último maço de papéis volta a ela, que o abre ao meio e alisa as folhas.

— Nós consultamos os poucos livros de inventário disponíveis anteriores à guerra e escaneamos tudo que pudesse ser descrito como *marcações desconhecidas*. Quero que todos folheiem as primeiras cinco páginas e me digam se reconhecem alguma coisa.

A sala é tomada pelo farfalhar de papéis. Alguns segundos se passam. Os olhos de Calla já estão desviando para a conselheira Savin quando a mulher diz:

— Ah! Esta.

Savin vira os papéis, que estão dobrados na terceira página. Ali, Calla fotocopiou uma pequena gravação que encontrou no topo de um registro de vilarejo. Um triângulo com uma linha descendo no meio.

— Que bom que disse isso — comenta Calla —, do contrário eu ficaria curiosa em saber por que estava mentindo. Virem na página oito, por favor.

Depois de vasculhar os livros de inventário em busca de símbolos, Calla mandou Joselie encontrar Matiyu Nuwa na sala de vigilância, onde ele estava trabalhando no turno da madrugada. Precisavam cruzar referências. Ela imaginou que não haveria muitas ocorrências de registros do palácio usando a palavra *runa*. Eles não tinham tempo de olhar cada situação suspeita registrada dentro do reino para descobrir quando essas marcas divinas podem ter surgido na história. Porém, se Leida estivesse dizendo a verdade e qualquer marcação anterior à guerra pudesse ser uma runa, era fácil o bastante digitar certas palavras no sistema do palácio e ver o que aparecia quando suspeitassem de algo. *Triângulo. Linha descendo no meio. Saltar.*

— Ayden Junmen, 30 anos de idade — diz Calla, lendo a página. — Entrou em San-Er como imigrante legal pela loteria dois anos atrás, sua quarta solicitação para participar do sorteio. Emigrou de Laho no outono, e no inverno entrou para as Sociedades Crescentes. Três semanas depois, foi executado.

Metade dos membros do conselho à mesa se inclina para a frente.

— Não me lembro de ser informado disso — anuncia Rehanou, quase soando desapontado por não ter sido ele a aprovar a execução.

— Teria sido uma decisão interna — responde Anton. É a primeira coisa que ele diz desde que a reunião começou.

De acordo com os arquivos Weisanna de onde o relato foi extraído, Anton estava correto. Execuções públicas são reguladas pelo conselho quando o crime é considerado grave, uma questão que envolve o reino todo, como traição e assassinato em massa. Não acontece uma execução pública há anos. A maioria dos crimes diários em San-Er é resolvida com um indiferente assentir por parte do rei, e os Weisanna executam a sentença. Calla se lembra de seus pais folheando uma pilha de autorizações durante curtos minutos antes do café da manhã, nos tempos em que o Palácio dos Céus ainda existia.

— Ele foi condenado pelo crime de saltos excessivos e ilegais, e apreendido quando tentou se passar por Daine Tumou, dono do Hotel Evercent em Er. Alguns de vocês talvez conheçam o Sr. Tumou como Número Setenta-e-Nove dos jogos mais recentes.

Anton visivelmente passa por um choque de reconhecimento antes de controlar a expressão. Ele e Calla quase morreram lutando contra os mercenários contratados por Setenta-e-Nove nos jogos. Acabaram tendo de fugir em vez de terminar a batalha.

— Ayden Junmen ocupou o corpo por alguns dias antes de ser pego, quando um dos seguranças de Tumou enfim deu uma boa olhada em seus olhos. A questão é: dentre todos os homens que prestaram depoimento, nenhum viu um clarão de luz, mesmo que o Sr. Tumou nunca tenha sido deixado sem acompanhante em público. Ayden Junmen foi extraído por meio de tortura, colocado de volta em seu corpo de nascença e executado no palácio. Não entregou nenhum cúmplice. Durante o interrogatório, alegou ter agido sozinho. Quando seu corpo foi examinado, encontraram uma marca desenhada com sangue no peito, parecendo um "triângulo com uma linha descendo no meio".

— Isso se parece com os experimentos da Sociedade Crescente — diz Mugo de imediato. — Obra de Leida Miliu.

— Talvez. — Calla vira a página e continua lendo. — A ficha de Ayden Junmen estava limpa quando ele recebeu permissão para entrar em San-Er. Porém, depois de maiores investigações pela conselheira Savin, quando questionaram como algo assim poderia ter acontecido, o *yamen* de Laho descobriu que ele tinha dois primos ligados à Cauda de Andorinha.

A conselheira Savin coloca os papéis na mesa. Ela tira os óculos finos e os apoia no topo da cabeça, massageando as têmporas.

— Sim — confirma, cansada. — É verdade.

— Só para esclarecer... — interrompe alguém ao lado de Anton. Olhos verdes profundos. Essa conselheira é da família Farua, talvez, mas Calla não sabe qual região eles governam. — Essa Cauda de Andorinha é o mesmo grupo que está atacando as províncias agora?

— De fato — responde Calla. — Então o que parece mais provável? Que Leida tenha passado uma missão aleatória para as Sociedades Crescentes dois anos antes de ela começar sua conspiração contra o trono, ou que a Cauda de Andorinha já soubesse manipular *qi* há um tempo e ensinou esse homem dois anos atrás?

— Calla, seja clara, sim? — ordena Anton. Ele subiu o tom de voz e um eco reverbera pela sala. — Estou escutando um contexto, história atrás de história, mas nenhum motivo para estarmos discutindo isso.

— Resumindo — retruca ela, irritada —, acho bem conveniente que um grupo de camponeses com capacidades notáveis esteja atacando as províncias bem quando descobrimos que a coroa é falsa. A Cauda de Andorinha expôs sua presença ao reino depois de se esconder por anos, talvez décadas, e subitamente as Sociedades

Crescentes de San-Er também estão gritando *nada de trono sem mandato da coroa*? Alguma coisa incentivou aquele ataque em Rincun, e eu serei a primeira a ligar os pontos em voz alta: Otta Avia está por trás disso.

Anton fica de pé num pulo.

— Basta.

— Você vai negar? — questiona Calla com a mesma agilidade. — Alguém nesta sala vai negar?

— Eu me pergunto — interrompe Savin — quando ela teria planejado isso. Nos poucos dias desde que acordou do coma de sete anos? Ou antes de ficar doente, quando era só uma adolescente? Não existe comunicação entre as províncias e San-Er.

Calla bufa.

— Como se a falta de cabos de telefonia fosse impedi-la.

— Embora eu não negue que as circunstâncias se encaixem — diz o conselheiro Rehanou, reclinando-se em sua cadeira —, você a acusa de estar dando um golpe pelo trono? Que outro motivo ela teria para causar um caos assim por todo o reino?

Anton está balançando a cabeça, recusando-se a acreditar no que está debaixo de seu nariz.

— Isso é ridículo...

— Ela sabia que a coroa era falsa desde sabe-se lá quando, e esperou pelo momento que considerava certo para ir atrás da verdadeira — argumenta Calla. — Estamos perdendo tempo discutindo suas motivações. Ela precisa ser retirada desta delegação...

— Esta é a delegação *dela,* Princesa Calla. — O conselheiro Mugo fica de pé. — E perdoe-me, mas está começando a parecer que vocês têm uma rixa pessoal. De todos nesta sala, a senhorita é a única que representa uma ameaça à sucessão do trono. Otta Avia não tem direito de sangue. Ela precisaria de um golpe que eliminasse cada membro deste conselho se quisesse usar a coroa.

A sala fica em silêncio. Calla também hesita por um instante, com dificuldade para rebater o argumento de Mugo.

— Vou aumentar a segurança e garantir que não haja intromissões da Cauda de Andorinha em nossa viagem, dado que eles são uma ameaça real — continua ele, antes que ela possa responder. — Mas não vamos inventar mais problemas onde eles não existem, do contrário pareceremos convencidos demais.

— Está falando sério? — pergunta Calla.

O conselheiro Mugo sai da sala a passos largos, já tirando o celular do bolso. Os outros membros do conselho trocam olhares. Nesse meio tempo, Anton empurra a cadeira e limpa a poeira das mangas.

— Reunião encerrada — anuncia. — Continuaremos a viagem ao amanhecer. Não vamos perder tempo.

Sem olhar na direção de Calla, ele também sai da sala.

Os membros do conselho o seguem devagar. Quando a conselheira Farua passa por Calla, que continua parada na ponta da mesa, oferece-lhe um aceno.

A sala esvazia.

— Inacreditável! — exclama Calla em voz alta.

Sua cabeça lateja. Ela faz uma careta. Talvez esteja ficando louca. Talvez isso seja paranoia sua. Um farfalhar ressoa pela sala, e Calla escuta um sussurro.

Sinoa.

Ela vira depressa, mas não há ninguém ali além dela.

Aquela runa que copiou de Leida está fazendo isso com ela. Não tem como negar seu efeito: algo de peculiar está acontecendo com seu *qi*, algo que vai além de destravar as habilidades que os experimentos da Sociedade Crescente buscavam. Ela está totalmente deslocada. Aqui nas províncias, o *qi* pode se comportar de maneira diferente de como o faz nas cidades. Os camponeses podem sentir as estações antes que mudem; moradores dos vilarejos conseguem estar em sintonia com as plantações e avaliar as necessidades dos animais que criam. Mas eles não escutam sussurros que não existem. Não começam a perder a consciência com os olhos abertos e depois voltam.

Calla se permite um segundo de recuperação, piscando sem parar a fim de se livrar das manchas amarelas que se amontoam em sua visão. Antes que qualquer um perceba sua demora, ela também sai apressada da sala, resmungando sobre a inutilidade do conselho.

◇◇◇◇◇

Há um fliperama na base de segurança.

Só os céus sabem como Anton foi parar lá enquanto andava. A base é formada por três prédios conectados por múltiplas passarelas aéreas. Mesmo assim, quando ele saiu pela janela do quarto que lhe foi designado, com movimentos silenciosos para evitar ser notado pelos guardas de alojamentos adjacentes, parecia que a base também fora projetada para a mobilidade no térreo. A primeira porta que abriu era de um laboratório de computadores em hibernação. Ele entrou e vasculhou blocos de anotações, teclados e a metade de uma maçã que alguém não havia jogado fora. Em todo lugar a que ia, uma leve cobertura de fumaça de cigarro pairava no ar. Ele subiu as escadas para o segundo piso, onde encontrou prateleiras com gabinetes e discos rígidos. Terceiro andar, onde um bipe distante ressoou em seus ouvidos, embora ainda não conseguisse identificá-lo enquanto investigava os sofás e bules de chá.

Agora, no quarto andar, ele registra o som: monitores de vídeo que foram deixados ligados à noite. Fichas caindo e espadas fictícias tilintando através de um alto-falante. É tão chocante que ele quase dá meia-volta até a escada e retorna para a cama.

Então ele a vê no canto, sentada entre as máquinas de garra.

Anton se aproxima por trás. Senta-se na poltrona à frente dela, sem falar nada, uma mesa de centro baixa e redonda ocupando o espaço entre eles.

— Também não gostou da sua cama? — pergunta Calla.

Anton coloca o pé sobre a beirada da mesa.

— Estou só perambulando sonâmbulo por aí. Não ligue para mim.

Ela não reage. Apesar do horário, está com um vestido que parece ter rasgado ao meio para usar com a calça de couro. Amontoados de tecido que parecem flores brotam de seus ombros, e as mangas longas passam dos pulsos num formato amplo de sino, escorregando quando ela dobra um braço ao apoiar o queixo no punho. Embora haja bastante tecido cobrindo seu busto, e a runa que ela desenhou em si mesma, o resto do pescoço e do colo está nu em um decote em V, passando tentadoramente do coração e terminando logo acima do umbigo.

Talvez seja o horário absurdo, mas Anton sente a urgência de lamber aquele trecho exposto de pele.

Ele aponta.

— Não costumo ver você usando roupas do palácio.

— Este trapo velho? — Calla se ajeita na poltrona. — Eu adaptei algumas peças antes de virmos. Estava começando a ter a impressão de que ninguém me levaria a sério como consultora se eu continuasse me vestindo como uma órfã de rua.

Anton ergue uma sobrancelha.

— Não sei se é *por isso* que você está tendo problemas em ser levada a sério.

— Como Mugo prestativamente comentou mais cedo, estou ciente de que ser a herdeira reserva do trono, e ao mesmo tempo a maníaca que matou os pais, também não é bom para a minha reputação.

Anton quase ri. Mas ele se contém antes de demonstrar qualquer reação, porque é um caminho perigoso esquecer-se de quem ela é, de quem eles são, de por que estão aqui. Por um momento, Anton e Calla apenas encaram um ao outro ao som do fliperama ao fundo. Uma máquina próxima apita incessantemente, grasnando "*Vencedor! Vencedor! Vencedor!*", sem dar a mínima para o fato de que não há ninguém à sua frente.

— O que está fazendo aqui? — pergunta Calla, enfim. — Por que está sendo... agradável comigo?

Ele não está. Ou imagina que tenha diminuído as tentativas de provocar uma reação dela e, por contraste, quase pareça gentil. Anton acha difícil identificar como está sendo interpretado. Esse tempo todo, o que ele *sente* por ela não mudou. Nunca mudou, nem antes de ele entrar naquela arena nem depois da performance na coroação. Seu impulso ainda é se aproximar, tocar a boca de Calla, acariciar seu cabelo. A cada subir e descer dos cílios dela, ele implora por atenção, deseja aquela satisfação de quando a expressão dela muda em resposta a algo inesperado que ele tenha feito.

Só há um ardor mais forte que o compele a mudar seu comportamento. Autopreservação, saber que ele abrirá os braços e permitirá que ela o mate de novo caso se esqueça de como ela o despedaçou com a adaga da traição.

Ele não voltará dos mortos uma segunda vez. Calla Tuoleimi o arruinou, então ele terá de arruinar todo o resto em troca.

— Preciso conversar com você sobre uma coisa.

— O que nós temos feito nesses últimos dias que *não* tenha sido conversar sobre coisas? — responde Calla. Mesmo assim, não soa resistente. Ela estica o braço, puxando um tabuleiro dobrado da prateleira atrás de si. — Quer jogar?

Quando ela abre o tabuleiro, a superfície revela uma grade de dez por dez, cada quadrado numerado de um a cem. A borda é decorada com representações coloridas dos deuses antigos, um deles prestes a se transformar em uma nuvem de poeira, outro sentado em um travesseiro com a aparência de um cachorro de cara verde.

— Escadas e alçapões? — pergunta Anton, reconhecendo o jogo. — Nós temos o quê, 12 anos?

O mais breve sorriso passa pelos lábios de Calla.

— Sempre gostei desse jogo quando morava no Palácio dos Céus. — Ela abre a caixa que acompanha o conjunto e observa o conteúdo antes de oferecê-la a Anton. — Lembra como joga?

— Claro que sim. — Há três peões e dois dados esperando dentro da caixa. Ele pega um dos peões. — É tão simples. Se você parar numa escada, segue para o número maior. Se cair num alçapão, desce para o número menor.

— Você sabia que alguns tabuleiros são diferentes dependendo da cidade onde são feitos? — Calla pega um peão também, depois os dados. — Er costuma imprimir os deles com um número igual de escadas e alçapões. San é conhecida por fabricar tabuleiros com mais alçapões.

Anton ergue uma sobrancelha.

— Vamos jogar com as regras antigas — continua Calla. — Dez rodadas para cada.

Ela rola os dados. Ambos caem no três, então ela move seu peão pela primeira fileira e para na sexta casa. A seguinte teria oferecido uma escada direto para o número trinta e quatro.

Anton estica a mão para que ela lhe passe os dados. Onde a pele dos dois se encontra, seus dedos sussurram em reconhecimento.

Ele tira sete. Desliza escada acima.

— É sobre Otta...

— Naturalmente. — Calla pega os dados. Embora seu tom de voz permaneça neutro, essa única palavra é ácida.

— O que você quer dizer com isso?

Calla move o peão de novo.

— O que eu disse: *naturalmente*. É sempre Otta com você.

— Posso terminar? Eu ia falar que você não pode ser tão explícita com suas suspeitas. Ela vai recalcular a rota até que seja mais difícil pegá-la.

O olhar de Calla dispara na direção dele. Não esperava por isso.

— Então você acredita em mim?

— Não que ela tenha planejado os ataques da Cauda de Andorinha, obviamente — corrige Anton depressa.

Isso é absurdo. Embora ele odeie dar a Mugo a satisfação de estar certo, é verdade que Otta não teve tempo de colocar nada em prática desde que acordou. E se *existe* algum esforço coordenado para atacar soldados reais pelo reino, foi algo planejado com antecedência.

— Então o quê? — pergunta Calla, parando antes de jogar a próxima rodada, claramente irritada.

— Não sei — responde Anton, sincero. — É isso que eu queria descobrir. Lembra aquele dia que August chamou você na muralha? Que ele queria conversar comigo antes?

Calla joga, olhando o tabuleiro enquanto move seu peão.

— Lembro — responde. — O dia em que Leida foi pega com a mão na massa.

— Ele perguntou sobre Otta. Me pareceu bizarro. Sete anos se passaram, e de repente ele estava pensando nela. E mais, ele questionou o que ela tinha me contado. Como se tivesse medo de ela ter revelado alguma coisa.

Anton cai num alçapão. A jogada seguinte de Calla a coloca em uma escada.

— A coroa, imagino.

— Talvez. Ou talvez existissem outros segredos. Acho que Otta sabe bem mais do que está disposta a revelar no momento.

Uma máquina próxima berra de súbito com o tilintar de sinos. Talvez esteja marcando a hora, como um relógio carrilhão distorcido. Outra escada depois, Anton chega ao meio do tabuleiro.

— Não tem medo de esperar e isso colocar você em risco?

— Estou mais preocupado em assustá-la, fazê-la mudar os planos e prolongar mais ainda o resultado final. Preciso saber o que ela está tentando fazer. Tem de existir uma motivação secreta ali, com todas essas apostas que ela tem feito. Divulgar essa informação. Pedir sua presença na delegação.

Em uma resposta silenciosa, Calla rola os dados. Para cima. Para baixo. De novo. Seu indicador é lento ao empurrar o peão pelo tabuleiro. Eles jogam algumas rodadas em silêncio.

— Claro — murmura ela, enfim —, porque é bem horrível que eu esteja aqui.

— É certamente desnecessário.

Anton observa o movimento do peão dela. Superou o dele, na casa setenta e cinco.

— Já parou para pensar — diz ela — que talvez eu esteja aqui por você?

— Claro. Procurando uma oportunidade para me forçar a sair de August.

Calla desce o peão no tabuleiro como se fosse uma estaca.

— Protegendo você. Reconheço meu erro no Juedou, mas, fora das paredes do coliseu, eu estava lutando *ao seu lado* na maior parte dos jogos. Continuo sendo a mesma pessoa.

Se puder evitar, Anton tenta não pensar naquela batalha final. No momento em que se livra do saco sobre sua cabeça, arrancado para que começasse o Juedou. Ele se lembra do papel de August ao colocá-lo lá, e então não consegue se concentrar em nada exceto no silêncio dele ao longo dos anos, não dizendo nada sobre sua família. Assim que volta à imagem do coliseu à noite, das multidões torcendo de todos os lados, tudo o que escuta é Calla dizendo: *Eu amo você. Eu amo você, então isso é um favor,* e tanta fúria ferve em seu sangue que está a ponto de queimá-lo de dentro para fora.

Agora, Anton não diz nada para preservar a paz temporária que encontraram. Ele rola o dado. Empurra o peão até a casa oitenta e nove. E, apesar de estar a um sopro de alcançar a última fileira, esta casa exata tem um alçapão que o joga de volta ao número um.

— Ah, isso é tão cruel — murmura em voz baixa, descendo o alçapão. Anton suspira e gesticula para que Calla jogue. — Sua vez, então. A vitória é sua.

— Não posso.

Outra máquina berra de um canto distante.

— Como é?

Calla dá de ombros.

— Já rolei as dez vezes. Fim de jogo.

Ela só pode estar brincando. Anton não conhece nenhuma criança que ainda respeite a regra das dez rodadas.

— Simples assim? — pergunta ele. — Você vai aceitar a derrota mesmo estando tão perto de ganhar?

— São as regras, Anton. Não posso mudá-las. — Ela faz uma pausa, bufando. — Mas imagino que eu possa fazer isso. — Com um dedo, ela vira o tabuleiro inteiro. Os peões saem voando pela mesa. — Agora nós dois ganhamos.

Ele balança a cabeça. Qualquer vestígio de humor que estivesse dançando desajeitado entre eles mais cedo desapareceu desde então.

— Não a atice, Calla — diz ele, voltando ao assunto em questão. — Pelo bem do reino. Você consegue fazer *isso* por mim, não consegue?

Calla coloca os peões de volta na caixa. Então os dados. Seus lábios estão pressionados, e Anton lê a expressão como irritação. Isso, ao menos, é o que ele espera antes que ela erga os olhos e encontre os dele com tristeza em seu olhar amarelo. Subitamente ele se questiona se consegue mesmo ler as emoções dela.

— Você esqueceu muito depressa — sussurra ela — que eu teria destruído as cidades gêmeas por você. Havia *uma* coisa impossível que poderia ter pedido de mim, e você forçou demais.

Vencer na arena. O Rei Kasa morto.

Anton hesita.

— Princesa...

Ela já se levantou. Suas mangas flutuam ao lado do corpo. Depois de passarem tanto tempo juntos nos jogos, ele quase pensa em alertá-la para que as corte antes que se enrosquem numa luta.

— Mas agora... — diz Calla. — Agora as questões inconciliáveis só crescem entre nós. Mas não estou com pique para gritar com você hoje, então que seja. Lide com Otta como quiser. Descubra os segredos de que precisa. Mas não se esqueça de que *não é você* quem deveria estar agindo pelo bem do reino.

— E você sim?

Calla fica imóvel.

— Como é?

— Você parece gostar de fazer o papel de carrasco — continua Anton, ignorando o alerta na voz dela. É mais fácil falar assim com Calla, quando está de costas para ele. Ela se torna a sombra de uma mulher, feita de fagulhas famintas e do cheiro de fumaça, algo impossível de segurar e, assim, algo que ele só poderia estar destinado a perder. — De se livrar das pessoas que acha válido sacrificar, e tal.

Ele poderia estar falando de si mesmo. Ou de Leida Miliu, que costumava ser sua amiga, que insistia que não se importava de morrer em serviço, até sua mãe morrer. E de que jeito mais horrível ela acabou partindo... sem a glória de uma batalha, com o cravar ágil da lâmina de uma princesa profana. Talvez ele devesse ser grato porque ao menos Calla lhe ofereceu a chance de lutar.

Sem falar mais nada, ela sai do fliperama, as mangas deslizando atrás como rios gêmeos de sangue. Em sua ausência, tudo o que Anton consegue fazer é balançar a cabeça, ouvindo o zumbido e os sons metálicos que o cercam. "*Vencedor! Vencedor! Vencedor!*", grasna aquela máquina insistente, e Anton finalmente se levanta, respirando fundo. Talvez seja um lembrete direcionado a ele. San-Er não fez dele seu vencedor, mas Anton ganhou os jogos do rei mesmo assim.

Vencedor! Vencedor! Vencedor!

— Tenho certeza de que não — diz ele, passando a mão pelo cabelo. A verdade é que sua luta com Calla nunca terminou no Juedou. Se estão trocando golpes desde então, San-Er ainda não tem um vencedor.

Calla desapareceu faz tempo pela escada. Ele espera um momento, paranoico de que ela está ali, escondida, determinada a pegá-lo de surpresa e silenciá-lo.

Nada.

Anton perambula lentamente de volta ao seu quarto.

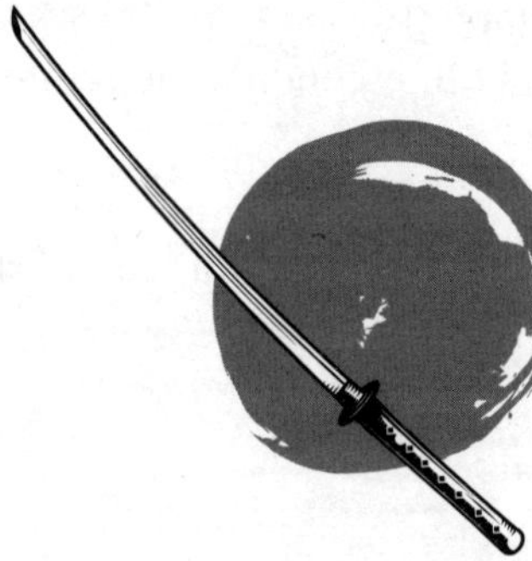

18

Na manhã seguinte, enquanto uma chuva vagarosa passa pelas províncias do sul, San-Er recebe menos que uma garoa, que pinga tão devagar pelo exterior dos prédios amontoados que as gotas praticamente se dissipam antes de chegarem ao chão.

Yilas não gosta de chuva. Antes de conseguir juntar dinheiro para fazer uma cirurgia corretiva nos olhos, seu mundo estava sempre desfocado. Talvez pudesse ter usado os óculos com mais frequência, mas as cidades eram úmidas demais. E se ela usasse máscaras durante os meses frios e assolados por doenças, as lentes embaçavam com frequência. Parecia mais fácil andar semicerrando os olhos, a testa sempre franzida. Outros serventes do palácio achavam que ela era grosseira. Nunca sorria quando cruzava com um rosto familiar no corredor. Uma vez, Chami ofereceu uma solução: sugeriu que ela sorrisse para todos que passassem, mas Yilas decidiu que preferia que a achassem insuportável.

Agora, seu mundo costuma estar bem focado. Quando chove, entretanto, retornam alguns daqueles sentimentos antigos, que pesam em seu peito. A água nas janelas transforma as luzes em borrões amorfos. A névoa congela os letreiros de neon, forma um véu úmido sobre a cidade.

— Bom dia! — Chami desce do apartamento que fica em cima do restaurante, se aproxima e dá um beijo no ombro nu da namorada. Elas têm alguns minutos antes de abrir. — Você acordou cedo.

— Não consegui dormir — diz Yilas. Ela aperta a caneca de chá mais próximo do peito. Infelizmente, já esfriou desde que o preparou. — Espero não ter acordado você.

Chami balança a cabeça, e uma mecha de cabelo cai sobre seus olhos cor-de-rosa. Instintivamente, sua namorada estica o braço para devolvê-la atrás da orelha, o que faz Chami sorrir. Ela sempre lembrou Yilas das pequenas divindades em seus livros de contos, aquelas que não haviam se tornado gananciosas demais para ir atrás de um título para si, mas ainda assim saltitavam pelo mundo, mais belas do que qualquer coisa que a mente mortal consegue compreender.

— Você pode me acordar sempre.

Chami se inclina para a frente e fecha os olhos por um instante quando sua bochecha encontra o braço de Yilas, que ainda está de pijama, o tecido gasto desfiando na alça esquerda. Chami deve ter percebido também, porque enrola o dedo na tira e a puxa.

— Eu não comprei um pijama novo para você mês passado?

— Este está muito bom, sabe?

— Sim, mas... — Chami se ajeita, só para morder o ombro dela com uma boa dentada. — Você também pode comprar roupas novas só por comprar. A cidade não vai arrancar sua cabeça por isso.

O lado racional de Yilas sabe disso. O lado apavorado ainda vive naquele palácio, contando os meses pelos quais suas economias durariam se ela enfim pedisse demissão. Poderia ter sido pior, é verdade. Ela poderia ter nascido fora da muralha. Poderia ter nascido sem os pais que passaram cada dia de sua infância certificando-se de que ela tivesse comida. Mesmo assim, trabalhar no palácio abriu seus olhos para a forma como *algumas* pessoas podiam viver, e talvez ela não tenha tido tanto azar na vida, mas bastava um furo em sua rede de segurança para cair no nível abaixo.

— Vou usar o novo hoje — promete.

— Ótimo — diz Chami. — Mal vejo a hora de tirá-lo.

— *Sua...*

Uma batida alta à porta do restaurante interrompe o resto de sua resposta provocativa. Na mesma hora, ela e Chami se preparam para o pior, agarrando uma espátula e um garfo respectivamente. Quando a porta estremece de novo, Yilas escuta um grito:

— *Sou eu! Sou eeeeeu!*

Ela revira os olhos, soltando a espátula. Chami pisca.

— É Matiyu?

— Com certeza — murmura Yilas. Ela anda até a porta de vidro, solta o trinco e apressa o irmão a entrar no restaurante. Seu rosto está totalmente escondido atrás de uma máscara facial e um chapéu baixo, mas ela reconheceria sua voz em qualquer lugar, não importa o quanto estivesse abafada. — O que está fazendo aqui?

— Não posso mais continuar no palácio.

Arfando, Matiyu começa a tirar as camadas de roupa. Coloca a máscara na mesa. Chami faz uma careta e usa o garfo que ainda tem na mão para pescá-la e jogar no lixo.

— O que aconteceu? — pergunta Yilas. — O dia mal começou.

— Pessoas estão *morrendo*! Tem corpos brotando por todo o lugar!

— Ouvi dizer que foi Calla! — grita Chami da cozinha, onde está descartando a máscara de Matiyu.

Ele tira o gorro de lã.

— Ela só foi atrás de Leida Miliu. Calla nem está mais em San-Er, a delegação partiu ontem. Levaram um monte de Weisanna junto. Péssima ideia, porque o palácio está claramente vulnerável e sob ataque.

Um pequeno *miau!* soa debaixo da jaqueta dele.

Yilas pisca com força.

— Você sequestrou Mao Mao do palácio?

— *Sequestrar?* — pergunta Matiyu, indignado. Ele abre o zíper. Flexível como sempre, o gato de Calla coloca lentamente a cabeça para fora da dobra do braço dele, nem um pouco estressado. — Eu o *resgatei*. Tinha esperanças de que você ainda tivesse contato com Calla e pudesse mandar uma mensagem para ela.

— Sobre Mao Mao?

— Não! — exclama Matiyu, deixando o gato sair da jaqueta. Mao Mao pula para o chão e fareja uma mancha melada ao lado da mesa com sofás. — Sobre os assassinatos, Yilas! No palácio!

Ele tira um disco do bolso. À porta da cozinha, Chami gesticula para Mao Mao, prometendo com uma voz fininha que vai lhe dar carne crua, e ele trota até ela com suas patas macias. Matiyu inclina a cabeça na mesma direção, balançando vigorosamente o disco.

— Suponho que você queira usar o computador. — Yilas não se mexe. Talvez, se ela não oferecer, nunca precise ver o que está gravado naquilo, e os problemas de Matiyu vão simplesmente se dissolver no ar.

— Garanto que não contrabandeei vídeos de segurança do palácio por diversão.

Mal reprimindo um suspiro, Yilas assente e aponta para a sala dos fundos, onde fica o computador. Ela tem a sensação de que não vai gostar disso.

— Você não podia contar para os seus superiores?

— Bom, Yilas... — Matiyu coloca o disco na unidade do sistema. — Meu supervisor é um Weisanna que administra a seção que eu vigio na ala sul. Quando bati o ponto esta manhã e corri os olhos pelas minhas câmeras...

Ele navega até uma pasta que salta na área de trabalho. Leva um tempo para processar, mas o arquivo é local, então não fica travando para carregar quando o sistema do computador abre o player de vídeo. Matiyu aperta os lábios e põe o vídeo para rodar.

A primeira coisa que salta aos olhos é o guarda morto no meio da sala. Seu pescoço está torcido em um ângulo estranho. Um vaso se despedaçou ao seu lado, caído da mesa de jantar. Yilas não reconhece o cômodo, mas o Palácio da União tem uma arquitetura parecida com o Palácio dos Céus. A mesa é particularmente longa, então é provável que seja uma das salas de jantar que os nobres usam para fazer as refeições. Dentro de uma hora, mais ou menos, os cozinheiros entrarão com a comida, e esse corpo será descoberto.

— Céus — sussurra Yilas. — Matiyu, você *precisa* reportar isso ao seu superior.

— Você não entendeu o problema ainda? — Matiyu batuca um dedo na tela. — Este *é* o meu superior.

Ah. Ah, nossa.

— Está bem — diz Yilas, devagar. — Quem é o superior do seu superior?

Matiyu balança a cabeça.

— Quando os Weisanna reorganizaram a segurança dentro das cidades gêmeas, o palácio também foi afetado. Precisavam eliminar qualquer chance de existir outra capitã traidora, então a maioria deles agora está na mesma hierarquia. Todos reportam ao rei.

— Encontre um da mesma hierarquia então. Alguém que saiba o que fazer.

— Estou *com medo* — sibila ele. — São só rumores, mas escutei os Weisanna falando de ataques ao redor do palácio. Eles nunca nos contariam a verdade se tivesse algum problema.

Yilas entrelaça os dedos à frente do corpo. Ela encara a imagem na tela. Ainda está rodando, embora nada aconteça. Matiyu copiou alguns minutos. Talvez o corpo até já tenha sido descoberto.

— O que você quer que eu faça? — pergunta ela. — Mande uma mensagem para Calla, peça para ela voltar correndo e proteger o palácio? Ela anda com um celular, mas não sei se consigo contato daqui de San-Er.

De repente, Chami espia dentro da sala dos fundos. Está com a testa franzida, preocupada com a conversa.

— Além disso, Calla disse que o telefone de viagem era para emergências *extremas*.

— Esta *é* uma emergência extrema — insiste Matiyu. — Olhe!

Ele clica num segundo arquivo que arrastou do disco. O player de vídeo abre com uma vista da enfermaria. Yilas não sabe o que está vendo. Pelo jeito que Chami se aproxima e torce o nariz, ela também não sabe.

— No fundo — Matiyu dá a dica —, seis camas com o lençol puxado sobre os ocupantes. Mortos.

— Para sermos justos — diz Chami —, dois desses corpos provavelmente são Leida Miliu.

— Miau — concorda Mao Mao aos pés dela.

— Quando tiver mais gente ao redor e for mais seguro, vou voltar ao palácio e conseguir gravações que indiquem como eles morreram — diz Matiyu. — Porque eu aposto que são guardas, e tem alguma coisa acontecendo para eliminá-los.

A tela começa a fazer os olhos de Yilas arderem. Ela se afasta. Estica os braços para Mao Mao e pega o gato no colo assim que ele corre em sua direção.

— Não entendo... você quer avisar Calla que tem guardas morrendo no palácio? Não faz muito sentido — acrescenta Chami. — O palácio pode até estar mais liberal em termos de acesso desde que August assumiu o poder, mas funcionários e visitantes ainda precisam inserir seus números de identidade nas catracas. Todas as entradas continuam sendo vigiadas. Se guardas estão morrendo, então o responsável é alguém autorizado a entrar lá.

Matiyu fica em silêncio, pensando. Não está acostumado a seguir evidências lógicas. Ele prefere chegar a uma conclusão primeiro e *depois* voltar atrás para juntar as peças. É uma boa tática quando se trata de resolver problemas na escola e terminar as provas depressa. Não tão boa quando ele está alegando que há uma conspiração se desenrolando no coração de sua capital.

— Olhe, eu não sei o que está acontecendo — conclui ele, clicando no botão de ejetar o disco. — Mas *alguém* precisa ser avisado de que pode haver um golpe a caminho. Para onde mais isso levaria? O que acontece quando não existirem mais guardas?

Qualquer um que quiser entrar no palácio pode marchar direto pela porta.

— Exato — diz Matiyu para a expressão de Yilas, embora ela não tenha falado nada em voz alta. — Passe a mensagem para Calla o mais rápido que puder. Eu vou conseguir o resto das gravações, mas a partir de hoje só durmo aqui.

19

Durante dois dias de estrada, eles encontram apenas paz e tranquilidade pelas províncias de Talin.

Calla mantém os ouvidos atentos às conversas dos moradores. Espera escutar fofocas sobre viagens e movimentações para partir. Esforços secretos para reunir os melhores aventureiros e ir para a fronteira. Mas os camponeses são muito melhores em manter a boca fechada do que ela esperava, pois Calla não escuta nem um pio. O silêncio não pode ser porque as províncias não têm interesse algum em interceptar a coroa. Talvez a influência da Cauda de Andorinha seja ampla por aqui, e as pessoas estejam fazendo a parte delas para não arruinar seus planos.

Calla enxuga o suor das têmporas. Os arredores começaram a mudar dos campos planos de Eigi para os bosques mais ao norte. Agora devem estar em algum ponto no centro de Leysa, balançando nas selas e assentos através de uma densa floresta das Rotas Apícolas. Embora Calla cavalgue perto da terceira carruagem e esteja segura no meio da delegação, não está prestando tanta atenção quanto deveria. Eles avançam tão devagar… provavelmente levarão mais uma semana para chegar à fronteira, e isso chutando baixo. Em uma semana sob o seu comando, já estariam em Rincun. Foi o que fizeram, na verdade, da última vez.

Seu ouvido esquerdo zumbe. Calla faz uma careta e ergue o ombro para pressioná-lo contra o tímpano. Nesses dois dias, seu *qi* também tem se comportado bem na maior parte do tempo. Ela não sabe o que causa as crises, mas deve haver outras por vir já que não lavou a runa do peito. Consegue sentir sua presença rígida. Não porque está um pouco suja, embora esteja. A sensação se assemelha mais a uma pulsação de luz, logo abaixo da pele.

— Alteza, um pouco para a esquerda, por favor.

Calla fecha a cara e alinha o cavalo conforme o pedido do guarda. No chão, o cascalho se tornou áspero e afiado. Faz algum tempo que a rota foi estabelecida — antes da guerra, com certeza —, mas as pedras não se alisaram. Ela olha por cima do ombro, capturando o olho do guarda.

— Pan, não é?

Pan assente. Parece contente por Calla lembrar seu nome.

Ela aponta para a carruagem ao seu lado.

— Não que eu queira pôr a culpa em alguém, mas isso está vindo cada vez mais para cima de mim. O que está acontecendo? Como contratamos esses condutores?

O condutor da terceira carruagem franze a testa de cima de seu cavalo, bastante ofendido, mas não fala nada.

— Não é culpa dele, Alteza — responde Pan. — Há provavelmente oito pessoas aí dentro. A carruagem está sobrecarregada.

Isso não parece certo. A maioria dos guardas está acompanhando a cavalo, então são só os membros do conselho e seus serventes dentro das carruagens. Com apenas oito conselheiros e algo perto do dobro de serventes para auxiliar na viagem, certamente haveria uma distribuição melhor do que essa.

Quando Calla conta os veículos, Pan deve perceber o que ela está pensando.

— Ah, a última carruagem está vazia — acrescenta ele. — Ordens do Rei August.

Com certeza não está vazia numa viagem como esta. O que Anton trouxe consigo?

— A senhorita está desviando de novo.

— Perdão, perdão — murmura Calla, puxando as rédeas para o cavalo andar reto.

Eles continuam cavalgando. Acima, as pontas afiadas dos galhos das árvores acenam em sintonia para a procissão de cascos e rodas. As árvores de Leysa permanecem verdes o ano todo. Assim como

San-Er raramente fica fria demais, só molhada e suada, Leysa está sempre meio úmida, com pouca diferença entre as estações.

Calla se lembra da primeira vez em que viu as florestas. Naquela primeira viagem de carruagem de Rincun para San-Er, forçou-se a controlar o próprio encanto, erguendo o pescoço cada vez mais a fim de seguir as garras que se esticavam para as nuvens.

Rincun não tem muitas árvores.

O meio-dia se transforma em tarde. O céu engrossa com rajadas silenciosas do vento leste. Ao longo das Rotas Apícolas, há bolsões onde os dois lados tomados por árvores crescem tão juntos a ponto de bloquearem a luz do sol, e outros trechos onde as árvores são baixas e retas, permitindo uma vista boa do céu.

Calla sente a perturbação na floresta antes de ver qualquer coisa.

Um frio lhe percorre os ombros. Ela fica irritada por um momento, suspeitando que seu *qi* esteja teimando de novo. Dá um tapa forte na orelha esquerda. A pontada de dor alivia o outro incômodo. Mas então o frio volta, e seu peito pulsa com força.

Não faz ideia do que a incita a agir da maneira como age depois. Seus instintos lhe dizem para afundar o indicador numa ponta afiada da sela e pressionar até que saia sangue. Quando as árvores farfalham de novo, ela escuta dez vezes mais alto. Quando o cascalho treme no chão, Calla faz o cavalo parar de repente, ouvindo.

Há uma curva à frente. A floresta se eleva, e o trecho de Leysa das Rotas Apículas deriva para a esquerda em um ângulo agudo que leva ao rio principal de Talin.

— Vossa Alteza — chama Pan atrás dela. — Por que a senhorita...

Calla pula do cavalo.

— Segure-o! — grita, apontando para as rédeas que abandonou. — Parem! Parem todos *agora mesmo*!

O comando ecoa pela floresta com uma força explosiva. Ela corre pela fileira de guardas e carruagens, disparando para a frente da delegação onde os Weisanna que lideram o caminho se viram para olhá-la, preocupados. Galipei está entre eles, dando meia-volta com o cavalo depressa. A este ponto Calla já passou por ele e parou de súbito.

— Dê-me uma besta.

A ordem não deixa brecha para argumentos. Embora Galipei pareça hesitante, estica o braço para a bolsa de armas que pende de seu cavalo e lança uma besta para ela, seguida das flechas. Calla pega a arma com uma das mãos e a bolsa de munição com a outra. Antes que tenha ajeitado a pegada com firmeza, ela carrega a besta, apontando para a frente e respirando fundo.

— Princesa!

A voz de Anton. De August. Ela deixou uma mancha de sangue na empunhadura. Embora perceba movimento atrás de si, portas de carruagem se abrindo e membros do conselho querendo ver o que aconteceu, ela não perde tempo em mandá-los voltar para dentro. Destina cada fração de foco que tem a observar... observar...

Calla atira. No momento em que puxa o gatilho, ajusta a mira, apontando mais alto do que precisa.

A delegação, junta, assiste a flecha cortar o ar. Ela voa direto para o começo da curva na estrada. Dispara para dentro das árvores no momento exato em que um vento sopra do leste, mas, como Calla ajustou a mira considerando essa interrupção, a flecha penetra perfeitamente o homem camuflado empoleirado num tronco.

Ele grita. Tomba no chão. Assim como o véu que estivera segurando. Quando a grande cobertura camuflada cai, revela as pessoas que espreitam da floresta com espadas nas mãos.

Calla avança depressa sem esperar pelos guardas, sacando a própria espada da bainha. Confia mais em si mesma do que em qualquer outra pessoa aqui e, dado que arruinou esse ataque surpresa, há apenas um breve momento em que seus oponentes estarão confusos até organizarem uma nova formação. Os Weisanna gritam para que os guardas do palácio assumam suas posições. Para os membros do conselho voltarem para dentro das carruagens. Calla escuta alguém gritar:

— *Vossa Majestade, o senhor* não pode *ficar aqui fora*.

Deve remoer as entranhas de Anton ter de fingir incompetência. O Palácio da Terra não treinou August Shenzhi da mesma forma que o Palácio dos Céus treinou Calla, então August não deveria saber manejar uma espada. Talvez seja por isso que Kasa sobreviveu por mais tempo, porque foi esperto o bastante para ficar trancado e escondido depois do caos que o outro palácio causou.

Calla golpeia com força, partindo para a ofensiva. Mal tem tempo de fazer um movimento amplo com o braço e já corta um homem. Esquiva-se do ataque de uma mulher, depois bloqueia duas vezes antes de ver uma abertura e enfiar a espada em suas costelas. Não poderia haver mais de vinte pessoas escondidas nas árvores. Um número pequeno correu para a estrada, enquanto outros se viraram e usaram as árvores para dar a volta, mas será mais difícil atacar a delegação com os guardas preparados. Se Calla não houvesse percebido o véu, talvez eles atacassem pela lateral. Agora tudo o que têm é a força bruta, mas o palácio ganha em número.

Ela puxa a espada de dentro da mulher. Sangue jorra em um arco e cai como uma camada de chuva em seus sapatos. Embora sua oponente também cuspa um borrifo viscoso, escurecendo suas vestes verde-musgo, não fala nada antes de cair. Nenhuma ameaça, nenhum grito de guerra. Nada que indique por que atacaram ou de onde vieram.

Nada que indique se esta é a Cauda de Andorinha, como Calla esperava. Mas por que *aqui*?

— Merda — murmura.

Uma colisão de metais chama sua atenção para as árvores. Os guardas se juntaram à briga. Calla se movimenta depressa, mergulhando pelos vãos da floresta e fechando a cara para os galhos mais baixos que arranham seu rosto. Além do grito da batalha e do resfolegar de sua respiração, o farfalhar de suas botas no chão nada familiar do bosque é o barulho mais alto. Suas manobras não mudam de como caminhava por San-Er, apesar de o ambiente ser substancialmente mais distinto. As cidades trocam a madeira por aço, cavam a terra e deixam que prédios criem raízes, mas Talin é um reino formado por labirintos do mesmo jeito. Aqui, Calla se esquiva por espaços apertados entre as árvores e, assim que sai em uma pequena clareira, investe contra um atacante que está vencendo um Weisanna. O guarda cai no chão, luta encerrada. Seu oponente tem impulso suficiente para golpear Calla no mesmo movimento.

— Quem é você? — pergunta ela. — Quem mandou vocês?

O homem ergue a espada. Não cospe xingamentos nem ataca com um grito. Mergulha para o chão. Quando Calla se esquiva, ele é ágil em cortar da esquerda para a direita, movendo-se com uma técnica destreinada, porém com uma convicção forte e feroz.

Em outra vida, Calla talvez houvesse se juntado a esse grupo. A menina que ela era, a que se perdeu, cujo nome desapareceu no ar. Se ela tivesse sobrevivido a Rincun, poderia ter desejado mais, viajado pelo reino para agradecer aos deuses por manterem-na viva, planejando um ataque à capital a fim de abrir as portas para a libertação de Talin.

Nesta vida, porém, Calla Tuoleimi está cansada de encontrar problemas em seu caminho enquanto tenta resolver um maior. Para a sobrevivência de cada pequeno vilarejo que polvilha o reino, ela lançará sacrifícios às chamas. Estava disposta a matar oitenta e sete civis nas cidades. Olhou Leida Miliu nos olhos antes de estripá-la. Vinte atacantes sem nome na floresta não são nada. Os céus entenderão que a missão deles foi encurtada.

Calla se esquiva. Ela sente a espada encontrar seu cabelo, arrancando uma mecha que não se moveu tão depressa quanto o restante do corpo. O metal tilinta contra um tronco fino; seu cabelo escuro chove sobre os galhos e as folhas ensopadas no chão. Antes que o homem consiga soltar a espada da árvore, Calla revida.

Ela escuta a lâmina rasgar a carne. O homem ergue um cotovelo, tentando interrompê-la, mas é tarde demais. Em uma artéria, um centímetro é equivalente a um quilômetro. A pele abre; o sangue jorra num instante. Antes que Calla possa recuar, o líquido viscoso atinge seus olhos e desce por sua garganta, grosso como lama. Embora ela passe a mão no rosto e se afaste depressa para fugir dessa proximidade, leva alguns segundos apavorantes para clarear a visão e engolir o gosto acre.

O treinamento do palácio nunca abordou essa parte da batalha. Eles lhe ensinaram padrões de ataque, mostraram cálculos técnicos e falhas lógicas, mas o desespero ela aprendeu sozinha. Depois que o Palácio dos Céus tombou, o conselho deliberou por meses antes de confirmar que foi Calla Tuoleimi quem cometera o massacre. *Um invasor, com certeza*, argumentou metade da nobreza. A princesa nas gravações de segurança lutava com uma despreocupação inconsequente, e eles não se lembravam de ter lhe ensinado isso. Não se lembravam de ter lhe dado raiva.

Ela sabe que é isso o que a torna boa. E também sabe que é isso o que o palácio tenta arrancar à força de seus generais, porque o desespero é ágil, mas também cega.

Um sussurro, ao seu lado. Calla ergue a espada, mas alguém bloqueou o ataque por ela. Há dois novos combatentes em cena. Quando o segundo vira para atingi-la, ela dá um golpe baixo, preferindo uma pancada forte para desequilibrá-lo.

— Calla, me dê espaço.

A irritação formiga em seu peito. Em vez de dar espaço, ela muda o ataque. Seu oponente ainda está lutando apesar do ferimento crítico. Ela gira para o outro lado e o empurra bem na direção de Anton, assim que ele incapacita o primeiro. Ele tem uma fração de segundo para lançar um olhar incrédulo na direção dela. Então corta o segundo homem também.

— O que foi *isso*? — pergunta. A voz dele ressoa forte pela clareira. Embora os arredores estejam livres, o som do conflito corre alto pelas árvores.

— O que está fazendo? — grita Calla de volta. Ela se vira de costas e continua correndo os olhos atrás de movimento na floresta. — Vai ser pego.

Anton Makusa deu um jeito de encontrar uma espada, provavelmente roubada de algum Weisanna. É uma imagem bizarra: a expressão neutra de August mesclada a um borrifo da sede de batalha de Anton. Qualquer um que o visse agora saberia que ele é um invasor.

— Eu vim ajudar *você*. — Anton balança a espada. — O Palácio da Terra ensinou o básico, princesa.

É assim que Anton Makusa aprendeu a lutar. Mas August Shenzhi não teve a mesma formação. August Shenzhi é um vaso de ouro no palácio, protegido por Galipei em vez de arriscar a própria pele reluzente.

— Seu... — A atenção de Calla desvia para a direita. Um clique quase insignificante ressoa a alguns passos. Uma figura encolhida atrás de um arbusto, apontando algo prateado direto para eles.

Ela se joga na direção de Anton e ergue a mão. Neste momento, Calla não está pensando em um comando. Ela mal sabe o que está tentando fazer, mas se lembra de sua luta durante os alarmes de enchente, a forma como aquele homem imenso não a tocou, mas mesmo assim a golpeou com força o bastante para arremessá-la para trás. Ela se lembra do Templo Sepulcral e de Pampi Magnes movendo o mundo ao redor apenas com gestos.

O ar muda. Assim que o projétil dispara da arma do atacante, ele desvia para trás e uma chama envolve as árvores.

O calor é rápido e infernal. Quando a fumaça se dissipa, a garganta de Calla se fecha, apertada, combinando com o vazio em seu peito.

— Que porra foi essa? — sussurra Anton. — Aquilo era pólvora. Poderia ter matado você.

Um sussurro zumbe na base do crânio dela, se divide e serpenteia pelos dois braços, ferroando a superfície áspera dos cotovelos. Quer despertar. Quer libertar seu poder total.

— Afaste-se.

Anton a encara, imóvel. Ele consegue sentir. O ar se distorce ao redor dela, refratando e tremulando como faz sobre o fogo. Céus, a dor, a *dor*...

— Calla — chama ele.

Ela arfa para respirar, apoiando a mão numa árvore para se equilibrar. O ambiente forma um vácuo ao redor deles, dando a impressão de sumir com a atmosfera, e, embora retorne quase que instantaneamente, os galhos estremecem para se recuperar. Anton não tem a sorte de sentir apenas um estremecer. Sem nada para segurá-lo, ele cambaleia para trás e atinge um tronco. Fica paralisado por um momento. O ar volta.

E Anton avança, brandindo a espada contra ela.

— Ei! — grita Calla, desviando por pouco o ataque. — O que você... *merda*...

— Faça de novo.

— Pare — sibila ela, bloqueando o golpe seguinte dele. A reverberação atinge até seus ossos.

Anton se prepara para investir de novo. Quando ele limpa um borrifo de sangue da bochecha, forma uma mancha, correndo em uma linha escura do canto do olho até a boca.

— Lute comigo.

Merda. Calla balança a espada desajeitada para bloquear a dele. Nunca quis nada disso. Preferia ter se enterrado nas rochas do mar a estar nesta situação. Mas é impossível voltar atrás quando ela já está imersa em quilômetros de sujeira. Assim como é impossível que ela e Anton parem de brigar quando têm o sangue e as entranhas um do outro espalhados em baldes entre si. Ela continua lutando contra ele, mas só está aqui para mantê-lo em segurança. Sente um ódio gigantesco pela coroa e pela forma como suas garras se estendem da cerca elétrica em San-Er até o solo nu em Rincun, então por que está *aqui* se ele nem a quer?

— Você está fora — ela se esquiva por pouco de um golpe cortante — *de si.*

— Deixe-me ver, Calla. Mostre como está fazendo isso.

O peito dela arde com uma nova dor. Uma sensação física de rasgo, como tesouras fatiando fundo seus pulmões. Espasmos nos dedos. Que seja. *Que seja.*

Calla solta a espada.

— Está bem.

— Está bem? — repete Anton, como uma ameaça. Eles formam uma imagem de grande contraste quando ele levanta a espada com firmeza. Ergue-a alto, acima da cabeça, criando o que deveria ser um arco perfeito para baixo. — Pegue sua arma.

Ela errou muito antes de embarcar nesta cruzada, desde o momento em que decidiu culpar alguém por Rincun, desde aquela decisão de entrar no palácio e de fazer vingança com as próprias mãos. Se quisesse mesmo a vingança, teria orado aos deuses e pedido que incinerassem Talin do mapa.

Anton se prepara para dar o golpe.

Não há mais nada a fazer. Ele está com raiva. Está buscando uma desculpa para atacar. Então Calla se prepara erguendo o braço acima da cabeça. Tudo o que consegue pensar em usar como última linha de defesa é um corpo carnal, mortal.

Um baque pesado atinge o chão.

Segundos se passam. A luta continua à distância. O sibilar insistente do vento e os curiosos galhos espinhosos são seus únicos espectadores.

Lentamente, Calla abre os olhos. Abaixa o braço.

— Parece injusto, não?

Ela não sente um corte. Até onde sabe, cada parte de si continua intacta, cada batida de seu coração acelerado pulsa quando precisa dele.

— O que parece injusto? — pergunta ela, e sua voz sai rouca.

— Você me matou. Você me matou, e mesmo assim eu não consigo machucá-la sem sentir que o golpe é em mim também. — Ele dá um passo na direção dela. Sem dúvidas, Anton Makusa parou de lutar, pois, por mais furiosa que seja sua expressão, há lágrimas em seus olhos. — Me diga que isso é parte do seu plano. Que você se uniu aos deuses antigos e fez isso comigo. Qual é a força que você adquiriu e que me falta?

Calla balança a cabeça. A dor em seu peito se alivia. Os horríveis tambores desaparecem de seus ouvidos.

— É isso o que você acha? — responde. — A arena foi o pior crime que já cometi. Eu teria respondido por ele com a minha vida. Ainda posso responder.

Ela quase não percebe: um borrão de movimento, vindo das árvores. Um verde-musgo que se mistura à floresta em vez do preto dos becos da cidade, o que significa que é um oponente em vez de reforços, correndo bem na direção deles.

Dois pensamentos voam por sua mente.

Um: Anton não vai se virar a tempo. Dois: se ela não impedir o atacante, acaba aqui… o palácio entra em colapso, e Talin…

Bem à frente de seus olhos, o homem *congela*. Seus membros paralisam, e Calla pisca em total incompreensão conforme ele começa a cair, os joelhos imóveis quando o instinto deveria ser o de dar um passo à frente e se equilibrar.

Uma lâmina voa da esquerda. Aterrissa na garganta dele, tão suave quanto se estivesse cortando um pão, e crava até o cabo. O homem tomba. Assim que Calla gira ao redor em busca do culpado, encontra os olhos de Otta Avia, que está entre duas árvores grandes, com uma das mãos segurando a manga longa para trás e a outra ainda no ar depois do arremesso. Otta sorri.

Anton se vira, acompanhando o olhar de Calla. A batalha está no fim, os soldados separando-se em meio às árvores e examinando a área. Quando Anton enfim vê Otta, os guardas do palácio chegam e pedem para ela voltar à carruagem. Galipei surge entre eles, fazendo uma contagem rápida.

Calla avança.

— *Otta* — rosna, apontando para ela.

Consegue dar alguns passos antes que Galipei bloqueie seu caminho. Calla tenta dar a volta. Em resposta, ele a agarra com força, num gesto determinado a contê-la.

— Calla, isso não é necessário...

— Otta, você fez isso.

Ela não tem provas. Está ciente de que está fazendo a acusação sem evidência alguma, mas definitivamente prefere reunir as provas depois de pôr as mãos naquele pescocinho branco.

— Eu *salvei* August — grita Otta das árvores. — *Você* estava prestes a deixá-lo morrer.

— Eu o vi chegando. Estava sob controle!

— Chega! Basta! — grita Galipei. — Vossa Majestade, o senhor está bem?

Um dos Weisanna pega a espada que Anton estava usando, balançando as folhas e a terra. Outro pega a de Calla, então lança um olhar questionador em sua direção. A floresta está anormalmente silenciosa enquanto eles esperam por uma resposta.

— Estou bem — diz Anton, direto. Qualquer expressão sofrida que tivesse já desapareceu. Não há sinal de Anton Makusa.

Os outros na clareira podem não perceber, mas Galipei fica tenso. Ainda está segurando Calla. Ela sente os músculos dos braços dele se prepararem, na defensiva, quase como se ele não houvesse escutado o que queria.

Galipei está desconfiado. É claro que está. Seria só questão de tempo até ele perceber que havia algo de errado, mas o que *nessa* resposta o fez perceber?

— O senhor lutou — diz o Weisanna que segura a espada de Anton.

O olhar de Anton desvia para Calla.

— A princesa fez a maior parte do trabalho. Espero ter ajudado um pouco.

— É para isso que *nós* estamos aqui, Majestade — diz Galipei, bem-sucedido em redirecionar o confronto, e solta Calla. Ele faz um gesto rápido para os outros guardas, que conduzem Otta para longe, tirando-a de cena antes que possa ser atacada de novo.

Galipei não olha para Calla quando pega a espada dela de um dos outros Weisanna. Não faz contato visual quando lhe passa a arma.

— No futuro — diz, ainda falando com seu rei —, não há necessidade de o senhor se envolver.

Calla pega a espada.

— Certo — responde Anton.

— Ótimo. Vamos voltar.

Galipei apressa Anton a sair da clareira e voltar à delegação. O vento sopra pelos galhos, e Calla sente uma gota gelada percorrer seu braço. Só quando olha é que vê o rasgo em sua jaqueta e a primeira pontada de dor começa a subir por seu braço. Ela faz uma careta, levanta a ponta da manga e encontra sangue empoçado ali dentro, escorrendo até o pulso. Alguém a cortou. Ela nem percebeu.

Calla fica onde está. A este ponto, quase todos já saíram do meio das árvores. Um guarda chama de novo, gritando-lhe que ande logo.

Tudo aconteceu tão rápido. O atacante, correndo. Otta, à distância, arremessando a faca. Otta, à distância, usando seu *qi* para congelar o homem e imobilizá-lo totalmente.

Os dentes de Calla estão cerrados com tanta força que o maxilar dói.

— *Vadia* — sussurra baixinho.

20

A história é assim...

Havia uma rainha, muitos anos atrás, que não aceitou a morte como destino final. Perdeu-se no tempo se ela era uma Tuoleimi ou Shenzhi. As duas linhagens se misturam já há algumas gerações, o suficiente para que ninguém se lembre mais qual poderia ter sido a cor original dos olhos Shenzhi antes de ser engolida pelo amarelo Tuoleimi. A Cauda de Andorinha conta essa história às crianças que ensinam a saltar quando o gene se manifesta. *Você não pode ver limites,* dizem. *Enquanto esperar um teto, vai bater a cabeça contra ele.*

Cada vez que Bibi escutava a Cauda de Andorinha embelezar certos detalhes para criar a atmosfera que queria, tinha de segurar o riso. As províncias não têm muito conhecimento acerca do palácio ou de como ele de fato é. Inventam alguns detalhes completamente absurdos, como vasos sanitários de ouro ou janelas decoradas com cristais. Máquinas que cuidam da manicure e pedicure da realeza ou senciência total e onipresente dos guardas que patrulham os corredores. Minúcias à parte, no entanto, a história no geral consegue o que quer. As crianças param de acreditar no que o reino fala sobre limitações mortais.

Certa vez, uma rainha sabia que a morte estava próxima. Dependendo de quem contasse o conto, era ou uma invasão de Sica por terra ou um golpe interno por parte daqueles em quem ela mais confiava. O inimigo se aproximava, e ela estava ficando sem tempo. Sempre fora favorecida pelos deuses. Seu *qi* era poderoso, o bastante para lutar na linha de frente quando havia um conflito entre províncias não conquistadas, para liderar os soldados ela mesma e transformá-los em pó se lhe desobedecessem.

Ela orou aos deuses pedindo o feito mais desafiador que conseguia imaginar. Nada de saltar sem um clarão de luz. Nada de enviar uma explosão de *qi* em forma de ataque.

A rainha queria reencarnar após a morte.

Bibi para no final do corredor do palácio, fazendo uma pausa para arrumar a franja no reflexo de um vaso de flor. Duas criadas passam na outra direção sem lhe dispensar um segundo olhar. Ela continua a andar.

Esta parte da história é o que a torna credível. A Cauda de Andorinha sempre torceu o nariz para a violência como forma de sacrifício. Até dizem que, se o sacrifício não for voluntário, os deuses se recusam a ouvir. Mas Bibi sabe a verdade. A morte, não importa como aconteça, é suficiente para chamar a atenção de um deus. O ego deles vem em primeiro lugar, e todos farejam sangue assim que é derramado. Quando a rainha rezou pela reencarnação, pediu a um vilarejo inteiro que se sacrificasse. Era a sua vida, era importante que fosse preservada, argumentou. Não havia um direito inerente no pedido. Ela tinha o privilégio de ser rainha, então também tinha o fardo de buscar o último caminho para a vitória. Ela isolaria o espírito de seu *qi* e pediria aos deuses para que aquela não fosse a última vez que pudesse lutar por eles. Se a amassem, os camponeses o fariam.

E fizeram.

Centenas deles puseram fim às próprias vidas, partindo em silêncio durante a noite. Cavaram suas covas, as lápides entalhadas pelas próprias mãos. Quando os inimigos da rainha chegaram, ela não resistiu. *Nossa vitória está guardada para o futuro,* prometeu. *Eu voltarei, e seu sacrifício valerá a pena.*

Uma vida é curta. Um legado é eterno.

A história não tem bem um final em nenhuma versão que a Cauda de Andorinha conta. Alguns acham que ela nunca voltou; outros juram que escutaram relatos de ela ter renascido na geração seguinte e destruído seus inimigos. Poucos até especulam que a

Princesa Calla Tuoleimi seja a rainha renascida, embora os termos de seu sacrifício fossem que ela manteria seu *qi* e a memória de sua vida passada, então não faz muito sentido por mais que seja uma conspiração interessante. Com certeza Calla Tuoleimi nunca ouviu essa história. Quando a muralha foi construída, não trancou lá fora apenas os imigrantes das províncias. Os moradores da cidade foram proibidos de contar tais contos frívolos sobres os deuses.

Bibi chega à sala de vigilância. Mais uma vez, a tecnologia das cidades lhe parece muito avançada depois de passar tanto tempo nas províncias. A cor viva criada por pixels e o movimento capturado pela luz. Magnífico.

— Eu vou voltar — sussurra num eco.

— Perdão. Falou alguma coisa?

A pergunta afasta sua atenção de uma grande tela, e ela se lembra de onde está e do que está fazendo. Há uma bandeja de comida em suas mãos. Ela veio distribuir tigelas de arroz para os empregados do palácio que trabalham na vigilância, e Bibi se apressa a voltar à tarefa.

— Sinto muito — diz, animada. — Sou nova aqui.

— Ah, é? — O funcionário naquela baia pega a travessa de arroz que lhe é oferecida. — Achei que tinha visto você semana passada.

— Isso ainda é ser nova. Me dê pelo menos um ano antes de esperar que eu saiba me localizar aqui.

O homem ergue uma sobrancelha, depois se vira para trabalhar. Cantarolando baixinho, Bibi termina de distribuir a comida para uma fileira de baias, depois dá a volta e segue do outro lado. O ar-condicionado no canto da sala zumbe vigorosamente, esforçando-se para dar conta da umidade que se acumula do lado de fora. Ela observa as máquinas piscarem na parede, contando quantas portas de acesso cada uma tem. O engraçado do Palácio da União é que possui muito mais capacidade do que de fato usa. O Rei Kasa gostava de ter potencial para ver bem se precisasse, e raramente precisava.

Ao passar, Bibi enfia um *pen drive* em uma porta de acesso. Continua distribuindo arroz.

— ... não acha que isso é uma prova? É obviamente *suspeito!*

— É um guarda que não colocou o número de identidade, Matiyu. Ninguém vai aceitar isso como evidência.

Bibi diminui o passo e se aproxima da penúltima baia. Um empregado do palácio se inclina perto da tela. Uma mulher está de pé aos seus ombros, os lábios apertados. Os dois tem os mesmos olhos verde-jade. Irmãos.

— Por que ele não digitou, então?

— Ele com certeza *conhece* o guarda que está de vigia. É só preguiça, não um assassino dentro do palácio.

Ah, céus. Bibi se aproxima só mais um pouco e coloca com cuidado uma tigela de arroz na baia ao lado dos irmãos. Ela desvia os olhos. Não pode ser muito explícita, do contrário perceberão que ela está espionando.

— Yilas, eu juro...

A mulher, Yilas, se afasta da baia.

— Preciso voltar para o restaurante. Vou continuar tentando contato com o celular de Calla, mas acho que devemos deixar de fora essa história de guarda falso. Ela vai achar que você está inventando.

— O quê?!

O empregado sentado gira depressa demais. No momento em que Bibi estava se inclinando para colocar o arroz na mesa, o cotovelo dele a atinge, e a comida voa. Não é tão ruim quanto poderia ter sido. Yilas estica o braço para pegar a tigela antes que caia no chão. Metade do arroz continua lá dentro.

— Ai, não! — exclama Bibi.

— Está tudo bem, não se preocupe.

Os irmãos pegam depressa um lenço de papel e recolhem o arroz derramado. Bibi estende a bandeja, e o homem, Matiyu, coloca o papel sobre ela.

— Culpa minha — diz ele. — Obrigado. — Para Yilas, acrescenta: — Vou continuar procurando. Talvez encontre mais coisa até a noite.

Yilas assente. Enquanto Bibi segue adiante e joga os lenços na lixeira ao canto, presta atenção na direção que a mulher toma. Conta alguns segundos. Então volta para pegar o pen drive, puxa-o e sai da sala de vigilância com a bandeja debaixo do braço. Ela deveria encontrar um novo corpo, sair depressa. Enfia o pen drive no bolso.

Dobrando a curva seguinte, alcança Yilas.

— Olá.

Embora Yilas se vire para olhar, não diminui o passo. Sua franja está tingida de roxo, tocando o verde dos olhos a cada pequeno movimento da cabeça.

— Posso ajudar?

— Eu não queria me intrometer, mas escutei um pouco da conversa de vocês lá atrás — diz Bibi, acompanhando o ritmo dela. — Quando você disse *Calla,* não imagino que estivesse falando de Sua Alteza Princesa Calla, estava?

Yilas franze a testa.

— Isso não é da sua conta.

— Por favor — choraminga Bibi. — Você sabe se ela está solteira? Eu só queria perguntar se ela tomaria um drinque comigo.

— Ela... *o quê?*

O olhar que toma o rosto de Yilas é tão cheio de uma descrença absurda que ela se esquece de desconfiar. Bibi conseguiu, está dentro.

— Acho que tudo bem se ela não estiver — diz, suspirando. — Você gostaria de ir comigo?

— Ir... *não!* — grita Yilas. — Eu tenho namorada.

— Ah. Que pena.

Yilas olha por cima do ombro, como se estivesse conferindo se alguém está ouvindo a conversa. Os corredores ao redor da sala de vigilância não costumam ser movimentados. Os nobres não gostam do barulho dos cabos. Eles ficam longe, a não ser que precisem de alguma coisa.

— Quem é você? — pergunta Yilas. Ela recompôs a expressão séria, mas é tarde demais. Já confirmou a Bibi que está em contato com a princesa. — Seus olhos. São familiares.

Bibi dá de ombros.

— Olhos pretos não são incomuns.

— Não me diga que você é parente do rei — continua Yilas, pressionando. Talvez queira redirecionar o assunto. Disfarçar o que acabou de admitir e torcer para que Bibi não perceba. — Achei que Sua Majestade não tinha mais familiares vivos.

— Não. Não sou parente de August Shenzhi.

Bibi desliza um bilhete de dentro da manga e o passa a Yilas. No momento em que ela o pega, hesitante, Bibi para de andar e dá meia-volta. Precisa estar na ala leste. Novo corpo. Nova missão.

— Para você. Pense nisso, por favor.

21

Depois do ataque, surpreendentemente, Otta fica quieta pelo resto do trajeto.

Anton não percebe de início, e na verdade, já está ocupado o suficiente tentando decifrar o que acabou de acontecer. A delegação avança frenética pela província de Leysa, a caminho de Lankil para atravessar a longa ponte Jinzi antes de escurecer. O plano original para esta noite era seguir a oeste e cruzar pelas províncias, onde teriam abrigo na casa do conselheiro Diseau, em Janton. No entanto, dada a possibilidade de existirem mais agressores por perto, pareceu válido viajar mais depressa para o norte em vez de continuar na área.

Estão quase no rio Jinzi. Anton arrisca olhar pela janela. Captura um borrão de movimento, mas estão indo depressa o bastante para que cavaleiros e cavalos se tornem uma mancha na noite. O céu está pintado de um laranja forte, o sol poente suprimido no horizonte pela escuridão que cresce.

Ele deveria ter dado o golpe.

Calla estava à sua mercê, a arma abaixada. Ela praticamente implorou para responder por seu crime, as mãos para cima.

Se ele quisesse isso, porém, teria dado a ordem dias atrás. No momento em que se encontrou naquela sala do trono, pasmo enquanto seu *qi* se acomodava no corpo de August, poderia ter mandado Calla continuar trancada e a preparado para a execução. Mas não o fez. É claro que não.

Não a quer morta, não de verdade. Ele a quer ao seu lado.

Os olhos de Anton percorrem os bancos da carruagem e param em Otta. O veículo chacoalha. O terreno está mudando, passando de terra dura a pedras lisas. A ponte que cruza o rio Jinzi existe há mais tempo do que os registros do reino, construída nos primeiros anos, assim que se iniciaram as viagens entre norte e sul. Quando as rodas pulam de novo e correm pelo chão regular, eles finalmente estão na província de Lankil. A metade superior de Talin, que o Palácio dos Céus costumava governar.

— Você está me encarando.

Lentamente, Anton estica o braço. Engancha o dedo na manga de Otta e a ergue um pouco, revelando a pequena mancha de sangue ali.

— Você não deveria ter entrado na luta.

— Isso de novo? — Otta revira os olhos. — Relaxe, Majestade, eu não estava desobedecendo o comando de ninguém nem nada do tipo. Você precisava de ajuda.

— Mentira. Eu não *preciso* de nada.

Na verdade, diz sua voz mais interna e amarga, *você é quem deveria precisar* de mim.

A carruagem desacelera. Antes que pare totalmente, Anton fica de pé e abre a porta, causando protestos dos dois guardas que viajam com eles. O ar frio bate contra seu rosto. O pescoço enrubesce sob a gola do casaco, o suor gruda nos tecidos chiques.

Ao vê-lo, o Weisanna mais próximo pula do cavalo. A segunda carruagem se transforma em um alvoroço quando a porta se abre e os ocupantes saem com os feridos. A maioria dos guardas que lutou contra o ataque ficará bem. Alguns ralados e cortes que precisam de limpeza e curativos.

— Fale comigo — diz Anton ao Weisanna.

— Perdemos seis.

Contaram cinco guardas mortos no local, mas um sexto estava perdendo muito sangue. Embora normalmente faltem recursos nas províncias, onde há um *yamen* deve haver também um curandeiro. Eles tinham esperanças de que o homem aguentasse até chegarem ao *yamen* no centro da província.

Ele não aguentou, então.

Anton inclina a cabeça para as árvores.

— Vamos cavar covas. Traga-os para cá. Tire-os da frente dos serventes, não quero ninguém desmaiando e tendo uma concussão.

O Weisanna assente e espalha a ordem para os outros. O escudo da noite deve lhes dar certa cobertura ao acamparem a céu aberto. Embora a delegação tenha debatido se seria seguro buscar uma clareira aleatória fora da estrada principal quando entrassem em Lankil, eles tinham vantagem numérica e era improvável que um grupo de camponeses conseguisse vencê-los em um confronto direto. O palácio trouxe quase o dobro de guardas do que pessoas a serem protegidas. Oito membros do conselho, dezoito serventes. Cinquenta guardas, reduzidos a quarenta e quatro, dez dos quais cumprindo o posto usual de acompanhar o rei a todo momento. Eles ficarão perfeitamente bem. A única alternativa num raio viável era uma cidade abandonada que costumava ser a capital de Lankil. Mas a chance de serem esmagados por construções pré-guerra enquanto dormiam era muito maior do que a de serem atacados por um grupo das províncias a céu aberto.

Anton começa a caminhar até as árvores. Ele sente Otta se apressar ao seu lado antes de escutá-la. Os calafrios na nuca o alertam antes que ela de fato coloque a mão em seu ombro.

— Vou falar algumas palavras — diz ela —, quando colocarmos eles debaixo da terra para que descansem.

— Não é necessário.

— É claro que é.

Ele teve sete anos para colocá-la debaixo da terra para que descansasse. Se o houvesse feito antes, talvez não se sentisse preso à sua pessoa agora. Talvez houvesse encontrado outro propósito no exílio e também nunca tivesse conhecido Calla nos jogos.

Os guardas começam a cavar as covas no solo fofo ao redor das árvores. Para garantir a segurança do grupo à noite, os Weisanna estão percorrendo o perímetro, e Anton também consegue ver seus movimentos em meio aos troncos. Enquanto isso, os membros do conselho continuam conversando na beira da estrada. Algo peculiar deve estar visível no horizonte, porque eles sussurram sobre o quanto sentem falta de San-Er e o quanto odeiam ver esse espaço todo ser desperdiçado. É bom que o conselheiro responsável por Lankil não esteja na delegação; do contrário, estaria furioso ao escutar essas sugestões que são claramente impossíveis em termos econômicos.

— Assim está bom — diz Anton, quando as covas estão profundas o suficiente.

Os guardas vão buscar os corpos. Distraída, Otta se vira para vê-los partir pelas árvores. Cantarola baixinho até eles desaparecerem. Então, diz:

— Você deveria sacrificá-los.

— Como é?

Ela inclina a cabeça em direção às covas.

— Você conseguiu na arena. Deve saber o poder que isso pode lhe dar.

Anton leva os dedos até as têmporas. Aperta com força, aplicando pressão a fim de pensar, mas também para tirar Otta de seu campo de visão, para usar a mão e bloqueá-la até resistir à tentação de ralhar com ela.

— Não vou fazer isso.

— Demos sorte de o grupo inimigo não ter usado o *qi* deles. Se atacarem de novo, você precisa saber como combatê-los. Quando tiver a coroa, terá uma força sobre-humana. Aí posso lhe ensinar mais.

— Otta. — Anton a encara com firmeza, colocando as mãos atrás das costas. — Isso não... Acho que não estamos atrás do mesmo objetivo.

Otta está olhando para a própria manga. Ela puxa uma vez, depois de novo para esconder a mancha.

— Como assim?

Os guardas ainda não voltaram com os corpos. As árvores farfalham no ritmo da música que Otta cantarolava antes, seus galhos floridos acenando com o vento.

— Eu nem sabia que você tinha tanto conhecimento sobre *qi* — explica ele —, e de repente você está se promovendo à minha professora. Isso não vai dar certo.

— Você não tem escolha — retruca ela com facilidade. — August é forte demais. Se você não fizer o esforço de combatê-lo, ele vai ganhar com o tempo.

— Ele vai *ganh*... — Anton interrompe a si mesmo, incrédulo, recusando-se a repetir a fala dela. — Chega. Se o que está dizendo for verdade, a coroa vai me dar um poder ilimitado. Não preciso de ensinamentos extras.

Otta franze a testa. Desvia os olhos depressa; são os guardas voltando. Ela tem menos que alguns segundos para retrucar antes que sejam entreouvidos.

— Por que está sendo tão teimoso? Não era assim antes.

— É, eu costumava escutar cada palavra que saía da sua boca — rebate ele. Quando pensa em sua última lembrança de Otta, ela está igual. Mas, quando se olha no espelho, vê que ele mesmo mudou incontáveis vezes. — Aí você me deixou. Eu fui exilado por culpa sua, e você acha que isso não pesa? Não posso estar com você como estava antes, Otta. Nunca mais seremos o que fomos.

Seis corpos na primeira metade da viagem. As províncias são perigosas. Pessoas acostumadas ao conforto da capital jamais sobreviveriam aqui fora sozinhas.

Otta o fuzila com os olhos. Ele esperava um argumento fervoroso, mas ela mal reage, exceto por um pequeno franzir da testa e uma curva que desce os cantos dos lábios rosados.

Os guardas voltam e colocam os mortos em suas covas.

— Que seja — diz ela. — Sempre tive outros planos mesmo.

Antes que Anton possa perguntar o que por céus ela quer dizer com isso, Otta dá meia volta e vai embora, as roupas flutuando por entre as árvores. Ele a deixa ir.

◇◇◇◇◇

A antiga capital de Lankil pode ser vista à distância.

Calla morde a unha do polegar, reprimindo um suspiro. Queria um cigarro. Deveria ter comprado um maço antes de saírem de San-Er, porque só os deuses sabem onde conseguirá encontrar um por aqui. Com certeza não no que costumavam chamar de cidade nas províncias.

O vento sopra em seus olhos, com violência o bastante para fazê-los marejar. A lua sai de trás de uma nuvem. O prateado brilha pelo horizonte.

Há cerca de dez cidades abandonadas na parte rural de Talin, povoados de antes da guerra que foram evacuados quando Sica invadiu, ou logo depois. Essa cidade em Lankil não parece ter desmoronado por completo, mas também não tem como ter sobrevivido ao teste do tempo. Antes da guerra, havia pelo menos uma cidade em cada província, se não múltiplas nas províncias mais ricas. Quando Sica invadiu, os civis ou fugiram para San-Er, a última fortaleza, ou se mudaram para os vilarejos, onde o estilo de vida era mais simples. Os luxos de uma cidade eram caros demais, e os moradores não conseguiram manter os canos de água ou a rede elétrica funcionando. Depois da guerra, não sobrou gente o bastante nas cidades para reconstruí-las.

Às vezes, os documentários que passam de madrugada em San-Er mostram filmagens das cidades abandonadas, feitas por viajantes décadas antes. Calla assistiu alguns em suas noites de insônia, semicerrando os olhos para a tela com Mao Mao no colo. Sempre lhe pareceram tão desconcertantes. San-Er também pode ter sido daquele jeito, algum dia. Prédios que se erguiam orgulhosos com materiais naturais: tons de marrom, vermelho e amarelo absorvendo o céu azul e os raios do sol. Árvores plantadas nas calçadas. Grandes arcos e ruas pavimentadas, uma vista aérea que fazia sentido. Enquanto esses lugares foram abandonados para definhar, San-Er carregou todo o fardo. Novos braços que se espalhavam como úlceras foram forçados a crescer por entre seus membros existentes, substituindo vigas calorosas de madeira por aço frio e duro. Sua terra favorecida se preparou para receber gente, e mais gente, um fluxo interminável de gente, e, nesse processo, arruinou-se.

Calla morde a unha com força, olhando fixo para a silhueta da cidade ao longe. Isso não aplaca muito sua tensão. Ela fervilha com energia demais, e roeria a própria mão se pudesse, mas ela provavelmente não cresceria de volta como as unhas.

Quem eram eles? Por que atacar justo na floresta?

Se Calla não houvesse percebido aquele sopro delator de sua presença, ela duvida que eles teriam conseguido matar um rei, se é que era esse seu objetivo, mas teriam tirado muito mais da delegação do que a vida de seis guardas. Posicionar-se na curva da estrada significava que estavam esperando a delegação passar. Seria difícil para as tropas à frente verem alguma coisa se a parte de trás fosse atacada. O grupo estava tentando incitar o caos em vez de agarrar o grande prêmio. Todo o mundo sabe que a realeza viaja na frente.

Eles poderiam ter escolhido um campo mais amplo. Por que se esconder nas árvores, disfarçados atrás de um véu de camuflagem?

— Posso ajudá-la com isso.

Calla não vira a cabeça, reconhecendo a voz. Ela mexe só os olhos e encontra Otta Avia segurando um rolo de ataduras, muito mais perto do que ela gostaria. *Argh.* Gostaria de ter aceitado que Joselie fizesse seus curativos mais cedo.

— Sou muito grata pela oferta — diz, puxando a manga por cima do sangue no braço. — Mas posso encontrar um curandeiro no próximo vilarejo.

— Você vai sangrar até a morte antes de chegar ao próximo vilarejo. Ouvi os Weisanna dizendo que vai levar mais um dia de viagem.

Por mais que Calla possa continuar recusando, Otta Avia deve ter algum motivo para abordá-la. Melhor escutar logo do que aguardar uma víbora à espreita. Sem falar nada, Calla ergue a manga e mostra o corte.

— Como posso agradecer? — pergunta, irônica.

— Você vai encontrar um jeito.

Otta põe a mão na bolsinha de tecido que traz pendurada no ombro. Não estava ali antes, na hora do ataque. Ela saca uma garrafinha de antisséptico.

Alguns momentos de silêncio se passam. Ela derrama o líquido no corte. Calla estoicamente suporta a ardência.

— Então — começa Otta —, imagino que você não saiba por que fomos atacados, sabe?

— Ainda não estou convencida de que você não teve alguma coisa a ver com isso, Otta.

Calla não liga de jogar acusações contra ela, mas tem de admitir que elas estão perdendo força. É mais desgastante tentar ser desagradável e empurrar a culpa para cima de Otta do que encontrar uma lógica neutra à situação: Calla não entende bem o que Otta tem a ganhar já que é ela quem está conduzindo a delegação até a fronteira, e é ela quem alega ter ouvido informações suficientes do Rei Kasa para encontrar a coroa.

— Não sei por que fomos atacados — diz Calla, respondendo à pergunta quando Otta não revida a provocação. — Todos os corpos foram recolhidos, mas não há nada que se destaque. Nosso melhor chute é que foi um grupo de guerrilheiros contra a monarquia. Nada confirma que tenha sido a Cauda de Andorinha.

— Claro. — Otta desenrola um pedaço de atadura. — Punhados de rebeldes sempre existiram por aí. Uma visita do rei às províncias com certeza os atrairia.

— Eles pareciam rebeldes para você?

— Eram definitivamente uma ameaça ao nosso monarca. Então me espanta que você tenha deixado um deles chegar perto de propósito.

Calla se remexe. Sua espada tilinta, raspando contra a calça de couro e o tecido do casaco que amarrou na cintura. Sua cabeça zumbe com barulho.

— Não foi isso o que aconteceu — rebate.

— Ah, não? — Otta, com as roupas e as mãos limpas, mantém o tom doce como mel ao colocar uma ponta da atadura sobre o corte. — Foi o que pareceu. Desculpe se interpretei errado.

Otta não pode ter testemunhado muito da cena antes do homem correr na direção de Anton; do contrário, Calla teria percebido sua presença entre as árvores. O quanto ela viu? O quanto ela ouviu?

— Mas você pareceu perfeitamente capaz de incapacitar o agressor.

— Não deveria ter sido necessário.

— Não mesmo — concorda Calla. Ela contém uma careta quando Otta enrola a atadura, apertando seu braço. — Porque nunca existiu um problema real para começar. Você nunca viu seu monarca lutar. Passou tanto tempo longe que não faz ideia do quanto as coisas mudaram. Ele teria se defendido perfeitamente bem.

— E se ele tivesse se machucado? — retruca Otta. Ela ergue os olhos. São buracos de escuridão, idênticos às sombras que escurecem com o avançar da hora. — É uma tática antiga entre consultores, eu entendo. Ele fica de cama, precisando de repouso. Você impede qualquer um de se aproximar para que ele tenha apenas suas palavras como guia.

— Você está paranoica.

Otta sorri. Quando suas mãos param, uma pequena brisa afasta seu cabelo do rosto, deixando os fios caírem numa moldura perfeita.

— E você não?

Há uma movimentação onde a delegação está montando acampamento, e as duas se viram para ver os guardas afastarem um membro do conselho que está tentando abrir a última carruagem. Por ordens do rei, não deve ser tocada. Mesmo descontando as questões que ocupam o restante da delegação, as duas estão fora do alcance dos ouvidos dos outros. Apesar disso, Calla abaixa a voz quando diz:

— Você deveria parar de tentar lutar comigo, Otta. Não precisamos ser inimigas. Não somos nem mesmo competidoras.

— Ah, eu sei. — Otta amarra uma fita sobre a atadura. — *Competidoras* seria uma palavra terrivelmente inadequada. Você não está nem perto do meu nível.

Puta merda. Ela está falando sério?

Calla puxa o braço com força. Basta. Está perdendo tempo discutindo com Otta, como se as duas fossem crianças brigando pelo melhor brinquedo do parquinho. Otta a deixa ir embora, fingindo não saber por que Calla teria reagido tão de súbito.

— Estou só fazendo um favor em alertar você! — grita atrás dela. — Não pode ficar com o que não lhe pertence.

Calla cerra os dentes. Uma nova dor de cabeça está começando. Antes que Otta possa irritá-la ainda mais, ela dá a volta pelas carruagens e pega as malas para ajudar a descarregar.

— Olá, Alteza — cumprimenta Joselie, já montando uma tenda. — A senhorita parece um pouco pálida.

— Estou bem — responde Calla, e aponta para o restante das ferragens. — Deixe-me ajudar.

Há uma irritação brutal fervendo em seu peito, mas por baixo dela há também clareza: o primeiro indício de que talvez Calla tenha entendido errado o que espreita à sua frente. Otta errou o passo; apoiou-se na perna ferida durante uma batalha, expondo sua fraqueza sem perceber. Se tudo isso fosse por causa de Anton, ela não falaria dele de maneira tão menosprezível. Ele não é uma marionete cujos fiozinhos Otta e Calla podem puxar em revezamento. Ele é um jogador com força suficiente para segurar um trono, e Otta, com suas mangas elegantes e trajes bonitos, deve saber que isso não é algo com o qual se pode *ficar*.

Calla olha para as estrelas que estão surgindo. Se forçar a vista, consegue imaginar como os moradores das províncias veem um panteão em suas formas. Consegue imaginar por que eles acreditam em deuses que vivem nos céus, olhando para as vidas mortais abaixo e injetando forças sobrenaturais em seu *qi* quando eles fazem sacrifícios em nome de seus padroeiros.

— Vossa Alteza, a senhorita está girando a haste na direção errada.

Calla para. Pigarreia.

— Quer saber? Acho melhor me passar o martelo e os pregos.

◇◇◇◇◇

Quase uma hora depois de entrarem em Lankil, Galipei anuncia que o perímetro foi cautelosamente vistoriado e eles podem armar o acampamento a fim de passar a noite. Anton escuta através do tecido fino de sua tenda enquanto inspeciona um mapa que pegou com um dos guardas, iluminado por uma lanterna elétrica.

Ele avisou aos guardas que estaria descansando. Eles não devem deixar ninguém entrar. Nem Calla, nem Otta. Não importa se disserem que o reino todo está queimando. Seja lá o que for, pode esperar até amanhã, quando estarão na estrada de novo.

Quando o zíper se abre, ele não deveria estar surpreso por ser Galipei quem conseguiu entrar. Anton não tem como trancar as portas de uma tenda para evitar o guarda-costas, como faz com seus aposentos no palácio.

— Dei ordens muito específicas para os guardas lá fora — diz Anton, seco.

— Por experiência, os guardas sabem que essas ordens não se aplicam a mim — reage Galipei. — É estranho, eles devem estar se perguntando por que você esqueceu.

Anton não gosta do rumo que essa conversa está tomando. Vira o mapa para baixo na mesa.

— Talvez esteja na hora de você parar de esperar um tratamento especial, Galipei.

— Considerando que sou o líder da sua guarda real, isso é o que chamam de *segurança vinte e quatro horas*.

A lanterna elétrica vacila em sua mão. Em vez de apagá-la, Anton a mira na cara de Galipei. Um alerta, uma linha traçada com cautela. O guarda mal reage. Não deveria conseguir ver nada através do facho de luz, mas olha direto para Anton.

— Precisa de alguma coisa?

— Gostaria de saber se tem algo que você queira me contar.

A tenda estremece. A haste central metálica ressoa contra um parafuso solto no topo, acompanhando um grito que percorre o acampamento. Enquanto as províncias do sul foram efetivamente extirpadas de animais selvagens, que são caçados para venda de carne nas cidades gêmeas, as províncias do norte são cheias de vida selvagem. Lankil não tem tantos bosques quanto Leysa, o que significa que há mais campos abertos, mais espaço para o som viajar a cada rajada de vento.

Anton não sabe o que responder. Só pode supor que a desconfiança de Galipei esteja tomando forma, e ele precisa lidar com o problema antes que se torne incontrolável. Ainda assim, deve ter demorado demais tentando decifrar o tom desse confronto, porque Galipei se aproxima sem esperar permissão. A mão dele se fecha ao redor da lanterna. Ele a empurra para cima a fim de se livrar da luz, iluminando o teto da tenda.

Algo está acontecendo. Onde os dedos de Galipei se sobrepõem aos de Anton, ele perde a sensibilidade. Seus braços enfraquecem, como se ele houvesse pinçado um nervo. Sua orelha esquerda fica muda, depois volta com um zumbido apavorante.

É *August*. Lutando para assumir o controle.

— Vi as cartas no seu escritório antes de partirmos com a delegação — diz Galipei, com cautela. — Então quero saber exatamente o que aconteceu lá atrás.

Mesmo que Anton queira mentir nesse momento, não consegue. Se abrir a boca, outra pessoa vai falar.

Lá atrás... no palácio? Ou onde foram atacados?

Anton cerra os dentes no interior da bochecha e morde com força. Um gosto metálico inunda sua boca, e o sangue desce pela garganta. A dor o coloca de volta na situação, e a sensibilidade retorna aos seus dedos. Embora tente fugir das mãos de Galipei, o guarda interpreta o gesto como um desafio e vira a luz na direção dele.

— Chega!

Anton arremessa a lanterna para longe. Embora ela caia no chão da tenda e role com força suficiente para deslocar a bateria, apagando o facho, a claridade já deixou uma marca em sua visão. Ele pisca depressa para clareá-la.

— Não sei o que deu em você — diz Anton, tentando reunir forças na voz. — Mas isso é um ultraje.

Ele espera que Galipei argumente. Que continue insistindo até compreender por que exatamente Anton não faz ideia do que ele está falando. Em vez disso, ele dá meia-volta e sai, afastando a entrada da tenda com força.

O que talvez seja muito pior, porque significa que Anton já errou a charada.

Merda.

Ele está encrencado.

◇◇◇◇◇

Quando cai a noite, as vozes começam.

... não... vai funcionar... me escute... Sinoa, não, não...

Calla fecha os olhos com força, envolvendo a cabeça com as mãos. Não para de ouvir esse nome. Incessantemente, não importa se as palavras soam mais perto ou flutuam para longe, é sempre o mesmo nome. *Sinoa*.

Do outro lado da tenda, Joselie está dormindo profundamente. Calla empurrou todos os travesseiros para a senhora e se apossou do canto, sentada com os braços apoiados nos joelhos. Joselie, graças aos deuses, não se deu ao trabalho de protestar e foi logo dormir.

... perder... não pode me derrotar.

Calla fica de pé. Basta. Não é tão tola a ponto de achar que está conjurando um *nome* do nada, então não tem como ser um delírio sem motivo. Cada espasmo na base de seu crânio incita um sibilar de vozes, e quanto mais altas ficam mais ela tem a sensação peculiar de serem lembranças das quais se esqueceu.

No entanto, não era esse seu nome original. Sem chance. Ela saberia se fosse. Iria reconhecê-lo. Quanto mais tenta suportar, mais certeza tem de que essas vozes não estão falando *com ela*. Certamente não com a menininha órfã que ela era quando tinha um nome diferente.

Calla tenta esticar o braço. O ferimento dói assim que ela se mexe e, ao perceber que as bandagens estão ensopadas, ela torce o nariz e começa a desatá-las. Debaixo, o corte praticamente parou de sangrar. Trocar as ataduras mais uma vez deve bastar para secar o resto da papa viscosa.

Calla para. Inclina o corpo para trás e coloca o braço sob o lampião que brilha lá fora através do tecido. Escuro demais. Ela joga as bandagens no chão e sai da tenda. Na mesma hora, calafrios sobem por seus braços.

Com uma luz melhor, ela analisa o sangue que empoçou abaixo do ferimento inchado. Sente-se deslocada de início. As vozes continuam sussurrando em seus ouvidos, e ela deve estar buscando algo em que pôr a culpa. Mas isso não é sua imaginação. A mancha de sangue forma uma linha horizontal, depois uma curva dupla para cima. Isso não é um borrão aleatório. É outra runa.

Uma nova torrente de dor explode atrás de seus olhos, meio que confirmando o que ela acabou de perceber. Calla volta para dentro da tenda e pega a espada, deixando a criada dormindo. Ela se movimenta depressa e abaixada, fora do campo de visão dos guardas. Chega à tenda de Otta em segundos e a abre, entrando com tudo.

Está vazia.

Calla faz uma pausa, a fim de recalcular. Corre os olhos pelo colchão de palha e não vê nada de interessante. Não é como se houvesse um lugar no acampamento para onde Otta pudesse ir. Qualquer guarda que a visse pediria educadamente que voltasse à tenda.

Sinoa... agora... agora...

Ela fecha a aba da tenda. Deve estar chovendo em algum lugar próximo. A névoa paira baixa, perto do chão, pintando os arredores com um cinza desfocado. As vozes ecoam, repetidas vezes, e por algum instinto Calla se vira e olha ao longe, na direção da cidade abandonada.

Agora consegui sua atenção.

— Mas que merda é essa?! — exclama em voz alta. — Otta?

Venha logo.

Calla espera um momento, tentando decidir se está alucinando. Pelo canto dos olhos, vê um guarda cantarolando, entediado enquanto vigia o perímetro. Ele não a notou ainda. Embora Calla continue onde está, uma contorção terrível afunila por seu nariz, pressiona seus globos oculares, ilumina o espaço ao seu redor. Ela quase engasga quando pisca e vê uma luz amarela brilhando atrás dos próprios olhos.

— Merda — retruca.

Ela envolve a cabeça com os braços. A noite tremula, o mundo tremula. Todos os seus outros truques baratos falham desta vez. Quando ela tenta esticar as mãos a fim de empurrar a sensação para longe, nada sai. Ela é um animal enclausurado em uma gaiola de vidro, balançada por uma mão gigante por pura diversão.

— Pare.

Calla arfa. Ela procura a própria gola. Talvez se limpar a runa tudo termine. Talvez se...

A luz em seus olhos brilha a um nível intolerável. No momento em que o guarda mais próximo fica de costas, Calla dispara com todas as forças em direção à cidade.

22

A cidade é murada. Embora Calla consiga ver entre as barras do portão alto, a terra se acumulou ao redor da estrutura ao longo dos séculos, grudando nas dobradiças e enferrujando os trincos. Será mais rápido escalar até o topo usando os montinhos de sujeira como suporte em vez de tentar abrir a trava.

Ela sobe as barras em segundos, depois pula para o outro lado, esmigalhando as pedrinhas com força. A meia lua é suficiente para iluminar seu caminho. As ruas da cidade tomam forma à frente dela, brilhando fraco com a claridade amarela que sai de seus olhos.

O resmungar em seus ouvidos a incita a continuar. Não há tempo a perder. Ela precisa encontrar Otta, só para bater a cabeça dela contra alguma coisa até que ela diga como impedir a cabeça *de Calla* de fazer isso.

Sinoa... não faça... comigo...

As vozes são persistentes. Calla engole em seco, pressionando a espada enquanto corre para que a arma não faça barulho ao bater contra sua perna. As ruas aqui são muito mais largas do que em San-Er. Enquanto ela se move depressa, os prédios ficam de sentinela dos dois lados. Algumas janelas foram quebradas, outras acumularam tanta sujeira que se tornaram opacas. Não há letreiros luminosos à vista em nenhum lugar. Paralelepípedos pavimentam as ruas, deixando espaço suficiente para rolar barris de madeira. Um foi deixado do lado de fora de uma porta branca.

— Otta — chama Calla. — Estou aqui. Saia.

Silêncio. Ela reduz o passo. Os danos estruturais são piores conforme entra na cidade. Metade da fachada de uma loja onde se lê

FARMÁCIA está tombada. Uma porta do outro lado parece a entrada para um bloco residencial, e um anúncio de aluguel fixado à entrada pede que interessados entrem em contato com um número curto. Calla inclina a cabeça. Então não se passou tempo suficiente para o papel ter apodrecido. Mesmo assim, foi o bastante para as antenas de telefonia terem sido desativadas nas províncias. A cidade foi esvaziada antes da guerra, não depois.

Um uivo percorre a noite. Alguma mistura entre um animal e a ferroada gelada do vento. Calla precisa reprimir o calafrio que desce por seu pescoço. As províncias são grandes demais, amplas demais. San-Er garante que qualquer ameaça seja forçada a ficar perto, mas fora da muralha. Porém, na arena do grande reino, alguém pode estar esperando por uma quantia imensurável de tempo antes de fazer sua jogada.

Sinoa... não vou deixá-la...

Calla arfa. Não consegue manter a mesma linha de raciocínio por muito tempo; a dor envolve tudo. Talvez Otta esteja tentando matá-la. Talvez seja assim que ela vai se deteriorar até ficar completamente louca e atravessar a espada em si mesma.

— O que você *quer*?

Calla saca a espada e dá um golpe. Só corta o ar, e o sibilar de sua lâmina se une ao coro da noite.

Merda. *Merda*.

Ela segue adiante. Sua visão embaça. Tropeça nos becos, tropeça subindo colinas. Mal consegue manter o equilíbrio ao descer os degraus de pedra e finalmente se joga contra um pilar para ter no que se segurar. Isso não pode continuar, mas Calla não pode voltar assim para o acampamento, nem pode admitir a ninguém que há algo errado. Haveria uma investigação. Descobririam que ela está duplicada. Que ocupou outra pessoa ao longo de toda a vida, desde que se lembra, e não há motivo para merecer o poder que tem.

Seus dedos largam o pilar coberto de cinzas. Quando Calla olha para a frente e sua visão foca, reconhece a forma do prédio como sendo a de um templo. Suas colunas reluzem brancas sob a lua. O beiral curvado brilha em dourado.

— Por favor — diz em voz alta, com esforço. Se há deuses neste mundo, ela está implorando por alívio.

Calla cambaleia para dentro do templo, seus pés passando por onde a terra se transforma em piso de mármore. Ela sente o *qi* pulsar o ar ao seu redor. O zumbido atrás de seus olhos é como a pressão física da ponta de uma adaga.

Vida longa à rainha, urra um grito em sua cabeça, subitamente claro como o dia. É um coro de vozes em uníssono, não deste templo, mas de toda a cidade, ecoando sem parar. *Vida longa de dez mil anos à rainha. Que nosso sacrifício lhe dê uma vida nova. Que ela renasça e vença a guerra quando nossos inimigos perecerem.*

Calla cai de joelhos. Sua espada raspa o mármore, marcando a fina camada de cinzas. Há cor debaixo dela, um mosaico no patamar anterior aos degraus. Ela mal tem capacidade consciente de tomar a decisão, mas mesmo assim se encontra limpando as cinzas, esfregando e arranhando até que a imagem esteja clara.

Calla não entende.

É o rosto dela, encarando-a de volta na arte no chão do templo. Impossível. Hoje, Calla pode ser uma invasora, mas a Princesa Calla Tuoleimi nasceu como qualquer outra criança, oito anos antes de uma garotinha de Rincun saltar para dentro dela.

Ela tira as cinzas de debaixo de seu rosto no desenho.

SINOA TUOLEIMI
RAINHA DO PALÁCIO DOS CÉUS

Deve ser uma alucinação. Ela não consegue mais conter a dor. Algo está tentando rasgá-la de dentro para fora. Vai morrer se não o impedir.

— Calla, não se mexa.

O amarelo inunda a noite. Seu peito estremece. A nova runa em seu braço parece pegar fogo, como se ela possuísse a ira do sol nos ossos.

— Galipei?

Ele fica à vista, a espada sacada.

— Mãos para cima.

Vida longa à rainha. Vida longa de dez mil anos à rainha. Vida longa de dez mil anos à rainha. Vida longa de dez mil anos à rainha. Vida longa de dez mil anos à rainha.

— Chega! — grita Calla, apertando as orelhas. — *Por favor.*

Você nunca vencerá esta guerra. O sangue estará nas suas mãos. A terra será perdida...

— Calla Tuoleimi — berra Galipei —, você tem três segundos para se render antes que eu a prenda à força.

O sul foi perdido. Yi queimou. Você não tem nada além de...

— Um.

Sinoa, eu nunca vou ver você de novo.

— Dois.

Vida longa à rainha eterna.

— Tr...

Pela primeira vez em quinze anos, Calla salta.

23

Vênus Hailira chega a Rincun acompanhada por quatro guardas a cavalo. Não trouxeram carruagens. Mal trouxeram bagagem.

— Declaro o início de um confinamento voluntário — anuncia ela no *yamen* da Capital do Leste.

O prefeito corre para mandar a notícia ao seu colega na Capital do Oeste. Os generais recebem a ordem, mas foram orientados a não dispersar soldados, o que gera uma grande confusão e os faz questionar como manterão a ordem com esse tipo de confinamento, mas Vênus bate o pé. Os soldados também devem ficar em seus alojamentos. Ela quer que Rincun se transforme em uma terra fantasma.

— Você sabe — diz o prefeito enquanto Vênus escreve, inclinando-se sobre o ombro dela para ler — que talvez haja gente se mudando para Youlia por causa disso. Você não pode interromper as vidas das pessoas.

A luminária de mesa pisca. Vênus coloca uma folha de lado. São os cálculos para a próxima semana. A seguir, ela fará os do mês. Depois os do semestre. Quando chegar a um ano, suspeita que os números mostrarão que ela não poderá mais mantê-los isolados.

— Não estou forçando ninguém a nada — retruca, neutra. — Eles serão recompensados por ficar em casa.

— E se isso fizer as pessoas se recusarem a trabalhar quando o confinamento terminar?

Vênus lhe lança um olhar frio.

— *Você* vai parar de trabalhar?

O prefeito estremece. Abre e fecha a boca por alguns segundos, mas não fala mais nada.

Talvez fosse melhor que houvesse migrações massivas para Youlia, já que esta província não toca a fronteira. Mesmo pela rota mais a leste, um viajante teria de cruzar quilômetros de Rincun para chegar às montanhas. A província que Hailira governa tem um trecho mais estreito e outro mais longo, mas é a última antes da fronteira de Talin, não importa o caminho que se tome.

Vênus volta aos seus cálculos. O prefeito vai embora, resolver os próprios problemas. O *yamen* fica em silêncio, interrompido de vez em quando apenas pelo arranhar da caneta tinteiro de Vênus no papel pautado. Quando um grito entra pela janela aberta, ecoando alto pelo escritório, Vênus franze a testa, levantando-se para ver o que aconteceu.

— Achei que havia instruído todos do *yamen* a ficar aqui dentro — diz, espiando pela janela.

Dois funcionários estão sentados em um banco externo, com cigarros nas mãos. Não podem ir para casa, muito menos abandonar a administração do *yamen*. Mesmo assim, isso não significa que tenham de ficar a céu aberto atraindo problemas.

— Conselheira, veja — diz a da esquerda. Seus olhos azuis estão arregalados. Ela aponta ao longe.

De início, Vênus não consegue identificar o que estão vendo. O céu está preto, com um punhado de estrelas. Ela procura em meio às nuvens por alguns segundos antes de pousar os olhos num ponto fixo, nas montanhas.

A luz pisca e desaparece. Ela não saberia que era isso o que estava procurando se os dois funcionários não houvessem dado um pulo empolgado.

— Lá! — dizem. — De novo!

Vênus compreende. É o clarão de alguém saltando. Há gente na fronteira.

Ela sibila por entre os dentes cerrados, afastando-se da janela.

— Façam o favor de entrar, sim?

24

O mundo fica em silêncio.

Calla expira. Inspira. As vozes desaparecem. A dor some.

Lentamente, o ambiente toma forma ao seu redor: o templo empoeirado e cinzento, o luar brilhando sobre o caminho, os degraus de mármore…

Seu corpo.

Calla não ousa respirar ao se aproximar. Sua cabeça está tombada, o cabelo espalhado. Não consegue ver seu rosto. Não tem como saber se acabou de libertar uma entidade de centenas de anos no mundo ou não. Se Sinoa Tuoleimi renasceu como Calla Tuoleimi e estava numa jornada pela vingança contra seus inimigos antes de ter os planos destruídos por uma camponesa órfã.

Seu pulso ainda está quente quando o toca. O tecido da camisa farfalha, reagindo ao puxão que ela dá no ombro para virar o corpo para cima.

Calla gela. Seus olhos estão arregalados.

Arregalados e *amarelos* em vez do branco de um receptáculo vazio.

Com o assombro de uma criança, Calla apenas paralisa, pensando que se não se mexer talvez não seja atacada. Mas o corpo à sua frente não tem reação. Não pisca, nem mesmo quando uma rajada de vento uiva pela noite e levanta cinzas para o alto. Calla estica o braço e, como se o corpo fosse um cadáver, fecha seus olhos. Um receptáculo vazio não lesionaria os olhos se os mantivesse abertos, então não importa muito. Mas um receptáculo vazio também não deveria ter cor alguma, já que isso sinaliza a presença do *qi* da pessoa, e a não ser que a verdadeira princesa ainda esteja espreitando ali, *por que* haveria...

Depressa, Calla ergue a espada que estava na mão de Galipei. Coloca a lâmina perto do rosto, o suficiente para capturar um reflexo ao luar.

Escuta uma risada delirante, e leva um segundo para perceber que é ela mesma quem está fazendo esse som. Ela ri sem parar com o reflexo de Galipei imitando cada gesto seu, então, tão súbito quanto veio, o som morre e ela fica sóbria. Em meio ao silêncio, com os olhos piscando prateado, ela finalmente tem de encarar a questão que surge, a questão sobre a qual nunca pensou muito, do contrário poderia arrastar algo estranho para a luz.

Sempre soube que alguma coisa peculiar aconteceu para colocá-la neste caminho: ou nasceu com o amarelo Tuoleimi como a cor natural de sua íris, ou não levou os próprios olhos junto quando invadiu a realeza. Ou nasceu com a mais improvável coincidência, ou com a habilidade inconcebível de saltar sem o *único* indício que marca uma invasão desde que o reino tem registros.

Primeiro, ela saltou para dentro da realeza. Não apenas uma criança, se qualquer uma daquelas vozes dizia a verdade, mas alguém com um *qi* muito mais antigo, alguém cem vezes mais poderoso. Agora ela saltou para dentro de um Weisanna sem nem se esforçar, o que é um exercício que beira o princípio básico do impossível.

— Cacete, quem *sou* eu? — sussurra.

Seu corpo não tem uma resposta. Não se mexe. Se a princesa estivesse se escondendo ali, fingindo estar imobilizada, ainda assim precisaria respirar, certo? Não tem como ser uma encenação. Sua gola saiu um pouco do lugar. Ainda há uma runa marcada em seu peito. A fim de confirmar uma suspeita, Calla puxa o colarinho da camisa no corpo de Galipei e olha cautelosa para baixo.

Uma runa feita de luz. Assim como a de Leida, quando ela saltou e marcou o corpo novo. Calla esfrega um dedo contra a runa de luz, e nada acontece.

Ela fica de pé num pulo, desconcertada. Talvez não devesse ter desenhado algo irremovível em si mesma antes de entender de que se tratava. Há uma linguagem nessas runas, e ela não tem a mínima ideia do que esta faz.

— Certo — diz em voz alta. — Eu estou bem.

Algo chama sua atenção na parede externa do templo. Não percebeu antes, distraída e delirante de dor como estava, mas, com a mente clara, o movimento esvoaçante é persistente. Cala se vira e vê uma adaga fincada até o cabo, prendendo um pedaço de papel dobrado na parede de barro.

Ela quase hesita em deixar seu corpo desprotegido, mas caminha até lá, mantendo a si mesma em seu campo de visão. Otta deixou isso para ela, não há dúvidas. A adaga parece mais nova do que qualquer coisa na cidade, brilhante e metálica quando todo o resto está coberto por uma camada de sujeira. Assim que Calla a arranca, a lâmina se solta do barro com um puxão forte, e o papel cai no chão. Cética de que será algo bom, ela prende a respiração ao pegá-lo e desdobrá-lo.

VENHA SOZINHA

As palavras aparecem primeiro. Abaixo da ordem, há um mapa, com um *X* preto marcado além da fronteira de Talin, bem no meio das montanhas. Não há dúvidas acerca do propósito do mapa. Otta lhe deu a localização da coroa divina, e Calla não consegue imaginar *por quê*.

Ela olha para os degraus de mármore. Seu corpo, se é que pode tomar posse dele e alegar ser seu, continua caído. Embora Otta tenha passado por esta cidade para deixar o mapa, deve ter partido há tempos. O lugar está desconcertantemente quieto, a própria respiração de Calla ecoando de volta.

Ela enfia o mapa na jaqueta em seu corpo, para mantê-lo seguro. Então, com um resmungo, ergue o receptáculo vazio e o joga sobre o ombro.

Galipei é forte. Ela não deveria estar surpresa. Mesmo assim, não se lembra como é se mover em um corpo que não seja o seu, e precisa fazer um esforço considerável para não balançar os novos membros, para ajustar o centro de gravidade enquanto caminha de volta pela rua principal e evita tropeçar ao passar pelo monte de terra no portão da cidade. Galipei deve tê-lo aberto à força quando a seguiu. Ela sequer o ouviu.

Seu plano toma forma quando se aproxima do acampamento, deslizando o corpo do ombro e carregando-o de uma maneira mais adequada. Os poucos guardas que estão de vigia veem que ela caminha em sua direção. Eles gritam o alarme quando percebem o corpo em seus braços, presumindo que estejam sob ataque de novo.

— Está tudo bem — grita ela de volta, e a voz de Galipei quase falha, o tom alto demais. Ela pigarreia e mergulha no timbre natural dele. — Onde está Otta Avia?

Os dois guardas mais próximos se entreolham.

— Otta Avia? — repete um deles. — Não está na tenda dela?

— Não — responde Calla. — Acordem Sua Majestade.

— Estou acordado.

Anton sai de sua tenda a uma velocidade que indica que já estava escutando lá de dentro. Ele semicerra os olhos por um momento — *verdade,* uma sensação instintiva de Galipei emerge: a visão de August não é muito boa à noite, e Calla mira no alvo. Ela vira o corpo que traz nos braços. Espera pelo sinal de reconhecimento quando o rosto gira sob o luar.

Talvez será alegria. Talvez irritação, de que alguém chegou a ela antes que ele pudesse.

Em vez disso, ela observa uma visível onda de terror dominar a expressão de Anton. Ele sai correndo, e é o momento em que mais sai do personagem, porque August Shenzhi não *corre.*

— Ela está...

Anton não termina a pergunta. Suas mãos descem sobre o pescoço do corpo, em busca da pulsação. *Eu teria respondido por ele com a minha vida*, dissera-lhe ela, a última coisa que disse antes disso tudo. *Ainda posso responder.*

A que ponto chegaram...

Calla não se apressa a confortá-lo. Com a altura de Galipei, está acima dele quando as nuvens sopram, cobrindo a lua. A noite escurece numa sombra total, e talvez Anton a ame, afinal, se está respirando assim, de um jeito falho e desesperado.

— Eu a encontrei na cidade — diz ela. — Escutei-a chamar o nome de Otta quando estava me aproximando.

Anton ergue a cabeça depressa.

— *O quê?*

— Acho que Otta fez algum ritual para conseguir poder, e agora foi sozinha atrás da coroa.

Com uma acusação tão drástica, Calla esperava que o caos irrompesse. Não é totalmente mentira: se Otta desapareceu, só há um motivo.

Você já queimou o seu palácio. Este aqui é meu. A própria Otta falou essas palavras. Por que deixar um mapa e sumir depois? Ela quer chegar lá primeiro.

Calla recebe um silêncio chocado como resposta. Vários membros do conselho acordaram com a comoção e saíram de suas tendas, mas não há agito. Estão pisando em território desconhecido, perguntando-se como Calla foi atacada, há quanto tempo Otta planejava uma rebelião, se o perigo que os ameaça é maior do que imaginavam. Por entre a multidão que se forma, Joselie abre caminho, olhando para Calla, para o corpo, com uma análise mecânica.

— Galipei, do que está falando? — pergunta Anton, piscando depressa.

— Nós temos de ir atrás...

— Ela ainda está *viva*?

O restante da resposta de Calla morre em sua língua. É no escuro que Anton se parece mais consigo mesmo. Que o tom de roxo em sua íris ganha vida ao encontrar o olhar dela, que o entrega para aqueles que sabem pelo que procurar.

— Ela está viva — reponde Calla, girando depressa. — Veja os olhos.

No momento em que ela fala, a mão de Anton pula de seu pescoço às pálpebras e as puxa com gentileza. Amarelo elétrico, não trocado nem desbotado. Viva, sem dúvidas, e presa ali.

— Passe-a para mim.

Calla hesita.

— Eu ajudo — acrescenta Joselie.

Eles devem achar que Galipei quer se livrar deste fardo o quanto antes.

Recompondo-se, Calla coloca seu corpo sobre os braços de Anton. Fica surpresa por ele receber o receptáculo com carinho, encaixar a cabeça dela contra o ombro e ajustar a espada que pende do quadril quando se vira e começa a andar. Ela mal reconhece o próprio corpo quando é tratado como algo frágil. Dada sua altura, nunca foi pequena, mas por algum motivo é transformada na sombra de uma pessoa assim que seu *qi* é removido.

Calla o observa levar seu corpo para a última carruagem. Anton dá alguma ordem, e Joselie o ajuda a entrar com ela, empurrando alguns dos itens antes que ele coloque o receptáculo no chão. De longe, Calla vislumbra três caixas empilhadas, então a criada fecha a porta.

Anton, o que foi que você trouxe nessa carruagem?

— Galipei, o que fazemos?

A voz vem de trás de seu ombro. Calla se vira e encontra um primo próximo do guarda-costas: Balen, ou Bayen, ou...

— Chegamos à fronteira o mais rápido possível — reponde ela. O mapa está seguro no bolso em seu corpo. — Mesmo sem saber a localização exata agora que Otta sumiu, vamos viajar o mais depressa que pudermos até conseguirmos caçá-la. O objetivo agora não é somente conseguir a coroa e manter a paz em San-Er. É impedir um possível golpe dela.

— E descobrir que porra ela fez com Calla — acrescenta Anton, arregaçando as mangas ao voltar para a multidão que continua aumentando. Quando os guardas piscam confusos em sua direção, ele bate palmas. — O que estamos esperando? Levantem acampamento. Depressa!

Calla o deixa dar as ordens. Deixa que ele mande nos guardas e em outros membros do conselho, agilizando sua missão. Em silêncio, ela se une a eles para desmontar as tendas.

Parece que a situação está funcionando muito bem ao seu favor.

25

Yilas jogou o estranho bilhete na lixeira do escritório assim que voltou do palácio. Não deu muita importância a ele, desprezando-o como se fosse algo sem sentido. Trabalhar em um ambiente como o Palácio da União exige certo nível de peculiaridade, então ela não levaria para o lado pessoal. Naquele dia, apenas calhou de ser a pessoa que estava por perto para a mulher de olhos pretos destinar suas excentricidades. O que os olhos não veem, o coração não sente.

— Amor, o que é isso?

Até Chami entrar no apartamento tarde da noite com o bilhete entre os dedos.

— Não me diga que você pegou isso do lixo — resmunga Yilas, fechando o livro que estava lendo. — Eu joguei as cascas de laranja por cima.

Yilas vestiu o pijama novo, como prometido. O ar-condicionado sopra de leve do canto da janela, e sua massa fria é absorvida em maior parte pelas plantas, que estão enfileiradas sem poda pelo chão, antes de flutuar para o resto do quarto. Embora o restaurante tenha fechado uma hora atrás, Chami estava limpando, fechando as cortinas e trancando as portas ao passo que Yilas subiu antes para descansar.

— Pareceu estranho, então enfiei a mão no lixo. — Chami ergue uma sobrancelha. A namorada adorável de Yilas, que passa os cadarços do jeito certo no tênis, tem usado um piercing falso na sobrancelha esquerda ultimamente. Ela quer experimentar novos estilos, mas precisa fazer "um teste" antes de "se comprometer com uma cicatriz para o resto da vida". — Você quer se explicar?

Chami vira o bilhete para ela. Embora esteja manchado de laranja por conta das cascas descuidadas de Yilas, a mensagem datilografada no centro permanece clara e legível:

```
Precisamos de você.
441-819
```

— Bom, para começar, não é o que parece.

Chami bufa.

— Sim, eu imaginei. Você pegou no palácio?

— Foi só uma pessoa que escutou minha conversa com Matiyu.

Uma pancada soa no andar de baixo, como que aproveitando a deixa, seguida por um *"Ai!"* e um miado. Matiyu está dormindo em um colchão de ar no escritório. Não quer voltar para seu alojamento no palácio, temendo pela própria vida. Yilas ainda não se convenceu de que há uma conspiração matando guardas lá. Pessoas são assassinadas o tempo todo em San-Er. O momento é suspeito, mas poderia facilmente ser um crime normal. Talvez alguns guardas tenham irritado outro funcionário e agora, enquanto a maioria dos Weisanna está fora com a delegação, ele esteja aproveitando para atacar.

— E essa pessoa deu o cartão de visitas dela para você porque... — Chami deixa as palavras morrerem no ar, parecendo confusa — escutou a sua conversa?

Yilas espia escada abaixo, preocupada com o som.

— Tudo certo aí?

— Tudo! — exclama seu irmão. — O gato derrubou um prato. Mas consegui pegar!

É bom que eles não quebrem nada lá embaixo. Yilas suspira, então se vira e estica o braço para pegar o cartão da mão de Chami.

— Não sei do que se trata. E nem quero saber.

Pouco antes de seus dedos o pegarem, Chami ergue a mão para trás, mantendo o cartão afastado.

— Você pode não se lembrar disso, porque estava sequestrada e tal, mas eu me lembro desse número — diz ela.

Yilas para. Esse é mais um motivo para jogá-lo fora.

— Templo Sepulcral?

Chami assente.

— Eu liguei várias vezes quando você não voltou para casa. Não ajudaram em nada, é claro. Não podiam admitir que estavam mantendo corpos reféns lá nos fundos.

— Eu vou jogar isso fora...

— Espere, *espere* — pede Chami. — Yilas, você resolveu o mistério de Matiyu por ele. São as Sociedades Crescentes. Elas se infiltraram no palácio e estão eliminando os guardas.

— Que seja, e...? — pergunta Yilas. — Isso não é da minha conta.

— É *sim* da sua conta a partir do momento em que você descobre. — Chami já está andando em direção ao telefone perto do ar-condicionado. — Mas pode ser da conta de outra pessoa assim que você denunciar com provas suficientes. Vou ligar.

— O quê? — grita Yilas. — Eles me sequestraram!

Chami abre a gaveta abarrotada com a bagunça delas.

— Nós vamos ligar para *prendê-los*, não para nos juntarmos a eles.

Yilas cruza os braços. Seu novo pijama é sedoso demais para o seu gosto, então não causa o impacto que pretendia. As mangas absorvem sua irritação.

— As Sociedades Crescentes estão sempre cometendo crimes. Quando foi que reunir provas contra elas impediu alguma coisa?

Chami pega uma câmera de vídeo. Elas não têm um gravador de voz, mas a câmera captura áudio, então Yilas entende que ela quer gravar a ligação. Chami coloca ao lado do telefone. Aperta GRAVAR.

— Já posso prever como vai ser isso — continua Yilas, alertando enquanto Chami disca. — *Coloque-nos em contato com Calla Tuoleimi. Gostaríamos de ter o apoio dela enquanto destruímos as cidades gêmeas e alcançamos a anarquia total. Nós a amamos porque amamos destruição.*

Chami cutuca um botão, e o telefone ativa o viva-voz. Só toca duas vezes.

— Alô?

Ela gesticula para que Yilas fale alguma coisa, mas a namorada, teimosa, continua muda.

— Alô? Tem alguém na linha?

— Com quem tenho o prazer de falar? — pergunta Chami, assumindo a conversa.

Apesar de fazer birra, Yilas sempre ama quando ela assume a liderança. Chami é muito mais confiante, e irradia luz, enquanto Yilas gosta de ficar mais encolhida no canto.

— Você ligou para mim, então vai ter de se explicar primeiro.

— Pelo contrário, você deu esse número para a minha namorada em um cartão de visitas, então quero saber com quem estou falando.

Chami lança um sorriso a Yilas. Está se divertindo.

— Ah! — Do outro lado da linha, o tom muda completamente. — Você deveria ter falado isso antes! Meu nome é Bibi.

A mulher tem sotaque. Yilas não prestou muita atenção no palácio, ou talvez Bibi estivesse disfarçando. É tão raro as pessoas de San-Er escutarem uma forma diferente de falar que o único motivo para Yilas reconhecer a distinção é porque o palácio contratava imigrantes legais de vez em quando, e a maioria mantinha o sotaque arrastado por um ano, mais ou menos, antes de as cidades moldarem as palavras à força.

— Bibi, como podemos ajudar? — Chami segura o cartão contra a luz, olhando mais uma vez.

— Não vou fazer você perder seu tempo. Quero que você me ajude a entrar em contato com a princesa. Sei que vocês duas foram criadas dela.

Yilas gesticula fervorosa, dizendo *eu falei para você*. Chami atira o cartão na direção dela, errando de propósito.

— E por que... — Chami coloca a câmera mais perto do telefone, certificando-se de que capture o áudio todo — faríamos isso?

— A Sociedade Crescente logo tomará o poder em San-Er. Haverá uma quantidade significativamente menor de conflitos se Calla colaborar conosco. As cidades seguirão uma herdeira natural ao trono.

Yilas joga os braços para cima. Pode até ser que saiba ler mentes de tão bem que previu essa conversa. As Sociedades Crescentes sabem que San-Er não vai aceitá-las com facilidade, pois ainda são um grupo marginal, com reputação de extremismos e sequestros de civis. As Sociedades Crescentes querem uma mudança, e talvez até haja membros com ideias sensatas, mas elas têm operado de forma clandestina há tempo demais. Mesmo que tenham sucesso em erradicar o palácio, ainda sofrerão o desdém do povo. Por décadas, Talin foi ensinada a aceitar o desejo dos céus, honrar os aristocratas elevados por suas linhagens e deixar que os nobres governem as massas. Por anos, San-Er alertou seus filhos a voltarem ao escurecer porque Crescentes espreitam dos becos à noite. Nada disso desaparece com facilidade.

— Você vai ter que me dar mais informações — rebate Chami. — Duvido que um golpe desses esteja iminente.

— Está. Nós vamos tomar o Palácio da União à força.

— Como?

— Isso é um interrogatório? Esses detalhes não são necessários. O único componente crítico é que a aprovação de Calla vai aplacar o povo. Tenho certeza de que ela vai querer elaborar um plano conosco em troca de um título de poder.

Chami examina as próprias unhas, apoiada na parede. Não parece nem um pouco preocupada. Sua voz é séria e direta.

— Se for para dar algum recado a Calla, preciso de detalhes. Você sabe quantas pessoas querem falar com ela? Como vou saber que você não está fazendo ela perder tempo com um plano fadado ao fracasso?

— Não posso divulgar a data nem o método. Mas posso dizer que temos as plantas completas do Palácio da União e uma rota confiável em...

— E como foi que você conseguiu plantas do palácio? — interrompe Chami. — Essa informação não é mantida em nenhum servidor. Entradas secretas, passagens de serviço e salas de pânico nunca são totalmente reveladas aos criados, funcionários ou vigias. Sem uma visão abrangente dos planos usados em estado de emergência, é muito improvável que uma ofensiva contra o palácio seja bem-sucedida.

Yilas está tão apaixonada neste momento.

— Então, a não ser que, não sei, um *membro do conselho* tenha de alguma forma jurado lealdade às Sociedades Crescentes e repassado informações internas, duvido que vocês tenham plantas completas — continua Chami. — Mas valeu a tentativa.

O silêncio se arrasta por um bom tempo do outro lado. Yilas presume que Bibi tenha sido encurralada, e que esse seja o fim de qualquer esquema que as Sociedades Crescentes estivessem planejando.

— Temos uma fonte confiável, sim — diz Bibi, enfim.

Ela fala com hesitação na voz, de novo. Yilas desliza para mais perto do telefone. Não tem motivo para arrastarem mais a coisa. Não vai ser bem-sucedida. Será outro golpe fracassado da Sociedade Crescente, e Calla tem coisas muito mais importantes com as quais lidar.

O dedo de Yilas paira sobre o botão de desligar no gancho, quando...

— Antes de ser assassinada, Júlia Makusa desenhou as plantas para nós.

26

Aos primeiros raios de sol, eles estão quase do outro lado da longa e curvilínea província de Lankil. Logo entrarão em Laho, que não deve levar mais de um dia para ser atravessada. Essa província tem o formato de dois retângulos colados — um aspecto comum na maioria das províncias do interior, onde a terra foi dividida com precisão para facilitar o governo. Províncias que se formaram ao redor de rios naturais e montanhas têm as divisas traçadas de acordo, mas o norte de Talin é formado por planícies e desertos nivelados, adequados a limites retos. Às vezes, isso causa rixas entre membros do conselho, porque seus generais são preguiçosos e não patrulham até a borda de suas províncias, presumindo que os soldados vizinhos farão o trabalho extra.

Calla está na segunda carruagem, vasculhando a bolsa de Galipei. Não gosta de se sentar ereta com esse corpo. A carruagem está lotada e ela está espremida entre os outros Weisanna, trabalhando nos detalhes da proteção dos conselheiros. Com a altura dele, a cabeça raspa o teto toda vez que há uma pedra no caminho e as rodas pulam, o que está começando a deixar o cabelo dele em pé. O cabelo dela. Tanto faz.

Calla pega um relógio digital e o vira ao contrário para inspecioná-lo. Os números não se mexem, permanentemente travados em 05:07. Ela não sabe por que Galipei carrega um relógio quebrado por aí. Talvez o tenha feito parar de propósito em algum momento, para acompanhar a viagem. Depois de Laho, fica a província Actia, conhecida por ser metade areia. Um pouco também se derrama sobre Rincun ao norte, mas o clima é mais severo lá, com a fronteira do outro lado. Em vez de areia, há pedras; em vez de dunas, estepes geladas.

Mais três províncias, diz Calla a si mesma.

Sua outra mão esbarra em um aparelho celular no fundo da bolsa. É pequeno, como o que ela mesma carrega enfiado em seu corpo na última carruagem, então ela duvida que funcionará nas províncias. Mesmo assim, por pura curiosidade, tira o telefone da bolsa e estica a antena para ver se vai conectar. Os braços estúpidos e grossos de Galipei forçam-na a se encolher entre os guardas dos dois lados, e, do assento à frente, o conselheiro Mugo lhe lança um olhar entretido. Calla o ignora.

Sem sinal.

Naquele momento, entretanto, há outro som eletrônico na carruagem.

— Alô? — responde Mugo, quase gritando no celular. O dele é maior, do tamanho de sua cabeça. Projetado para captar sinal nas províncias e transmiti-lo até San-Er. — Fale mais alto. As torres de celular estão a quilômetros daqui.

Cada passageiro na carruagem se vira para acompanhar a conversa. Mal podem evitar, já que ele está falando naquela altura.

— O quê? — Ele faz uma pausa. Bem à frente deles, todo o sangue do rosto de Mugo desaparece e ele fica branco como papel. — Por que... *céus*. Sim, posso informar Sua Majestade.

— O que foi? — pergunta Calla assim que ele desliga. Não estão com tempo de sobra para Mugo parar e repassar uma mensagem.

— O conselheiro Naurilus está morto. Assassinado.

Murmúrios percorrem a carruagem. Mugo tenta baixar a antena do celular, e ela solta um estalo, quase partindo ao meio.

— O palácio prendeu o assassino? — pergunta Savin, inclinando-se do outro lado onde está sentada.

Mugo balança a cabeça.

— Acabou de acontecer, faz apenas alguns minutos. Eles pensaram em me ligar antes, para que eu falasse com o rei.

Calla queria ter guardado o mapa de Otta neste corpo a fim de poder analisá-lo melhor agora. Embora Otta o tenha usado para marcar um ponto na fronteira, o restante mostra Talin inteira. San-Er embaixo, derivando a sudeste. As províncias se espalhando para além da muralha: Eigi, englobando a maior parte daquela borda, cedendo a Cirea à direita. Cirea, que o conselheiro Naurilus governava.

Calla estica o braço, contornando os outros guardas, e afasta a cortina da janela. Embora haja alguns bosques, estão cercados de campos verdes. Não é um lugar seguro para parar.

— Estamos quase em Laho — diz ela, apontando para a planície lá fora. — O senhor pode dar a notícia a Sua Majestade quando acamparmos para passar a noite. Não podemos nos demorar aqui.

Mugo infla o peito.

— Perturbações descontroladas em Cirea podem impactar o reino de maneira severa em apenas uma tarde. Sua Majestade precisa apontar um substituto temporário imediatamente.

Não é uma responsabilidade cívica de Mugo reportar um crime. Esta é uma tomada rápida de poder já que a oportunidade surgiu. Ele já tem Eigi. Caso acrescentasse Cirea, ficaria praticamente com um pequeno reino.

— Estamos prestes a entrar no berço da Cauda de Andorinha — alerta Calla. — Aguarde. Nenhum substituto temporário vai mudar qualquer coisa em Cirea neste momento.

Mas Mugo já está de pé. Os membros do conselho sentados na fileira dele resmungam, irritados ao serem empurrados.

— Acalmaria o povo.

— O quê? Saber que um conselheiro inútil foi substituído por outro?

Os olhos de Mugo se arregalam. Calla prende a respiração, percebendo que está sendo ousada demais para a posição de Galipei Weisanna.

— Olhe — sugere, tentando dissipar o alerta que acabou de despertar. — O senhor se uniu a esta delegação por um objetivo muito importante. Nós *temos* de pegar a coroa divina antes que Otta Avia se aposse dela. Está disposto a arriscar isso para resolver problemas da capital? Se Otta destruir o reino, seu próprio cargo poderá ser dissolvido. E aí, como fica?

— Não se meta a usar de intimidação acerca de como o conselho faz seu trabalho. — Mugo abre caminho na carruagem. — Com licença.

Os outros membros do conselho reclamam, pedindo para que ele volte a se sentar e que se acalme, mas Mugo põe a mão na maçaneta, na intenção de abri-la e forçar o condutor a parar.

— Pare, *pare*. — Calla também se levanta. — Pelo menos espere até termos certeza de que ainda não entramos em Laho...

Antes que Calla consiga terminar, a carruagem guincha e para de repente, e o condutor dá um grito de alarme. Ela se vira, alerta. Calla olha pela janela e vê movimento ao longe.

— O que foi *aquilo*? — pergunta um dos Weisanna.

Mugo abre a porta.

— Ei!

Calla mergulha atrás dele, puxando o conselheiro de volta antes que ele possa sair de fato. No entanto, assim que fica exposta, algo atinge seu ombro e penetra o músculo. A visão de uma flecha de metal saindo de seu uniforme da guarda é mais chocante do que a explosão de dor. Uma arma dessas deve custar um rim.

Outra flecha sibila pelo ar e atinge a lateral da carruagem.

— Merda! — grita ela. — *Entre!* Estamos sendo atacados.

◇◇◇◇◇

Civis de San-Er, diz a televisão na barbearia, em looping, *esta é uma invasão aos meios de comunicação.*

O conselheiro Aliha revira os olhos. Está quase em casa, caminhando do palácio à sua segunda residência em Er para uma refeição no meio da manhã. Nesse meio-tempo, passou por três outras telas com multidões semelhantes reunidas à frente.

Olhem ao redor. Será que é esta a vida que os deuses antigos queriam para nós quando forjaram Talin? Nascemos para saltar, e mesmo assim o trono ordena que fiquemos no chão.

As Sociedades Crescentes invadiram o sistema de transmissão do palácio e estão conectadas a todos os canais de San-Er. É ridículo. Se as pessoas de fato acreditassem nesses absurdos religiosos, tais grupos não teriam sido empurrados para as sombras das cidades, abandonados para praticar seus ritos nos últimos templos restantes. Apesar disso, San-Er ama novidades, e sempre que aparece algo que perturbe sua monotonia diária, as pessoas lhe dispensam toda a sua atenção, independentemente do que seja.

Aliha murmura e resmunga, forçando passagem pela multidão da barbearia. Ninguém está trabalhando lá dentro, todos fascinados demais com a transmissão. Ele passou a manhã toda analisando números de exportação de Dacia para garantir que as fábricas consigam a produção necessária para vender arroz, selecionar sementes e distribuir tudo de acordo com as cotas anuais. E o que é que San-Er está fazendo para agradecer? Sendo inútil e esperando coisas de mão beijada do conselho, é claro. Ele está cansado das reclamações de Dacia, dizendo que não conseguem atender a demanda, e está cansado das reclamações dentro da cidade de que não é o suficiente. Não é culpa dele se os fazendeiros são preguiçosos. Foi seu bisavô quem recebeu a província de Dacia no ano em que a nobreza estava devastada depois da guerra com Sica. Em um mundo ideal, os Aliha teriam recebido uma província de maior impacto. Ele tentou ficar com Kelitu depois que os Makusa se ferraram, mas é claro que Kasa preferiu dar a província aos Rehanou.

Levantando a valise, Aliha se abaixa para passar sob um varal. A água suja de uma meia pendurada pinga em seu ombro. Ele a arranca do pregador e a joga no chão lamacento, irritado. Esta parte de San é horrível. Cheia de bandidos e delinquentes que deixam as janelas abertas e as TVs no máximo, deitados na cama o dia todo. Os apartamentos no nível da rua pelos quais passa estão todos ocupados a essa hora. É uma tela atrás da outra.

Nada de conselho, nada de governo. Os deuses direto no trono, em contato direto com o povo.

Um balde de água é jogado no beco atrás dele. Aliha se vira, o xingamento na ponta da língua, mas, ao contrário do que esperava, não há ninguém com quem chiar na sacada. O balde caiu sozinho e rola devagar até parar num saco de lixo.

— Estranho — murmura ele.

Melhor sair logo daqui, antes que sua filha pense que ele não vai se juntar a ela para uma tigela de macarrão. Ela tem estado sensível desde que foi atacada sem motivo durante os jogos do rei, e não sai mais de casa com medo do perigo.

No entanto, no momento em que Aliha se vira para descer o beco, vê um homem surgir à sua frente, brincando com uma laranja nas mãos.

— Conselheiro — cumprimenta o sujeito. — Lembra-se de mim?

Aliha franze a testa. Se for uma tentativa de assalto, não vai demorar muito para as câmeras do palácio registrarem o crime iminente e enviarem guardas. Além disso, ele não tem muito dinheiro consigo, então seria uma causa perdida.

— Sinto muito, mas não — responde. — Se me der licença...

O homem levanta o braço, bloqueando o caminho antes que ele possa passar. No pulso, debaixo de sua manga, há uma tatuagem de uma lua crescente.

Um choque de alarme percorre a coluna de Aliha. Ele não quer arriscar: dá meia-volta e acelera na outra direção. Mas há um borrão de movimento e, de súbito, alguém salta da sacada que ele pensava estar vazia, bloqueando seu caminho de novo. Uma mulher desta vez, as duas pontas de uma lua crescente espiando debaixo da gola.

— Saia da minha frente — ordena ele. — Quem você pensa que é...

Algo penetra a lateral de seu corpo. O conselheiro não compreende a sensação de imediato, só o fato de ser fria e desconhecida. Então vem a dor.

— Vá se foder por ter me colocado na prisão — sussurra a mulher, com crueldade. Ela retira a faca. Então a enfia de novo, cinco centímetros para a esquerda. — Foi culpa da sua filha por ter se metido no meu caminho. Não me surpreende que ela não tenha conseguido correr depressa com cinco mil sacolas de compras em cada braço. *Escória.*

A faca desliza ao ser puxada. Aliha toca o ferimento, tentando conter a torrente vermelha. Se ao menos conseguisse ir para algum lugar, se aguentasse até os guardas chegarem...

Ele grita e cai de joelhos. Deu as costas para o homem na saída do beco, e algo foi fincado em sua coluna, saindo pelo peito. Sua visão escurece. Sombras cinzentas. Poças cinzentas. Só o sangue vermelho concede algum tipo de cor ao chão molhado enquanto ele espasma e cai de lado, batendo a cabeça com força nos restos de um saco de lixo rasgado.

— Eles deveriam ter me enviado atrás de você antes — murmura a mulher. Ela limpa o cabo da faca. — Seu lugar é no lixo. Divirta-se apodrecendo nele.

O conselheiro Aliha a escuta jogar a faca ao seu lado. O tilintar do metal é tão alto quanto a sirene de uma fábrica. Então um rio vermelho emerge de sua boca, preenchendo seus pulmões, e ele não escuta mais nada.

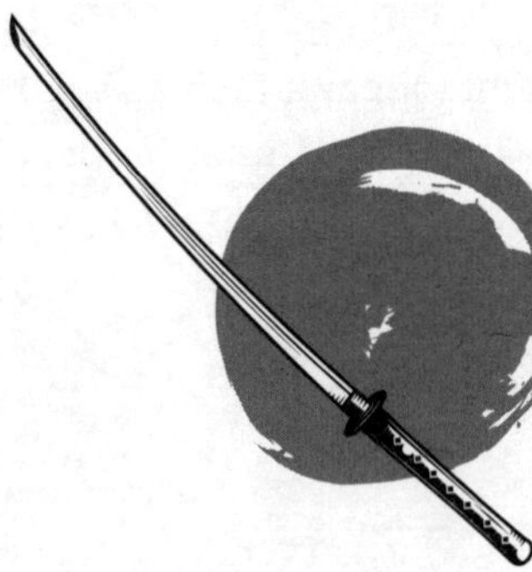

27

Anton volta a si com a cabeça martelando.

Seu olho esquerdo está coberto por um véu vermelho. Um corte em sua sobrancelha, presume, já que o sangue está descendo direto em sua vista. Ele não parece ter ficado desmaiado por muito tempo. Bateu a cabeça com força quando a carruagem deu um solavanco. Caíram numa vala.

Ele se vira, tentando encontrar apoio dentro da carruagem deitada. Os dois guardas estão completamente apagados, as cabeças tombadas para trás. Vivos, mas inúteis para ele se são lentos assim para se recuperar.

Anton passa a mão na testa, tentando estancar o sangue. Ele fica de pé, então dá uma cotovelada forte na janela acima. Precisa de três tentativas para o vidro se quebrar, estilhaçando dentro da carruagem em grandes cacos.

O que aconteceu lá fora? Como o condutor não viu uma *vala gigante*?

Quando Anton se impulsiona pela janela, seu braço atinge uma rede. Ele paralisa. É pior do que pensava. Do outro lado da rede, embora abafado, escuta o ressoar de espadas. Ele tenta arrancar a rede, deslocá-la a fim de conseguir passar, mas é larga demais. Seu propósito é justamente mantê-lo onde está.

Merda. Quantas carruagens caíram na vala? Será que todas bateram ou as outras tiveram tempo de parar quando viram a primeira perdendo o rumo?

Anton vasculha os bolsos atrás de uma faca, então golpeia a rede em todo lugar que consegue. Não adianta. Ele tenta cortar o meio da trama, serrando furiosamente os nós trançados, mas nenhum cede.

— Ei! — começa a gritar. — Alguém...

— *Shhh! Shhh!*

Uma pancada vem do lado de fora da carruagem, como botas pulando na vala. Segundos depois, Galipei Weisanna aparece do outro lado da rede. Seus olhos prateados percorrem depressa os arredores, buscando uma abertura.

— Fique quieto. Imagino que estejam atrás de você. Vamos fugir antes que eles passem pelos guardas.

Galipei tem soado estranho desde a noite anterior. Ainda soa. Talvez ele também esteja planejando alguma coisa. Talvez seja o responsável por isso.

— O que está acontecendo? — pergunta Anton. O chão treme. Isso foi um *explosivo*?

— Entramos em Laho. Aposto o que você quiser que estamos sendo atacados pela Cauda de Andorinha. — A voz de Galipei fica abafada conforme ele contorna a carruagem, tentando encontrar o final da rede. — Você consegue... outro lado?

Embora Anton não escute boa parte da pergunta, pode imaginar o que o guarda perguntou. Ele se afasta da luz alaranjada da janela superior e vai até a inferior. Com a carruagem tombada, ela está quase pressionada contra o chão. Ele a quebra no chute, deixando os cacos caírem do lado de fora, então espia pelo batente oco.

Galipei está rastejando até ali.

— Venha, dá para passar.

— Na *lama*? — resmunga Anton.

O guarda revira os olhos. Então... sopra o ar, como se estivesse tentando tirar a franja da testa.

Não tem cabelo cobrindo seu rosto e caindo sobre os olhos. No entanto, existe uma pessoa que faz isso com muita frequência, mas como poderia...

— *Vamos*. Não temos tempo a perder, e esta é a única parte que a rede não cobre. Não consigo erguê-la, tem alguma merda magnética nas pontas.

Cerrando os dentes, Anton se abaixa para sair pela janela da carruagem, espremendo-se pela pequena trincheira. Alguém grita, a menos de dez passos dali, e Galipei prende a respiração, olhando por sobre o ombro. Nos últimos centímetros, ele não espera Anton terminar de rastejar e simplesmente estica os braços a fim de puxá-lo e colocá-lo de pé.

Estilhaços atingem o chão bem ao lado da vala. A terra voa, e Anton se encolhe, confuso. Só viu esse tipo de arma nos livros didáticos, nas batalhas de Talin com Sica. Depois que a guerra acabou, o palácio encerrou sua distribuição e as destruiu em massa. Até hoje, armas continuam proibidas na capital. Não precisam mais delas, afinal. Não há por que arriscar que sejam usadas contra o trono já que seu inimigo estrangeiro foi eliminado.

— Eles têm flechas boas também — informa Galipei ao ver a expressão dele, e aponta para o próprio ombro. Agora que Anton não está olhando através de uma rede, vê o imenso borrão vermelho no guarda, que não para de aumentar. — Acho que a ponta ainda está em algum lugar aqui dentro.

— Você deveria tirar isso daí.

— Não brinca. — Galipei espera um momento até a terra assentar, então vai espiar pela borda da vala.

Anton está logo atrás dele, embora tenha de se esticar sobre a beirada da vala para conseguir ver, graças à baixa estatura de August.

— Quem está fazendo isso? — pergunta em voz baixa. — O mesmo grupo de Leysa?

— Estão usando as mesmas roupas, então imagino que sim. Vieram em maior número desta vez. Só consegui vê-los de relance antes de me esquivar e me esconder, mas eles estão saltando, o que significa que os Weisanna terão de revidar à altura ou seremos todos eliminados.

— Saltando? — repete Anton. — Não é possível que sejam fortes o bastante para invadirem guardas do palácio.

— As linhagens de San-Er não são inerentemente mais fortes que as das províncias. Eles são *guardas* do palácio, não aristocratas —

murmura Galipei em resposta. — Parece que tudo está funcionando muito bem. Estão saltando para dentro de nós, nos matando e saltando para fora de novo. Não temos Weisanna suficientes para estabelecer uma boa defesa apenas por não serem invadidos. Quando os guardas forem vencidos, eles atacarão as carruagens e os membros do conselho. Não acho que a delegação sobreviverá a isto.

Weisanna. Os guardas. Será que Galipei sempre falou assim?

— Vamos pegar um cavalo e escapar assim que tivermos chance — continua ele. — Não precisamos de todos que estão aqui para irmos atrás da coroa. Eles são no máximo uma bagagem inútil.

Além da cena frenética da batalha dos guardas, Anton enfim vê onde as outras carruagens pararam. Elas ainda estão alinhadas, os cavalos relativamente intactos. A última está exposta, sem tranca na porta, sem nada para impedir que um camponês abra e veja o que tem dentro.

— Não — diz Anton.

Galipei olha para ele, pasmo.

— Não?

— Não, ainda não...

Outra chuva de estilhaços atinge o chão ao lado deles. Desta vez, não é um disparo por acidente; é um projetil intencional, dispersando ondas de fumaça dentro da vala. Embora Anton se vire, imaginando que precisem correr agora ou serão vistos, já é tarde demais.

Um homem pula dentro da vala.

— Mãos ao alto — diz.

Eles estão cercados.

◇◇◇◇◇

Calla briga com as amarras em seus pulsos, mas não consegue fazer a corda ceder. Se estivesse no próprio corpo, os braços seriam mais flexíveis, o suficiente para conseguir colocar as mãos à frente do corpo. Então poderia libertar os tornozelos e correr. Galipei, no entanto, é musculoso por vaidade e, neste momento, os ombros largos são mais um fardo do que um privilégio.

— Quer parar de se contorcer? — sibila uma voz ao lado dela.

Embora Calla esteja vendada, eles a colocaram depressa junto a Anton e longe dos membros do conselho, então só pode ser ele quem está reclamando. Depois de serem puxados da vala, eles foram rapidamente amarrados e sentados no chão. Calla não entende por que ainda não estão mortos. Consegue escutar um dos conselheiros protestar perto da carruagem: a venda está apertada demais, as amarras estão apertadas demais, o chão é duro demais. Quem quer que esteja resmungando não entende que essas pessoas podem lhe enfiar uma faca na garganta num piscar de olhos.

Então por que não enfiam?

— Estou tentando tirar a gente daqui — sussurra Calla em resposta. — Talvez, se você também tentasse se contorcer, conseguiria retirar os braços magrelos dessas cordas.

Isso faz Anton ficar quieto por um minuto. Talvez ele esteja se perguntando se deveria ficar ofendido quando, tecnicamente, foram os braços de August que ela insultou.

— Estamos prestes a morrer e você está pensando nos meus braços.

— Vou matar você com as minhas próprias mãos se continuar falando.

Anton segura uma risada.

— Galipei Weisanna, quando foi que ficou tão ousado assim?

Isso faz Calla voltar à realidade. Ela tenta esfregar a cara no ombro, mas a venda não se mexe.

— Preste atenção — diz. — Não sei por que nos querem vivos, mas não vai ser por muito tempo.

Os agressores estão conversando em algum lugar próximo. Laho se orgulha de ter planícies cobertas de pedras e relva. O som viaja sem restrições. Embora Calla não consiga escutar exatamente o que dizem, ela sabe que estão imersos em uma discussão.

— Tem uma saída fácil — comenta Anton de súbito. — Seu ombro ainda está sangrando. Foque em tirar *qi* do ferimento e você vai conseguir saltar vendado.

O peito dela pulsa. A runa ainda está lá. Ela também consegue escutar os cavalos perto da carruagem... seria *mesmo* uma fuga rápida.

— Por que não faz isso, Majestade? — pergunta. — Você é um saltador habilidoso, afinal.

— Não quero.

— Não seja difícil de propósito.

— Eu? Com certeza você entende a hesitação em perder um corpo poderoso, Calla.

Ela paralisa no meio do movimento, seus pulsos forçando a corda. Então ele descobriu.

— Olhe — diz Calla, lentamente —, eu fiz o que precisava...

— Otta atacou mesmo você?

— Atacou! — Claro que a primeira pergunta dele é sobre a culpa de Otta. — Ela me atraiu para longe do acampamento, quase explodiu minha cabeça com *qi,* e depois deixou um mapa com uma localização na fronteira. Não sei qual é o objetivo dela, mas sei para onde está indo, mesmo que seja uma armadilha.

Anton murmura baixinho.

— Clássico. Não esperava nada diferente dela.

Essa resposta a deixa mais furiosa do que a pergunta sobre ter sido mesmo atacada por Otta. Calla força as amarras mais uma vez, mas não tem chances de se soltar. A discussão entre os agressores está começando a se amenizar. Embora ela não esteja totalmente focada em escutar, percebe que ainda assim é estranho que não esteja entendendo *nada.*

Eles não estão falando talinês.

O campo fica em silêncio. Algo se mexe. Quando Calla ouve passos apressados se aproximando pela relva seca, sabe que vêm direto para ela, e isso antes mesmo de o punho golpear com força a lateral de seu rosto.

Ai, merda...

Calla reprime um grunhido, engolindo o som. Sua cabeça atinge a grama; seu ombro estala quando bate no chão. Suas mãos ainda estão amarradas às costas, então não consegue amortecer a queda nem se proteger do chute seguinte em seu peito. Nunca esteve mais grata por vestir Galipei no meio disso tudo. O impacto teria doído muito mais no próprio corpo.

— Isso era uma emboscada reversa o tempo todo, então? Muito estúpido da sua parte achar que não teria de responder pelo que fez.

O agressor está falando com ela. *Confrontando* ela.

— Do que está falando, cacete? — ruge Calla de volta.

Talvez a confusão atice a curiosidade deles. Subitamente, arrancam-lhe a venda, e um homem toma forma à sua frente. Ele lhe ergue o queixo. Confere a cor dos olhos.

— Você não é Galipei Weisanna? — pergunta.

O amanhecer brilha no horizonte. O vermelho forte corta o céu, e um bando de aves voa acima dele. Andorinhas, nativas das províncias centrais, apesar do ambiente árduo e improvável.

— Sou — responde ela. — Quem é você?

Resposta errada. O homem desce o punho no nariz dela, e Calla fica totalmente de ponta-cabeça por um momento, até perceber que é só seu crânio tombado na relva, a vista girando sem parar.

— A pessoa com quem você esteve se comunicando! — grita ele. — Com quem você fez o acordo. Agora, por que enterramos nossos soldados em Leysa, hein? Achou que valeria a pena diminuir um pouco das nossas tropas daquele jeito?

— Merda — murmura Calla.

Por que Galipei faria um acordo com a Cauda de Andorinha?

O homem a puxa pelo cabelo. Ela se esforça para ver Anton ao seu lado. Ele está prestando atenção. Deve estar ligando os pontos, assim como ela.

— Por sua mera estupidez e pelo fracasso...

— Você não fez sua parte — interrompe Calla de súbito. Seu lábio inferior está começando a inchar. Se disser as coisas certas, ela conseguirá respostas. — O grupo foi descoberto antes do tempo. Não era esse o nosso acordo.

Ele a joga no chão. Sangue escorre por seu rosto, tingindo a grama.

— Nós arriscamos tudo. Usamos a sua informação e prometemos proteção para o seu rei. Isso é *mais* do que o acordo.

— Não vejo assim. — Ela está se esforçando para encontrar um sentido na linha do tempo. O ataque em Rincun, os ataques nas províncias. A floresta em Leysa, e agora essa vala em Laho. — Eu agi de acordo desde então.

O homem balança a cabeça. Quando se vira, gesticulando para que outro membro traga sua espada, Calla finalmente vê a pequena andorinha tatuada em sua nuca.

— As coisas eram conduzidas de maneira muito mais organizada quando falávamos diretamente com o Príncipe August. Não queremos você perto de questões divinas.

Questões divinas. Príncipe August.

O ar fica preso na garganta dela.

Galipei fez um acordo com a Cauda de Andorinha porque *August* estava conversando com a Cauda de Andorinha. *August* ordenou os ataques nas províncias; *ele* deu as instruções antes de ser coroado, antes de ser invadido por Anton. Na verdade, parece que Anton atrapalhou uma série de planos traçados com muita cautela. Causar um frenesi nas províncias, culpar os membros do conselho, assumir o controle total de Talin.

Céus. *Ela* o colocou nesse trono.

— Anton — diz Calla de súbito. É o fim da linha. Uma parte dela sabe que o está expondo de propósito. Não lhe deixará outra alternativa. Irá encurralá-lo de forma que o force a agir. Dirá o que for preciso para que as correntes de condenados dos dois sejam trancadas juntas. — Estou indo. Venha comigo. Preciso de você.

Ela não espera a resposta. Não é o mesmo pânico que fervilhou na cidade em Lankil, mas, no momento em que olha para dentro de si, a sensação está ali, aguardando... Um abismo, meramente encostado num canto de sua mente em vez de trancado numa área lacrada. Expira, inspira. O sangue pinga de seu ombro, escorre pelo braço até suas palmas.

A dor percorre sua coluna, escurece a visão. Quando Calla abre os olhos de novo, está olhando para o teto da carruagem. Seu corpo formiga com o sangue circulando e ela recupera a sensibilidade. Assim que se mexe, sente a sujeira de suas roupas encardidas, que ainda estão cobertas pelas cinzas de Lankil.

Funcionou.

Há um som ao seu lado, à esquerda. Calla se vira devagar, um pouco tonta. A última coisa que espera ver é a tampa de um longo caixote voar de súbito, e alguém se erguer ali de dentro.

— Mas que *merda*...

— Pelos deuses, estou duro igual uma porta. Não acredito que me largaram deitado assim num depósito.

Calla se lembra da foto que Anton tinha no apartamento, de quando era mais novo no Palácio da Terra. Olhos pretos e cabelo bagunçado, uma sobrancelha definida e feições perfeitamente simétricas.

— Você trouxe seu corpo de nascença nesta viagem? — grita ela. — Está maluco? Desperdiçamos uma carruagem inteira só para isso?

— Trouxe porque as chances de você me forçar a sair de August antes de a viagem acabar eram altas, e eu tinha razão — rebate ele. — Vamos fugir ou não? August e Galipei estão acordando.

Merda. Merda merda merda...

Calla abre a porta da carruagem. Antes de se localizar e determinar para que direção devem ir, ela saca a espada, pronta para lutar. Seu corpo sabe reagir ao menor sinal, sente o mundo ao redor e se ajusta de acordo. Suas pernas se preparam para pular. Seus dedos se fecham, com força e segurança. Ela se sente tão feliz por estar de volta. Nenhum outro corpo neste mundo é certo para ela.

Na luz brilhante da manhã, Calla corta o arreio que conecta o cavalo à carruagem. Ela enfia a espada de volta na bainha, então sobe na sela, inclinando-se para o lado antes de se equilibrar.

— Ande logo! — sibila.

Apertando as pernas com agilidade, ela vira o cavalo para a outra direção. Anton sai da carruagem cambaleando. Ela estica o braço para agarrá-lo e o puxa para cima do animal assim que ouvem gritos vindo do campo. Permite-se um olhar rápido.

Galipei está se levantando.

— Vamos para o norte — diz Anton, as mãos nos ombros dela para girá-la no sentido correto.

Calla assente. Antes que a Cauda de Andorinha comece a atirar flechas, ela esporeia o cavalo e foge em alta velocidade.

◇◇◇◇◇

August Shenzhi retoma a consciência como se estivesse acordando de um sonho.

Quando pisca pela primeira vez, sabe que algo está absurdamente errado. Na segunda, percebe a venda e as amarras em seus pulsos.

— *Chega* — grita alguém atrás dele. — *Quem fugiu? Atrás deles!*

O ar tem um cheiro estranho. De alguma coisa queimada, que ficou tempo demais ao sol. Um resmungo soa ao seu lado, e ele reconhece a presença de Galipei num instante. Será que estão amarrados? Será que estão nas províncias?

Suas lembranças meio que flutuam para longe quando tenta alcançá-las, mas tudo o que aconteceu quando estava fora do controle se dissipa como fumaça por uma peneira. Seu corpo está dolorido, indicando movimento frequente nos últimos dias. Ele não se lembra de nada exceto da persistente sensação de ressentimento. Embora seu *qi* estivesse suprimido, consegue sentir cada esforço que fez para voltar à superfície, começando pela explosão de ira que se acumula dentro de sua garganta no presente momento.

Com facilidade e prática, August inclina a cabeça contra os joelhos e tira a venda. As pessoas que tomam forma à sua frente são totalmente desconhecidas, mas isso não muda o fato de que ele está amarrado, e elas de pé ao seu redor, armadas. August salta para dentro do homem mais próximo sem esforço algum. Ele saca a espada que pende de sua cintura e a crava no corpo ocupado, então salta antes de sentir a dor, com um clarão de luz tão intenso que escuta gritos quando aterrissa de novo.

Encontrou alguém com uma faca. Outra pessoa grita, implora:

— Espere, não! Pare!

Mas a faca já está dentro de seu pescoço.

Ele salta. De novo. E de novo.

No sexto salto, parece que a maioria das pessoas que estava ao redor fugiu, saindo do alcance de dez metros. August limpa as mãos na roupa, fazendo uma careta para o quanto este o corpo está suando. Isso não o faz parar. Ele os mata, e enfim salta de volta para o próprio corpo.

O chão é duro e desconfortável. Ele apalpa seus membros antes de ousar ficar de pé, conferindo as roupas, os hematomas, em busca de algum sinal que lhe diga o que estão fazendo aqui.

— Galipei?

Seu guarda oscila. No tempo que August levou para atacar seus oponentes, Galipei mal conseguiu ficar de pé. Sangue mancha seu pescoço e seu torso. Embora suas mãos continuem amarradas, ele não está vendado. Quando olha na direção de August, seus olhos dilatam, então focam, as pupilas dois pontinhos ínfimos em meio ao prateado.

— É você. — Galipei arfa. — August, você voltou.

— Que merda está acontecendo aqui? — murmura o rei.

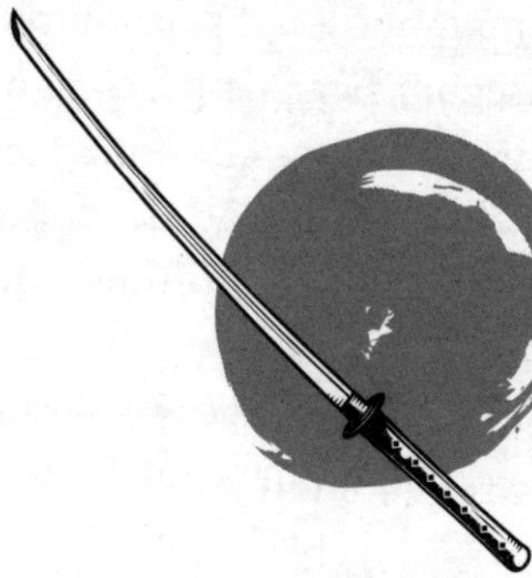

28

A coroa ficou adormecida por mais de um século, e não gosta muito de ser despertada.

Da última vez em que foi usada, Talin era diferente. O mar beirava todos os cantos da terra, e as ondas espirravam contra as montanhas do norte. As províncias eram estados tributados, cortadas em diferentes formatos, e respondiam aos deuses e não aos soldados à espreita em seus campos. Não tornava nada mais fácil, mas Talin ainda não tinha visto uma guerra real. Pode-se até imaginar que os céus fossem mais brilhantes e o ar mais doce.

Então veio a guerra, e os deuses ficaram irritados. Era necessário haver uma ordem natural no mundo mortal. *Qi* nasce, e precisa morrer. A humanidade pode receber bençãos, mas nunca deve achar que também pode brincar de deus.

A coroa foi um presente dos céus. Quando aquela que a vestia ousou recusar a ordem dos deuses de abdicar, uma divindade do equilíbrio desceu para restaurar a ordem. Ela ficou tão chocada com as injustiças cometidas que não teve escolha a não ser amaldiçoar a coroa para não ser tocada, implorar aos deuses para se manterem longe. Para deixarem Talin se recuperar. Aquele era o seu domínio: o equilíbrio havia sido rompido, e ela se retiraria do panteão e guardaria a coroa pelo tempo que fosse preciso. Até que a guerra voltou.

No meio das montanhas, a coroa sente uma presença se aproximar.

E tudo recomeça.

◇◇◇◇◇

Os Weisanna implantaram um toque de recolher em San-Er. Todos os civis precisam estar dentro de casa ao cair da noite para sua própria proteção, porque as Sociedades Crescentes tomaram as ruas.

A morte do conselheiro Aliha é anunciada nos clipes da noite, com imagens em alta resolução das câmeras de segurança. Aquela parte da cidade recentemente instalou equipamentos que gravam em cor. Quando o borrifo vermelho atinge a parede do beco, o formato lembra um pássaro de asas abertas.

A conselheira Bethilia, da província Yingu, é atacada no mercado a céu aberto. Três figuras mascaradas a cercam com facas, e segundos depois ela já está além de qualquer salvação ou tentativa de saltar, sangrando ao lado da barraca de carnes. Mais de vinte testemunhas relatam que os agressores tinham tatuagens de luas crescentes nas mãos. Os Weisanna anunciam que as Sociedades Crescentes são responsáveis pelo crime, porém não dão mais detalhes acerca da identidade dos envolvidos. Com tantos membros nos templos, eles devem prender todos ou nenhum.

A conselheira de Meannin, à esquerda de Laho, sobrevive a múltiplos golpes de um objeto achatado, mas ainda não recobrou a consciência no hospital. O conselheiro de Ediso, acima de Kelitu, do outro lado do rio Jinzi, teve a mão amputada ao esticar o braço para pegar seu jantar no mercado do coliseu, mas o crescente com a adaga saiu correndo antes do toco começar a jorrar sangue.

É uma anarquia.

Mas os civis comuns de San-Er com certeza perceberam que não são eles que estão sendo atacados.

Yilas e Chami saem pelas portas dos fundos do restaurante. Ninguém obedece ao toque de recolher. Uma música eletrônica pulsa distante de um dos comércios do prédio. Chami aperta a mão da namorada duas vezes, e Yilas retribui o gesto, mostrando que também vê as três mulheres à espreita no final do beco. Elas passam sem problemas.

— Nós já fizemos muita coisa ridícula na vida — murmura Yilas —, mas esta ganha um prêmio.

— Não tem nada de ridículo nisso — garante Chami. — É uma maneira perfeita de conseguir entrar em contato e ajudar seu irmão.

— Trabalhando com os criminosos que ele está acusando?

Chami suspira, mas é um som cheio de afeto, não irritação. Ela não fala mais nada. Já discutiram sobre isso nada menos que oito vezes desde a ligação do dia anterior. Quando Yilas tentou desligar o telefonema com a mulher, Bibi, ao alegar que na verdade elas não tinham como contatar Calla Tuoleimi porque o sinal do celular dela era muito fraco, sentimos muito, mais sorte da próxima vez, Bibi a interrompeu na mesma hora. As Sociedades Crescentes tinham tecnologia para melhorar o sinal, desde que tivessem o número de Calla. Era um obstáculo fácil de resolver. Bibi forneceria o método, e tudo o que pedia em troca era poder enviar sua própria mensagem depois que Yilas se comunicasse com a princesa.

— Por que… você permitiria isso? — perguntou Yilas, confusa. — Você entende a conversa que escutou na sala de vigilância? Meu irmão está tentando denunciar seu grupo. Eu estou prestes a avisar a Calla que há um problema no palácio que ela tem de resolver: *você*. E aí você quer aparecer na linha e dar um oi?

— Eu tenho fé de que a princesa tomará uma decisão racional. — Bibi não pareceu preocupada.

E nem Chami, depois de desligarem.

— Quem se importa com o que as Sociedades Crescentes querem falar? — perguntou ela. — Calla pode deixar entrar por uma orelha e sair pela outra. Não vai fazer nada que não queira.

Talvez Yilas estivesse acostumada demais a perseguir Matiyu desde que eram pequenos. O esforçado Matiyu, que fazia a lição de casa e acreditava nos colegas quando falavam que queriam ver as respostas só para se inspirar. O ingênuo Matiyu, que entrou de boa vontade num culto depois de se formar na escola porque era a maneira mais rápida de subir de posto na capital e conseguir um dinheiro rápido, antes de engatar em um serviço respeitável.

As Sociedades Crescentes sempre foram a organização com maior probabilidade de derrubar o palácio. Mas *maior* não é o mesmo que provável. Se o Palácio da União realmente quisesse, levaria *um único* dia para derrubar todos os templos da capital. Só os deixaram de pé porque as Sociedades Crescentes precisariam de um apoio colossal para conquistar San-Er; a faminta e desesperada San-Er. Entre uma refeição garantida e a revolução, o povo das cidades gêmeas preferiria manter seus trabalhos precários.

— Pare de se preocupar tanto — diz Chami. — Depois de passarmos a mensagem para Calla, não é mais da nossa conta. Principalmente com Matiyu se candidatando ao distrito financeiro. Eles podem queimar o palácio até o chão, não importa para nós.

— Isso também não seria muito bom — responde Yilas. — Eu meio que prefiro ter uma economia funcional.

Chami ri. Elas continuam caminhando por San e, embora esteja mais quieto do que o comum, não há sinal de perigo. As lojas mantêm a fachada de estarem fechadas, mas as portas de aço estão puxadas até metade, permitindo que as pessoas se abaixem e entrem do mesmo jeito. Yilas semicerra os olhos para uma das vitrines. O restaurante Duas Galinhas com certeza está aberto; os clientes só estão comendo no escuro para que nenhum guarda do palácio passe em patrulha e os expulse.

O cibercafé mais famoso de San fica a apenas dez minutos do restaurante Magnólia, então não demora muito para que Yilas e Chami cheguem à entrada e pressionem a cara contra a porta de vidro para espiar. As luzes estão apagadas. Bibi pediu para se encontrarem aqui, mas não falou se deveriam entrar ou esperar do lado de fora.

— Está ouvindo alguma coisa? — sussurra Chami.

Yilas balança a cabeça.

— Este seria o primeiro lugar que os Weisanna fechariam, então duvido que ficarão abertos. Vamos tentar os fundos.

O cibercafé, embora independente, ainda fica no piso térreo de um shopping, e a entrada principal é uma porta rotativa que range na Rua Mouco. No entanto, assim que elas se aproximam da rua, dando a volta na bicicleta abandonada de alguém à frente — será que a compraram em Er e só depois perceberam que é difícil demais andar de bicicleta em San? —, Yilas percebe que a porta de girar pode estar trancada. Ela chacoalha a barra com força, como se isso fosse soltar a estrutura, e Chami dá uma risadinha.

— Qual é a graça?

— Você, meu bem. Acho que tem um calço aqui. — Chami chuta um bloquinho triangular enfiado debaixo da porta. Quando ela se inclina para empurrar a barra de novo, a porta começa a abrir. — Prontinho.

Claro.

Yilas e Chami entram depressa no shopping e passam pelas lojas vazias e fantasmagóricas. É questão de tentativa e erro até encontrarem o outro lado do cibercafé, e mesmo então Yilas não sabe bem se o lugar está de fato aberto, dado que entraram pelo que imagina ser uma porta dos fundos e se depararam com a escuridão total. Seus passos ecoam pelo espaço. Chami aperta sua mão com mais força.

— Sinto informar, mas a espera é de cerca de uma hora.

As duas gritam ao mesmo tempo, virando-se. A voz veio de trás do balcão. Subitamente iluminado por um quadrado de luz azul, um senhor está de pé ali, com uma lata de refrigerante nas mãos e um canudinho saindo do topo. Embora esteja bem-vestido, seu casaco tem um caimento bizarro, e as ombreiras não combinam com sua silhueta magrinha.

— Sulian, elas estão comigo!

A voz também vem de trás do balcão, muito mais perto do piso. Yilas espia e vê a cabeça de Bibi sair de um alçapão. Bibi acena, animada. Há um porão debaixo do cibercafé.

— Eu já não falei mil vezes para você me passar o nome dos seus visitantes com antecedência? — reclama Sulian.

— Foi mal. — Bibi já desapareceu dentro do porão de novo. — Por favor, mostre o caminho para elas. Vou dar uma boa gorjeta. Obrigada!

O senhor parece cansado. Ele se vira para Yilas e Chami, depois gesticula silenciosamente para que sigam adiante.

— Depois de você — sussurra Chami.

— Para eu ser assassinada primeiro? — sussurra Yilas de volta.

Mesmo assim, ela dá a volta no balcão. Espia o interior do porão azul, farejando, antes de descer com cuidado a escada. É um espaço bem pequeno. Não há mais do que três computadores em uso, o clique-clique da digitação ecoando pelas paredes. Yilas estica a mão para ajudar a namorada, que vem atrás. Quando Chami pisa no último degrau, seu pé escorrega, e ela bate o cotovelo numa das divisórias antes de retomar o equilíbrio. Yilas se apressa a segurar a divisória, então pisca, estreitando os olhos por entre os vãos da dobradiça. Estava errada: este espaço não tem nada de pequeno; é só uma área separada para os computadores. Atrás da divisória, há fileiras e mais fileiras de estantes de livros que se expandem e tomam a maior parte do porão.

— Aqui.

Há dois adolescentes usando os outros computadores, mas eles têm fones de ouvido colados às orelhas. Yilas e Chami passam por eles, avançando cautelosas a caminho do computador que Bibi está usando.

— Vamos usar um programa VoIP — diz ela quando as duas se sentam, sem perder tempo com trivialidades. Ela clica na tela e abre várias janelas.

— Um vó-i... pê? — diz Yilas, tentando repetir.

— VoIP. Voz sobre IP. — Bibi olha para elas e encontra rostos confusos. — Ah, desculpe. Consigo rodar um programa que disca para as províncias usando a internet. Só digite o número. Não vai ficar salvo, caso estejam preocupadas com isso.

— Não é como se fôssemos acreditar em você — murmura Yilas, usando uma das mãos para cobrir os números que digita quando Bibi lhe passa o teclado. Ainda não está convencida de que isso não é uma armadilha. Daqui a um minuto ou dois, provavelmente haverá membros da Sociedade Crescente surgindo de trás daquelas estantes para sequestrá-la de novo e arrancar seu coração.

— Mais cedo, perguntei de você no templo — diz Bibi, quando Yilas termina de digitar. — Eles pediram desculpas por envolvê-la nos experimentos. A maioria dos membros que estava metida naquela história já não está mais com a gente. Não somos todos iguais... Bom, acho que queremos coisas parecidas, mas temos éticas diferentes de como buscá-las.

Yilas não se dá ao trabalho de responder.

Está mais preocupada em acertar o número de Calla, mas, assim que aperta o botão verde de DISCAR, aparece uma mensagem de erro de conexão. Bibi franze a testa para a tela.

— Estranho — diz. — Mesmo se não funcionasse, deveria pelo menos tentar chamar antes.

— O número está certo? — pergunta Chami, inclinando-se para mais perto e colocando o queixo no ombro da namorada.

— Está. Não sei por que... — Yilas percebe então. — Esperem. Sei sim.

Ela abre um navegador e vai até um dos jornais online de San-Er. Uma de cada lado, Bibi e Chami olham em silêncio enquanto Yilas rola pelas notícias mais recentes e para quando encontra uma nota sobre a coroa divina. Estava lendo aquilo distraída durante o almoço. O repórter desenhou um mapa, marcando com setas que indicavam a rota da delegação até a fronteira.

Chami aponta para a tela ao entender por que ela está consultando aquele caminho.

— Tente o código de Laho.

Yilas acrescenta o prefixo de dois dígitos antes do número do celular de Calla. Erro.

— Lankil? — sugere Chami, com menos certeza. A delegação estaria indo muito devagar se ainda estiver em Lankil.

Erro.

— Bom, vamos ser generosas então — diz Yilas, enfim tentando o prefixo da província de Actia.

A janelinha muda na tela. Em vez de uma caixa vermelha de erro, aparece um círculo verde, carregando. Bibi endireita as costas. Yilas e Chami ficam imóveis.

Chama uma vez. Duas.

— Mas que *merda é essa*? — Sãs as primeiras palavras que saem do alto-falante do computador, craquelando com a estática, mas audíveis mesmo assim. Se a voz de Calla não fosse imediatamente reconhecível, seu cumprimento com certeza é. — Quem está falando e como conseguiu sinal?

— Sou eu — responde Yilas apressada. — Está podendo falar?

— Hã, bom... claro. Anton, pegue as rédeas, sim?

Yilas se inclina para trás. Chami pisca. Devagar, Bibi inclina a cabeça.

— Anton? — repete ela. — Anton Makusa? Ele não está morto?

— Essa história é longa e não dá para contar na estrada de Actia. Este deserto não é brincadeira. O que aconteceu? Chami está bem?

— Estou ótima! — responde ela, animada. — Estou aqui também.

— Calla, as Sociedades Crescentes estão começando um golpe em San-Er. — Não tem por que enrolar. Yilas não sabe onde fica o microfone já que estão ligando de um computador, então ergue a voz. — Na semana passada, assassinaram guardas e Weisanna em segredo, mas agora fizeram uma transmissão geral, incitando a morte dos membros do conselho. A maioria dos conselheiros que ficou na capital está sofrendo ataques.

O outro lado da linha zumbe. A pausa dura o suficiente para Yilas se perguntar se a conexão caiu, embora o círculo verde ainda esteja piscando na tela.

— Isso é com certeza um problema. — Interferência craquela e chia na linha. — Mas não tem nada que eu possa fazer. Otta Avia se separou da delegação, e estamos em uma corrida contra ela até a coroa. San-Er vai ter que aguentar até voltarmos.

Bibi olha para Yilas como se dissesse: *viu, ela nem se importa tanto.*

Yilas faz uma careta.

— Mais uma coisa. Foram as Sociedades Crescentes que ajudaram a gente a fazer essa ligação. Tem uma pessoa aqui querendo falar com você.

— Tem *o quê*?

— Olá, Alteza — interrompe Bibi. — Serei rápida, sei que é uma pessoa ocupada. Quando voltar a San-Er, você pode contar com o apoio das nossas forças. Só pedimos que não lute contra nós. Temos muito em comum.

— Muito em comum... Yilas, isso é uma pegadinha?

— Eu lhe garanto que os templos chegaram a um consenso — continua Bibi, antes que ela possa responder. — Nós nunca quisemos o caos. Só queremos que o reino viva da forma como os deuses planejaram. Com você no trono como nosso símbolo, alcançaremos uma mudança genuína e duradoura.

Calla deve ter afastado o telefone da orelha. Há um murmúrio baixo, do tipo que não soa muito amigável.

— As Sociedades Crescentes têm uma nova liderança — diz Yilas, a voz fraca.

— Claro — responde Calla, e sua voz é acompanhada por uma explosão de estática quando ela volta à linha —, que seja.

Depois de todos esses anos trabalhando com ela, Yilas sabe como soam as dispensas de Calla. Está estranhamente aliviada, embora isso seja de fato o que Chami previu que aconteceria. Havia uma parte dela com medo de perceber interesse da parte de Calla quando Bibi fizesse sua proposta. Yilas não sabe bem explicar o porquê.

— Escutem, Yilas, Chami, enquanto estamos aqui... — diz Calla. Suas palavras ficam cada vez mais inaudíveis. Se ela está cavalgando por Actia enquanto fala, pode ser que esteja se afastando demais da torre de celular pela qual estão conectadas. — Vocês já ouviram falar em Sinoa Tuoleimi?

As duas trocam olhares. Nenhuma delas terminou a escola antes de abandonar os estudos e ir trabalhar como criadas no palácio. No entanto, apesar disso, aprenderam as lições de história cedo, como todas as crianças de San-Er. Uma das coisas que lhes é ensinada é que o Rei Akilas Shenzhi, do Palácio da Terra, liderou a guerra contra Sica. Durante o conflito, seu irmão, o Rei Potau Tuoleimi, governou o Palácio dos Céus, embora não fosse um Tuoleimi de verdade, porque a geração anterior não teve filhos e seguiram adiante com um Shenzhi.

— Não faço ideia de quem seja — responde Chami. — Ela governou antes da guerra?

— Deve ter sido — responde Calla, soando pensativa. — Nunca escutaram o nome? Talvez ela tenha nascido Shenzhi.

A troca de nomes entre a realeza sempre foi uma prática comum, mesmo depois que o reino consolidou sua capital em San-Er. O pai do Rei Kasa também era um Shenzhi com dois filhos, enquanto o outro trono não teve herdeiros. O Rei Kasa herdou San e o Palácio da Terra, então o pai de Calla foi realocado como um Tuoleimi e assumiu Er e o Palácio dos Céus. Shenzhi e Tuoleimi são o mesmo sangue. O nome era uma formalidade para combinar com o palácio.

— Nunca ouvi falar de uma Sinoa e ponto — diz Yilas. — O que quer saber?

— ... imaginei que as chances fossem pequenas... história bizarra...

A conexão de Calla está ficando mais fraca. Yilas se inclina para a frente, na intenção de dizer algo sobre a mãe de Anton e o que as Sociedades Crescentes sabem dela, mas então a ligação cai e o círculo verde se transforma em uma linha vermelha.

Bibi logo fica de pé. Ela tira um disco do computador. Enrola um fone de ouvido no pescoço.

— Isso foi muito produtivo — declara. Com um gesto da mão sobre o teclado, a tela se apaga e ela se desconecta do sistema. — Tenho questões a resolver. Vocês têm meu número se precisarem de mim para mais alguma coisa.

Yilas e Chami a deixam ir. Nenhuma das duas diz algo afirmativo; se tiverem sorte, nunca mais precisarão se envolver nessa loucura.

— Ah! — diz Bibi, girando antes de subir a escada para o salão principal do cibercafé. — Talvez seja uma boa ideia ficarem dentro de casa nos próximos dias. Só um aviso.

29

Certa vez, August pensou ter ouvido os deuses antigos.

Ele jamais admitiria. Se o fizesse, o palácio o teria considerado louco muito antes de poder subir na hierarquia. Mas ele sabe que não estava errado, mesmo que não possa explicar totalmente como aconteceu.

Tinha 14 anos, e seu pai estava morrendo. Annic Avia não ofereceu muito a August considerando a vida que levava, mas ensinou o filho a fazer dobraduras de pássaros e o levava todo ano aos salões fúnebres da cidade, onde passava o tempo indo com ele a cada cômodo, mostrando quais placas pertenceram aos seus ancestrais. Em San-Er, os mortos de respeito não são enterrados; suas cinzas são colocadas em bandejas, e as bandejas organizadas em gavetas nas paredes, rotuladas com uma placa de cinco centímetros para o nome. August costumava ler cada uma delas com muita atenção, olhando de perto a cor com a qual foram gravadas. Era raro outra coisa representar a família em uma cidade tão populosa, então seus descendentes entalhavam o nome dos mortos na cor de seus olhos, para terem uma pequena lembrança única em um mar de gavetas de metal.

Os Avia são uma família antiga, dissera seu pai no leito de morte. *Embora não sejamos especiais, nós temos uma história. Isso é algo que você deve preservar. Cuide da sua mãe e da sua irmã.*

Mais tarde naquele ano, Otta pegaria a febre *yaisu*, e a mãe dele se mataria pulando do topo da muralha. Os dois acontecimentos não estavam relacionados. Sua mãe era a segunda esposa de Annic e não poderia se importar menos com Otta, cuja mãe falecera no parto. Embora ele também visitasse as duas, só sentia falta do pai.

A lua nova o escondia enquanto serpenteava pela cidade e ia prestar suas homenagens no primeiro dia de cada mês, levando frutas como oferenda. Não passava de um espectro, desconhecido por todos e principalmente por si mesmo. O reino lhe devia pouco, mas ele queria mais. August garantiu que o pai recebesse duas gavetas em vez de uma, comprando dois lugares para que sua placa fosse maior do que as outras. Mesmo assim, toda vez que limpava o túmulo, a tinta preta parecia terrivelmente simples em comparação aos demais nomes. Olhos pretos deveriam ser uma marca da nobreza, quase sempre encontrados no palácio. Para August, eram sinônimo de insignificância. Ele poderia ser substituído com facilidade pelo próximo menino solitário na ala norte. Escritos com as mesmas canetas, se trocassem seus trabalhos na escola pelos da mesa ao lado, nenhum professor saberia a diferença.

— Eu queria saber — sussurrou em voz alta certa noite, polindo as gavetas e também limpando as placas próximas, garantindo-lhes uma cobertura reluzente — se existe algo a mais esperando por mim no meu destino.

Quase ninguém sabia quem era August quando Carneli Avia se casou com o Rei Kasa. Embora a cerimônia tenha sido extravagante, ninguém deu a mínima para o sobrinho magrelo de 8 anos que entrou para a nobreza por tabela. Nos anos seguintes, ele encantou os nobres e certificou-se de que fosse querido pelo topo da elite. Não bastou. Não o deixou mais perto do que desejava.

— Queria saber o que mais pode existir lá na frente.

Não era um comentário para o qual ele esperava resposta. Mal estava acordado àquela hora da madrugada, então o eco que soou poderia ser atribuído à sua imaginação. Apenas as luzes piscando lhe diziam que não era uma alucinação auditiva, pois os altares de todas as divindades ao redor pulsavam em vermelho. Ele se virou e escutou "*rei, rei, rei*" sussurrado direto dos céus, e August tomou uma decisão.

Quando deu à sua tia Carneli a xícara de chá, a bebida deveria apenas causar danos aos seus órgãos. O suficiente para eliminar a possibilidade de herdeiros, para que um dia August pudesse começar seus planos. Ele não esperava que ela fosse ficar doente.

Não esperava que ela fosse morrer pouco depois.

No entanto, a coisa funcionou a favor dele, como costuma acontecer. August gosta de pensar que o deus da sorte gosta dele em particular e, mesmo que não consiga imaginar que os deuses antigos existam como entidades caminhando pela terra como acreditam os moradores das províncias, sabe que sua essência continua no reino. Um vento sopra; um dado é lançado. Eventos se encaixam, e August Shenzhi vira rei.

Uma pena ele só ter vivido tal glória por poucas horas até agora.

Eles entram na província de Actia depois do cair da noite. O clima ficou tremendamente frio, e Galipei não para de olhar de cima do cavalo, observando August avançar sozinho e cada vez mais depressa. Os guardas pediram várias vezes que ele entrasse em uma carruagem, mas ele se recusa, preferindo cavalgar. Há muito mais espaço para se sentar agora, depois que deram aos conselheiros a opção de voltar para San-Er. Os que partiram levarão às cidades a informação de que Anton Makusa e Calla Tuoleimi são criminosos que conspiram contra o trono, arquitetando planos desde a coroação.

Nem todos os membros do conselho quiseram voltar. Ficaram sabendo dos ataques das Sociedades Crescentes. Da perturbação da ordem, cada vez pior em San-Er.

— Precisamos desacelerar! — grita Galipei. — Estamos chegando à areia.

August assente, concordando em silêncio. Assim que reduzem a uma velocidade aceitável, o guarda-costas conduz seu cavalo para perto. Os outros guardas ficam para trás. Estão livres para conversar.

— August, um momento — diz Galipei. — Você se lembra…

— Não — interrompe o rei.

Injusta e perversamente, não consegue entender como seu guarda pessoal não percebeu que ele passara semanas invadido... se não como seu protetor, com certeza como alguém que o conhece, que deveria ser seu confidente mais próximo.

Desde bem jovem, não há nada que irrite mais August do que ser ignorado. Passou noites demais sozinho quando era criança, sentado no canto da fábrica do pai perguntando-se por que não se sentia mais vivo do que uma das máquinas de borracha funcionando em fila. Uma peça podia quebrar e não seria um problema, porque outras dezenas no chão da fábrica a substituiriam. August não suportava um ambiente assim. Preferia muito mais o palácio. Amava poder conversar com a nobreza nas salas de reunião, as palavras reverberando para além das quatro paredes e se tornando a lei escrita.

August Shenzhi precisa que o reino se importe com o que ele está fazendo. Precisa que o reino saiba que ele o ama profunda e tragicamente, bem lá no fundo. Em troca, a devoção do povo será real e duradoura. Pois enquanto puderem testemunhar as maravilhas que ele oferece e pensar nele como o maior de todos a carregar seus fardos, ele pode se tornar uma lenda. Pode ser a representação dos céus em uma forma mortal.

O problema de manter Galipei por perto é que August se vê tentado a acreditar que consegue ver os dois lados da moeda. Que o guarda pode, talvez, realmente enxergá-lo, e ele receberá devoção total de qualquer forma. Não funciona assim. Não deveria. Galipei foi designado a ele. No fim, nada disso é real, e ele precisa se lembrar disso.

— Não fale assim comigo — repreende o guarda-costas. — Eu sabia que havia alguma coisa errada.

— Mesmo assim — argumenta August —, estávamos todos na *província de Laho* antes de a sorte me trazer de volta.

— Sorte? Você me subestima.

A ira aos poucos afrouxa os dedos ao redor da coluna de August. Ele escuta algo no tom de Galipei. Sabe o que ele quer dizer.

— Você viu a carta no meu escritório.

A Cauda de Andorinha apareceu no radar de August quando os guardas do palácio fizeram uma varredura nas Sociedades Crescentes depois da traição de Leida e encontraram correspondências entrando e saindo da capital. Embora a Cauda de Andorinha e as Sociedades Crescentes sejam grupos revolucionários, elas discordam em um único aspecto crucial: as Sociedades Crescentes querem abolir a monarquia e deixar que os deuses governem; a Cauda de Andorinha só quer eliminara a burocracia, se livrar do conselho, dos generais e dos soldados, e deixar que os deuses canalizem todo o seu poder por meio do monarca no trono.

E August viu aí uma oportunidade.

— Só encontrei a carta quando estávamos prestes a deixar San-Er. — Galipei faz uma pausa. — Entrei em contato em seu nome para retomar a comunicação.

August, mantendo o ritmo com as rédeas firmes na mão, olha para ele e vê que Galipei já o observava. Seu guarda não parece chateado por August não ter falado nada de seu plano. Com o tempo, precisaria falar... há muito pouco que Galipei não veja, e menos ainda que o rei queira esconder dele. As peças se encaixaram apenas alguns dias antes da coroação. Entre se meter nos jogos e fazer as aparições necessárias no palácio a fim de apaziguar as suspeitas, ele sequer teve tempo para comer. Galipei deve saber que teria sido informado logo depois da coroação.

Se Anton Makusa não houvesse se comportado como a praga que é.

August ameniza a raiva assim que ela surge. Haverá tempo para isso depois.

— Você fez um bom trabalho — diz. — O conselho não vai sobreviver a isto.

As dunas de Actia sopram ferozes com o vento. A aspereza arranha os olhos de August, embora ele se recuse a encolher e proteger o rosto.

— August.

A testa de Galipei está franzida quando o rei volta a olhá-lo. Seja lá o que tem a dizer, ele hesita, e depois de alguns segundos August o incentiva:

— Fale.

Sua permissão tem efeito imediato. Galipei rompe o próprio bloqueio.

— Não fez sentido de início, mas eu entendo. Você queria que Otta acordasse. Sabia que o cinábrio iria despertá-la.

Essa era a única coisa que August tinha esperanças de que Galipei não fosse decifrar. O resto contará quando chegar a hora. Para o resto ele tem um motivo e defesas infinitas, não importa quem precise morrer. Mas salvar sua meia-irmã é o que mais o incomoda, porque ele não acredita nos deuses, mas é impossível explicar como descobriu que haveria uma chance de essa aposta funcionar, a não ser que os deuses sejam reais.

— Foi um chute — diz, neutro. — Ela já estava praticamente morta. Ou a mataria, ou a ressuscitaria.

Quanto mais se aproximavam da execução de Kasa, mais lhe pesava que sua maior ameaça posterior seria o conselho. Ele não tinha direito legítimo à linhagem real e ao trono, como os aristocratas fofoqueiros gostavam tanto de comentar. Bastaria um único conselheiro convincente para colocarem a coroa na cabeça de outra pessoa e insistirem que os céus também a aprovaram, iniciando assim um debate acerca de quem merecia governar. August já sabia que a coroa não era a verdadeira. Não podia arriscar que alguém usasse essa brecha para alegar a aceitação dos céus, mas mesmo assim não tinha outra forma de se distinguir a não ser pelo desejo da coroa. Ele não tinha o sangue real. A adoção de Kasa era a única coisa que lhe dava o direito de governar; depois que Kasa morresse, o que impediria o conselho de se debruçar sobre esse fato assim que ficassem insatisfeitos com ele?

— August — diz Galipei, a voz distante, fraca. — Por que funcionou? O que você sabe?

Muitos anos atrás, August e Leida Miliu tinham um plano para abandonar San-Er e ir recuperar a coroa de um palácio perdido no meio das montanhas da fronteira. Diziam os boatos que ela tinha o poder de devastar cidades e mudar marés, ler mentes e comandar exércitos. Com ela, poderiam dar um golpe no Rei Kasa usando a força. Declarar guerra contra Talin lá do norte e ir descendo até libertar a capital.

O problema é que precisavam que Anton Makusa fosse junto, porque era difícil viajar pelas províncias, e mais ainda pela fronteira. Se quisessem sobreviver, teriam de saltar. Sem as habilidades de Anton, o plano era um frágil faz de conta infantil. Então Otta descobriu, e ela não queria que Anton fosse. Foi com Otta, na verdade, que Leida soube da coroa, dado o quanto Miliu a espionava, convencida de que havia algo *estranho* naquela garota. A meia-irmã de August sempre fora meio peculiar. Embora ele tivesse alertado Leida a ignorá-la, ela continuou baixando gravações das câmeras para ficar de olho, até o dia em que Otta percebeu a espionagem e entrou no quarto de Leida para fazer a própria investigação.

— Eu vou contar! Vou contar! Juro que vou! — dissera Otta, correndo para confrontar August em seus aposentos.

Não importava o quanto ele tentasse silenciá-la, ela estava radiante com o que descobrira: uma proposta pela metade, ainda inacabada, mas direcionada a Anton. Leida escrevera uma carta para evitar que alguém no palácio escutasse uma conversa sobre traição, e mesmo assim uma descoberta fora feita.

— O que você quer, Otta? — gritara August. — Um convite? Isso é maior do que os seus joguinhos estup...

— Você não pode ficar com ele — retrucara ela. — E não pode ficar com isto. — Ela balançou o papel rasgado na mão. — Se Leida tivesse lido aquele livro com atenção, você saberia que a coroa é amaldiçoada. Acha que é fácil, só ir lá buscar? Você precisa de um sacrifício. Um sacrifício *enorme*...

— Estou disposto a fazer um — interrompeu August. — Eu sei o que estou tentando alcançar. É pelo bem do reino.

Otta abriu a cortina ao seu lado. A luz do sol que entrou pela janela naquele dia foi tão forte que machucou seus olhos, algo raro em San-Er.

— Olhe só para você, fingindo ser bonzinho. Você é pior para San do que Kasa jamais poderia ser. Vai nos enfiar em jaulas e nos chamar de seus súditos fiéis.

Não havia motivo para discutir com Otta. August estava ciente do ultimato que a irmã lhe dera: se tirassem Anton de perto dela, Otta os denunciaria. Na vez seguinte em que ele entrou escondido em seus aposentos, na esperança de roubar a fonte de Leida, encontrou o livro na lareira, queimado até não restar nada.

— Sempre me perguntei por que uma pessoa tão esperta como a minha irmã seria tonta o suficiente para achar que saltar repetidamente para dentro de um Weisanna seria uma boa ideia — diz August, no presente. — Naquele dia, ela não estava tentando escapar, estava tentando fazer um ritual. E falhou. O *qi* dela ficou preso, e isso causou a febre *yaisu*. Cinábrio é um elemento que limpa o *qi*.

Galipei deve saber que essa explicação não faz sentido. Ele observa o caminho adiante com atenção, os nós dos dedos brancos nas rédeas do cavalo. Deve saber que havia mais coisa por trás da atitude de August, mas Galipei Weisanna não faz mais perguntas.

— Agora ela está acordada — murmura o guarda — e foi atrás da sua coroa.

— Foi exatamente por isso que a acordamos. — O deserto fica plano. Eles estão entrando em Actia de fato, e precisam correr. — Ela vai nos levar direto até a coroa.

30

Eles chegam à capital da província de Actia depois de dois dias cavalgando sem parar, e Anton está prestes a desmaiar. Não vai admitir se perguntarem, e negou todas as vezes que Calla o questionou durante a viagem, mas começou a ficar evidente. Quando desce do cavalo, ele fica parado por alguns momentos, se recompondo.

Calla o observa, desconfiada. Embora seus esforços estejam focados em amarrar o cavalo no lado de fora dos estábulos do vilarejo, seu rosto também está pálido, e não é só um truque do luar que sobe lentamente pelo horizonte. Eles precisam de água. Comida. Cavalgar mais sem fazer uma pausa seria insustentável.

A areia se remexe sob seus pés. O vento sul sopra com o cheiro distante de cinzas, e Anton estremece no mesmo momento em que Calla. Os dois sentem: cada minuto que ficam parados é um tempo que cedem para que August os alcance.

— Se alguém perguntar — diz Calla —, somos viajantes a caminho da fronteira porque escutamos os boatos sobre a coroa divina. Duvido que sejamos os únicos buscando refúgio em Actia esta noite.

Anton alonga o pescoço, depois os braços, de um lado para o outro. Há um músculo estirado do lado esquerdo de suas costas, e ele não consegue resolver o problema não importa o quanto movimente os membros.

— A grande declaração de Otta foi uma semana atrás. A maioria dos viajantes ao sul de Actia já terá passado.

— Somos meio lentos, estamos nessa pela emoção em vez do apelo de conquistar o tesouro para o mercado clandestino. Ninguém vai nos interrogar com muito afinco.

Calla decide, e está decidido. Não é como se Anton tivesse energia para discutir com ela. Por sorte, parecem estar alinhados desta vez, mas é como os dias anteriores ao Juedou de novo. Anton, correndo para sobreviver, ainda planejando uma forma de atingir August ao avançarem. Calla está claramente preocupada em impedir Otta. Eles não podem forçar demais o porquê decidiram se unir e continuar adiante como uma dupla; caso contrário, isso abrirá brechas que revelarão o que existe por baixo.

Calla inclina a cabeça na direção do *yamen,* então gesticula para que Anton abaixe a dele quando começam a andar. Está tarde, então é improvável que haja alguém trabalhando ali, mas um *yamen* sempre serve de portão do vilarejo, e dois soldados do palácio estão posicionados de cada lado da entrada. Eles os deixam passar sem problemas, e não se dão ao trabalho de gritar um cumprimento. Talvez o alerta ainda não tenha sido divulgado; talvez August não tenha espalhado que a Princesa Calla Tuoleimi e Anton Makusa são procurados, por medo de criar problemas nas províncias.

Dentro do *yamen,* a areia afunda sob seus passos antes de dar lugar aos poucos à grama. Por mais que Anton tente manter o foco à frente, seus olhos errantes automaticamente se desviam para as portas à esquerda que levam ao interior do prédio. A silhueta de alguém se movimenta atrás de um dos painéis de papel. O prefeito de Actia deve estar ocupado com a administração esses dias. Deve estar se preparando para receber a delegação real que logo passará por aqui, presumindo que não tenha sido totalmente eliminada em Laho.

De alguma forma, Anton duvida que August será assim fácil de matar, com certeza não por um punhado de fiéis de um culto, mesmo os que têm truques de *qi* ao seu dispor.

— Uau!

A exclamação suave de Calla vem no momento em que saem pelo outro lado do *yamen.* O vilarejo se revela à frente, com lanternas fracas penduradas nas laterais das lojas e sombras de veludo cobrindo o espaço que o brilho alaranjado não toca. Barracas ladeiam a rua, assim como filas de moradores se aglomeram para as atividades. A não ser que Actia esteja escondendo um fundo secreto de finanças sobre o qual Talin não sabe nada, este deve ser um festival especial. Os vendedores oferecem comida para quem passa, e há brinquedos de dar corda e varetas de incenso à venda. Uma pipa que se parece com um homem baixo e redondo voa presa a uma das barracas, acenando com o vento.

Por algum motivo, não a viram do lado de fora do *yamen*.

— Representação de algum deus, imagino — comenta Anton, apontando para o homem-pipa.

Calla não fala nada. Seja lá no que está pensando, só avança, soltando um resmungo ambíguo. Os membros de Anton estão rígidos como uma pedra quando a segue. Ele se esforça para não trombar com as pessoas na multidão, mas a rua é estreita. Ao lado de Calla, seu corpo de nascença é bem mais alto do que ela, o suficiente para dar a impressão de imponência. Precisa resistir à tentação de cruzar os braços e se encolher, e à urgência infantil de ser irreverente no próprio jeito de andar. Seu corpo de nascença nunca foi confortável, não por vergonha, mas por causa do quanto é inteiramente seu, e tudo que é seu, assim à vista, está propenso a ser arruinado. Tudo o que um oponente pode atingir está sob risco de ataque.

— Ouviu isso? — sussurra Calla. A mão dela desliza para o lado. Quando volta, ela já roubou dois espetos de inhame assado.

— Que delinquente — diz Anton, mas pega um dos espetos.

— Escute.

Eles param, como se houvesse algo a inspecionar na barraca seguinte de papel de oferenda, mas Anton logo entende qual conversa Calla quer que ele escute.

— *... disse que não tem notícias dele desde então. Sei que não há linhas de telefone por lá, mas não parece um bom presságio.*

— *Eu não me preocuparia muito. Eles foram sabendo que precisariam fazer uma busca. Não é como se ele tivesse um mapa.*

— *É, mas ele não queria passar a vida toda nisso. Disse que, se não encontrasse em dois dias, voltaria para casa. Faz uma semana.*

Estão falando da coroa. Com Actia tão perto da fronteira, deve haver uma boa quantidade de civis que arriscou escalar as montanhas para dar uma olhada.

Tolice de alguém pensar que tropeçaria em um objeto centenário na fronteira em *dois dias*. Anton troca um olhar cheio de julgamentos com Calla. Mesmo assim, calafrios lhe percorrem os braços.

— Vamos — diz ela.

No entanto, assim que Calla dá a ordem, Anton paralisa, atrapalhando o fluxo de pessoas. Não está sendo difícil de propósito. Só percebeu que sua respiração está opaca.

— Merda. O que está acontecendo?

Calla também para, arregalando os olhos. A província fica gelada — subitamente, sem aviso, como se um aparelho de ar-condicionado houvesse sido ligado no máximo pelos céus. Algumas pessoas estremecem ao redor, murmurando confusas. Actia não é conhecida por esse tipo de clima. Os invernos podem ser rigorosos no deserto, mas não com quedas tão bruscas de temperatura.

— Em Rincun — diz Calla —, foi assim também.

— O frio?

Calla morde as bochechas por dentro enquanto analisa o ambiente. Seus lábios queimados, de um tom vermelho-cereja. Desidratação, provavelmente. Anton não deveria se fixar nisso, mas fica.

— O frio, sim — confirma ela. — E encontraram um alojamento inteiro de soldados mortos. Vamos entrar em algum lugar.

Eles identificam uma taverna pelo banner balançando do lado de fora, e ela entra primeiro, apressada, o cabelo comprido cascateando com o gesto. Anton olha por cima do ombro, conferindo os arredores com atenção, antes de segui-la. No balcão, Calla está falando com a atendente, passando-lhe dinheiro.

— Não sabia que você tinha dinheiro.

— Só o suficiente para pagar pelo quarto seis lá em cima — murmura Calla, apoiando os cotovelos no balcão.

Ela batuca um dedo contra a superfície de pedra. Anton acompanha a direção para onde ela aponta sutilmente e vê um homem sentado na última banqueta do bar. É a única figura solitária aqui. O restante são famílias ou grupos, fazendo uma refeição tardia. Uma escada de degraus irregulares segue para os quartos no andar de cima. Quando um dos atendentes sobe com uma bandeja de comida nas mãos, a escada range como um instrumento tocado com os pés. Uma possível ameaça, mas há saídas rápidas a favor deles.

— Pronto, meu bem. — A primeira atendente coloca dois copos de água à frente deles. Ela se demora por um momento, limpando as gotas derramadas, então diz a Calla: — Você parece familiar.

— Obrigada. Ouço bastante isso.

A mulher vai limpar outra parte da taverna. Calla empurra o outro copo para mais perto de Anton. Ele bebe tudo em três goles. Cavalgar ao norte por Laho significa que o ar vai ficando cada vez mais seco. Embora tenham se revesado para conduzir o cavalo, não houve descanso algum.

— Precisamos falar sobre Otta.

— Vamos encontrar a coroa antes dela — garante Anton, mas ele deveria saber que Calla não seria feita de boba, porque, tão rápido quanto, ela retruca:

— Não é disso que estou falando, e você sabe.

Ela chama a atendente para pedir mais água. Depois que a mulher enche mais um copo e se vira de costas, Calla coloca a mão no bolso, tira um pedaço de papel e o põe com força sobre o balcão.

Anton estuda o mapa aos poucos. *Venha sozinha,* diz o recado no topo, marcado com um *X* preto bem no meio da fronteira.

— Isso não tem nada a ver com o meu desgosto pessoal por Otta Avia. Aconteceram coisas estranhas demais naquela delegação, a começar com o motivo de ela nos trazer até aqui, alegando que queria a coroa para você, e por que a Cauda de Andorinha atacou a delegação a pedido de August o tempo todo. Pode ser que eles estejam trabalhando juntos, Anton. Se vamos nos tornar adversários de August, temos que nos preparar para enfrentar Otta também.

Anton suspira. De todos os momentos possíveis para terem essa conversa, tinha que ser agora, com sua cabeça latejando e o estômago roncando. Além disso, está cansado demais para interromper Calla quando ela é a coisa mais próxima que ele tem de uma aliada, então fará o esforço de responder.

— Se está perguntando se eu acho que eles planejaram isso juntos antes de ela ficar doente, a reposta é: não sei. Não sei dizer por que Otta faz o que faz. Só sei que, enquanto estávamos em Lankil, eu recusei a oferta dela de governar através de mim como algum tipo de rei marionete, e essa foi a última vez que falei com ela.

A expressão de Calla se torna pensativa. Ela entorna outro copo de água. Se está tentando entender que tipo de relacionamento Anton tinha com Otta, a verdade é que nem ele mesmo sabe. Otta sempre tratou o mundo como se fosse um jogo de faz de conta, como se nada que fizesse tivesse consequências e a imagem que as pessoas tinham dela fosse como fitas gravadas que ela podia rebobinar à vontade. Talvez ela nunca tenha realmente considerado fugir com ele: por mais que reclamasse do palácio, ela construiu a própria identidade baseada em como se deslocava bem por ele. Quando chegou o dia escolhido para roubarem o cofre, talvez houvesse outro plano em prática sobre o qual ele não sabia nada. Talvez, se eles tivessem sido bem-sucedidos, Otta o tivesse deixado para morrer e usado o dinheiro que pilhara.

— Deve ser horrível — comenta Calla, neutra. — Você passou esse tempo todo mantendo-a viva como alguém a quem se agarrar, e não sabia na verdade a *quem* estava se agarrando. Você não fazia ideia de que ela podia usar o *qi* daquele jeito. Não sabia que só ela tinha a localização de um objeto mítico capaz de virar o reino todo de ponta-cabeça.

Anton coloca o copo no balcão.

— Quarto seis, você disse?

Já está a caminho da escada antes que Calla possa responder. Ele a escuta soltar um *tsc-tsc* de desaprovação e, segundos depois, os passos dela ressoam atrás dos seus.

— Isso o deixou *chateado*?

— Não falei nada.

A taverna vibra enquanto ele sobe. Depois de uma curva brusca e um giro que quase dá errado, Anton entra no quarto com o número 6. Uma lamparina a gás queima no canto e oferece uma luz fraca. Não há fechadura. Um deles terá de ficar de vigia.

— Nem precisou. Você saiu batendo o pé igual uma criancinha mimada.

Calla entra atrás dele e fecha a porta. Talvez ele esteja delirando, mas duvida que conseguirá dormir apesar de estar exausto. Quer correr o resto da distância até a fronteira. Escalar até o topo da montanha mais alta e pular, para ver se isso fará Otta voltar e alegar que se importa com ele, ou se será a prova de que ele realmente não era nada além de um poleiro para ela.

Sete anos. Ele deveria ter desligado os aparelhos dela e se enfiado junto ao cadáver no incinerador, poupando-os desse problema todo de agora.

— Não é culpa sua.

Anton para. Está com o casaco pela metade, arrancando-o num surto de irritação.

— Como é que é?

— Isso. Tudo isso. — Calla parece desconfortável, o que é novidade para Anton. Ela coça a parte interior do pulso. — Algumas pessoas passam a vida toda fingindo ser alguém que não são para alcançar um objetivo. Isso diz tudo sobre as maquinações dela e nada sobre você.

Anton não consegue se conter: ele ri.

— Obrigado, Calla. Eu realmente precisava que você tentasse fazer eu me sentir melhor.

— Você sempre a colocou num pedestal, então, sim, imaginei que precisasse.

Calla se joga na cama de palete, irritada. Não parece que vai tirar alguma camada de roupa para dormir, então Anton joga o casaco no chão e desabotoa a camisa. Com certeza ela não vai se importar.

— Ah, por favor. — Ele joga a camisa também. Não faz ideia de quem colocou essa roupa nele, nem quando. Provavelmente foi anos atrás, considerando o quanto a bainha está desfiada. — Você me matou. Não tem o direito de falar do que eu preciso.

— Não é verdade. — Calla solta o cinto da espada. Joga-o do lado do palete. — Eu matei você, mas isso não quer dizer que não me importava. Teria desistido de tudo pela chance de continuar o que tínhamos, de tudo menos *uma* tarefa. Não é culpa minha que tenham nos colocado em uma posição na qual precisei escolher.

Não é bem um pedido de desculpas. Nem parece ser dito com arrependimento. Mas, quando Anton fica quieto, pensando nessas palavras, decide que talvez ela seja sua graça redentora neste reino. À sua frente está a única pessoa que ele sabe que não mentirá para ele.

Anton se abaixa. Calla inclina a cabeça, encarando-o de volta de uma forma que faz os cabelos na nuca dele se eriçarem. Ela desvia os olhos, mas é rápido demais para acompanhar.

— E agora? — pergunta ele. — Agora que a escolha está feita?

O frio desliza para dentro da taverna. Não é tão severo quanto do lado de fora, mas encontra os vãos da janela, por baixo do vidro.

— Não sei do que você está falando.

Ele está agindo sem pensar. *Delírio, com certeza,* insiste. Sua mão avança, pega o queixo de Calla e inclina o rosto dela para a lamparina no canto. Seus olhos amarelos queimam na direção dele, como se houvesse colocado ouro sob a luz direta do sol.

— Estou avisando — diz Calla, fria. — Não vou ser sua substituta só porque você não pode ter seu primeiro amor.

— Aquilo foi amor? — rebate Anton. — Isto é?

Ele pensa no palácio e em suas salas arrumadas, nos candelabros de prata. Nas cidades gêmeas, sempre atreladas uma à outra, o campo de batalha de um reino que mal venceu a guerra.

— Se não fosse, eu não estaria aqui.

Ele aperta com mais força.

— Você está aqui porque tem uma coroa esperando no fim da linha.

— Aquela coroa não tem utilidade para mim.

— Você estava lutando para controlá-la na arena. Depois que Kasa morreu, podia decidir quem viria a seguir.

Calla fecha os olhos.

— Não. *Eu* estava disposta a abandonar tudo depois que ele estivesse morto — diz, baixando o tom a um sussurro sibilante. — Mas você não quis abandonar Otta. Continuou preso. E aí saltou para dentro de August, e olha o que aconteceu. Que outro motivo eu *tenho,* Anton? Atravessei o reino atrás de você porque não posso perdê-lo uma segunda vez.

Não há veneno nas palavras dela, e mesmo assim cada uma queima e abre uma ferida nele. Anton engole o nó que tem na garganta. A luz falha.

— Me diga, Calla. Diga como eu poderia ter sobrevivido se não tivesse entrado em August naquele momento.

Ela levanta a palma. Coloca-a gentilmente sobre a mão dele, entrelaçando seus dedos. O gesto faz serpentear algo pelo músculo, no fundo do peito dele. Cava dentro de seu coração, uma infecção tomando seu sangue de refém.

— Talvez — murmura ela — nenhum de nós devesse ter sobrevivido.

Ele não tem desejo algum de se conter. Anton se inclina para a frente e fica quase surpreso quando Calla não o afasta, quando seus lábios se tocam e ela sopra o ar, deixando que dois, três, quatro segundos se passem antes de enfiar a mão no cabelo dele e trazê-lo para perto.

O corpo dele esteve desperto desde que saltou e saiu daquela carruagem, mas é só agora que se lembra de ser integralmente parte do mundo. É só agora, quando a mão de Calla desliza por seu pescoço, seu peito, seu torso, deixando um rastro de arrepios por onde passa, que ele sabe o que perdeu em todos esses anos ocupando outras pessoas.

Anton se afasta alguns milímetros. Calla o deixa. Ela o encara com aqueles olhos, e ele não passa de um fiel hipnotizado pelos céus.

— Isso é uma sentença de morte? — Ele enrola um dedo em uma mecha do cabelo dela. Ondula como água, desliza como a seda. — Assinada mutualmente, decretada mutualmente?

— Que bom que você entendeu. — Ela prende a respiração quando o dedo dele toca seu lábio inferior. Recupera-se, e diz: — Você sabe no que está se metendo. Sabe quem eu sou.

— Sei.

A língua dela o aceita com facilidade quando ele coloca o dedo em sua boca. Um arrepio lhe percorre a coluna e, embora o quarto esteja ficando cada vez mais frio, ele nunca se sentiu tão quente em nenhum outro corpo. Cada centímetro de sua pele queima.

Está cansado de brigar com ela. Não importam os sinais de alerta berrando que ele está prestes a ser eletrocutado se encostar no fio desencapado. Anton está disposto a abraçar sua confiança na crença de que será diferente, de que somente a intenção é suficiente para distinguir seu destino de todos os outros mortais que ousaram pedir demais. Anton solta o ar, apoiando a testa na base do pescoço de Calla, e está seguro neste momento, cuspindo nos pés dos deuses. Ele empurra Calla de costas e segura seus braços sobre a cabeça. Quando ela o permite, quando é complacente e solícita, ele apaga qualquer chance de sair ileso dessa.

— Não se esqueça — diz Calla, tão baixinho que ele quase não ouve. — Vamos partir ao amanhecer.

Anton quase ri.

— Está tentando falar que precisamos descansar?

Calla franze a testa. Mexe o quadril. Anton mal consegue conter um gemido alto. Uma das mãos dela escapa, percorre a barriga dele, a cintura.

— Calla.

— Sim? — O tom dela oscila. Não é um convite a uma resposta, nem um pedido de uma explicação. É uma ordem: *fale de volta*.

— Sim. Você…

Quaisquer palavras que ele pretendia dizer a seguir se perdem para uma inspiração forçada quando ela segura o zíper dele.

— Não tem tranca na porta — sussurra ela em seu ouvido. — Se você for me matar, faça em silêncio e esconda o corpo antes que a taverna chame os soldados.

— Vou ser bem silencioso. — O pênis dele está tão duro que beira a dor. Calla está fazendo de propósito, a mão se demorando a cada segundo para baixar o zíper. Ele só aguenta até a metade antes de soltar o outro braço dela e abri-lo por conta própria. — Mas não prometo ser rápido.

— Que pena. — Ela desvia o olhar para a porta, parecendo ignorá-lo enquanto ele puxa a calça dela até o joelho. — Nós vamos ser pegos, e eu mal conheci você assim…

Ele desliza para dentro. Seus gemidos ressoam juntos. Os olhos de Calla disparam de volta para ele, e a máscara de desinteresse dá lugar à fome voraz.

— Não se preocupe. — Ela tem cheiro de um metal perfeito. Parece uma arma forjada de carne e sangue sob as mãos dele, algo que irá convocá-lo à batalha repetidas vezes até ter sua vida sacrificada. — Você vai me conhecer muito bem depois disso.

A boca dele toca tudo o que pode: os lábios, o pescoço, o peito dela. Há algo no ato que o alivia dos últimos dias parados, aquele período que passaram esperando algo atacar durante a jornada silenciosa. Ela o fortalece como se fosse um treino preliminar para a batalha, marcando as capacidades ofensivas dos dois. Ele sente Calla chegar ao ápice quando suas pernas tentam se esticar debaixo dele. Anton passa a mão com suavidade por seus cabelos, segura-a enquanto ela geme dentro de sua boca e fica paralisada por um bom tempo.

— Pronto — sussurra ele.

Calla solta o ar. Arqueia contra Anton, os dedos cravados nos dois braços dele.

— Embora possa achar que não — murmura ela —, você é minha âncora neste mundo. Sinto muito por tê-lo deixado à deriva. Na verdade, achei que estava enterrando nós dois.

As palavras fazem algo estranho com ele. Anton inspira, o rosto encostado no dela, e, ao terminar, consegue sentir o mundo todo pulsar como uma possibilidade entre eles, o reino e os grandes mares além.

— Você me tem agora — diz.

31

Uma hora antes do nascer do sol, quando estão prontos para partir, a província de Actia está fria para cacete.

— Isso não é natural — diz Calla, batendo os dentes. Seus dedos estão rígidos sem luvas. No momento em que suas botas tocam o chão, ela enfia as mãos no bolso.

Anton aterrissa com um resmungo. Em vez de arriscar serem vistos na taverna, eles saíram do quarto pela janela do segundo andar, e a descida dele foi um pouco menos graciosa do que a dela.

— Imagino que a gente não tenha tempo de roubar casacos antes de ir.

Calla duvida que os moradores de Actia tenham casacos adequados; e, mesmo que tivessem, ela com certeza não os roubaria. Não é o mesmo que roubar inhame assado.

— Vamos nos aquecer no caminho — diz.

O céu paira à frente deles naquele preto cinzento caótico, tanto confrontado pelo dia que está por vir quanto resistente a ele. Até onde Calla sabe, não houve conversas sobre um massacre durante a madrugada. Nenhum ataque sucedeu o frio repentino como em Rincun.

— No que você está pensando?

Anton faz a pergunta de maneira casual. Em resposta, ela estica o braço e alisa a bagunça que está o cabelo dele. Duvida que ele precise saber disso, do contrário, ficará ainda mais convencido, mas esse corpo é o que mais combina com Anton. A agilidade fácil, o maxilar largo. Tudo lhe dá uma aparência que reflete seu interior: o soldado fiel que serve o reino e, ao mesmo tempo, o nobre rebelde que nunca deveria ter pegado em armas. Em seu corpo de nascença, Anton Makusa envelheceu bem, muito melhor do que alguns receptáculos que são deixados parados por muito tempo. Ele a observa enquanto ela o inspeciona e absorve o que vê, e, quando os olhos dela encontram seu rosto, ele não desvia o olhar.

— No que *você* está pensando? — retruca ela. A pergunta parecia ter alguma intenção por trás.

Anton rompe a disputa de olhares e espia por cima do ombro, como se alguém pudesse estar seguindo os dois. Silêncio total. Eles tomam cuidado para manter os passos leves enquanto avançam pelas ruas secundárias do vilarejo, evitando a principal. É fácil demais deixar pegadas na lama e entregar o caminho para qualquer um que esteja procurando.

— Naquele telefonema, você perguntou sobre Sinoa Tuoleimi para suas criadas.

Calla fica tensa.

— Você já ouviu esse nome?

— Só lembrei agora por que soava familiar, mas sim, já. Otta tinha um livro com o nome dela na capa. *Propriedade de Sinoa Tuoleimi*. Ela o destruiu anos atrás. Jogou-o no fogo depois de uma briga com August.

Isso é bizarro. Uma grande princesa Tuoleimi existiu pouco antes da guerra, mas os livros de história não a mencionam. Como é possível que os únicos registros de sua existência sejam um livro que Otta Avia tinha... e as alucinações de Calla?

— Estranho... — comenta ela.

Anton lhe lança um olhar. Eles param quando se aproximam do interior do *yamen* de Actia, atentos a movimentos, depois assentem um para o outro e atravessam correndo pelo meio. Está vazio. Mortalmente silencioso.

— Acha que fomos vistos? — pergunta Anton, quando chegam ao lado de fora.

— Não importa. — Calla se impulsiona para subir no cavalo, assumindo a função de condutora na primeira parte da viagem. — Vamos embora. Venha.

Anton sobe atrás dela. O cavalo demora um pouco a se acostumar, relinchando quando as dunas aparecem pela primeira vez, mas Calla rapidamente segue por um caminho mais fácil. É difícil ver através da areia no escuro. Ela tem quase certeza de que deveria haver uma rota pavimentada por aqui, livre para viajantes.

Eles cavalgam sem falar nada. Anton deve estar mergulhado em pensamentos, porque não reclama da condução de Calla, nem quando ela os coloca em uma duna especialmente desafiadora. O movimento constante a faz suar, afastando o frio. Mesmo assim, seu nariz perde a sensibilidade pouco depois de começarem a viagem. A temperatura está baixando ainda mais. Vem das montanhas, canalizando um frio que ela consegue sentir nos pulmões toda vez que inspira.

— Princesa — chama Anton de súbito. — Quanto avançamos?

Calla pisca, confusa, forçando os ouvidos a escutarem apesar dos rugidos do vento.

— Estamos entrando no norte de Actia. Por quê?

— Veja. Tem gente cavalgando na nossa direção.

De início, Calla acha que ele está enganado, que a falta de sono na noite anterior significa que Anton está vendo coisas no horizonte. Ela semicerra os olhos. As dunas começaram a nivelar. Em algumas horas, conforme se aproximarem da divisa entre Actia e Rincun, o terreno ficará plano e a terra, seca, feita para matar plantações.

Então, quando se aproximam, Calla percebe que Anton está certo. A forma distante é outra delegação. Com certeza não a de August, nem outro grupo das províncias.

— Faça sinal para eles — ordena ela. — Balance os braços.

Anton faz o que lhe é pedido sem hesitar. Levanta-se um pouco na sela e acena vigorosamente. Calla percebe o momento em que a delegação deve tê-los visto, porque os cavaleiros à frente do grupo começam a desacelerar. Ela conta cinco pessoas. Sem querer se arriscar, para enquanto ainda há certa distância entre eles e pula do cavalo, a espada batendo contra a perna. Anton faz o mesmo, desarmado, porém igualmente pronto para agir.

A leste, o sol começou a nascer e se derrama em um embaçado semicírculo violeta. A delegação também para enquanto está longe. Ao contrário da abordagem firme de Calla e Anton, no momento em que a primeira cavaleira desliza da sela, ela aterrissa com força, dá dois passos e tropeça no terceiro.

— É uma conselheira — diz Anton de imediato. — Ela votou contra a delegação pela coroa. O que está fazendo aqui?

Assim que Anton identifica a mulher, Calla também a reconhece: é Vênus Hailira. Suas roupas estão rasgadas. Veste-as há dias, com certeza, o tecido leve manchado de sangue e terra. O sol sobe mais, o dourado e o amarelo ondulando pela areia.

— Ela veio proteger Rincun — diz Calla, confusa. — Mas por que está voltando para o sul?

Calla começa a avançar. Quanto mais perto chega, mais claro fica que Vênus está prestes a desmaiar. Seus lábios estão azuis, a pele, pálida.

— Vênus… O que está fazendo aqui? Está tudo bem?

Vênus se mantém ereta por tempo o suficiente até ela chegar. Assim que Calla a pega pelos braços para procurar ferimentos, ela se inclina para a frente. Calla se apressa em evitar que caia. Quando a coloca de joelhos, o chão parece feito de gelo pela friagem que a atinge, mesmo através das calças de couro.

— Vênus? — diz, com uma pontada de pânico na voz. — O que aconteceu? Quem a atacou?

— Não… — sussurra Vênus, rouca. — Não entre lá.

Calla não entende. Ela olha para Anton, que parece igualmente chocado. Ele desvia o olhar para o restante da delegação, para o horizonte onde Rincun e suas montanhas distantes tentam alcançar o céu. O sol subiu o suficiente para revelar que os outros cavaleiros estão numa situação parecida: os membros quase gangrenados pela neve, as roupas sujas.

— Não… entrar? — repete Calla. Isso deve ter alguma coisa a ver com o primeiro ataque aos alojamentos. Alguma coisa a ver com a fronteira e o objeto que os aguarda lá, o grande prêmio pelo qual o reino está lutando.

— Não entrar em *Rincun*? — acrescenta Anton, passando a mão no cabelo. — O que aconteceu?

— Rincun congelou. — Vênus estremece, e falar é um grande esforço. — E todo o mundo lá dentro também.

◇◇◇◇◇

Eles voltam para o *yamen* de Actia.

Desta vez, Calla anuncia sua chegada e pede uma audiência com o prefeito. O ar assumiu um cheiro de queimado, mesmo com as temperaturas despencando a ponto de congelar. Dentro do *yamen*, o frio está bem menos severo. Pelo jeito como o piso range sob seus pés e as janelas estão meio manchadas de cinza, Calla poderia enganar a si mesma e acreditar que estavam em Eigi, ou Dacia... Algum lugar perto o suficiente para ela agarrar a espada e voltar pela muralha de San-Er se quisesse. Os planos arquitetônicos para os *yamen* de todas as províncias são idênticos. Ela só precisa ignorar o cenário lá fora.

Mas estão muito longe de San-Er. Apesar disso, também não podem avançar.

— E você não recebeu nenhum comunicado de um dos *yamen* de Rincun? — pergunta Calla. Está envolvendo uma xícara de chá quente com as mãos, mas isso não ajuda muito a se aquecer.

O prefeito Policola, que está fazendo o possível para parecer solícito, tem cada vez mais dificuldade em responder as perguntas que ela faz. Não sabe quantos viajantes passaram por Actia para chegar a Rincun, então não tem como prever exatamente quantos civis estão presos na província vizinha no momento. Ele não sabe se Otta Avia passou por aqui. Não faz ideia de por que isso está acontecendo e por que os prefeitos da Capital do Oeste ou do Leste de Rincun não emitiram um chamado de emergência.

— Se não se importa que eu pergunte — começa o prefeito enquanto Calla massageia as têmporas, perdida ao tentar entender como foram parar nesta situação —, como a conselheira Hailira escapou?

— Nós tínhamos cavalos, e fugimos — responde Vênus do outro lado da sala, escutando a pergunta. Antes disso, tudo o que ela conseguiu comunicar foi *sim* ou *não* com a cabeça, respondendo ao curandeiro. Seus guardas aparentam um estado um pouco pior por conta do medo, descongelando devagar em seus assentos. — O que está insinuando?

Policola se apressa em lhe garantir que não quis insinuar nada. Enquanto isso, Anton murmura, pensativo. Ele recusou o chá. Em vez disso, está andando de um lado ao outro em volta de Calla, e ela só permite que o faça porque o movimento está gerando calor dentro do cômodo, mesmo que seja pouco.

— Não foi de uma hora para a outra...? — diz Anton. Uma pergunta, apesar do tom.

— Veio... rastejando — responde Vênus. — Desde que não parássemos de cavalgar, conseguíamos ficar à frente.

Anton para de andar. A sala fica em silêncio.

— Então todos que ficaram em Rincun estão *mortos*?

Vênus não responde. Não tem como responder: ela não sabe, e isso fica claro em sua expressão abalada. Ninguém aqui faz a mínima ideia, a meio dia de distância da divisa.

— Não podem estar — comenta Calla. — Otta também deve ter entrado na província. Aposto o que vocês quiserem que ela causou isso.

— Mesmo que tenha causado, talvez ela continue ilesa enquanto o resto de Rincun morre. — Anton começa a andar de novo. — É um frio sobrenatural. Isso é certo. Pode ser que não afete todos do mesmo jeito.

É possível que Otta esteja lá dentro, perfeitamente intocada. É possível que ela não tenha nada a ver com isso e esteja congelada como o restante das pessoas. O problema é que eles não sabem o suficiente para agir e, logo, August irá alcançá-los e prendê-los só de raiva.

Como se pudesse ler a mente dela, Anton passa o dedo por seu braço ao rodeá-la de novo, mantendo o contato enquanto está perto. De fora, pode parecer um gesto de amantes, mas Calla sabe a verdade. Ele está lembrando a si mesmo de que ela está aqui; ela lhe está garantindo que continuam unidos. Não há como sair dessa situação a não ser atravessando-a.

— Conselheira Hailira — pergunta Calla de súbito —, Rincun tem duas câmeras, certo?

— Sim, nos dois *yamen*.

Calla inclina a cabeça para o computador da sala. Só há uma câmera em Actia, e duas em Rincun, uma em cada capital. As províncias não são equipadas com a infraestrutura eletrônica usada em San-Er. Para facilitar o trabalho dos membros do conselho, o palácio implantou o básico do básico para as operações administrativas em cada respectivo *yamen* e deixou por isso mesmo.

— Prefeito Policola, poderia ligar isso, por favor?

Embora ele reaja franzindo a testa, vai ligar a máquina. A seguir, Calla gesticula para Vênus. Quando a conselheira olha para o curandeiro, pedindo autorização, ele retira o cobertor para confirmar que o exame terminou.

— Quer que eu entre no servidor? — pergunta Vênus.

— Se não se importar — responde Calla.

Talin possui uma rede compartilhada nas províncias. Se Vênus inserir suas credenciais, conseguirá acessar o servidor de Rincun daqui.

Ela se inclina sobre o teclado e digita seus dados.

— O que eu faço?

— Abra as imagens ao vivo do *yamen* da Capital do Oeste. Quero saber o que dá para ver.

Vênus navega devagar, e seus olhos pulam da esquerda para a direta em busca dos botões certos. Ela não parece muito familiarizada com a localização das funções, mas sabe usar um computador e, com seu número de identidade, tem acesso à administração de Rincun, então uma hora encontrará o que precisam. O chá de Calla esfriou. Anton está de costas para elas, preferindo olhar pela janela. Talvez encontre uma solução ali.

Uma batida fraca à porta. Um dos funcionários do *yamen* traz papéis para o prefeito, murmurando baixinho. A conversa é praticamente inaudível, embora Calla imagine que não deva ser algo relevante para a situação.

A tela à frente de Vênus abre um player de vídeo.

— Prontinho.

Calla olha por cima do ombro da conselheira. O retângulo da filmagem mostra o *yamen* da Capital do Oeste, com duas estátuas de leão, uma de cada lado da entrada principal. O único indício de ser um vídeo ao vivo e não uma foto vem do chão de terra, onde cada sopro do vento levanta um pouco de poeira e pedrinhas.

— Você disse que o frio *rastejou*. — Calla certifica-se de usar as palavras exatas de Vênus. — O que viu acontecer exatamente com os civis que ficaram para trás?

Há algo ao longe, aparecendo no canto da câmera. Um pontinho minúsculo. Por mais que Calla incline a cabeça de um lado ao outro, não consegue um ângulo melhor para identificar o que é.

— Eles pararam de se mexer — diz Vênus. — Quando o frio os alcançava, eles congelavam.

Calla pensa na primeira onda de frio em Rincun. Como desceu dos céus, como o *qi* foi roubado dos alojamentos e como o frio desapareceu.

— Mas essa temperatura baixa é alguma reação ao *qi*, não é gelo de verdade. Não faz sentido.

— É o que estou falando faz tempo — murmura Anton na janela.

Calla se aproximada da tela. O leve movimento ao longe está se aproximando. Ela pode jurar que está um quarto de pixel maior do que estava antes. Enquanto Vênus Hailira começa a ponderar sobre as outras vezes que viram manifestações naturais estranhas em Rincun — *tenho lido sobre isso, sabe, e acontece numa frequência maior do que imaginamos* —, Calla mexe no teclado. O vídeo retrocede. Ela confirma sua suspeita e fecha a janela do vídeo.

As pessoas não estão congeladas em Rincun. Estão se mexendo muito, muito devagar. Na verdade, a que aparece na câmera deve estar no meio de uma tentativa de chegar ao *yamen* como abrigo mais próximo.

Pelo canto do olho, Calla vê Anton se virar, com uma sobrancelha erguida. Ela já o viu lutar vezes o suficiente para saber ler seus movimentos, a forma como seus músculos tensionam. Ele identificou uma ameaça e, além de Vênus Hailira, só há o prefeito e o menino com quem ele está falando na sala. Calla não faz alarde perguntando o que foi que ele percebeu. Assim como faria numa batalha, ela sincroniza os movimentos com os dele, muda a atenção que dispensava a Vênus e, em vez disso, foca na conversa do prefeito.

Em um primeiro segundo, ela pensa que está alucinando de novo. Desde que saltou para fora de Galipei, não escutou vozes nem sentiu flashes de lembranças de outras pessoas. Isso, no entanto, não tem nada a ver com suas runas recentes, mas sim com seu primeiro salto. Com a menina que era.

— *... é obra dos deuses. O povo da cidade vai piorar as coisas.*

— *Talvez eles encontrem* o junndi *e ponham um fim nisso. Confio mais numa força oficial do que numa assassina fora-da-lei.*

Actia compartilha quase todo o seu dialeto com Rincun. Calla entende o que eles estão dizendo.

— *De qualquer forma, é problema deles. Não são nossa gente. Lembre-se do que o trono fez em Eigi.*

— Prefeito — chama Anton em voz alta. — Do que estamos falando?

Ele não os entende, mas consegue perceber que é algo suspeito. *Junndi.* Calla rola a palavra sobre a língua, esmagando as duas sílabas contra os dentes da frente. O que significa? Nunca ouviu o termo antes. Seu vocabulário está diminuindo, esquecido desde o ano em que deixou Rincun numa carruagem dourada.

— Baixa quantidade de grãos, senhor — responde o prefeito. Em talinês, ele é vivaz e solícito. Não há indício algum de que os estava criticando segundos atrás, taxando-os de insensíveis da cidade, e ela de assassina fora-da-lei. — Lucin, por que não fecha as portas do *yamen*? Vamos encerrar o dia cedo hoje.

O funcionário, Lucin, assente. Ele sai da sala, e Calla também se afasta da escrivaninha com o computador.

— Preciso usar o toalete — diz. — Com licença.

O prefeito não dá importância à saída dela. Vênus também não se vira. Quando Anton a olha nos olhos, Calla sinaliza para ele com um gesto simples, apontando o dedo para cima e para baixo, então inclina a cabeça na direção da porta e fala um "*obrigada*" silencioso. Não sabe se ele entende o que ela está tentando dizer, mas sai, passando a palma na dobradiça da porta.

Ela arranha a mão com força contra o metal. Um corte irregular surge, e gotinhas de sangue nascem da pele rompida. Calla aperta a palma com firmeza ao seguir o menino.

Ela salta. O movimento é tão sutil que Lucin ergue o pé ao dar um passo e é ela quem pisa no chão. Um baque seco soa atrás de si, mas ela não vira a cabeça. Quer ter o benefício da dúvida caso alguém questione por que a Princesa Calla Tuoleimi desmaiou de repente. Ela percorre apressada uma série de cômodos. A conversa não para quando entra. É uma atitude muito comum caminhar em direção à mesa que está desocupada — de Lucin, com certeza — e examinar seu conteúdo, procurando algum motivo para ele ter sussurrado com o prefeito Policola sobre gente da cidade piorar as coisas.

— Ei — chama Calla, direcionando a pergunta a qualquer um que esteja por perto —, alguém tem novidades sobre o *junndi*?

— Você está nessa de novo? — responde alguém do outro lado das mesas, num tom interessante. — Melhor ficar quieto. Vão achar que a gente sabe mais do que sabe de fato.

O *que* significa isso? Calla pensa depressa. Começa a vasculhar os papéis sobre a mesa. Precisa voltar em alguns minutos; do contrário, o prefeito vai se perguntar para onde ela foi, e não quer deixar a conselheira Hailira tomar as decisões…

Calla levanta uma folha de papel.

NÃO DEIXE ELES SAÍREM.

◇◇◇◇◇

Anton segue logo atrás de Calla, dando a desculpa de estar com sede, e para de súbito ao ver o corpo dela tombado do lado de fora da porta. *Ah.* Então era isso o que o sinal queria dizer.

— Minha nossa — murmura baixinho, carregando-a com um gesto ágil e jogando o corpo sobre o ombro. Decide procurar a cozinha e depois enfiá-la em algum canto até voltar. Se alguém consegue farejar seu rastro, é Calla Tuoleimi.

Anton fica nas sombras do *yamen*, andando depressa. A cautela é desnecessária: não há ninguém por aqui. Ele entra na cozinha e fecha a porta sanfonada atrás de si. O corpo de Calla está assustadoramente imóvel em seus braços, e, embora ele entenda que ela está fazendo algo estanho com seu *qi*, ainda fica desconcertado quando seus olhos se abrem um pouco e revelam as íris amarelas intactas.

— Fique aqui, princesa — sussurra, abrindo um grande armário e colocando-a dentro.

O corpo dela se dobra, movendo-se onde quer que ele posicione a cabeça. E pensar que ficou genuinamente com medo quando a viu nos braços de Galipei, sendo trazida inconsciente da cidade de Lankil. Foi a última vez em que ele foi estúpido o bastante para pensar que Calla seria fácil assim de matar.

Anton pega um copo de água e perambula de volta ao escritório principal do *yamen*. Assim que chega à porta, o prefeito passa depressa no sentido oposto, parecendo incomodado. Segundos depois, Vênus Hailira também aparece, chamando-o, preocupada.

— Precisamos das suas tropas. O conselheiro de Actia pode não estar aqui, mas tenho como falar com ele. É para o seu bem...

— Conselheira, por favor, tenho alertas de emergência a espalhar pela divisa...

— Prefeito...

Suas vozes vão desaparecendo. Anton toma um gole de água. Volta à sua posição perto da janela para observar a cena lá fora.

Segundos depois, a porta se abre de novo. Calla voltou ao próprio corpo.

— Nós temos que ir — diz. — *Agora*, Anton.

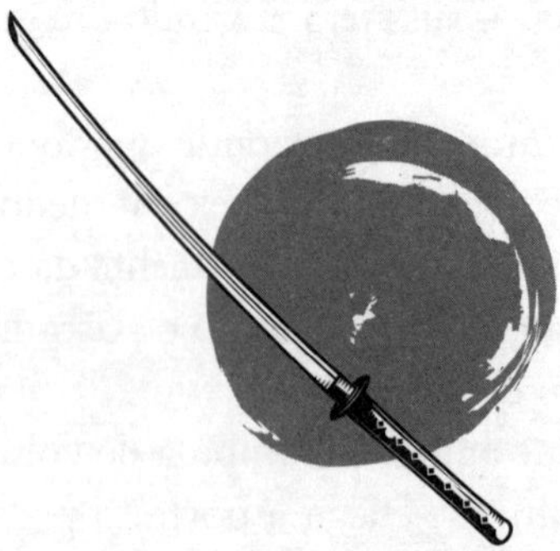

32

O *yamen* de Actia toma forma à frente da delegação. Apesar do sol do meio-dia, a baixa temperatura formou uma névoa ao redor do prédio e de seus muros, ofuscando a imagem de branco. Quando Galipei sinaliza para a comitiva parar, August passa as rédeas para outro de seus guardas. Ele reconhece um dos cavalos que está amarrado do lado de fora. Uma criatura do palácio. Aquela que Calla roubou quando eles fugiram de Lankil.

Devem estar aqui.

O prefeito Policola sai apressado do *yamen*. Uma mulher o segue de perto. A conselheira Vênus Hailira, embora August leve um momento para se lembrar do nome. Ela herdou o título do pai. Ele não imaginou que ela duraria tanto.

— Onde está Calla? — pergunta August, sem paciência para formalidades.

O prefeito estremece. Enquanto isso, Hailira parece confusa, como se estivesse surpresa com a pergunta.

— Mandei segurá-la até eu chegar, então acho melhor não me dizerem que ela escapou — continua August, a voz firme.

— Vossa Majestade, quando recebemos a mensagem, a princesa já tinha partido. Não percebemos que era Anton Makusa com ela. Imaginamos que fosse só um companheiro de viagem.

Hum. Que seja. Se faz pouco tempo que eles foram embora, não devem estar longe. De qualquer forma, não demorará até que August os prenda, porque é de Anton Makusa que estão falando, e Anton vai querer a coroa para si. O destino dos dois é certo.

— Pois bem — diz August. O prefeito relaxa visivelmente. Estava esperando uma punição. — Convoque seus generais. Vamos seguir adiante.

As montanhas já estão visíveis daqui. Embora Rincun seja grande, a fronteira é mais alta, lançando suas sombras por toda a província vizinha.

— Vossa Majestade, se me permite — interrompe Vênus. — É uma causa perdida entrar em Rincun. A província congelou. Tentamos mandar gente pela divisa.

— Elas continuam vivas?

Vênus hesita.

— Sim, imagino, mas se mexem numa velocidade de dois centímetros por minuto. Quando cruzam o limite, não temos como trazê-las de volta.

A fronteira está tragando *qi*. Se o efeito se estende por toda a Rincun, não é um acontecimento isolado. É algo quase mítico.

— Otta encontrou a coroa — diz August, em voz baixa. Está falando com Galipei, mas Vênus Hailira inclina a cabeça, curiosa, tentando acompanhar.

— Vou avisar os membros do conselho que a viagem deles acaba aqui — declara Galipei. — O caminho à frente não é mais o de uma delegação.

— Vocês não estão me ouvindo! — exclama Vênus. Ela estica o braço em direção a Rincun. — Não há caminho à frente. O frio irá congelá-los.

Galipei vai em direção ao *yamen*.

— Chame seus generais, prefeito.

— O quê? — murmura Vênus, mas já perdeu a briga. Sua expressão é totalmente confusa, e, quando encontra os olhos de August, ele não lhe oferece mais explicações: só dá de ombros, e começa a andar até o *yamen* também.

— Não é com o frio que devemos nos preocupar, conselheira — grita ele. — E sim com quando ele acabar.

◇◇◇◇◇

— Você está quieta.

Calla morde a unha do polegar enquanto anda, espiando por cima do ombro e observando o vilarejo se transformar em um pontinho à distância. Sabendo que August estava para chegar, não havia tempo para buscar o cavalo do lado de fora do *yamen*, nem para fazer nada exceto roubar capas do escritório principal e fugir a pé.

Agora, eles conseguiram se afastar o suficiente para diminuir o passo. Ela volta a olhar as montanhas à frente.

Mas eles também estão chegando ao fim da linha.

— Princesa — chama Anton de novo. — Está me ignorando de propósito?

Calla está. O frio é forte o bastante para congelar seu cérebro. Ela está *tentando* pensar, mas só consegue empacar na conclusão de que é impossível chegar mais perto das montanhas, então como irão encontrar...

— Princesa. Raio de sol. Docinho de coco. Chuchuzinho. Cenourinha...

— Está se divertindo? — responde Calla, enfim. As palavras saem em nuvens grossas e opacas. — Chega. Você só está falando nomes de coisas aleatórias. Estou ouvindo.

— Eu nem tinha começado a ser específico.

Talvez eles consigam *dar a volta*, ir até a costa oeste de Rincun e pegar um barco para chegar à fronteira, mas isso levaria dias. Eles não têm dias.

— Qual é o problema de *amorzinho do meu coração?*

— Está mais para *tirana do meu coração.*

O olhar de Calla faísca para ele. Anton está brincando, mas uma parte venenosa dela se eriça mesmo assim, cuspindo ácido quando provocada.

— Não me rebaixe. Esse cargo aí não foi muito bem ocupado no passado.

Anton suspira. Não pode rebater a acusação, agora que Otta Avia está em algum lugar no meio daquelas montanhas fazendo sabe-se lá o quê. Ele aperta os lábios, então diz:

— Ainda não entendo. Por que ela pediu para você vir, e vir sozinha ainda por cima?

Uma Calla mais descuidada teria presumido ser questão de política. Uma mulher rejeitada, querendo provar seu ponto de vista. Mas a Calla que viu Otta lançar uma faca direto no pescoço de um homem não presumiria o mesmo. Otta Avia é muito mais esperta do que qualquer um deles imaginava.

— Não sei — responde. — Se alguma coisa parece não fazer sentido, provavelmente é porque não estamos olhando do jeito certo.

Anton para de repente. O vento uiva, e seu cabelo solto cai sobre os olhos.

— Viu aquilo?

Calla olha na direção das montanhas. Estão imóveis. Gigantes cinzentos, adormecidos ao longe.

— O quê?

— Um raio de luz. — Anton aponta para a frente. — Fez um arco dali — o dedo dele percorre o espaço, conduzindo o olhar dela — até ali.

Calla tira depressa o mapa do bolso. Alisa as dobras, esticando o papel.

— Anton, é a coroa.

— O quê?

— Estou falando sério. O lugar onde a luz parou é a localização marcada no mapa.

Anton não parece convencido. Ele tenta engolir em seco, e sua garganta se move como se estivesse gaguejando. Quanto mais eles andam, Calla também sente. O frio torce e revira suas entranhas como não fazia desde que ela tinha 8 anos de idade. Não é bem dor. A sensação existe em algum lugar paralelo: seus órgãos desvinculados do corpo, batalhando para se libertar.

— Parece um pouco conveniente que ela esteja lançando uma luz para o céu, não acha?

— *Você* falou que arqueou para lá — retruca Calla, enfiando o mapa de volta na jaqueta. — Não está lançando luz, está tomando. Anton, é *qi*. O lugar está absorvendo *qi* de toda a província. Sacrifício.

Anton fecha os olhos. Ela não entende o que ele está fazendo, e não acha que é uma ideia muito boa ao escutar algo à distância e ver movimento na direção deles vindo do vilarejo.

Fim da linha. Mas, se continuarem avançando, vão congelar.

— Calla — diz Anton, de súbito —, me ensine o que você desenhou no seu peito.

Ela leva um segundo para entender o pedido. Anton, por outro lado, já está agindo, puxando da bainha uma parte ínfima da espada dela e deslizando a própria palma pela lâmina. O sangue se acumula em seus dedos, e ele o oferece a ela.

Foi Anton Makusa que encontrou por acaso essa prática, que transformou um cadáver em sua chance de sobreviver. Que fez um sacrifício tão grande que não precisou de uma runa para guiá-lo.

— Aqui.

Calla pega a mão de Anton, e o sangue dele escorre para a mão dela. Já está marcada, a runa não desapareceu. Ela desce a gola da camisa dele para desenhar o mesmo símbolo. Uma onda gelada percorre sua coluna. O mundo assume um foco sem igual.

— Prestou atenção na ordem? — pergunta ela em voz baixa.

— Não — responde Anton, e os olhos dele descem à boca de Calla. — Você vai ter que me ensinar de novo. Nos vemos na luz.

Então ele cai, tombando como um peso morto no chão gelado.

— Ei! — grita Calla. — Seu...

A delegação de August se aproxima, cavalgando em alta velocidade. Não pode perder tempo gritando para o vazio, embora imaginasse que Anton teria *esperado* por ela. Bufando, Calla se vira na direção das montanhas e fecha os olhos, sentindo o *qi*.

Ela salta.

◇◇◇◇◇

A primeira aterrissagem causa uma sensação estranha. Ela está viva, consciente. Mas não consegue piscar. O mundo não se mexe ao seu redor. É um vácuo imaginário de formas e cores, mal conseguindo fazê-la compreender para que lado é o norte e para que lado é o sul.

Bem, bem lentamente, ela vira a cabeça. Não consegue mexer os membros, mas sente a direção do vento. Ele sopra da costa oeste.

Estendendo o próprio *qi* o mais distante possível, ela procura o próximo corpo.

◇◇◇◇◇

Calla entra com tudo, o tipo de movimento que a faria tropeçar, mas o corpo não reage.

Ela está nas ruas de Rincun de novo. O lugar lhe parece familiar. Há uma poça d´água aos seus pés, e, embora leve um tempo, Calla inclina a cabeça o suficiente para olhar seu reflexo cristalizado.

Quando viu a princesa aqui pela primeira vez, ela parecia muito linda. Havia pedras preciosas em cada parte de seu diadema. As mangas deixavam um rastro cor-de-rosa, o vestido dourado reluzia. As lágrimas estão escorrendo pelo rosto de Calla sem que ela tenha como impedi-las. Seu corpo não consegue romper essa velocidade entediante, mas as lágrimas caem sem cessar.

Ela desejara tanto. Deseja tanto... o mundo, os mares além.

Calla precisa ir. Se ceder, ficará aqui para sempre, assim como a menina que deixou no fundo de uma poça. Ela fecha os olhos e espera até as pálpebras bloquearem totalmente a imagem de Rincun.

◇◇◇◇◇

Sua pele está congelada. Ela está morrendo. Sua cintura está enterrada na neve branca; as palmas abertas sobre rocha preta.

Vá, pede a si mesma. *Não pare.* Se esse caminho da montanha seguir para o norte, deve haver mais alguém...

◇◇◇◇◇

Sua cabeça está pressionada contra o gelo. Há sangue em sua boca. Desta vez, fica completamente perdida. Talvez um mero minuto se passe, talvez sejam horas. Ela procura e procura, os olhos piscando devagar, mas só vê a neve branca das montanhas.

O corpo caiu. É por isso. Centímetro a centímetro, Calla consegue erguer a cabeça e olhar para o céu.

Por favor, por favor...

Um clarão de luz vem da esquerda. *Ali.*

◇◇◇◇◇

Sua mão está sobre o peito. É tão pequena. Encontra-se em meio a um grupo. Estão virados na direção contrária. Fugindo. Calla não para.

◇◇◇◇◇

Este corpo está totalmente entorpecido. Beirando a morte. Ela sente o quanto está perto da localização da coroa. Aquele clarão de luz está cada vez mais próximo. A sensação de aperto em sua garganta é insuportável.

◇◇◇◇◇

Uma faca em sua barriga, os pulmões terrivelmente cheios...

◇◇◇◇◇

Há tanta gente na fronteira.

◇◇◇◇◇

— Já estava na hora.

Calla abre os olhos. Percebe na hora: consegue se mexer. Qualquer que fosse o limite do congelamento, eles o ultrapassaram.

— Anton? — sussurra.

O céu totalmente cinza desabrocha à frente dela, pressionando perto o suficiente da terra a ponto de ela quase achar que consegue estender a mão e tocar suas dobras.

— Você pode me beijar se estiver com dúvidas — responde a voz dele. Com certeza, apesar de ter um tom mais agudo, é Anton Makusa e não um impostor.

Calla se vira. Não consegue conter o suspiro de espanto.

— Pois é — comenta Anton. — E a gente achava que o Templo Sepulcral era ruim.

Corpos sobre corpos, sobre mais corpos. Ele pegou o que está um pouco além na mesma fileira que o dela — feminino, com o cabelo caindo em ondas leves ao redor do rosto pálido de frio. Calla conta dez corpos entre eles. Do outro lado de Anton, a fila segue até perder de vista, curvando-se para cima e formando um semicírculo de infinitos rostos adormecidos.

Calla olha rapidamente para si mesma. Encontra luvas nas mãos e um casaco forrado. Sente o cabelo enrolar na nuca, enfiado atrás das orelhas.

Ela solta o ar, e uma lufada visível dança à frente. Seus olhos se erguem, percorrendo o relevo da montanha ao lado dos montes brancos. Há uma entrada projetada para fora na metade do caminho, como uma boca aberta numa estrutura construída dentro da montanha. De início, não está visível, mesclando-se à neve e ao relevo. Então, Calla se levanta e sobe alguns degraus com cautela, esticando o pescoço para ver de um ângulo diferente. O exterior liso e as torres redondas envolvem o topo inteiro da montanha, cutucando as nuvens. É um palácio.

— *Junndi* — sussurra Calla. É isso o que significa.

Sobre a entrada, há uma placa escrita em talinês arcaico. Embora consiga pronunciar vagamente os caracteres, ela não entende o que dizem. Exceto por um nome que permanece o mesmo no talinês moderno.

TUOLEIMI

— Todos são receptáculos — anuncia Anton, chamando a atenção dela. Está examinando o corpo ao seu lado, abrindo os olhos. Brancos. Melhor que sejam receptáculos, porque assim não há sofrimento.

Está quieto na montanha. Ela não quer estar presente quando o próximo clarão de luz vier. Só os céus sabem o que pode fazer com eles.

— Deixe-os — diz, limpando as mãos. Ela aponta para a entrada do palácio. — Precisam de nós lá em cima.

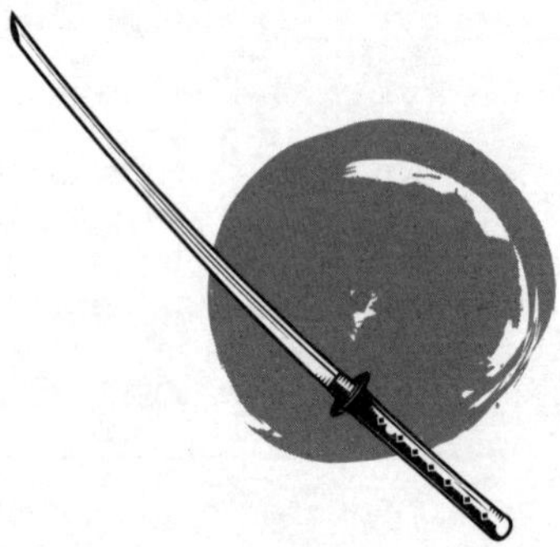

33

Depois de todo aquele movimento frenético a cavalo e dos inúmeros saltos para atravessar uma cadeia montanhosa com fama de ser impenetrável, Calla estranha o silêncio que os recebe no átrio do palácio. O som se encolhe aqui dentro, a quietude é criada por um abafamento intencional e não por uma tranquilidade verdadeira.

— Está escuro — comenta Anton ao parar alguns passos átrio adentro. A luz do lado de fora não atinge a janela no ângulo certo para iluminar o interior.

— Seus olhos vão se acostumar — responde Calla.

Embora estejam se mexendo bem, continua um frio mortal. O clima não é gentil na fronteira, e Calla cruza os braços para preservar o calor, espiando seu reflexo no vaso da entrada. Não há flores dentro dele, evidentemente. Seu rosto emprestado pisca de volta, um nariz longo e olhos turquesa-escuros. Enquanto isso, o salto de Anton lhe devolveu os olhos pretos. O fato de Calla não levar sua cor junto não é um efeito da runa. Ela só é estranha mesmo.

— Talvez Otta não esteja aqui. — Anton fareja o ar, inclinando a cabeça para ver mais longe.

Há um cheiro de mofo, ou de algo podre. Nada chama a atenção no teto baixo ou no piso de cimento. A arquitetura é completamente diferente da dos palácios de San-Er: não há nada que lembre o papel de parede verde de veludo, ou o corrimão cheio de decorações com criaturas lendárias. Só há tons de bege e branco, permitindo que o lugar se mescle às montanhas.

— Tenho certeza de que as centenas de corpos sacrificados estão lá fora na neve só por diversão — retruca Calla.

— Não sabemos há quanto tempo eles estão lá como receptáculos. Podem ser anteriores a Otta.

Calla duvida, mas não fala nada em voz alta. Prefere poupar saliva.

Quando anda até o final do vestíbulo, com cuidado para o caso de ativar alguma armadilha, ela encontra um amplo salão, o teto tão baixo a ponto de quase bater a cabeça, como se estivessem em algum tipo de porão e não na entrada de um grande palácio. *O que é este lugar?* O Palácio dos Céus original foi destruído durante a guerra, mas, de qualquer forma, ficava perto do rio Jinzi.

Para além do salão, um pequeno corredor leva a uma escadaria em espiral. Ela inclina a cabeça para Anton, um sinal para que ele se apresse.

— Espere — chama ele. Anton ficou na entrada, olhando para o mural decorativo que cobre a parede menor. — Venha ver isso.

— Anton, nós não temos tempo...

— Temos. O que isso parece para você?

Puta merda. Calla vai até ele, semicerrando os olhos no escuro. Sua visão se ajusta e revela painéis pintados e cores fracas, seguindo da direita para a esquerda. As beiradas escapam e se sobrepõem, chamando sua atenção para uma coroação, depois uma batalha, seguida por uma torre no topo de uma montanha. Parece o palácio em que estão.

— É igual a qualquer outro mural histórico — diz, desinteressada. — Nascimento, guerra, morte. Vida longa ao rei, blá-blá-blá.

Anton não fica ofendido com o tom dela. Coloca a mão sobre a parede, quase reverente ao examiná-la.

— Princesa — sussurra baixinho —, você está em todo lugar.

Há uma linha de texto na base do mural, em talinês arcaico de novo. A maior parte da escrita é ininteligível aos olhos dela. Exceto pelos nomes, porque eles não mudam, mesmo quando outras palavras se transformam.

Tuoleimi, Tuoleimi, Tuoleimi, repetidas vezes.

— Não entendo nada disso — diz Calla. — Igual à placa lá fora. Talin nunca se expandiu para além da fronteira. Nem Rincun havia sido conquistada até quinze anos atrás, então como construíram alguma coisa aqui?

— É o que isso está contando para você, não é? — Anton aponta para o primeiro painel. — Nascimento. Três filhos.

O mural mostra três bebês enrolados em cueiros, com coroas douradas flutuando sobre as cabeças. Calla odiava as aulas de história da arte. A arte que sobrou depois da guerra era péssima em comunicar o que queria dizer, e a interpretação de seus tutores nunca fazia sentido.

Anton aponta para o segundo painel.

— Uma batalha. — Ele faz uma pausa. — Guerra civil?

O painel tem as mesmas cores dos dois lados. Não parece tão difícil de decifrar. Um rio corta o meio, separando as linhas da batalha. Calla se inclina para perto.

— Acho que pode ser o rio Jinzi.

Anton franze a testa.

— Não pode ser. Que batalha seria essa?

A guerra com Sica é a única que faz sentido. O painel seguinte mostra uma multidão ouvindo um anúncio feito por alguém da realeza em uma varanda. Parece… o Palácio da União, na verdade.

— É a runa.

Calla se espanta, piscando com força. Sente uma pontada peculiar de familiaridade: algo se sobrepõe em sua visão, como se já houvesse estado aqui antes, de pé neste mesmo chão, escutando as mesmas palavras. Não esteve. Sabe que não. Mesmo assim, seu corpo todo estremece quando acompanha a visão de Anton e encontra uma forma pequena e familiar pairando acima da cabeça da pessoa que fala à multidão. *Ponto à esquerda. Curva longa e oblíqua. Ponto em cima. Outro ponto à direita.*

Uma rajada de frio sopra pelo salão. Calla presta atenção, tentando escutar para além do uivo do vento lá fora. Sem falar nada, ela se afasta do mural e vai em direção à escadaria, analisando a estrutura. O metal range quando ela arranca as luvas e toca o corrimão.

— Tem alguma coisa errada.

Ela se vira para trás. Anton parece não conseguir parar de se distrair com cada item do palácio. Ele deve saber que ela está prestes a repreendê-lo assim que abre a boca, porque acena freneticamente, chamando-a.

— O quê? — Calla, olhando mais uma vez escada acima, solta o corrimão e vai até onde Anton está. — O que foi?

— Me diga se essa não é a guerra com Sica.

Ele encontrou um mapa: um mapa topográfico em escala sobre uma mesa alta. Cada vilarejo está marcado com um alfinete branco. Cada montanha se ergue da mesa com detalhes vivos. A única peculiaridade é o quanto a fronteira é minúscula. A maioria dos mapas do reino mostra a fronteira toda, até se estender e revelar uma fatia de Sica do outro lado.

Aqui, o mapa termina logo que a fronteira começa, como se as montanhas acabassem no mar.

— É definitivamente a guerra contra Sica — diz Calla, neutra. Não sabe por que Anton acharia outra coisa. — Veja as flechas.

Ela viu planos de guerra o suficiente em seu tempo no Palácio dos Céus para saber como lê-los. Quem quer que estivesse usando este mapa da última vez, organizou-o em uma configuração que mostra um lado avançando do norte, e o outro fugindo a sudoeste. Algumas seções foram marcadas de verde. Outras, de vermelho. Calla toca o pedaço de terra onde fica a província de Ximili, circulando com o dedo suas miniaturas verdes.

— Calla — diz Anton. A voz dele é lenta, gentil. Como se estivesse lhe dando uma má notícia. — As cores. Estão do lado errado.

No fundo, ela sabe do que ele está falando, mas sua mente se recusa a fazer a conexão. Ximili está marcada de verde. Uma vitória. Durante a guerra com Sica, o primeiro território que perderam na invasão inicial foi Ximili. Então continuariam perdendo província atrás de província, até que a maré da guerra virou com a retirada para dentro de San-Er e trouxe a suada vitória.

Isso não faz sentido nenhum, cacete. O que mais poderia ser *senão* a guerra com Sica? Mas, se for esse o caso... este plano de guerra é do lado de Sica.

— Fico me perguntando sobre Sinoa Tuoleimi — comenta Calla, devagar.

Os olhos de Anton desviam para o outro lado do salão, para o mural e seus escritos arcaicos.

— Uma pessoa que foi apagada da história de Talin.

Calla toca o próprio peito. Neste corpo, a runa foi transferida como uma marca fraca de luz. A runa verdadeira está pintada no corpo tombado na fronteira de Rincun, imóvel como o resto da província. Seu corpo roubado. Seu maior furto.

Vida longa à rainha. Vida longa de dez mil anos à rainha. Vida longa de dez mil anos à rainha. Vida longa de dez mil anos à rainha.

— Ela liderou a invasão.

As vozes lhe voltam à mente. Tornaram-se parte de suas lembranças, grudadas como as cinzas de Lankil que se recusam a sair de sua pele. *Você nunca vencerá esta guerra. O sangue estará nas suas mãos. A terra será perdida. O sul foi perdido. Yi queimou.*

As sobrancelhas de Anton desaparecem atrás de seu cabelo. Ela sabe que ele não escolhe corpos femininos quando tem a opção, mas deveria fazer isso mais vezes, dado a forma expressiva como usa essas feições.

— Do lado de Sica?

As peças, enfim, se encaixam. Calla encara a beirada do mapa, a fronteira terminando no mar.

— Sica não existe. — Ela pronuncia as palavras, e o palácio finalmente exala de alívio. Uma pequena constatação, e a verdade volta ao mundo. — Sica é uma invenção para explicar às gerações seguintes por que tudo foi destruído pela guerra. Não existe outro reino ao norte da fronteira. A coroa nunca foi escondida por segurança. Talin lutou uma guerra civil e, quando Sinoa Tuoleimi foi derrotada, fugiu para cá e morreu com sua coroa.

Um baque alto ressoa acima deles. Calla fica tensa, esperando algo acontecer, mas o som ecoa e desaparece, deixando o palácio em silêncio de novo. Anton não espera mais: corre para a escadaria.

— Cuidado, cuidado! — sibila Calla atrás dele.

Eles começam a subir a escada em espiral e entram em uma torre. A curva é tão apertada que os ombros de Calla começam a raspar as laterais, a tinta centenária descascando sobre sua jaqueta. Uma pulsação vibra em sua orelha. Acompanha seus passos, e não para quando eles finalmente chegam ao topo e entram em um cômodo frio com um teto inclinado de vidro.

Calla tenta entender a cena. À frente de seus olhos, um facho de luz brilha dentro da sala. Ele entra no corpo sentado no trono como uma flecha penetrando totalmente a carne, a ponteira afiada e a ponta de penas absorvidas por completo.

O corpo está morto, isso é óbvio, mas deve haver algum tipo de *qi* agindo sobre ele, preservando-o em vez de transformá-lo em pó depois de tantos anos. A pele flácida está esfacelada e pálida, fedendo a podridão. A mulher está coberta por uma fina camada de poeira que se acumula sobre os cílios e as dobras de suas roupas, que um dia já foram brilhantes. Mesmo assim, Calla reconhece a curva do nariz e o rosto que viu durante anos no espelho. O que quer que tenha feito, Sinoa Tuoleimi renasceu com a aparência exata que tinha mais de cem anos atrás.

O único item em seu corpo que não está arruinado é a coroa. Um aro de metal circundando sua cabeça, decorado com entalhes de criaturas míticas e runas complexas. As pontas no topo se curvam, afiadas, cravejadas com gemas verde-turquesa. Depois de tanto duvidar daquela coroa, agora Calla consegue sentir seu poder. Fica entalado na garganta dela, reverberando por seus pulmões. Desolar uma cidade, lutar dez guerras... Ela não duvida que a rainha anterior pudesse fazer tudo isso.

E Otta dorme aos seus pés.

— Ela está congelada também — comenta Anton.

Um tapete se estende pelo cômodo e termina no trono, onde se senta a rainha morta. Ele tem razão, para a surpresa de Calla. O subir e descer do peito de Otta é quase imperceptível, lento a ponto de parecer ausente. Enquanto Otta ocupa uma ponta do tapete, Calla e Anton esperam na outra. Não há nada para improvisar como arma, infelizmente.

Não importa.

Calla avança pelo tapete. Talvez Anton perceba sua intenção pela forma como ela anda. Ele estica a mão, segurando seu cotovelo.

— Ela não tem como machucar você agora — implora. — Não precisa ser assim.

Calla não olha para ele.

— Você não pode ter as duas, Anton. — Ela arranca o cotovelo dos dedos dele. — Ou você me mata agora para salvar Otta, ou me deixa matá-la.

Não seria difícil. Uma pancada forte na cabeça, ela nem vai sentir nada. Calla avança, colocando um pé na frente do outro, e, embora esteja andando em direção a Otta, descobre que não consegue desviar os olhos de Sinoa Tuoleimi. A coroa vibra com poder. Se escutar com atenção, consegue ouvir o zumbido, as promessas sussurradas do que poderia conquistar. Não é só um desejo egoísta que a faz virar e esticar os dedos para a coroa. Esse é o único objeto no cômodo que pode usar como arma. Se quiser ser bem-sucedida…

Calla toca a coroa, e a sala se inunda de luz.

Qi sobe ao teto como o vento de uma monção, golpeando o vidro e despedaçando os painéis em fragmentos finos como poeira. Sinoa Tuoleimi explode e vira pó, e, quando Calla é arremessada para trás, atingindo a parede e ficando presa por alguns segundos, sabe que há *qi* o suficiente rodopiando ao redor para matá-los num instante. O *qi* rosna, se revira e mostra as garras, mas, antes que seu poder absoluto consiga perfurar-lhe o pescoço e fazê-la em pedaços, ele se dissipa, satisfeito.

Calla puxa o ar com força, tentando respirar assim que o cômodo se acalma. A coroa está quente em sua mão. Uma gota de sangue escorre por seu nariz.

Sacrifício, pensa, distante, ao se levantar. A explosão de *qi* não os matou porque sacrifícios foram feitos para que a coroa os consumisse, arrancados dos receptáculos lá fora e afunilados dentro desta sala. Como Otta sabia disso? Onde essas instruções estariam guardadas? E se Calla não escutou nem um pio como a maldita princesa do Palácio dos Céus, *como* Otta Avia esbarrou num conhecimento como este?

— Você não seguiu minha instrução.

— Merda — murmura Calla.

Perdeu sua chance. Enquanto o trono agora está ocupado apenas por pó, Otta Avia lentamente se levanta aos seus pés, limpando a poeira das mãos. Suas roupas permanecem intactas. Nem uma pontinha de sujeira ou um indício de como atravessou a fronteira para chegar aqui.

— O que foi? — pergunta ela. — Achou que eu ia ficar deitada ali enquanto você decidia como me golpear até a morte?

Do outro lado da sala do trono, Anton também está no chão. A explosão o arremessou quase até o topo da escada em espiral.

— Não seja presunçosa — retruca Calla. Está esperando Anton levantar a cabeça, mas ele não se mexe. — Talvez eu tenha vindo acordá-la para mostrar a surpresa que trouxe para você.

Otta não parece achar muita graça.

— Você é uma praga! — grita ela. — Nada além de uma criança vestindo sapatos que não lhe servem. Você nem sabe o que roubou.

Otta dá uma investida. Calla grita um xingamento e se esquiva para longe, ainda com a coroa na mão, zunindo a cada movimento pelo ar.

— Conte-me — provoca, segurando a coroa perto do peito. — Ouvi muitos boatos.

— Não estou falando da coroa.

Otta não tenta pegá-la de novo. Em vez disso, gira o braço com força e um arco de luz atinge Calla como uma arma física, queimando uma marca no braço que ela coloca, em pânico, à frente do rosto. Todo o ar lhe deixa os pulmões quando atinge o chão de novo.

— Você sabe o que roubou — continua Otta. — Por que outro motivo eu teria me dado ao trabalho de atraí-la até aqui? Por que perderia tanto tempo? Você não sabe com o que está brincando, e agora o restante de nós vai sofrer por causa disso.

Ela gira o braço de novo. Calla se esquiva, rolando, mas está chegando perto demais da parede. Merda, merda, *merda*...

De alguma forma, Otta sabe que ela é uma impostora. Que Calla não é Calla, mas uma invasora de muitos anos atrás, uma que está aqui há tempo o bastante para sumir com a princesa original.

— Você infla meu ego — diz Calla, tentando não soar sem fôlego. — Não vá me dizer que eu sou a única que conseguiria pegar essa coroa?

Quando a expressão de Otta fica dura, Calla sabe que atingiu o alvo. Mais ninguém teria conseguido pegá-la. A Rainha Sinoa Tuoleimi renasceu como Calla Tuoleimi, de volta ao mundo para lidar com questões mal resolvidas, e então uma menininha desesperada das províncias a invadiu e absorveu todo o seu poder.

— Não precisa se achar tanto. Agora você é inútil.

Otta levanta o pé, com a intenção de dar um chute, e Calla aproveita a oportunidade: puxa com força a perna dela, mandando-a para o chão. Sua tática ofensiva claramente é limitada, porque Otta se vira antes de cair por completo e aterrissa de joelhos. Calla sibila, pulando para o lado antes que Otta gire e estique a perna num ataque. Enquanto Calla tenta se levantar, sua adversária dá um soco, ainda de joelhos, e erra por pouco seu rosto.

Isso é um choque.

Otta Avia luta como se houvesse sido treinada no Palácio dos Céus.

Calla a empurra com força antes que ela recue. Embora atinja o alvo, Otta se recupera depressa e fica de pé, cambaleando a alguns passos de distância. O Palácio da Terra gostava de ensinar técnicas defensivas. É por isso que August não luta merda nenhuma, só invade à distância e faz jorrar litros de sangue, mas hesita antes de golpear.

Calla, agindo com base em um instinto que não sabe bem nomear, fica de pé e tenta saltar.

Seus olhos se fecham e se abrem com a mesma visão do mundo. Foi bloqueada. Otta Avia… está duplicada.

Otta deve sentir a tentativa de invasão. Quando ela golpeia, Calla não abaixa depressa o suficiente. É atingida no ombro; Otta a derruba, arrancando seus pés do chão. O gesto parece familiar, é o eco de *alguma coisa*. Calla, xingando, agarra o braço de Otta e tenta incapacitá-la, mas a tentativa de invasão a deixou irritada e, quando Otta lhe dá uma cabeçada, Calla estremece.

Não pode largar a coroa.

Calla se vira. Pelo canto dos olhos, enfim vê Anton se mexer. Ela não lhe dá tempo para se recuperar.

— Anton, pegue! — grita.

E joga a coroa na direção dele. No mesmo movimento, deixa a fúria dominá-la e, quando gira o braço, está mirando em Otta. A luz surge de sua mão em um arco e desce sobre as costas dela.

Parece que está arremessando energia pura com as palmas. Como se houvesse transformado a si mesma em uma arma de fogo, explodindo com o impacto. Mas Otta é claramente mais bem treinada nesse tipo de manobra. Ela passa a mão com força no rosto.

Quando a ergue e cerra os punhos, Calla não consegue respirar.

— Isso poderia ter sido tão mais fácil — diz Otta. Ela se aproxima, o punho ainda no ar. — Você poderia ter devolvido o que roubou. Nós poderíamos ter seguido contentes nossos próprios caminhos.

Calla apalpa o próprio pescoço, desesperada. Suas unhas arranham a pele, mas não consegue puxar o ar.

— O que eu não entendo é como você fez isso. — Otta está ao seu alcance. Pontos escuros começam a se formar na visão de Calla. — Quem *é* você? Você mesma ao menos sabe a resposta? Imagino que não.

— Otta, chega.

Quando Otta se vira na direção de Anton, seu punho cede infimamente, e Calla consegue inspirar. Anton se levantou perto da escada. Há um hematoma vermelho em uma de suas têmporas. Seu braço está sangrando por causa dos cacos de vidro, sujando de sangue a coroa que tem na mão.

— Tentando salvá-la? — pergunta Otta, irritada.

— Não — responde ele, erguendo a coroa. — Mas tenho certeza de que os deuses irão quando golpearem.

Otta entende o que ele está prestes a fazer um segundo antes de Calla. Afrouxa o punho. Calla inspira e arfa para encher os pulmões, e os pontos pretos em sua visão começam a desaparecer. Quando Otta gira o braço na direção de Anton, na intenção de atacá-lo, já é tarde demais.

Anton veste a coroa, e o cômodo é inundado de luz pela segunda vez.

◇◇◇◇◇

Calla não pode ter ficado inconsciente por mais do que alguns minutos. Quando desperta, suas orelhas só captam um zumbido agudo.

Leva mais alguns segundos para sua visão voltar, então vê Anton ao seu lado, a coroa caída no chão. Ela coloca a mão no pescoço dele. É um batimento irregular, mas é um batimento mesmo assim.

Tenta se apoiar em um cotovelo para se levantar. Seus músculos ardem, protestando contra tamanha calamidade, e Calla cai de novo. Seus olhos se mexem, lentos. Ali... Otta foi arremessada para perto do trono. Ela se mexe, levando uma das mãos ao rosto.

Anton lhe conseguiu tempo o suficiente para igualar suas chances. Ela precisa pôr um fim nisso.

Com cuidado, Calla fica de joelhos e permanece firme. Quando tenta procurar o excesso de *qi*, algo para arremessar, não encontra nada. Aquela explosão da coroa fez alguma coisa: esvaziou todos eles. Não há tempo para fazer uma nova runa.

Ela passa a mão pelos cacos de vidro no chão e pega um fragmento mais pontudo.

O corpo de Anton espasma. Ele puxa o ar com a boca, abre os olhos. Está tentando falar alguma coisa, mas Calla foca sua atenção em ficar de pé. Não consegue ouvir nada. Suas orelhas estão demorando para se recuperar. Talvez tenham sido totalmente inutilizadas, os tímpanos rompidos ao ficar tão perto da explosão.

Quando Otta se levanta, não assume imediatamente uma postura defensiva. Fica de costas para Calla, mesmo ao ver o que ela tem nas mãos, mesmo sabendo o que ela pretende fazer, e cambaleia em direção à janela. Sua expressão não é de medo. É de determinação, como se esse encontro tivesse terminado aqui e ela tivesse tomado uma decisão.

O zumbido abandona os ouvidos de Calla. No momento em que ela captura os primeiros passos mais abaixo no palácio, sabe o que Anton estava tentando dizer, por que Otta está se preparando para fugir. Sua audição volta como uma fechadura emperrada que finalmente cede, e gritos preenchem a sala do trono. Uma movimentação jorra das escadas e a rodeia. Eles agem depressa. Antes que Calla possa se virar, uma lâmina corta o ar e é cravada em seu ombro.

São os Weisanna. Desesperada, Calla corre os olhos por seus rostos, tentando entender o que está acontecendo. Até que entende. Os guardas de August os perseguiram por Rincun e através da fronteira da mesma forma que Calla e Anton fizeram, e então invadiram os receptáculos vazios do lado de fora do palácio. É claro, assim que viram os corpos deles caídos na divisa, devem ter percebido a tática num instante. Um deles avança, e ela reconhece o andar de Galipei.

— Espere — diz Calla, a voz fraca. — Espere...

Galipei pega a coroa. Gesticula para que seus guardas cerquem Anton. Sinaliza para que os outros a segurem e, embora Calla tente escapar, três Weisanna avançam sobre ela e a seguram no chão. Apesar de vestirem corpos aleatórios, seu treinamento acompanha os olhos prateados. Eles são fortes demais, e ela ainda está fraca da explosão. Não consegue fazer nada exceto observar enquanto Otta sobe na janela do outro lado da sala do trono. Antes que qualquer um dos guardas possa alcançá-la, ela pula em silêncio para a neve lá embaixo.

— Não! — exclama Calla, a voz falhando. Ela resiste, joga o ombro. Não adianta. — Não a deixem fugir! Ela...

— Ponham um saco nessa cabeça — ordena Galipei, ficando de frente para Calla. — Amarrem-na com força e, por favor, deem logo um nocaute nela.

34

Os membros do conselho que se separaram da delegação chegam a San-Er antes de Sua Majestade. Foram enviados de volta enquanto o Rei August e seus guardas continuaram adiante, a caminho do que poderia acabar se transformando em uma batalha na fronteira. O rei disse que, se não havia mais uma delegação, não era mais seguro que representantes diplomáticos estivessem presentes. Era difícil argumentar contra isso, embora alguns conselheiros, como Mugo, tenham tentado, alegando que o conselho precisava estar junto para constatar a veracidade da coroa. August prometeu que isso seria feito na capital e que, se eles o acompanhassem, só atrasariam seu avanço. Ele traria a coroa de volta. Precisavam confiar em seu rei.

Então, Vênus Hailira voltou com o resto do conselho.

Ela fez o que pôde por Rincun. Não parece ter sido o suficiente. Durante a viagem, repassou a sequência de acontecimentos: sua chegada, declarando que todos deveriam ficar em casa, os dias em que pareceu ter conseguido completar sua tarefa, o congelamento súbito... então tudo virou de cabeça para baixo. Um buraco se abre em seu peito, atingindo seus pulmões. Ela respira fundo, e os acontecimentos da semana se prendem em sua garganta, incapazes de serem engolidos ou digeridos. Ela deveria cuspir tudo, mas não consegue se forçar a isso.

Quando a delegação se aproxima do portão, Vênus fica em choque por um segundo. Havia se esquecido de que estavam expandindo a muralha de San-Er. Está quase pronta, e ela se lembra do que o Rei August anunciou, do que foi aprovado quando o conselho se reuniu para discutir o trabalho administrativo. Se sua percepção estiver correta, parece que a muralha entrou muito mais em Eigi do que foi planejado inicialmente. Mugo não vai ficar contente com isso. Nem os camponeses que costumam acampar do lado de fora, à espera da loteria. A não ser que a nova e expandida San-Er abra espaço para eles, mas Vênus duvida que deixarão uma quantidade tão grande assim de pessoas entrar.

Ela espia pela janela da carruagem. Batuca os dedos no joelho, impaciente.

Em vez disso, as pessoas acampadas serão solicitadas a se realocar — *por gentileza, recolha sua tenda, senhor, antes que nós o façamos* —, mas continuarão acampando na esperança de que talvez, talvez, tenham sorte no próximo sorteio. E assim o ciclo continua, até que os guardas façam suas rondas do lado de fora da muralha para garantir a ordem e encontrem novos corpos toda semana.

É como as coisas são. Não há nada a fazer a respeito.

Vênus entrelaça as mãos, educada. Um dos imigrantes acampados espia pela tenda e a olha direto nos olhos através do vidro da janela. A carruagem começa a andar.

— Talvez devêssemos dar alguma coisa para eles — diz ela em voz alta. — Comida. Cobertores.

No assento à sua frente, a conselheira Farua também se inclina para olhar pela janela. Deve estar acostumada a ver cenas assim, já que governa a província de Daol. Vênus, enquanto isso, cresceu nas cidades, e mal havia feito uma viagem completa fora da muralha antes de receber a jurisdição de Rincun.

— É uma ótima ideia — acrescenta Farua. — O Rei August vai amar ouvir isso.

A carruagem passa pelo portão de San. Vênus não consegue se livrar da sensação de estar sentada em pregos e arame, e fica se remexendo no banco sem nunca ficar confortável. Não consegue ver mais as tendas, mas se lembra da primeira viagem a Rincun e da Princesa Calla Tuoleimi revirando os olhos toda vez que Vênus falava em oferecer cobertores.

Não seja tão aristocrata, disse ela naquela ocasião.

É o que eu sou, afinal, retrucou Calla. *Eles não gostam de nós. Deixe que mantenham seu desgosto em vez de tentar fingir generosidade.*

O portão de San-Er se fecha atrás deles. A luz da tarde se transforma em um cinza triste, bloqueada pela imensa muralha imponente.

Se fosse realmente generosa, você abriria o cofre Hailira em vez de distribuir migalhas.

Vênus não sabe por que está pensando nisso agora. A carruagem para, estacionando dentro da muralha, e as palavras de Calla não param de ecoar em sua mente.

Diga que não o fará. Você tem permissão.

Um grito penetrante rasga o ar lá fora.

Vênus demora um pouco para compreender o som. Fica sentada, pasma e imóvel, enquanto os outros membros do conselho se levantam apressados, alcançando a porta, abrindo-a e correndo. O chão treme. Algo que pode ser um rojão estoura à distância. O grito vem de dentro de uma das outras carruagens.

Vênus finalmente fica de pé. Seus joelhos fraquejam. Farua grita para ela se apresar e correr, mas, quando vê que Vênus não escuta, ela lhe dá as costas e desaparece de vista.

O que está acontecendo?

A carruagem chacoalha. Assim que Vênus sai, o veículo vira totalmente de lado e desliza pela grama. Ela arfa, assustada, tropeçando no próprio pé sobre a lama. Agora há quilômetros entre a muralha e o início da cidade. Os restos da construção permanecem aqui: blocos de concreto e longos postes de metal, escadas portáteis e máquinas usadas para cortar rocha. Quando San-Er reorganizar suas finanças, erguerá novos prédios neste espaço. Talvez arranque seções inteiras de outro lugar e as transporte para cá.

Do outro lado da carruagem, os guardas estão lutando contra três homens vestidos de preto. Vênus se recompõe e tenta cambalear até um lugar seguro. Uma carruagem continua de pé. Talvez, se esconder-se lá dentro, ficará protegida até os reforços do palácio chegarem. A maioria dos conselheiros fugiu. Os gritos pararam. Parece que ninguém se machucou...

Vênus leva a mão à boca assim que abre a porta da última carruagem, contendo o choque. O conselheiro Rehanou... explodiu. Como se tivesse um balão de ar no peito que estourou com a pressão, descolando a pele e quebrando as costelas, deixando filetes de carne grudados na parede da carruagem. Embora ele não esteja se mexendo, seu sangue continua correndo, vazando por todos os lados das veias aparentes.

Vênus se aproxima. Não deveria. Deveria correr depressa antes que o vômito lhe suba a garganta e se espalhe por tudo, mas algo não parece certo aqui, além da cena grotesca. Talvez seja o ângulo pelo qual está olhando para o conselheiro Rehanou. Pode ser um truque de luz causando algo tão incompreensível.

Ela está perto o suficiente para pisar num pedaço de alguma coisa, talvez o estômago ou intestino, e sabe que não está enganada. O que quer que tenha causado isso, entalhou o formato de uma lua crescente na massa caótica em seu peito.

Vênus tem de se afastar, sua mão se mexendo sozinha para tapar o nariz. Isso não foi causado por uma arma implantada dentro dele, instruída a explodir. Foi manipulação de *qi*.

A carruagem treme. Vênus gira, assustada. Mas foi lenta demais, está encurralada. Há mais gente aqui agora, todos vestidos como os homens que lutam com os guardas no outro lado do gramado. Uma mulher de rabo-de-cavalo, um homem com a cabeça raspada.

— Sei que só planejamos lidar com um, mas outro não vai fazer mal.

Vênus ergue os braços, rendendo-se.

— Não, por favor — diz. — Não precisa. Sua Majestade está voltando com a coroa. Ele vai provar que é legítimo.

— Nós sabemos disso, conselheira — rebate o homem.

Ele levanta uma das mãos. Dor irradia atrás dos olhos de Vênus, como se seu cérebro estivesse sendo esmagado. Dentro de segundos, sua cabeça vai se parecer com as entranhas explodidas de Rehanou dentro da carruagem.

— Por favor, por favor, esperem! — Ela arfa. — O que vocês querem? Me digam o que querem!

— Chega...

— Se não é a coroa provando o mandato dos céus, então o quê? — grita.

Quando ela assumiu o cargo, o palácio lhe ensinou que a distração é a primeira tática a se usar contra ataques de camponeses. Desde que os Makusa morreram em Kelitu, é preciso ensinar seus conselheiros a distrair os agressores para dar tempo aos guardas. Vênus duvida que chegarão a tempo de resgatá-la. Isso não é mera distração. Ela realmente precisa entender o que está acontecendo. Precisa saber...

— Liberdade, Vênus Hailira — responde a mulher. — Não pode ser tão difícil assim de entender, não é?

A visão dela fica vermelha.

— Eu ajudo vocês! — grita.

De súbito, a sensação de esmagamento se dissipa de seu crânio. Ela oscila para a frente e para trás, caindo de joelhos. A tontura ameaça lhe causar náusea. Ela luta contra a vertigem.

— Como é que é? — pergunta o homem, o tom leve.

— Não vai ser mais fácil? — Vênus arfa. Ela toca os olhos. Há sangue escorrendo por seus dutos lacrimais, descendo pelas bochechas. Mas ela continua inteira. Os membros intactos. As entranhas preservadas. — Deixem-me viver, e vou declarar Rincun como uma província independente.

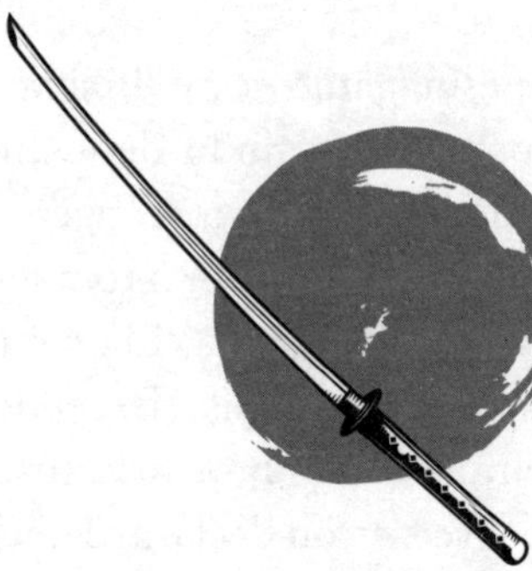

35

Em Actia, afrouxam as amarras em seus tornozelos. Em Janton, depois de cruzarem o rio Jinzi e voltarem ao sul do reino, os guardas devem estar convencidos de que não farão nenhuma gracinha enquanto seus corpos estiverem servindo de reféns, porque também aliviam as amarras nos pulsos, prendendo com firmeza apenas uma das mãos e enrolando a corda nos assentos da carruagem. Não é como se Anton fosse fugir. Ele não tem como saltar para dentro de um Weisanna e, se escapar para as províncias neste corpo, terá a garantia de uma morte lenta por inanição ou tédio intenso.

A viagem passa em um borrão vendado. Não há mais ataques, nenhuma ameaça perigosa do reino aqui fora, e Anton sabe que não é o único a achar isso estranho. Ele não para de sentir alguém pisar em seus dedos do pé toda vez que os guardas falam algo que indique a localização. Calla, sem dúvidas. Ou talvez seja Galipei, tentando se livrar dele, já que está viajando na mesma carruagem que os dois para garantir que não há planos sendo debatidos. Ele os acompanha a todo momento, até para usar o banheiro.

Anton fala qualquer bobeira toda vez que alguma coisa lhe vem à mente, mas Calla continua mortalmente quieta. Ninguém na carruagem dá a mínima atenção para ele. Não sabe no que Calla está pensando. Ou se ela tem uma carta na manga, porque Anton com toda certeza não tem.

— Eis o que vamos fazer — declarou August quando estavam sendo enfiados em carruagens em Rincun. — Vamos voltar para San-Er. Vocês vão assumir total responsabilidade por tudo o que fizeram de errado, e depois vão esperar a decisão do conselho. Nem pensem em tentar nada, porque vou queimar seus corpos de nascença à menor provocação.

Ele não deixou brecha nenhuma para argumentarem. August se virou friamente e pediu para os guardas se apressarem. A proclamação foi teatral e cômica, direcionada aos Weisanna que os cercavam. De que importaria a decisão do conselho? August estava tentando se livrar dos conselheiros, afinal. Com o tempo, os que restassem cairiam em uma desordem tão grande que o Rei August poderia assumir o poder com facilidade, tornando-se a única voz à qual os generais e soldados responderiam.

A cada província que cruzam, Anton fica mais impaciente. Gosta de ter uma saída de emergência disponível. No exílio, a sobrevivência significava estar sempre indo de uma ponte queimada a outra, também formada por material inflamável. Mesmo que fosse uma saída temporária, era melhor do que nada.

Neste momento, ele realmente não tem nada. Nem uma fagulha de poder. Perdeu o corpo que o permitia brincar de rei. Perdeu o controle das massas, perdeu o direito de estalar os dedos e receber tudo o que desejasse no mundo. Enquanto isso, basta August perder a paciência uma única vez para a cabeça de Anton sair rolando.

Não parece justo. August nem tem medo dos perigos de mantê-lo vivo. Não faz menção alguma a querer matá-lo como punição. August prefere, na verdade, mantê-lo vivo para prestar contas a San-Er, para desfilar com ele como se fosse um rato atrevido que foi pego roendo alguma coisa na cozinha dos fundos porque assim pode recuperar o controle que Anton lhe roubou. Mesmo que August desconfie que ele sabe quem foi o responsável pelo ataque em Kelitu, não *se importa*. Ele é August Shenzhi, com um reino funcionando debaixo dos pés, e Anton mal é um Makusa, já que não existe mais ninguém de sua linhagem para fazer "Makusa" parecer algo além de um mero nome.

Um pisão súbito e forte lhe atinge os dedos do pé, e Anton pula no assento. Estão no quinto dia de uma viagem sem pausas para dormir. Os condutores apenas revezam com os guardas para assumirem as rédeas quando estão cansados demais para continuar. Ao cair da noite, chegarão a San-Er.

Anton mexe o pé, cutucando Calla para perguntar qual é o problema. Ele tenta imaginar como seria sua vida se o conselho decidisse perdoá-los e condená-lo de volta ao exílio. Com o status de criminoso, talvez Anton chame a atenção de algum culto das Sociedades Crescentes, da mesma forma como muitos deles gostam de reprisar o vídeo do massacre de Calla todo ano, como se fosse um programa festivo. Do contrário, passará o restante de seus dias em relativa insignificância.

Não é como se os últimos sete anos tenham tido muita importância também. Foram apenas um ciclo infinito de juntar dinheiro aqui e ali, e fazer pagamentos todos os meses para bancar um leito de hospital. No entanto, Otta precisava dele, e isso é mais do que pode dizer de sua situação atual. Sem ela, está livre.

Os céus sabem que ele jamais ficará preso a ela de novo. Pelo que escutou, August deixou guardas para trás a fim de fazer uma varredura pela fronteira, mas ainda não receberam notícias de ela já ter sido encontrada. Otta desapareceu.

Calla cutuca seu tornozelo, e Anton retoma o foco. Alguém atendeu um telefone na carruagem. Embora as palavras do outro lado da linha sejam inaudíveis, um murmurinho baixo saindo do aparelho, todos os presentes ficam tensos. A conversa parou nos assentos à frente. Os outros guardas estão esperando o resultado da ligação.

Um botão é pressionado.

É o golpe final de um carrasco. A chave sendo virada numa cela de prisão eterna. Anton não entende por que Calla não tentou tomar o trono de Talin. A Princesa Calla Tuoleimi, que, até onde Talin sabe, tem tanto direito de vestir aquela coroa quanto August. Talvez mais. Esta Calla, sentada e amarrada com ele, alega acreditar no que é bom, mas não perseguiu Otta até a fronteira por estar preocupada com seus civis. Ela o fez porque Otta buscava um poder com o qual não se importa, e Calla deve saber que alguém que consegue combater um golpe desses pode também *dar* um igual. Ela deve saber que eles dois não precisam viver sob as ordens de *August*...

A carruagem para.

— O que aconteceu? — pergunta Anton, em perfeita sincronia com Calla.

— Problemas em San-Er — responde Galipei, sem soar nem um pouco preocupado. — Vamos passar a noite na base de segurança de Eigi, até a confusão passar.

Anton bufa de desdém. Por *confusão*, ele deve querer dizer pessoas marchando pelas ruas de novo, exigindo o fim desse reinado.

— Não está com pressa de voltar? — provoca Anton. — Fico me perguntando se a ameaça é grande demais para ser contida.

Galipei não se deixa afetar. Fora do corpo de August, nada que Anton diga vai causar reação alguma no guarda, porque Galipei Weisanna não dá a mínima para a opinião de ninguém a não ser a de August Shenzhi.

— Esperem aqui.

Há uma movimentação ao redor deles: guardas saindo das carruagens e gritando ordens lá fora. Anton está sentado, esperando de maneira obediente e desprezível, quando um novo conjunto de passos sobe na carruagem. A porta se fecha com um baque.

— Se vamos mesmo fazer isso — a voz de Calla é um choque para os ouvidos, rouca ao pronunciar sua primeira frase inteira desde que deixaram Rincun —, você pode no mínimo tirar nossas vendas?

— Tirem vocês mesmos — retruca August. — Eles desamarraram uma de suas mãos, não?

Anton não espera pela próxima oportunidade. Arranca o tecido dos olhos, piscando depressa para se acostumar à claridade. Este corpo emprestado tem cabelo comprido, que fica caindo na frente do rosto. Enquanto ele se ajeita e empurra tudo para trás, Calla tira a venda devagar, deslizando-a como se fossem lhe ordenar a parar no meio do caminho.

Seus olhos se encontram. Ela amassa o tecido e o joga no chão. Sem sua íris amarela, ele não sabe quem mais acreditaria que esta é Calla, a não ser que conhecessem seus hábitos. Suas unhas roídas e o lábio inferior mastigado. Seu instinto de encarar antes de responder uma pergunta, levando mais tempo para ler a expressão de alguém do que o socialmente aceitável.

— Não estou feliz, August — diz. Ela puxa o punho, esticando a corda que a prende nos bancos. — Se você precisa bancar o durão na frente dos seus guardas, que seja. Mas eu estive do seu lado desde o começo, e acho que mereço mais confiança do que ser amarrada a uma carruagem.

— Essa confiança evaporou no segundo em que você descobriu que Anton Makusa estava ocupando o meu corpo e não o expulsou — rebate August. — Perdão se você acha que não é justo.

— Ela tentou, não se preocupe — interrompe Anton. — Não é culpa dela o fato de eu querer o trono.

August desvia os olhos para ele.

— Como você pensou que isso ia terminar? Achou que ninguém perceberia? Impossível.

— Altamente possível — diz Calla. Sem perceber, ela e Anton se tornaram um time de revezamento, intercalando a vez para argumentar contra August. — Tudo o que ele precisava fazer era matar Galipei. Você devia ser grato por ele ter demonstrado misericórdia e evitado esse caminho.

— Na verdade, estou começando a me arrepender de ter sido tão misericordioso. — Anton não consegue evitar. Prepara a bomba e a joga. — Principalmente se você teve alguma coisa a ver com a morte dos meus pais. A vingança estava ao meu alcance, fácil. Leve isso em conta nesse tribunal qualquer que está montando para nós.

Ele sente Calla enrijecer. É a primeira vez que ela escuta isso.

August, no entanto, não parece surpreso ao ser confrontado. Ele entrelaça as mãos à frente do corpo. Sua postura é insuportavelmente ereta. Embora suas roupas estejam meio rasgadas da viagem, ele veste um casaco novo, de um branco que as cidades sujariam depressa.

— Não tive — responde August, direto. — Mas fiquei sabendo pouco depois, assim que a ordem de Kasa foi executada. Era melhor que você não soubesse.

— Era mesmo? Ou você tinha medo de que eu me revoltasse contra o palácio?

Na verdade, Anton sempre teve um pouco de medo de August, mas sabe que o sentimento é mútuo. Ele viu August agir sem limites para subir de posição no palácio. E sabe que August o viu exibir o mesmo comportamento quando se trata dos abismos de sua solidão — seus saltos frenéticos, o descarte frívolo de corpos. Anton se move depressa para escapar do medo de encontrar um destino parecido, porque nada neste mundo vai deixá-lo com uma cicatriz tão grande quanto a morte de seus pais, e ele sofrerá pela eternidade com a lembrança daquele dia.

— Não seja ridículo — diz August, mas seus olhos pretos desviam para o lado.

Na juventude, se Anton houvesse descoberto que o Rei Kasa ordenou a morte de seus pais, eles não teriam precisado esperar Calla surtar e planejar matá-lo. Anton teria feito isso antes, teria cometido regicídio dentro do Palácio da Terra, e aí como ficaria August? Seria apenas mais um nobre esquecido, empurrado para lá e para cá sem motivo nenhum enquanto o conselho brigava para colocar alguém no trono.

— Não havia nada que você pudesse fazer a respeito — continua August. Ele permanece impassivo, como sempre faz, como sempre fez. — Seus pais estavam conspirando com as Sociedades Crescentes para subir ao trono. Era alta traição, e você devia ser grato por eles terem se tornado vítimas de um ataque camponês em vez de terem o nome da família arrastado na lama com um julgamento público.

Anton avança, mas as amarras o impedem de chegar até August. Calla pisa forte em seu pé, um aviso para pegar leve. Ele mal percebe, mal percebe qualquer coisa além da ira fria que lhe desce pela garganta.

Nem que seja a última coisa que faça, Anton matará August Avia, ou aceitará morrer tentando.

— Chega — declara August. Ele se aproxima da porta da carruagem, saindo do caminho para o caso de Anton tentar de novo. Não importa: a corda continua firme. — Por respeito a vocês dois, vim compartilhar que não vamos levá-los para dentro de San-Er. O clima está volátil demais. Vocês podem depor em uma transmissão que enviaremos à capital, e depois ficarão na base de segurança esperando o julgamento.

Só pode ser piada. Depor em uma *transmissão*? August não lhes está oferecendo julgamento nenhum. Eles ficarão presos na base de segurança até seus ossos apodrecerem. Darão a San-Er material suficiente para mostrar que foram derrotados sem serem transformados em mártires, então Anton Makusa e Calla Tuoleimi desaparecerão.

— Você precisa ser mais específico — diz Calla. Há um tom de alarme costurado entre suas palavras.

— O que tem para especificar? Estou dando a vocês a oportunidade de expor sua defesa. Você pode contar toda a verdade, Calla. Dizer a eles que nós trabalhamos juntos para derrubar o Rei Kasa. Não faz diferença para mim.

August não tem mais medo do conselho. O conselho é só uma válvula de segurança para que o rei não tenha poder absoluto, e ele deve acreditar que está a um empurrão de desmoronar completamente se deu a Calla permissão de arrastá-lo com ela.

August abre a porta da carruagem.

— Um pedido — diz ela.

Ele para. Vira-se.

— Se você quer uma transmissão, precisamos dos nossos corpos de volta. — Ela se inclina no banco. Quando fala, não está olhando direto para August, mas também não encara nenhum ponto específico. Seus olhos turquesa-escuros estão desfocados. Pensando. — Principalmente o meu. Do contrário, San-Er vai achar que você contratou uma atriz. Vão questionar se você os acha tolos, querendo que acreditem que a primeira pessoa que salta sem que o *qi* mude os olhos é a princesa fazendo uma confissão pública.

August fica em silêncio por um momento. Observa-a com cautela.

— Não há nada a temer, se é isso o que está avaliando — acrescenta Calla, neutra. — O que restou, August? — O pé dela cutuca a lateral do tornozelo de Anton. — Não temos como lutar com você.

Não temos forças além de nós mesmos. Quem mais continua de pé a não ser você?

Outra cutucada. Deve ser intencional, mas não há nada que Calla possa estar pedindo para ele ver. Parece ser apenas um gesto para confortá-lo. Um lembrete de que ela está ali. De que sabe que ele também está ali.

August revira os olhos.

— Não precisa me bajular, Calla.

— Não é bajulação. Estou expondo os fatos. Você planejou tomar Talin há muito tempo e muito bem, não restaram pontas soltas. Vai voltar para San-Er e esmagar o caos à força. Vai ordenar aos soldados que ajam nas províncias e eliminem quaisquer grupos revolucionários que guardem rancor contra o trono. Nada que a gente fizer ou disser vai mudar isso.

É difícil saber se August concorda. Ele solta um murmúrio, depois sai andando e sinaliza para os guardas vigiarem a carruagem.

Anton está inquieto, inclinando-se para a frente a fim de ver melhor através da porta aberta. Assim que a ideia de escapar lhe passa pela mente, Calla balança a cabeça para ele. Um alerta silencioso para não fazer nada.

Cinco minutos depois, Galipei aparece com seus corpos de nascença. Os guardas, tão gentis, já se certificaram de que os corpos estejam amarrados e vendados.

— Certo — ordena Galipei. — Já para dentro.

36

Calla espia a corrente de metal que colocaram ao redor de seu tornozelo, a outra ponta conectada a uma argola chumbada no canto do cômodo. Se existe um deus do destino, deve estar rindo dela. E pensar que se achou esperta por prender Leida Miliu a um radiador velho, só para sofrer a mesma maldição.

A meia-noite paira pesada sobre a base de segurança de Eigi. Um relógio antigo badalou em algum lugar no prédio alguns minutos atrás, anunciando a hora. Eles estão no mesmo alojamento que ficaram na ida com a delegação, só que desta vez seus números reduziram drasticamente. Os membros do conselho já levaram três carruagens de volta para San-Er. Só os Weisanna continuam com August, vigiando a base e atentos a qualquer sinal de perturbação.

Calla morde a unha do polegar, dando mais uma volta no cômodo. Ao menos a corrente é longa o bastante para ela andar até a janela. Deveria se sentir nervosa, temerosa do que August lhe preparou, mas não é isso o que a preocupa.

August quer que ela responda por tê-lo traído. Quer que ela se arrependa por não ter dado o alarme durante a coroação, mas, em vez de uma punição rápida com uma espada no pescoço, ela ficará indeterminadamente detida em uma base de segurança afastada do reino. Não será seu pequeno apartamento em San, onde ficou escondida e se preparou para uma grande tarefa. Será apenas o resto de sua vida em uma espera perpétua. Isso é muito pior do que derramar sangue.

Então ela não tem medo do que August lhe preparou, porque não tem como ser tão ruim. Conhecendo-o, conhecendo a paciência dele, Calla pode muito bem ir se acostumando com essa corrente em seu tornozelo.

A parte mais enervante disso é que ela sabe como sair dessa, mas, assim que o fizer, não pode voltar atrás.

Calla apoia a cabeça na janela fria, tentando aliviar a dor latejante ao redor do crânio. Pelo menos não é mais uma consequência de experimentar com *qi*. Ela só está cansada, com frio e provavelmente desidratada. No canto do cômodo, a lâmpada emite um zunido dentro dos cabos, sinalizando que há algo de errado com a fiação. O cérebro dela faz o mesmo som. Um gritinho constante enquanto Calla tenta encaixar as peças disformes que foram espalhadas à sua frente nos últimos dias.

Ela sempre volta à sua tentativa de invadir Otta durante a luta. Não existe uma ciência exata por trás do *qi*. É tão imprevisível, maleável e mutável quanto o espírito humano. Mesmo assim, pode ser compreendido. Organizado pela lógica, tal como: Calla invadiu Galipei Weisanna, o que deveria ser impossível. Tal como: Calla fica saltando sem levar o *qi* junto, pelo menos não como deveria; do contrário, seus olhos não mudariam de cor. Tal como: desde o começo, lá atrás, o fato de que Calla saltou tão novinha já a coloca em um patamar desconhecido e, não importa o quanto se esforce, não consegue conjurar lembranças palpáveis de seu tempo em Rincun. Ela sabe que nasceu lá. Sente como os anos se passaram naquele vilarejo. Mas não tem o calor de uma mãe, a lembrança de um pai. Nenhum lar, *nada* além da sensação de vagar, vagar e vagar com fome.

Calla consegue aceitar que haja mais sobre sua identidade do que está disposta a reconhecer. Mas, por essa lógica, não existe um motivo para ela ter falhado em sua tentativa de invadir Otta. Calla deve ser mais forte. *Com certeza* é mais forte.

Ela morde a unha com força demais, e uma ferroada percorre seu polegar. Assim que estremece, uma batida leve soa à porta, e ela paralisa. Quem *bateria* antes de entrar?

— Calla, sou eu.

— Anton? — sussurra ela. — Entre. Não consigo chegar até a porta.

A maçaneta gira devagar, e Anton enfia primeiro a cabeça. Não está preso por cordas nem correntes. Sua gola está amassada, solta com metade dos botões desatados. Grande parte de seu cabelo está jogado em direções opostas, bagunçado na parte de trás. Ele parece ter ficado horas no topo de uma montanha, sendo atingido por ventanias violentas.

— Não amarraram você?

Anton entra depressa no quarto e espia o corredor por um longo momento antes de fechar a porta atrás de si.

— Amarraram. Eu escapei.

Calla olha a corrente em seu pé. Mexe o tornozelo.

— Bom, o que eu estou fazendo de errado?

— Não é culpa sua. Eles colocaram todos os guardas comigo. Saltei em cada um antes de roubar as chaves.

Essa viagem pelas províncias tem sido estranha o suficiente para que tais feitos soem cada vez menos bizarros. Mesmo assim, Calla pisca, espantada.

— *O quê?* — pergunta.

Anton dá de ombros. Ele puxa a manga para mostrar o tecido que envolve seu antebraço como uma atadura, depois exibe a runa de sangue desenhada no bíceps. Seu corpo de nascença está pálido com a falta de sol, a pele quase translúcida na parte coberta pelas roupas. Mesmo assim, quando ele cerra o punho, seu braço se retesa com força e a runa fica destacada em vermelho.

— Isso funciona muito bem.

— Achei que você não tivesse aprendido quando eu mostrei.

— Minha memória é melhor do que o esperado.

Calla não consegue acreditar nisso.

— E seu sacrifício?

— Usei meu próprio corpo de início, mas achei que um corte raso não seria suficiente por muito tempo. Deixei sobreviventes.

Pensando melhor, Calla não quer saber mais. Ela suspira, então aponta para a corrente, e Anton tira as chaves do bolso.

— Qual é o seu plano?

— Não tenho nenhum. — A primeira chave não funciona. Anton tenta outra. — Só queria me soltar e ficar livre. Tenho certeza de que você entende.

Há uma pontada de impaciência no tom dele. Calla fica bem imóvel, como se os dedos dele ao redor de seu tornozelo também fossem uma armadilha.

— Você não está livre. Não tem como sair desta base.

Ele fecha a mão com mais força. Não encontrou a chave certa ainda, mas continua tentando aquela.

— Não tem como *entrar em San-Er* no momento — diz. — Mas tem vários jeitos de sair desta base. Um terreno bem amplo, na verdade, levando a qualquer parte das províncias.

Calla puxa o tornozelo, fazendo as correntes tilintarem alto. Anton claramente não esperava o movimento repentino, pois inspira com força e se reclina para evitar cair. Os dois ficam imóveis. Viram-se de leve para a porta, esperando alguém entrar, mas continua quieto lá fora. Está tarde, e August Shenzhi confia demais em si mesmo. Os alojamentos da base ficam em andares diferentes, e August precisa entender que, com essa runa, parece não existir limite para o que eles podem fazer com *qi*. Ninguém vai descobrir os guardas que estavam vigiando Anton. Não até o sol nascer e o grupo não se reunir com os demais como esperado.

— Isso é risível — debocha Calla. — Você não queria fugir quando eu dei a ideia. Aí chegamos ao ponto em que não há volta, e *agora* as províncias são uma opção? Não adianta nem tentar. Não temos conexões aqui. Não temos dinheiro. Estaríamos mais confortáveis aprisionados nesta base.

— Que seja. — Anton tenta uma nova chave. Essa finalmente entra com facilidade, e ele gira o mecanismo. — Também não gosto da ideia das províncias, mas de qualquer forma essa não é a nossa melhor opção. A melhor é entrar à força em San-Er.

— E que força nós temos?

A algema se abre. Anton joga a corrente longe.

— Você sabe muito bem que força nós temos, Calla.

— Pare — ordena ela imediatamente.

— Ele não pode continuar assim. Organizou vários ataques nas províncias com o único propósito de enfraquecer partes do conselho. Ele teria lançado os próprios guardas ao fogo pela chance de um conselheiro ser atingido por uma flecha e morrer de um jeito fácil e silencioso.

Rincun. Depois Leysa. Calla não se esqueceu.

— Nós não somos melhores — argumenta. — Também somos assassinos...

— Quando foi que tivemos outra opção?

— August pode usar o mesmo argumento. — A discussão será um vai e vem infinito. Ela está debatendo a mesma coisa consigo desde o momento em que deixou o corpo de Galipei, quando entendeu por que a delegação estava sendo atacada pela Cauda de Andorinha nas províncias. — Ele está agindo pelo bem do reino. O Rei Kasa não lhe deu uma escolha, as restrições do conselho o encurralaram...

— Ele é o *rei*. Deveria mandar matar os conselheiros se é o que tanto quer. Por que matar centenas de outros inocentes?

Calla inclina a cabeça. Anton não se levantou, continua abaixado à frente dela, respirando pesado. Observa-a como se nunca a tivesse visto antes, e talvez não tenha. Talvez nunca tenha visto Calla Tuoleimi em seu momento de maior covardia: a criança que quer descansar, que não quer que lhe digam que sua vingança não terminou até que ela acabe com cada soldado anônimo que marchou até Rincun. Onde termina então? Será que ela se condenou a uma fome sem fim?

— Ele é justo — diz, em voz baixa.

— A justiça dele concordou que meus pais precisavam morrer. Ele teria escondido isso para sempre só para continuar sendo o precioso herdeirozinho de Kasa. Calla, ele *sabia*.

A queimação no peito dela é súbita e inesperada. Pelo menos ele sabe quem é o responsável por lhe roubar a família. Calla quase deseja poder rastrear a culpa até August também, adotar uma lógica infalível para ampliar o alcance de sua lâmina. Ela é muito boa em guardar rancor. Um pouco menos em julgar os outros, suas dores e a justiça à qual teriam direito, porque Calla não é nem uma pessoa tolerante nem uma juíza imparcial.

Quando começar a executar sentenças, será difícil parar.

— Sinto muito — sussurra.

— Não sinta. Não preciso disso de você.

— Do que precisa então? — pergunta, a voz rouca. — Quer que eu declare guerra a ele, é isso?

Anton fica de joelhos, levantando-se um pouco mais. Embora aproxime as mãos dos quadris dela, não a toca. As mãos param em uma prece ritualística.

— Você é a *única* pessoa neste reino que pode fazer isso. San-Er vai apoiar alguém que acredita estar desde sempre na linha de sucessão do trono. Minha mãe e meu pai morreram tentando um caminho alternativo. — A voz dele falha. — Você entende as cidades tão bem quanto eu: se eles foram pegos, é porque falharam em conseguir apoio fora dos grupos revolucionários e das Sociedades Crescentes. O resto do reino ainda acredita que pode existir o bem entre seus monarcas. O resto do reino acredita que os céus tiveram um motivo para escolher as linhagens do trono. Se existe um adversário de August que realmente tem chances de ganhar, é você. Você estaria salvando o reino das mãos dele.

Calla olha para cima. A luz pisca.

— Também achei que estava salvando o reino durante os jogos — diz. Todos aqueles anos que passou praticando, enfiada em um apartamento no térreo e treinando com uma espada cega do mercado clandestino. — Olha no que deu.

O sangue de Anton, escorrendo pela arena. Os alto-falantes, anunciando sua morte.

— Não precisa ser igual desta vez. Foi August quem nos colocou um contra o outro.

— Fomos nós, Anton.

Desde a arena, Calla se esqueceu do quanto sua raiva era profunda. Ela queria um final justo. Os monarcas responsáveis por sua dor tinham que morrer, e isso tinha que bastar.

Mas ela não tem um nome, uma história, *nada* exceto a ciência de que um dia esteve perdida nas ruas de uma província distante. É claro que o sangue de dois reis e de uma rainha é só um pagamento arbitrário.

— Calla...

— Eu escolhi a raiva — sibila ela. — E você escolheu Otta. Não há equilíbrio entre nós.

— É só isso? — pergunta ele. Agora sua mão desce e faz contato. Embora ela sinta um frio na barriga, não deixa transparecer no rosto. — As necessidades mudam. Eu fiz uma escolha errada. Estou escolhendo de novo.

As palavras não a convencem. Calla cerra os dentes e passa uma das mãos pelo cabelo dele, agarrando tufos com brutalidade o suficiente para forçar-lhe a cabeça para trás. Uma onda de satisfação percorre seu corpo. Ela gosta de vê-lo estremecer. Gosta daquela sombra de dor escurecendo os olhos dele. Já viu Anton em tantos corpos diferentes, mas nunca viu suas expressões refletirem exatamente o que ele está pensando como fazem agora.

— Que garantia eu tenho de que você não está mentindo? — pergunta ela. — A esta altura, você falaria qualquer coisa para fugir da punição que August preparou para nós.

Anton Makusa sabe quem é. Calla não consegue se lembrar de nada sobre si mesma.

— Eu não mentiria. — Ele a deixa puxar seu cabelo. Expõe a garganta nua para ela, a superfície lisa e perfeita sob a luz. — Faço um juramento aqui e agora para você, se é o que quer. Deste momento em diante, serei seu seguidor. Seu acólito. Para o que precisar, como minha rainha ou minha divindade.

As palavras pesam no cômodo como pedra na água. Que promessa terrível. Que promessa linda.

— Você não deveria fazer uma oferenda dessas — responde Calla, neutra. — Eu nunca conseguirei atender todas as suas preces.

— Não precisam ser todas. Uma já basta.

Anton começa a se levantar. Assim que ele tenta se equilibrar, ela o empurra com força e o derruba de costas. Ou ele foi pego de surpresa, ou a deixa descontar nele a raiva reprimida. Ou ele paralisa porque está mal preparado quando ela rasteja para ficar ao lado dele no chão, ou fica parado de propósito.

Calla não consegue decidir que reação está tentando provocar nele. Estica as mãos para tocar seu rosto, involuntariamente gentil. A cada movimento, o cabelo dela cascateia como cortinas ao redor dos dois. Anton a olha nos olhos. Sua sede é visível, mas ela não sabe dizer se é por ela ou por poder.

Talvez sejam a mesma coisa.

— Calla — sussurra Anton. Devagar, bem devagar, ele pressiona a boca contra seu pescoço. Ela suspira. — Eu sei que você consegue. — Entre as clavículas. — Desafie August. — Mais para baixo, no busto.

— Você entende o que está pedindo? — pergunta ela. As mãos dele encontraram os botões de sua camisa. Um depois do outro, ele começa a abri-los. — Vai ser uma guerra.

— Talvez já tenha passado da hora de alguém declarar guerra aos Shenzhi.

Ele puxa o zíper na frente da calça dela. O couro não cede muito, e Calla se afasta, ficando de joelhos. Anton tenta segui-la, mas ela o mantém no chão. Olha-o nos olhos.

— A última guerra civil — diz, abrindo os zíperes das laterais, puxando até o tecido se dividir em dois, arremessando-o para o lado — devastou este reino. Sinoa Tuoleimi foi apagada da história.

— Mesmo assim — Anton pega as mãos dela antes que pressionem seu peito —, ela sobreviveu a uma nova era. Vocês são idênticas. Ela renasceu.

Calla ri.

— Renasceu e foi substituída por uma criança das províncias. Que grande rainha ela foi.

— Então você não quer ser melhor? — Quando Anton se senta, prende os braços dela entre eles. Diz o nome dela de novo, e de novo. — Não quer despedaçar cada parte deste reino até não sobrar nada do que fez você ser o que é?

Ela sopra o ar, e Anton finalmente a beija. A pele dele é quente, quase febril. Os braços se retesam ao trazê-la para perto, encaixando seu corpo perfeitamente, e seus lábios se encontram num frenesi mal contido. As mãos dela serpenteiam para agarrar a camisa dele. Anton se afasta por uma fração de segundo a fim de tirá-la, depois volta exatamente para onde estava.

Cada movimento entre eles existe como uma promessa de destruição mútua. Os dois não têm pressa, não como das outras vezes em que se encontraram assim, mas sempre há algo vibrando debaixo da pele de Calla, algo que lhe diz para agarrá-lo com aquele pânico de cometer um furto. Seus nervos gritam. Todo o seu corpo roubado implora por libertação.

— Por favor. — Anton arfa, exalando na boca dela, no pescoço, na pele. Pode ser um pedido pelo reino. Pode ser por ela. — Por favor, Calla.

Ela puxa a faixa na cintura dele. Em vez de acabar com a proximidade, Calla apenas tira tudo do caminho até chegar a ele, apoiando-se ofegante no encaixe de seu ombro.

— Prometa — diz. Ela se mexe, devagar. — Prometa que vai lutar ao meu lado. Não me faça reviver a arena.

— Eu prometo. — Anton mal se contém. Os músculos de seus braços estão no limite, mantendo-o parado para ela. — Serei seu primeiro soldado.

— Meu general.

Os olhos dele parecem totalmente pretos sob a luz. Anton não consegue mais ficar parado. Suas mãos agarram os quadris dela.

— Seu general — confirma. — Levante-se para mim, princesa.

Calla se mexe, exalando de leve, as pernas uma de cada lado dele, os joelhos no chão. No momento em que abraça seus ombros, ele sobe, entrando cada vez mais. Ela acompanha o movimento até não conseguir ir adiante, até todo o seu ser se desfazer. Anton solta uma risada de satisfação e a empurra de costas para que ele possa continuar, para que ele possa beijá-la até que ela mal consiga pensar.

— Calla, Calla — chama, escondendo o nariz no cabelo dela.

— Olhe para mim — ordena ela. — Jure sua devoção quando estiver no ápice.

Anton inspira, ofegante. Uma mecha de seu cabelo cai no rosto dela; está totalmente desinibido. Calla poderia cravar as mãos dentro de seu peito e, neste momento, sabe que ele a deixaria arrancar o que quisesse.

— Eu juro. Você é minha única divindade. Eu juro.

Para a sorte dele, Calla não vai arrancar nada. Se chegar ao coração dele, só gostaria de encontrar um espaço para ficar ali.

Anton treme e fica imóvel. Calla inspira, cada célula de seu corpo vibrando com vida. Por um momento, ele não se mexe, a testa apoiada no pescoço dela, e Calla afaga seu cabelo com suavidade.

— Meu querido Anton — sussurra —, espero que você cumpra o que prometeu.

— Eu sou um homem de palavra — responde ele, a voz alerta mesmo que o resto do corpo esteja relaxado. — E, se eu não cumprir, você pode me matar.

◇◇◇◇◇

Calla desliza sob o braço de Anton e o deixa dormindo. Se pedir-lhe que siga um plano agora, ele vai complicar tudo. Calla quer ser o mais direta possível. Não é uma revolucionária. Só é a órfã mais furiosa do mundo.

Eigi esquentou nos dias em que estiveram longe. A base de segurança está envolta pela névoa do amanhecer que se aproxima. Quando Calla sai do alojamento e chega ao prédio principal, vê dois guardas vigiando a porta. Ela não lhes dá tempo para que a vejam. Estende a mão para a frente, os dentes cerrados, e um facho de luz corta o ar. Não há necessidade de nocauteá-los por muito tempo. Um deles sequer cai, mas Calla só precisa de uma abertura para passar, fechar a porta e pegar uma luminária de haste longa para enfiar entre as maçanetas.

Quando August confiscou a coroa, ela sabia que ele não a guardaria perto de si. O protocolo real dita que pessoas sagradas e objetos sagrados não devem ficar próximos quando existe uma ameaça de perigo, para não dividir a atenção dos guardas.

— Vossa Alteza! — exclama o guarda quando Calla desliza pela porta seguinte. Fumaça de cigarro preenche o espaço com pequenas nuvens. Ele está acabando com o maço.

— Sinto muito por isso — diz Calla, movendo-se como uma víbora, o braço firme ao redor do pescoço dele até que o guarda caia inconsciente.

A coroa foi colocada sobre uma almofada no meio de uma escrivaninha. Calla se aproxima. Levanta-a.

Também sentiu na fronteira. Uma vibração que percorre sua palma e seu braço na mesma hora, reverberando até o peito. Com isso, não precisa de runa nenhuma. A presença gritante de *qi* é tão evidente quanto balançar uma bandeira vermelha, desenrolando-se em seus ossos. Muito mais *qi* do que um corpo mortal deveria suportar. *Qi* suficiente para fazer dela uma deusa.

— Calla.

Ela se vira e encontra August à porta. Os guardas devem ter dado o alarme depressa: ele parece ter sido acordado no meio do sono. Algo muito inesperado para ele. Além do fato de que Anton mexeu com seu cabelo e o tingiu de preto, extirpando-lhe a aparência dourada que ele cultivou com tanto cuidado ao longo dos anos.

— Sim? — Calla segura a coroa no alto. Inspeciona o objeto contra a luz elétrica, deixando que as pontas douradas brilhem forte.

Ela será boa. Promete que servirá bem o reino, mesmo que isso signifique queimá-lo até virar cinzas. É assim que é para ser, não é? É assim que todos eles se convencem de que merecem o poder total.

— Solte isso.

A agitação escapa pela voz trêmula dele. Pela primeira vez desde que Calla o conhece, pode ser que August esteja em pânico, reconhecendo o que está se desdobrando à sua frente. Ele supôs que a Calla que está aqui agora é a mesma que concordou em ajudá-lo no começo dos jogos.

— Não — responde ela. — Acho que não vou soltar.

Calla coloca a coroa na cabeça.

O primeiro contato não é nada além do peso do metal, o zumbido de *qi* subindo de seu peito à cabeça. Então, para seu choque, a coroa começa a *derreter*. Ela sente o objeto se tornar líquido, sente o metal escorrer por sua testa. Calla pisca depressa, tentando evitar que caia nos olhos, mas não deveria ter se preocupado. As gotas param logo acima de seus cílios. A coroa se solidifica em ouro no momento em que para de se fundir ao seu cabelo e à sua pele.

August a encara, embasbacado, como se não estivesse entendendo, como se ela estivesse brincando com a cara dele. Ele se esqueceu muito depressa. Desde o momento em que a encontrou antes dos jogos do rei, sempre foi ele quem buscou sua ajuda. Ela não é sua subordinada.

— O que você está fazendo? — pergunta August.

— Achei que fosse óbvio. — Calla levanta o braço, e o cômodo pulsa junto com ela. — Isto é um golpe. Agora, eu sou sua rainha.

37

As Sociedades Crescentes ficam sabendo dos segredos cochichados por todos os cantos. As coisas estão caóticas do lado de fora da muralha, em uma base de segurança onde costumava ser a capital de Eigi. O *qi* está mudando em San-Er. As cidades gêmeas estão soterradas por enormes volumes de *qi,* mais do que já viram em décadas. Os deuses antigos sussurram. Eles têm as mãos sob o reino, erguendo-o para uma grande mudança.

Bibi levanta o polegar num sinal de positivo dentro do restaurante onde se posicionou. O lugar acabou de abrir, as portas destrancadas com o nascer do sol, então ela é a única cliente. Do outro lado das janelas, Woya ativa o cronômetro.

— Você de novo.

A garçonete lhe traz um bule de chá. Bibi, ao pegar uma xícara, ergue os olhos e vê primeiro sua franja roxa. Yilas.

— Que coincidência. Eu sabia que a gente ia se encontrar de novo.

— Somos um dos poucos restaurantes que abrem cedo. — A mesma companheira que foi ao cibercafé com ela coloca tortinhas na mesa. Chami, que tem jades penduradas nas orelhas apesar das manchas de óleo no avental. Seus olhos cor-de-rosa estão delineados de azul neon. Há um *qi* muito mais natural emanando dela do que de Yilas. — Estava fadado a acontecer.

— Sou grata por isso.

Bibi dá uma grande mordida, então confere o relógio. É sua última refeição nessas circunstâncias, antes de San-Er voltar a ser governada como deveria. Há tantas histórias daqueles que vieram antes dela. Os sedentos pelo poder, os desesperados. Cegos pela ganância, amaldiçoados a brincar de deus.

Bibi começa a entrar debaixo da mesa. Yilas pisca, confusa, observando-a com curiosidade.

— O que está fazendo?

— Sugiro que vocês façam o mesmo.

Quando o ponteiro do relógio atinge o limite da hora, San-Er treme uma vez, e as janelas do Restaurante Magnólia se despedaçam com a explosão.

◇◇◇◇◇

Quando Galipei chega à cena, o caos é total.

Ele não consegue ver nada. As luzes se apagaram em todo o prédio. Há outros Weisanna nos corredores, gritando ordens uns para os outros com vozes que se sobrepõem enquanto tentam entender a situação, enquanto também correm para o cômodo onde está a coroa divina.

— August? — grita ele. — August!

Assim que Galipei está chegando à porta, um corpo voa lá de dentro e cai no corredor. Por um segundo assustador, o guarda-costas acha que vê um cabelo loiro, acha que vê August, caído e machucado. Então pisca e sua visão clareia. Não é cabelo loiro, só o tom do nascer do sol entrando pelas portas duplas que ele deixou abertas ao entrar. Galipei reconhece o homem caído como um de seus primos de segundo grau, e ele parece bem, virando-se sobre o ombro com um gemido.

Um alarme urra por toda a base. Ele não sabe qual é a ameaça ou quem está em risco. Até os gritos dentro do escritório são indecifráveis. Galipei avisou August de que não era um bom lugar para guardar a coroa. Ele avisou que, pelo menos desta vez, precisavam ir contra o protocolo e mantê-la perto, porque nenhuma quantidade de guardas impediria um verdadeiro golpe, nenhum número de cômodos sem janela...

Uma explosão alta faz o escritório tremer. Galipei avança correndo, perdendo toda a compostura e a paciência. Ele se esquiva por baixo de um braço desesperado e entra no cômodo, onde descobre que a origem do barulho foi um rombo na parede. O buraco deixa entrar os primeiros filetes alaranjados da manhã, iluminando a silhueta de Calla enquanto ela caminha pelos destroços e sai à luz do dia com a coroa divina na cabeça.

— Calla.

Agora, Galipei enfim vê August contra a parede do lado oposto. Talvez existisse alguma força sobrenatural prendendo-o ali antes, porque, quando ele se afasta, está furioso.

— Calla, pare imediatamente!

— Conte-me, August — grita ela. Sua voz reverbera por toda a base. Cada palavra carrega o mesmo vazio tremendo que tem um grito bradado dentro de uma caverna imensa, ricocheteando ao redor, ao redor, ao redor. — Você ordenou o ataque em Rincun?

August para. As testemunhas não vão considerar o significado por trás dessas palavras, mas Galipei sabe a verdade, e Calla com certeza também sabe.

— Não — mente August, recompondo-se. — Não, é claro que não. Além disso, foram soldados do palácio que morreram. Por que eu faria isso?

— Havia *crianças* lá, August — sibila ela, fervilhando de fúria.

— Pelos céus, Princesa Calla, não sei o que deu em você. — August foi aperfeiçoando essa voz que usa. É a voz que faz as pessoas duvidarem que ele tenha nascido plebeu e pensarem que talvez ele seja um filho legítimo de Kasa Shenzhi, e tudo o que as cidades achavam antes tenha sido alguma alucinação em massa. — Eu jamais faria isso.

Galipei sente a ameaça se formar antes que ela exista de fato. Seu sexto sentido nunca erra com August, focado apenas em perigos iminentes. Um afinador que emite um tom de proteção a cada ressoar. Ele avança correndo.

— Eram só *crianças*.

O ar fica pesado, azedo. Cada passo de Galipei golpeia o chão com força.

— Como você ousa tocá-las com os seus joguinhos. Como *ousa* arrastá-las para disso.

Galipei chega à posição assim que Calla se vira e arremessa um arco de luz com a mão. Antes que atinja August, ele recebe o golpe, que perfura sua barriga e sobe por sua coluna. No lugar de sangue, uma corrente elétrica corre por suas veias.

O mundo fica branco. Ele vê uma luz terrivelmente forte, como se um panteão de deuses fosse surgir em meio ao clarão e erguê-lo.

Os olhos de Galipei se reviram.

Então, nada.

◇◇◇◇◇

August compreende duas coisas ao mesmo tempo.

Primeiro, Galipei está vivo, mas precisa de um médico imediatamente.

Segundo, Calla não pode ser vista por San-Er com a coroa na cabeça.

— Levem-no agora para a cidade! — grita depressa. — Há uma carruagem. *Vão!*

Ele despacha três Weisanna com Galipei, um número do qual não deveria abrir mão durante uma tentativa de golpe. August não consegue entender. Calla não tem forças. Nenhum soldado. Nada que chegue perto de formar um exército.

Mas ela tem a coroa, e August tem apenas dez guardas sobrando.

Calla está desaparecendo ao longe, correndo até o prédio mais afastado da base. Makusa. Ele ainda está lá.

— Vossa Majestade — chama um Weisanna — devemos cercar o prédio? Ela está indo atrás de Anton Makusa.

— Não! — responde August imediatamente. Merda. *Merda.* — Cheguem antes dela a San-Er. Guardem a muralha. Ela *não pode* entrar.

38

Anton sonha com Calla cercada por fogo.

É um sono inquieto. Em que ele está à beira de acordar, lutando para nadar à superfície enquanto o sonho o segura pelos tornozelos. Ele estica o braço. Os dedos tocam as chamas vermelho-vivo. A fumaça densa flutua e forma nuvens. O mar quebra ao longe, as ondas subindo alto contra as rochas. Se não se mexerem logo, a maré vai alcançá-los. Navios se aproximam pelo horizonte, ficando cada vez maiores. Vão encurralá-los.

Vire-se, ele quer dizer. *Calla, vire…*

— Acorde.

Anton desperta depressa, abrindo os olhos de imediato. Seu mundo está desequilibrado. Algum efeito do sonho, com certeza, mas, mesmo quando se levanta e toca o cotovelo de Calla, que está acima dele, seu senso de realidade parece nebuloso.

— O que está acontecendo? Aonde você foi?

— Vamos embora.

Calla toma forma à frente dele enquanto seus olhos se ajustam à sala escura. Seus olhos amarelos, sua boca cor-de-rosa. Sua coroa, o metal escorrendo sobre a testa e agarrando-se ao cabelo dela como se ela houvesse nascido com o objeto fixo na cabeça.

— Puta merda, Calla. O que aconteceu?

Ela abre um sorriso discreto. Está longe de ser o momento adequado, mas ele fica pasmo com o que vê, com o fato de estarem no meio de uma provável revolta por parte de Calla e ela ainda parou e lhe ofereceu esse gesto. Se tem algo em Calla Tuoleimi que ele ama e odeia ao mesmo tempo, é o fato de ela ser impossível de decifrar.

— Você queria isso.

— Não imaginei que você fosse agir rápido *assim*.

— Era agora ou nunca. Eu não podia deixar August contar mentiras a San-Er. — Ela olha por cima do ombro, inspecionando a porta aberta. Ele achava que fosse um resquício de seus sonhos, mas realmente há gritos por toda a base. — Aposto que ele vai focar em nos manter fora da cidade e deixar alguns guardas para trás. Talvez a gente consiga chegar lá antes que ele se estabeleça de vez.

Anton mal consegue piscar para afastar o sono dos olhos. Calla o coloca de pé e ele enfia as botas, joga um casaco sobre os ombros. Um alarme berra corredor abaixo conforme eles correm até a saída, olhando de um lado para o outro e descobrindo que está completamente vazio. Saem do prédio. O sol flutua logo acima do horizonte, uma bola vermelha irritada que foi arrancada de seu esconderijo. Uma flecha de besta voa na direção deles.

Antes que Anton pense em se mexer, a flecha congela sozinha no topo de seu arco. Cai, tilintando no chão. Calla a observa rolar para longe.

— Não sabia que você conseguia fazer isso — comenta Anton, casual. O clique rápido de outras bestas sendo carregadas ecoa pela cena. Calla não parece preocupada.

— É a coroa. Pegue, no chão.

Outro guarda mira, de perto. Calla se abaixa e chuta suas pernas, girando o braço e arrancando-lhe a espada do cinto sem tocá-lo. A arma desliza pela terra e para perto da mão estendida de Anton. Ele a tira da bainha, depois inverte a pegada. Antes que o guarda se recupere da queda de joelhos, Anton desce a ponta do cabo em sua têmpora, e o homem cai.

Os três guardas restantes se aproximam ao mesmo tempo.

— Você não tem como imobilizar todos eles? — grita Anton. Ele golpeia depressa, mas mal consegue combater no ritmo necessário. Uma lâmina por pouco não rasga suas costelas. Outro punho o atinge na orelha antes que se esquive e role pelo chão.

— Não sei como fazer isso. Não consigo me concentrar em tantas coisas ao mesmo tempo...

Calla emite um pulso de energia que empurra os guardas alguns passos para trás. Ela volta a avançar sem hesitar, puxando com força o ombro de Anton.

— Vamos. Isso só vai funcionar uma vez. Ali.

Eles correm a caminho da saída da base de segurança. Calla também roubou uma espada, embora possa servir só de decoração, considerando o metal em sua cabeça. Ela tem os olhos focados no grupo de guardas alinhados a cavalo em posição de defesa, e Anton não entende bem o plano, até ela dizer:

— Esquerda. Vamos dividi-los.

— Ah, então eu sou *a isca*.

— Anton!

Ele gira depressa, seguindo o comando apesar de ter retrucado. Enquanto os guardas esperavam os dois em um combate duplo, Anton faz parecer que está correndo para longe deles. Um se apressa a segui-lo, afastando o cavalo do grupo. Anton não tem como correr mais que ele, então fica desviando até estarem longe o suficiente dos demais. Por fim, deixa o guarda alcançá-lo, fingindo estar sem ar. O guarda se inclina com o braço esticado, na intenção de agarrá-lo.

Anton dá uma investida, interceptando seu caminho, e se joga com força contra a lateral do cavalo.

O guarda perde o equilíbrio. Antes que consiga recuperá-lo, Anton agarra seu pé e o arremessa da sela. Num instante, já pegou as rédeas e deu o impulso de que precisa para montar.

Ele vira o cavalo para trás, procurando ao longe, e vê Calla em meio aos outros guardas.

— Princesa!

A manhã brilha forte sobre Eigi, transformando suas planícies e seus campos infinitos em dourado. Calla olha para cima e, com sangue espirrado por todo o rosto, é a imagem mais gloriosa de toda a Talin, perdendo só para o sol.

Anton estica o braço assim que o cavalo corta por entre os guardas. Sua mão se fecha na de Calla, seus pulsos se encontram. Ele a ergue do chão, puxando-a para sela.

— Vá — pede ela, apressada, a boca perto de sua orelha, os braços ao redor de seus ombros. — Não pare até chegarmos a San-Er.

◇◇◇◇◇

A muralha de San-Er surge do nada, uma miragem à distância feita de rochas e aço reais.

Calla fica boquiaberta, segurando firme quando Anton puxa as rédeas. Com os guardas em perseguição, eles vieram numa velocidade que poderia abrir um buraco no chão. No entanto, assim que veem as forças ao redor da muralha fica evidente que não há como passar. Ela aperta os ombros dele uma vez, sinalizando que devem parar.

August espera com seus guardas. Galipei não está à vista, mas os outros Weisanna de olhos prateados parecem fazer bem seu trabalho de manter a formação à frente de seu rei.

— Chega, Calla — diz August, em voz baixa.

Calla olha para o lado e também vê uma linha de guardas comuns do palácio em cena, mantendo afastados os camponeses que acampam do lado de fora da muralha. Com a movimentação, muitos deles apareceram para ver o que está acontecendo. Ela sabe que eles veem o que ela tem na cabeça. Mesmo fora da muralha, longe dos clipes do noticiário e dos artigos online de carregamento lento, eles ouviram falar na coroa divina e na delegação que partiu para buscá-la. Os cidadãos de Talin sabem que seu trono está sendo contestado.

Calla precisa sair vitoriosa daqui. Senão, August vai matar cada um desses camponeses para apagar as evidências do que aconteceu, para esconder que Calla pode usar a coroa sem ser morta pelos céus.

— Eu gostaria que você saísse da minha frente — diz ela.

A perseguição frenética terminou. Os guardas que vinham atrás deles desde a base de segurança formam um semicírculo, atentos, encurralando ela e Anton.

— Não posso fazer isso. Vocês dois são uma ameaça para San-Er.

Anton se prepara para descer do cavalo. Calla aperta sua mão depressa, impedindo-o. Enquanto estiverem na mesma altura que os guardas atrás deles, não há como serem emboscados com um golpe rápido de espada. Antes da coroa, August teria preferido mantê-la viva para evitar que as Sociedades Crescentes a vissem como mártir. Dadas as circunstâncias, ela não duvida que ele lhe arrancará a cabeça aqui e agora se isso for lhe devolver a coroa.

— Nós somos uma ameaça? — grita Anton em resposta. — Calla foi escolhida pelos céus. Se ela é uma ameaça, então os deuses desejam assim, e você não é nada além de um usurpador. Não tem sangue real, nem a aprovação divina.

August fecha a cara. Há mais espectadores chegando.

— Não dificulte as coisas.

Anton faz o cavalo avançar. Imediatamente, os Weisanna à frente de August se preparam para atacar, e Calla toma as rédeas. Não vai lutar com todos ao mesmo tempo. É arriscado demais, principalmente para Anton. Basta o único deslize de uma lâmina, e o corpo mortal tomba.

— Você vai tirar a coroa — ordena August. — E vai devolvê-la para mim.

— Não — responde Calla. — Você falhou com o seu reino, August.

Ele bufa de desdém. Está, sem dúvidas, genuinamente desconcertado que ela o acuse de ter agido mal. August Shenzhi passou a vida toda analisando o que tornava Kasa tão terrível e o que ele faria diferente. Ele acha que sabe o que o separa do pai adotivo.

— Você está me vendo usar roupas caras? — pergunta. — Ou dando banquetes enquanto o povo morre de fome?

Calla quase sente pena dele.

— Você pode não ser um rei ganancioso — retruca —, mas ainda assim é um rei sedento por poder.

Quando ela e August eram jovens, sua primeira impressão dele se formou ao redor daquele vaso quebrado. Um servente o quebrou, o Rei Kasa entrou no cômodo e August aceitou a culpa. A raiva de Kasa foi desviada; August limpou o sangue do braço como se não fosse nada. Ninguém foi punido naquele dia. O servente viveu sem ser culpado. Ela costumava pensar como August era digno. Não importava que pudessem ter limpado os cacos mesmo que o servente assumisse a responsabilidade pelo acidente. Não importa que era o Rei Kasa quem estava errado, e não August quem estava certo. Ela lhe deu crédito demais por agir bem, mas ele construiu um mundo em que a escolha era apenas entre ele e Kasa, e é claro que ela escolheu August.

— O que isso quer dizer? — pergunta ele, calmo.

Quer dizer que, entre dois tiranos, Calla podia muito bem se tornar a terceira.

— Esta coroa me escolheu. Eu sou a herdeira do Palácio dos Céus por direito, e uma herdeira de San-Er.

Anton, de súbito, faz o cavalo dar mais um passo, e metade dos Weisanna hesita. Eles não têm certeza se devem continuar seguindo as ordens de ataque.

— Eu invoco meu direito sobre o reino de Talin — brada Calla. — Cada província deve jurar lealdade a mim, então vou libertar todas do trono. Renda-se agora. Você não tem escolha.

Os espectadores gritam. Exaltações. Vivas.

Preces.

— Você não pode fazer isso. — August ergue o queixo. — Não fará.

— Primo, você deveria me conhecer melhor.

A coroa pulsa na cabeça dela, dizendo: *vá em frente*. No Palácio dos Céus, Calla conseguia sentir cada jato de sangue, contar cada vez que o metal penetrava um corpo. Desta vez, é tão mais fácil. Desta vez, ela não contém o *qi* que quer explodir de dentro do peito e, com um movimento simples, corta a garganta dos Weisanna à frente de August, espalhando uma carnificina no chão.

Os espectadores gritam. Calla os escuta como sons à distância. A maioria deles, no entanto, fica em silêncio. A maioria observa, à espera.

August está cercado de sangue. Ele olha para os próprios pés. Mesmo nessa situação, parece um monarca em cada gesto, desgraçado à força, arrancado de seu pedestal.

Por favor, implora ela silenciosamente.

No fim, Calla não quer matá-lo. Por mais fácil que seja, ela ainda o vê como seu primo, e não tem mais nenhum outro laço desses no mundo. Ela tem o sangue da família manchando até seus cotovelos de impostora. Seria tão trágico acrescentar o dele.

Por favor.

Devagar, muito devagar, August Shenzhi recua. Rende-se.

Eles não perdem tempo. Anton toca o cavalo para a frente, passando pelo portão e entre a pequena abertura. Não estão seguros até Calla ocupar o palácio e realmente se sentar no trono, mas, no momento em que entram em San-Er, fica claro que há alguma coisa errada. Uma serpente de fumaça cinza sobe à distância. Do centro da cidade, onde fica o Palácio da União.

— Cuidado — alerta Calla, deixando Anton descer primeiro do cavalo.

Juntos, eles mergulham nos becos, correndo depressa pelas ruas de San-Er. Têm a prática dos jogos, das manhãs que passaram percorrendo essas sombras, evitando serem vistos e coordenando ataques contra os oponentes seguintes.

— Que merda está acontecendo aqui? — pergunta Calla.

Na avenida principal, há pessoas fugindo do palácio, segurando membros ensanguentados e com os rostos sujos de cinzas.

— Sociedades Crescentes — responde Anton. — Aposto o que você quiser.

Quando chegam ao Palácio da União, a situação continua confusa. As catracas à entrada explodiram e desapareceram. Membros da Sociedade Crescente guardam a frente, armados com espadas. Não há guardas à vista.

— Isso não faz sentido nenhum — sussurra Calla quando eles se abaixam depressa, escondidos atrás da placa na fachada de uma loja. — Mesmo que tenham conseguido atacar, onde estão os guardas?

Anton faz uma careta.

— Talvez a gente não queira saber a resposta para essa pergunta. Como vamos entrar?

Calla considera entrar à força. Seria fácil marchar direto para o palácio e afastar qualquer um que se aproxime. Mesmo assim, ao se levantar com cuidado, ela se lembra da ligação de Yilas, do que ela falou sobre as Sociedades Crescentes. Se esperam algo dela aqui, ela não quer dar as caras logo na porta da frente.

— Sei um jeito de entrar. — Calla inclina a cabeça para a esquerda, ao redor do coliseu e por entre os prédios. — Venha comigo.

Os becos estão quietos. Ou as pessoas foram evacuadas, ou estão imóveis em seus apartamentos. Até os ratos pararam de fuçar os sacos de lixo. Nada se mexe quando Calla chuta alguns bem cheios, abrindo caminho até a porta escondida.

Não sabe qual é o número de identidade de Matiyu, ou qualquer outro número que ative o painel para abrir a passagem, mas, assim que encosta no teclado, descobre que não será necessário. O painel foi desplugado e pende da parede por um fio meio rompido. Confusa, Calla empurra a porta, que se abre sozinha.

Esta passagem foi usada como ponto de entrada para atacar o palácio.

Calla entra primeiro, torcendo o nariz para a poça onde mergulha o pé. Anton está logo atrás. Ele tenta fechar a porta atrás de si e descobre que a fechadura não funciona mais.

— Para onde estamos indo?

— Sala do trono — responde Calla. Seu objetivo original era cumprimentar as cidades da sacada desta sala. Vendo o estado do palácio, ela imagina que seu destino seja o mesmo. Se existir um objetivo para atacar o palácio na ausência do monarca, deve estar na sala do trono.

Eles saem da passagem. Ala sul. A sala do trono está perto, mas ela duvida que o palácio continuará comportado o caminho todo.

Está errada.

As primeiras pessoas com quem encontram param de repente. Encaram os dois, como crianças pegas com a boca na botija em vez de participantes de um culto anarquista perigoso. Anton tenta perguntar o que aconteceu, mas Calla o empurra para que continue andando. Há luas crescentes tatuadas na parte interna de seus cotovelos. Por mais estranha que seja a situação, os membros da Sociedade Crescente só os deixam passar, então Calla e Anton dobram a esquina. Eles seguem adiante. Sobem escadas, descem escadas. Atravessam salões cheios de fumaça e desviam de candelabros despedaçados.

Parece que o caminho está livre para chegar ao átrio que dá na sala do trono, mas outro grupo espera ali, alinhado, vigilante. Calla se prepara para lutar. Levanta a mão, pronta para bloquear um ataque.

Mas eles fazem o oposto.

Os membros da Sociedade Crescente a veem e ficam de joelhos.

— Mas que merda — diz Anton — está acontecendo aqui?

Em silêncio, Calla continua andando, certificando-se de que Anton esteja em seu campo de visão. Ela abre e fecha as mãos ao lado do corpo. Eles avançam pela fila de crescentes e passam pelo arco de entrada da sala do trono. Com passos silenciosos, Calla entra e encontra a sala chamuscada por vestígios de uma explosão, vasos partidos e quadros caídos. Os conselheiros restantes foram reunidos aqui. Ela conta dez pessoas em sua inspeção rápida. Vê Mugo e Farua, mas não Vênus Hailira. Talvez já a tenham matado.

Ninguém percebeu que ela entrou. Estão ocupados demais assistindo a um homem puxar a conselheira Farua do círculo e colocá-la de joelhos no meio da sala. Ele saca a espada. A gravação de uma lua crescente decora a lâmina.

— Pare — ordena Calla.

De imediato, todos que circulam o homem olham em sua direção, focando em Calla. No entanto, o próprio homem não lhe dá ouvidos. Ergue a espada no alto com as duas mãos.

— Eu mandei — Calla estende o braço e lança o homem com a espada contra a parede, pressionando-o sem chance nenhuma de se mexer — parar.

Ele se debate. Não consegue sair. Só então olha de verdade para Calla, e suas sobrancelhas se erguem depressa. As pontas externas foram raspadas, e as internas tingidas de branco. Isso lhe dá uma aparência ainda maior de choque ao exclamar:

— Calla Tuoleimi!

A brisa da manhã sopra da sacada aberta. As cortinas sobem e descem, e Anton vai até lá para puxá-las e evitar que fiquem flutuando o tempo todo. O cômodo fica completamente imóvel. Então, assim como as pessoas lá fora, os membros da Sociedade Crescente ficam de joelhos, um a um. Não há oposição.

E Calla não consegue deixar de se questionar *por quê.*

— Quero que todos se comportem — diz.

A ordem sai como se outra pessoa a estivesse dando. Como se a princesa original sussurrasse em seus ouvidos, assumindo temporariamente com as decisões certas. Ela sabe que está consciente, que está presente aqui, mas é mais fácil dissociar. Mais fácil se separar de si mesma, como quando ergueu a espada contra os pais.

Devagar, Calla solta o homem da parede. Ele cambaleia. A sala fica em silêncio.

Então o conselheiro Mugo avança, saindo do círculo onde o colocaram.

— O que é isso? — sibila ele. — Onde está Sua Majestade?

— Incapacitado — responde Calla.

Mugo aperta os lábios. Ele olha para a porta. Atrás dele, os outros membros do conselho se viram devagar, esperando para seguir seu exemplo, para ver se essa é sua chance de escapar. Calla não pode deixá-lo sair. Assim que Mugo convocar seus generais, eles vão marchar sobre San-Er. Eigi é perto demais para arriscar esse tipo de coisa.

— Você está dispensado do seu serviço — decide Calla.

Embora Mugo estivesse planejando a rota de fuga, sua atenção se volta para ela num instante.

— Como é?

— Você me ouviu. Está dispensado. Acho que não é mais apto a continuar trabalhando comigo.

Os outros conselheiros baixaram os olhos para o chão. Querem acreditar que, caso não se mexam, talvez Calla não os perceba ali e não lance seu julgamento sobre eles também.

— Basta. — Mugo, ao perceber que nenhum dos membros da Sociedade Crescente está segurando armas em sua direção, sai correndo até a porta. Até August, até o reino que acredita que vá mantê-lo por perto.

— Você deveria parar — chama Calla.

— Você não tem direito de vestir essa coroa. — Mugo espia por cima do ombro. — E não tem autoridade neste palácio...

Calla só pisca. Sequer usa as mãos para o gesto. Não precisa. Uma linha vermelha aparece da testa ao umbigo de Mugo. Um mero arranhão, ele deve pensar. Ele toca o pescoço, preocupado, sentindo a sensação penetrá-lo.

Então o sangue jorra em torrentes da linha. Ele tomba. Quando cai, se parte ao meio onde está o corte fino como um fio de cabelo, o corpo se abrindo na sala do trono como uma fruta descascada até a metade, revelando a polpa.

Os outros conselheiros nem tentam reagir. Alguém inspira com força. Seus sons e rostos se misturam. Se ninguém se destacar, Calla não vai enfrentar todos de uma vez.

— Princesa Calla, estávamos esperando por você.

A voz que ressoa pela sala é familiar. Embora leve um instante, ela varre depressa a memória e identifica ser da mulher com quem falou ao telefone, a que ligou junto com Yilas. Calla se vira e a vê perto do trono, a única que está de pé enquanto os outros se ajoelham. Não a notou antes nas sombras, onde estava quase se escondendo da luz que entra pela varanda. A mulher veste couro preto, como uma moradora da cidade que frequenta cassinos e clubes noturnos. Calla não consegue ver bem seus olhos. As mãos da mulher escorregam do encosto do trono.

— Estavam, é? — pergunta Calla. — Que surpresa. Não sabia que as Sociedades Crescentes gostavam tanto assim de mim.

— Claro que gostamos. Somos pessoas lógicas. Podemos ajudar uma à outra.

Ao redor da sala do trono, o dano não é tão profundo. Paredes chamuscadas, piso arruinado, mas nada que não possa ser esfregado com sabão e resolvido com carpetes novos. As ranhuras são superficiais, o objetivo era assustar e não incinerar.

A mulher desce os poucos degraus da plataforma do trono e sai das sombras. Seu cabelo está puxado rente à cabeça e amarrado em uma longa trança. Seus olhos são completamente pretos, delineados com cor de carvão.

Enquanto Calla não reconhece seu rosto, Anton fica boquiaberto, arquejando de espanto. Encara-a com tanta intensidade que alguém poderia pensar que está vendo um fantasma. Ele cambaleia, dando um passo à frente.

— *Bibi.*

Calla segura o cotovelo dele, mantendo-o atrás por instinto.

— Como você sabe o nome dela?

A boca de Anton se abre. Nada sai. Ele parecia bem ao marchar para San-Er no meio de uma carnificina, mas é aqui que entra em choque.

Bibi chega ao final dos degraus. Chega cada vez mais perto, até se ajoelhar também, o baque de cada perna descendo pesado no carpete verde-escuro.

— Porque, muito tempo atrás, só ele me chamava assim — responde Bibi, quando Anton não consegue. Ela inclina a cabeça. — Meu nome completo é Buira Makusa. Nós viemos lutar esta guerra com você, Vossa Majestade.

39

A noite cobre a base de segurança em Eigi.

Dias suficientes se passaram para que Calla e seu golpe tenham se estabelecido em San-Er. A cada hora que passa, August esfria um pouco mais a cabeça. Mal conseguia pensar de tanta raiva quando ela entrou na cidade. Agora, já acha que qualquer reação indignada é uma perda de tempo. Calla pode tentar, mas não vai conseguir tomar o reino. Não importa o quanto ela conquiste a capital, é impossível dominar Talin sem dominar as províncias que fornecem seus recursos, então não importa, certo?

Ele ouve os relatos de quem deixa San-Er. Uma parte da muralha foi aberta para permitir que as pessoas saiam livremente. Ninguém é expulso à força, mas vários guardas e Weisanna partiram mesmo assim, unindo-se à causa de August. Muitos aristocratas empacotaram suas coisas por vontade própria, com medo de não lhes restar muito tempo nas cidades. Calla não emitiu nenhum alerta. A hostilidade no Palácio da União bastou como um aviso mudo.

Sob o governo de Calla Tuoleimi, esta não é mais a mesma San-Er que eles conheceram a cada coroação. Luas crescentes começam a aparecer nas vitrines das lojas. Armas são distribuídas no mercado a céu aberto. Esses grupos sempre quiseram a anarquia. O que seria mais perfeito do que a princesa criminosa finalmente voltando para terminar o que começou?

August está começando a entender. Como as peças foram se encaixar dessa forma. Quem estava puxando cada cordinha, quais mãos estavam cutucando onde não deveriam sem ele saber.

Apesar dos ataques dos crescentes, alguns membros do conselho ficaram em San-Er, determinados a continuar administrando suas províncias. Ximili. Cirea. Gaiyu. No entanto, a maioria dos conselheiros está morta, o que significa que grande parte dos exércitos também está esperando, os pescoços esticados a fim de ver para que lado o vento sopra, se devem responder à rainha que usa a coroa ou ao rei que coroaram. É difícil saber o rumo que as coisas vão tomar. Talin nunca viu uma mudança assim. Não desde a guerra.

E, supostamente, ninguém que está vivo hoje se lembra da guerra.

A porta se abre com um rangido atrás dele.

— Vossa Majestade — anuncia um guarda. — O senhor tem uma visita.

August não se vira para agradecê-lo por trazer a notícia. Cada rosto desconhecido que reporta a ele é apenas um lembrete de quem está faltando. Embora os Weisanna que deixaram San-Er tenham reposto seus números na base, ele se sente mais exposto do que nunca enquanto Galipei continua em estado grave, recusando-se a acordar.

Se Galipei não se recuperar, August vai pegar pessoalmente a cabeça de Calla como prêmio ao final disso.

A porta se fecha de novo. Ele escuta passos leves, então Otta Avia aparece ao seu lado, encarando o mapa que ele desenrolou no painel. Ela apareceu ontem na base de segurança, sem aparentar que esteve vagando desde a fronteira. Quando os guardas a trouxeram algemada, bastou um olhar para August pedir que a soltassem. Ele tinha algumas questões a discutir com ela. Otta não precisava ser uma prisioneira.

— Não é um cenário ideal, é? — comenta ela, notando as marcações dele no mapa.

— Só porque não estamos lutando no mesmo nível — responde August. — Ela tem truques baratos na manga.

Otta solta um murmúrio de discordância.

— Não sei se acesso ilimitado ao *qi* se qualifica como truque barato.

— Claro que sim. Tire a coroa, e ela não é nada. Segue cegamente as ordens dos outros, desenhando runas para colher seus efeitos, mas sem entender como funcionam.

— Como se você entendesse.

August se vira para Otta. Ele a avalia minuciosamente, procurando pela menor mudança em sua expressão. Quando Otta não diz mais nada, ele se vira para conferir a porta. Ela a fechou.

— Você sempre foi minha irmã — pergunta — ou chegou depois?

A sala escurece. Fora da base, as nuvens pesam cada vez mais, com certeza trazendo outra noite que ele passará em claro. Enquanto August mantém sua inspeção, Otta abre um sorriso formal. Ele não duvidou da própria conclusão, mas fica desconcertado que ela não se dê ao trabalho de negar. Há quanto tempo ela *esperava* que ele soubesse, e por que demorou até agora?

— Mudaria alguma coisa? — rebate ela. — Você me conhece.

— Não sei se conheço. Quando aconteceu?

Os segundos se arrastam. Ele quase acha que ela não vai responder.

— Quinze anos atrás — responde ela, enfim. — Uma garota estúpida de Rincun roubou meu corpo sem saber o que estava fazendo. Os deuses antigos gostam dela. Protegem-na. Todos esses anos remoendo essa sequência de eventos, e só imagino que ela seja um deles, enviada para me impedir, mas nem percebeu isso ainda.

Há muito August suspeitava de algo estranho acontecendo debaixo de seu nariz, mas, com isso, finalmente entende.

— Eu não era forte o bastante para ganhar o controle sobre o corpo. Minha nova mente era jovem demais, então saí de lá antes de ser totalmente consumida. Encontrei a melhor substituta.

— Você escapou para dentro de Otta.

— Escapei.

O reino mal compreende esses novos desenvolvimentos com *qi*. Sem contar esse tipo de mágica. Sem contar crianças da realeza e pequenos deuses, brincando de saltar sem discrição alguma.

— Por quanto tempo você pretendia continuar fingindo? — pergunta ele. — Teria tentado dar um golpe mais cedo se não tivesse ficado doente?

— Eu não teria dado golpe nenhum. Teria herdado o Palácio dos Céus por direito de nascença. Então ele me foi tirado, e eu fui forçada a tomar outro caminho. Nada disso é culpa minha. Não fui eu quem atrapalhou.

August fica em silêncio. Não lhe passou despercebido que, quando ela perdeu o Palácio dos Céus, mudou a rota para o Palácio da Terra. Os olhos dela desviam para ele, e ela deve perceber que precisa conduzir essa conversa de maneira muito menos ameaçadora.

— Nada disso importa agora. August, você não quer outra inimiga. Vamos nos unir. San-Er sempre teve dois tronos. Nada diz que não possamos restabelecer esse acordo.

É verdade, sim. Não há nenhum "e se", nenhum passado alternativo em que sua meia-irmã lhe puxa o trono de debaixo de seus pés antes que ele possa recebê-lo. O reino hoje sabe que ele é o herdeiro de direito, e ele precisa trabalhar junto à única pessoa que tem poder vibrando sob a pele, esperando para ser liberado.

— Pois bem — diz August. Ele pega uma caneta e desenha uma linha firme cortando Talin ao meio. — E você acha que podemos vencer esta guerra?

— Acho — responde Sinoa Tuoleimi sem hesitar. — Essa coroa sempre foi minha. Se tem alguém que sabe como recuperá-la, sou eu.

AGRADECIMENTOS

Em toda batalha, há vencedores e perdedores. O cerco de anos que envolveu o que ficará conhecido na história como A Batalha Dos Atos Sombrios terminou com uma única perda: a sanidade de Chloe Gong. Entretanto, o sacrifício foi válido, já que *Atos Sombrios* ganhou a plenitude que merecia. Há muitos soldados dedicados nesta guerra, que permitiram que o livro saísse vitorioso…

Obrigada a Laura Crockett, minha agente espetacular, minha maior guerreira. A Uwe Stender e a todos da agência literária Triada, nos Estados Unidos. A Amara Hoshijo, dedicada general da linha de frente, também conhecida como minha maravilhosa editora. Também a Joe Monti e todos da Saga Press: Savannah Breckenridge, Christine Calella, Caroline Tew, Jéla Lewter, Erika Genova, Lauren Gomez, Zoe Kaplan, Amanda Mulholland, Alexandre Su, Chloe Gray. A Will Staehle, da Unusual Corporation, pela arte de capa estadunidense de tirar o fôlego. E a Cassie Malmo, da Malmo Public Relations, minha jornalista extraordinária com quem me reuni no campo de batalha da publicação.

Obrigada a Molly Powell, dedicada general da linha de frente do outro lado do oceano, também conhecida como minha incrível editora britânica. E também a todos da Hodderscape: Sophie Judge, Callie Robertson, Kate Keehan, Matthew Everett, Natalie Chen, Lydia Blagden, Dominic Gribben. E a Corey Brickley, pela gloriosa capa britânica. Às equipes da Simon & Schuster no Canadá, principalmente às grandes estrelas Cayley Pimentel e Mackenzie Croft, e da Hachette Aotearoa na Nova Zelândia. Obrigada também a todas as equipes que trabalham para colocar

Atos Sombrios nas prateleiras de outros países. Envio enormes beijos aéreos para todos vocês.

Obrigada aos meus leitores, principalmente aos que agora estão batalhando para encaixar todos os meus livros numa prateleira só, dada a quantidade de publicações nos últimos anos. Contar histórias não seria a mesma coisa sem a recepção, o amor e a paixão de vocês, e para mim significa o mundo que a série *Corpos e Falsos Deuses* tenha ganhado um espaço na sua mente. Um agradecimento especial a Minju Kim, a fonte de notícias suprema a respeito de Chloe Gong, que tem sido uma apoiadora incrível desde o primeiro dia. E obrigada a todos os livreiros, bibliotecários e apoiadores de todo lugar, que incentivam a leitura dos meus livros.

Enfim, obrigada à minha família e aos meus amigos, principalmente do d.a.c.u., a quem este livro é dedicado: Tino, Rocky, Tashie e Zoe. Amo quando nossos cérebros reverberam juntos no nosso cantinho. E a Owen, que ressuscitou minha sanidade e é o porto seguro para onde posso voltar depois de uma batalha.

A HISTÓRIA CONTINUA NO PRÓXIMO LIVRO DA TRILOGIA

Este livro foi impresso nas oficinas gráficas da Editora Vozes Ltda.,
Rua Frei Luís, 100 – Petrópolis, RJ.